你是你的神

凛 著

江苏凤凰文艺出版社

图书在版编目（CIP）数据

你是你的神 / 凛著. — 南京：江苏凤凰文艺出版社，2018.10
ISBN 978-7-5594-2758-8

Ⅰ.①你… Ⅱ.①凛… Ⅲ.①科学幻想小说－小说集－中国－当代 Ⅳ.①I247.7

中国版本图书馆 CIP 数据核字(2018)第 190740 号

书　　名	你是你的神
著　　者	凛
责任编辑	李　黎
出版发行	江苏凤凰文艺出版社
出版社地址	南京市中央路 165 号，邮编：210009
出版社网址	http://www.jswenyi.com
印　　刷	江苏扬中印刷有限公司
开　　本	880×1230 毫米　1/32
印　　张	12.625
字　　数	320 千字
版　　次	2018 年 10 月第 1 版　2018 年 10 月第 1 次印刷
标准书号	ISBN 978-7-5594-2758-8
定　　价	40.00 元

（江苏文艺版图书凡印刷、装订错误可随时向承印厂调换）

目 录

黑区 _001

荷鲁斯之眼 _053

瞳孔背后 _119

死亡杀手 _183

藏天 _251

劫波 _289

你是你的神 _321

死者的选择 _375

后记 _398

黑 区

1941年12月4日,美国华盛顿

如果正如史蒂芬·霍金推测的那样,一次爆炸形成了宇宙,那么,生命不可思议的漫长演化和宇宙发展的亘古比较起来,也只是转瞬之间。

大爆炸的尘埃还在向宇宙的边缘膨胀,地球上1941年的华盛顿却迎来了一场小雪。这里,平静的雪中隐藏着惴惴不安的气氛,第二次世界大战进入了关键阶段,不少人都在议论,美国到底要不要参战。

街边,急速行走着一个灰色身影。他是警探密尔顿·基尔。战争的事情还轮不上他操心,他现在要办的事就是破案。半个小时前,他接到了一起报警电话,在这个街区三号,有人发现了一具尸体。雪花落在他的帽子上,有些飘到他的眉毛上。他扔掉烟头,压压帽檐,缩缩脖子拉拉衣领,准备拐过街角。红色烟蒂带着一点微弱热气,"嗞"地一声,在路面的薄雪里熄灭。

扔烟头的时候,他的视线停留在了右手上。在手腕动脉的位置,有一小块形状奇特的淤红,看上去像一片腐蚀落叶。薄薄的雪地里,这样的腐叶到处都是。它们静悄悄地被一层温暖如棉被的黑泥覆盖,安详地等待着,等待叶肉化为浆水溶入土地,等待叶脉由黑褐变得透明,最终成为来年春天所有树木草茎根须的营养。落叶腐化的终点是彻底消失——是分散潜入更多的新生命。这时,密尔顿·基尔并没有料到,在几天之后,他和整个华盛顿的所有生命,都会和这些落叶一样。

腐叶成了他未来的预兆,可他却是不相信预兆的人。

他摸了摸这块淤血,有点痛。自己是什么时候弄伤手腕的呢?他努力回忆,却什么也想不起来。这几天,他的思绪和注意力完全被两件事情转移了。

第一件事和姐姐有关。三天前,他去看望姐姐,却怎么也敲不开门。前天,昨天,和今天,他都去敲姐姐家的门,里面依然安静如初。姐姐是寡居。她唯一的儿子,托尼·加德,一个战地记者,今年六月在中国重庆采访的时候,遇上日军轰炸,不幸身亡。这几个月来,姐姐一直处在极度的悲伤之中。他透过白色的钩花窗帘向房间里张望,只看见屋内一切井井有条。他想,也许,姐姐去哪里旅游散心去了。让他不安的是,姐姐临走时,为什么不和自己打个招呼呢?

第二件事让基尔感到更加匪夷所思。昨天,他撞上了一个叫弗兰克·摩尔道克的小报童。小报童要甩掉一个鬼魂一般,一边跑,一边惊恐不安地回头看。他怀里的报纸,仿佛张开翅膀的巨大飞鸟,在他身后漫天飞舞。密尔顿·基尔被他撞个满怀。后来,弗兰克惶恐地告诉基尔,他看见了吉姆·伍德。

"哪个吉姆·伍德?"基尔揪紧了报童弗拉克的衣领。如果他不抓牢了,十三岁的弗兰克随时会像一只滑腻的江鳅一样溜掉。这些报童也是基尔的信息来源,他们总能在各个角落看到各种事情。

"还会有哪个吉姆·伍德?左撇子杀手吉姆·伍德!"弗兰克像只小鸡一样,悬在基尔的手里,脚尖点地蹬了蹬。

"他不是死了吗?你在哪儿见到的?"基尔觉得很奇怪。上个月,吉姆·伍德已经被警方击毙。当时四处逃窜的吉姆·伍德躲在一片小林子里,警方放出警犬,要把他像只猎物一样给轰赶出来。被逼疯的吉姆·伍德对着警方连开数枪,警方立刻回击。吉姆·伍德是个血腥的杀人恶魔,他习惯左手持枪,两周之内连杀三人。他的谋杀动机简单得令人发指,那三个人以前都解雇过他。左撇子杀手吉姆·伍德被击毙后,他的母亲来警局做了认定。虽然儿子是个杀人犯,但是密尔顿·基尔记得,她当时几乎悲痛欲绝。

报童弗兰克宛若一条鱼一样又挣扎了几下,"肯定是他!那段时间报纸上天天都有他的大幅照片,还是头版,我偷懒打盹都靠着他的脸,怎么会认错?"

"他的尸体早被火化了。"基尔盯住了弗兰克的眼睛。他从那双淡蓝色的眼珠里看到了无限的惊恐,看起来这小子说的是真话。可是,一个已经被子弹打成了马蜂窝之后又被大火烧成灰烬的人,怎么可能死而复生?除非,那个躲在林子里的人不是吉姆·伍德。警方杀错了人。如果是这样,那么吉姆·伍德的母亲就撒了谎。密尔顿·基尔把整个案情在脑子快速过了一遍,实在想不出漏洞在哪儿。在吉姆·伍德成为嫌疑人之后,警方就有大量他的照片。不会认错!

这个小报童在撒谎!

"我不会看错的。他就在街角的电话亭里。他打完电话,看见我,还瞪了我一眼。"弗兰克的喉结一颤一颤,几乎就要委屈地蹦跳出来。

四周开始有行人驻足观望,基尔一拉风衣,露出警徽,那些人立刻如被击中的桌球弹珠一般散开。基尔压低声音对弗兰克说:"等我查一查。如果我发现你在耍我,我可让你吃不了兜着走。"

弗兰克挣红了脖子,想点头,却因为脖子卡在基尔手中,动弹不得。基尔又狠狠瞪了他一眼,放开他后,大步向街角跑去,那里,除了一个空荡荡的电话亭,什么也没有。那时,天空还没有下雪。

这两件事情完全占据了密尔顿·基尔的心绪,所以,他也就想不起来究竟在哪里弄到手腕上的那块小疤了。昨天晚上,借着夜色,密尔顿·基尔悄悄来到了吉姆·伍德的家。伍德天性暴躁,不停地失业,收入不稳定,所以一直是住在母亲家。

基尔站在一棵树后,哆嗦着一直等到后半夜,就在他快要放弃离开的时候,他看见原来已经灭了灯的小屋又重新明亮起来。昏黄的灯光在夜色中诡异而安静,像在一条黑丝绒上缀了一小块正方形的亮片。紧接着,他看见灯光后有个微微驼背的人影在走动。那是吉姆·伍德的母亲。透出灯光的窗口是厨房。她好像正在做饭。十分钟后,另一个身影像鬼魅一般从亮片底端浮了起来。从剪影上看,是个男人。

密尔顿·基尔心头一紧,看来小报童弗兰克没编瞎话。他悄悄动动脚,略微抖去双脚的寒意后接近了窗口。

房间里没有人说话,只有"吸溜吸溜"的喝汤声。那男人一定是饿坏了。基尔透过窗帘未被拉严的一角,看见一个男子背对窗户,闷头喝汤。吉姆·伍德的老母亲,那个满脸皱纹的女人,恐惧地站在一边,像看鬼一样盯着那个男人。

男人喝完汤,抹了抹嘴,打个饱嗝,站了起来。他向女人走过去,女人害怕得后退一步。男人好像是要拥抱一下女人,看见女人如此恐惧,只好耸了耸肩,一转身,朝大门走来。基尔此时把他的面貌看了个清清楚楚,他就是已经被击毙火化了的左撇子杀手吉姆·伍德!

这怎么可能?!

吉姆·伍德拉开门,基尔此时已经躲进了小屋旁的黑暗之中。吉姆·伍德探出半个脑袋,左右看看没人,迈开步子往前走。基尔在后面,不紧不慢悄悄跟着。他们像两个黑夜觅食的幽灵,横穿过华盛顿区。

基尔跟着吉姆·伍德来到了一个地方。在那里,他敲了敲门,慢三下又快三下,是个暗号,很快,有人悄悄开了门,吉姆·伍德闪身而入。门轴转动时的干涩声仿佛一阵微弱的热气,很快消失在华盛顿寒冷的冬夜里。门口有个招牌——玛丽照相馆。

吉姆·伍德果然没有死!基尔暗暗吃惊。他不想咋咋呼呼打草惊蛇。他决定暂时按兵不动,等把事情查出个头绪后再说。

现在,积淤了一个昼夜的雪花终于飘下来了。很小,洒落在密尔顿·基尔周围,像拥拢他垂直降落的薄纱。发现尸体的地点就在附近。基尔跨过被雪水浸灭的烟头,快步拐过街角,看见一栋公寓楼前停了几辆车。楼口站着一个胖子,戴黑色圆顶呢帽,扶着楼梯护栏大口喘气。基尔远远就认出了他,警探艾伦·罗斯特。

"艾伦!"密尔顿·基尔向前快走了两步。

"密尔顿,你来了?这案子看起来一点儿也不难。"

"是吗?死者是谁?"

"死者叫鲍勃·史密斯。"

"怎么死的?"

"水果刀插进了胸口。"艾伦掏出手绢,不停地擦着手心里的汗。他心宽体胖,就算是冬天,随便动一动也是一身臭汗。艾伦大喘两口气,接着说:"邻居一眼就认出是他。他是死在自己家中。鲍勃·史密斯在这个街区算是臭名昭著。他是个酒鬼,爱打架,大伙都讨厌他。邻居今早出门的时候,发现在他公寓门口堆着的空酒瓶一天比一天多,实在是忍无可忍,就敲门理论,谁知指头一挨门门就开了,接着邻居就看到了他的尸体。我们已经把他的尸体打了包。现场勘查结束啦。"艾伦又擦擦手,身体迟缓地挪到一边。从他身后,两个警员抬着一个担架走了出来。担架上盖着白布。

基尔走上前,拉开白布,看到了一张因长期饮酒过度而略微浮肿的脸。在死者前胸,插着一把黑色刀柄的水果刀。

"尸体都硬了,大约死了十个小时了。"艾伦说。

"昨天晚上有人听见什么响动没有?"基尔问。

"有。他的邻居说,昨天晚上听见鲍勃·史密斯和一个男人喝酒。两人先是又唱又闹,后来,大概十点左右,忽然就没了声息。"

"邻居知道那个来喝酒的人是谁吗?"

"嘿,这事巧了,邻居知道。这个人叫肯·派克。他经常来找鲍勃喝酒,两人臭味相投。我们已经查到了他的地址。"

"鲍勃·史密斯是干什么的?"

"当过兵,年轻时参加过第一次世界大战,现在四处给人当帮工,干些泥瓦匠之类的活计。"

"肯·派克呢?"

"他也一样。两人如果有活就一起干。据说,肯和鲍勃是儿时玩伴。鲍勃参军那天,肯因为故意伤人罪进了监狱,三年前才出来。"

"现场怎么样?"基尔一边问着,一边走上台阶。

"你进去看吧。"艾伦说,"那个家又脏又乱,像个垃圾站,即便是有线索,也被垃圾埋了。依我看,那个现场,除了地上来自受害人鲍勃的一摊血迹之外,没什么太大看头。"

基尔点点头,走进了现场。才跨进去,他的眼前一片闪亮。房间里挤满了记者,抬着闪光灯相机对着鲍勃被刺的地点"噼啪"拍照。靠墙站着两名警员,双手抱胸,监督着这些记者,以免他们乱翻死者的东西。警方曾经吃过记者的亏。他们在现场随意乱翻,甚至还顺手牵羊,带走受害人的东西,私自进行调查。

基尔看到艾伦说得没错,死去的鲍勃·史密斯的家就像个猪窝,烟头啤酒瓶到处都是。在乱成一锅粥的沙发旁边,有一个白色描画的人形。鲍勃·史密斯是直挺挺地躺在了沙发旁。

在沙发的一只木头脚后面,基尔看见有样东西在闪光灯的照射下,星星般眨了一下眼。基尔扒开记者,弯下腰,拾了起来。记者们对着他,又是一阵猛照。基尔伸出左手,遮住脸,站起身,走出了案发现场。

那是一小段金属链子,质地看起来像白银。链子由一些小小的环扣衔接而成,每个环扣都由三叶扁麦粒状的小细片咬合,做工非常精致。如此昂贵的银链怎么会掉在这里? 这是谁的? 它会和这个案子有关系吗?

2012 年 12 月 4 日,美国纽约

七十一年之后,世界已经大变了模样。在基尔发现银链的同一天,也就是十二月四日,清晨,一个名叫杰森·莫里斯的年轻人刚刚洗了澡,刮了青涩的胡须,穿上了警服。他对着穿衣镜,一颗颗扣上扣子,看

看时间,急速离开了公寓。杰森·莫里斯看上去像个警校学生,却已经在纽约石玫瑰区的警局干了一年。

在纽约,石玫瑰区像一个封闭的小城市。在这里居住的人大都是移民。他们用自己的文化和传统在这区里划分出看不见的领地,各自为政,形成一个个小社会。印度人和印度人结帮,中国人和中国人抱团,黑人和黑人拉伙……社会与社会之间表面上互不干扰,但暗地里在争夺实际利益时,时有火并。如果发生了罪案,这个区的人更倾向私了,他们不喜欢警方的介入。很多时候,当警方看到街边一个被打得遍体鳞伤的人,问他需不需要法律援助时,这个人十有八九会张大正在冒血的嘴巴告诉你,没人打他,他是在练习撞墙锻炼身体。于是,石玫瑰区尽管治安不稳,警局里却没有多少案件能够得以顺利调查。

这一年,是杰森·莫里斯当警察的第一年。他的任务就是为一些旧案建立电脑档案,包括案情、案件调查全过程、证据、指纹录入、DNA录入等等。杰森的人生目标是成为一名重案组警探,可以不用穿制服,潇洒查案。就像现在电视里流行的那样,对着嫌疑人一露银亮警徽,说一声"纽约重案组警探",对方立刻悄悄打个冷颤。他也知道,要想有一天潇洒,他必须现在从基层做起。事情十分繁琐无聊,但杰森·莫里斯干得勤勤恳恳。

就在这天早上,他意外拿到了一份案宗。正是这份案宗的案发时间吸引了杰森的注意:2008年12月3日,而立案时间是2008年12月4日。刚好是四年前的今天。杰森打开案宗,开始录入电脑。案情十分简单,一个叫鲍勃·史密斯的人,在家中被杀。鲍勃·史密斯是个老兵,去过伊拉克,回来后精神情况一直不好,情绪低落,开始酗酒。由于收入很差,他只好在石玫瑰区租了便宜的房子。在现场,鲍勃·史密斯躺在沙发旁边,前胸被一把水果刀刺中。

由于鲍勃·史密斯是个"外人",不属于这个街区任何一个"小社会",警方一开始就得以顺利介入,开始调查。

在水果刀上,警方找到了凶手留下的指纹。同时,根据邻居提供的信息,在鲍勃被害当晚,有一个叫肯·派克的人来过他家。两人喝得大醉,高声喧哗直至深夜。法医鉴定鲍勃的死亡时间是12月3日夜十点到十一点之间。

在采集了肯·派克的指纹后,鉴证专家确定,他的指纹和水果刀上凶犯留下的指纹相符。案子就这样板上钉钉。后来,肯·派克也招供,他和鲍勃那天晚上喝过了头,吵了起来,自己一时冲动,拿起桌上的水果刀就冲了过去……肯·派克二十年前因为杀人未遂入狱,三年前刚刚出狱。证据确凿,外加嫌疑人供述,这个案子很快结案,肯·派克再次戴上手铐,锒铛入狱。

在案卷中,杰森发现,当时办案的警官一共有两位,一位叫密尔顿·基尔,另一位叫艾伦·罗斯特。密尔顿·基尔在案发现场找到一节银链。但是,由于警方率先在凶器上找到了肯的指纹,肯在被审时也供认不讳,所以,直到结案时,这节银链都没有派上用场,一直躺在证物盒里。

杰森调出了银链的照片,链子由一些小环扣衔接而成,每个环扣各有三个扁环,每个扁环都像一颗被压扁的麦粒。杰森仔细看了看。从外观上看,这条链子做工精良,每个麦粒都有半厘米那么宽,如果是从一条完整的项链上掉下来的,那么这条项链一定价格不菲。受害人鲍勃和凶手肯·派克都是吃了今天保不住明天的穷光蛋,他们拥有这样一条昂贵项链的可能性会很低。难道,这条项链属于第三人?带着疑问,杰森开始了一个小小的调查,结果让他暗暗吃惊……

1941年12月4日,华盛顿

雪下了一会儿,就又停了,像个怕水又要学习游泳的成年人,有那个能力,心里却犹犹豫豫的,下水时一点也不爽快。密尔顿·基尔踏着地面的薄雪走在前面,胖胖的艾伦·罗斯特几乎是小跑着紧跟其后。他们从受害人鲍勃的邻居那里,弄到了肯·派克的地址。实际上,肯是个无家可归的人,他就住在一个街区之外一条封闭的巷道角落里。

密尔顿抬起头,透过从鼻孔和嘴巴里呼出的热气,看到巷道口楼体上方的墙上钉着一个破旧铁皮标牌:58。邻居说,只要看到第 58 巷,转进里面再一拐,就可以找到肯。密尔顿进去后一拐,立即看到两个巨大的垃圾箱。在垃圾箱后面,靠墙搭了个小小的军用帐篷。帐篷拉得严丝合缝,周围竖起废纸板挡风。就是这儿了。

密尔顿刚在帐篷前站稳,艾伦就赶上来了,他伸出右脚,踢了踢帐篷,发出空闷的"嘭嘭"声响。一个男子"唰"地打开帐篷,手里拿着一把刀钻了出来,随着他一起涌出的,还有各种臭味和腐败食物发酵的馊味。

"你俩找死?!"男子晃了晃手里的刀。

"我们是警探。"密尔顿亮了一下警徽。

男子眯了一下眼,刀峰仍旧对着密尔顿和艾伦,"什么事?"

艾伦用食指把男子持刀的手拨向一边:"你可是肯·派克?"

男子点了点头。他看起来将近五十岁,肮脏的皮肤上挤满了皱纹。

"昨天晚上十点左右,你在哪里?"密尔顿问。

"我在家。"肯回头看了一眼帐篷。

顺着肯细长的耳尖,密尔顿向帐篷敞开的缝隙望进去,看到了一堆破棉絮,几个空威士忌酒瓶,还有一个铁皮大口缸。缸里还有些食物残渣,十分恶心。

艾伦似乎也看到了帐篷内的"摆设",轻蔑地点了点头,说:"你的家看起来很温馨。"

"警官先生,有屁快放,不要耽误我的时间。"肯被激怒了。密尔顿想,肯看起来是一个情绪容易失控的人。

艾伦拿出手绢,夸张地捂住鼻子,说:"有人证明吗?"

"没有。"肯斩钉截铁地说,"你要怎样?"肯的眼睛红红的,张嘴说话时牙齿褐黄牙根发黑。

艾伦说:"昨天晚上,有人死了。"

"关我什么事。"肯回敬道。

"死者是鲍勃·史密斯,耳熟吧?"艾伦说。

"他?! 他死了?!"肯一脸惊愕,皱纹挤在一块儿。

"谋杀!"密尔顿插话了,"被害时间是昨天晚上十点。有人听见你当时和他在一起。"

"我,昨天晚上我的确和他在一起,不过……"肯忽然有些迟疑。

"不过什么?"密尔顿问。

"不过十点差十分我就回来了。我走时还看了看鲍勃家的时钟。"

"得了,你少撒谎。你必须跟我们走一趟。"面对整个帐篷喷出的臭气,艾伦已经没有了耐心。

"我又没杀人,凭什么跟你们走?!"肯急了。

"我们又没有指控你,"密尔顿说,"我们只是需要你跟我们去趟警署,协助调查。如果你是清白的,随时可以离开。"

肯看起来有些犹豫,但很快,他的表情有了变化。他无可奈何地点点头说,"这么冷,你们等我一下,我去拿件外套。"

艾伦耸了耸肩,密尔顿点了点头。他们都在想,一个小帐篷,谅肯再有心眼,也逃不到哪儿去。肯先是在帐篷里发出窸窸窣窣的声响,好像是在刨东西,但是很快,帐篷里就安静了。密尔顿忽然反应过来,大叫一声"不好",闯进帐篷,却看见帐篷里靠墙的地方,被掀起一块,那里有一个洞口,洞口后面是通往下水道的直梯——肯跑了。

这个案子再简单不过了。有前科又控制不了脾气的肯·派克谋杀了鲍勃·史密斯,证据确凿。当夜幕降临时,警署已经签发了通缉令。

密尔顿·基尔离开警署的时候,早把肯的事情放到了一边,他现在想弄清的是,左撇子杀手吉姆·伍德,还有那家神秘的玛丽照相馆。今天,他在警局抽时间查了查照相馆,却什么也没查到,连注册证也没有。这样的情况,在华盛顿是很少见的。一个尚未登记的照相馆,堂而皇之地开张营业,这本身就很奇怪。

一下班,饥肠辘辘的密尔顿顺路找了一家小咖啡厅,匆匆喝下一大杯咖啡,吞下一个三明治后,直奔玛丽照相馆。当他赶到的时候,照相馆还没有关门。密尔顿推门而入。门后挂着一个小铜铃铛,发出"叮当"声响。

柜台后站着一个白发苍苍的老人,看起来恐怕要有一百多岁了,正低着头写着什么。听到铃铛声,他抬起了头。老人穿着毛衣,手臂上戴着黑色经脏的袖套,看见密尔顿·基尔,先是眯了眯眼,好像在聚焦他老化的瞳孔,看清楚后,才微笑着说:"先生,您是要照相吗?"

密尔顿一边打量着照相馆,一边点头:"是啊,想照张半身照。"照相馆的门厅不大,墙壁上稀稀拉拉地挂着几幅照片,都是华盛顿的著名景点。在柜台右侧,有一道小门。老头走出柜台,站在小门前,很客气地微微弯腰,伸出一条手臂邀请道:"那好,请您跟我来。"

"好的。"密尔顿跟在身后,跨进了门。

一走进那扇小门,密尔顿便一脚跨入一条暗黑的细长走廊。越往里走,密尔顿越能够感到空气中充斥着湿闷,吸入鼻孔的空气并不轻盈,有水分的质地。他感觉脚下的路并不是水平的,好像有一个浅浅的坡度。密尔顿摸了摸墙壁,手指上有一层淡淡的水汽。他是在跟着这个老头向下走,往大地深处走去。一种不好的预感油然而生,难道凶手吉姆·伍德昨天已经发现了他的跟踪?密尔顿把手放在了腰间的枪上。

"你的照相馆布局很奇怪啊?"密尔顿说。他听见自己的回声像一道电波,在走廊里打着转向前。密尔顿的话音刚落,走廊顶端的灯就全灭了。突如其来的黑暗让密尔顿一时无法适应,他拔出了枪。

"密尔顿·基尔先生,你是警探。"老头的声音从前方幽幽传来。

"你怎么知道我是谁?"密尔顿觉得自己掉入了凶手吉姆·伍德的

陷阱,阵阵冷汗。他打开了枪栓,对准前方的黑暗,"你是谁?你和吉姆·伍德有什么关系?!"

黑暗中,老头的身影连同他的声音一起消失了。四周除了窒闷的空气,安静极了。密尔顿什么也看不见,他一手持枪,一手摸着墙,艰难地往前摸索着走。脚下的路此时也不平坦了,变得坑坑洼洼。在连喊几声老头得不到回应之后,密尔顿掏出了火柴。他擦亮一根,看见自己正身处一条细长的隧道之中。隧道很窄,刚够一个人通过。隧道的墙壁尽是夯实的泥土,上面渗出点点水珠。

凭直觉,密尔顿感到身后很不对劲儿,他举着枪和火柴一转身,吃惊地看到在他的身后,根本没有来时路!在他的身后,是一堵土墙!

这,这究竟是怎么回事?!

火柴此时烧到尽头,烫伤他的指头后,瞬间熄灭。密尔顿已经顾及不到这小小的疼痛了,他立刻点亮了第二根火柴。他把火柴凑近那面墙,看到墙壁的边缘和隧道边缘连接得严丝合缝,没有缺口缝隙,根本不像是个暗门。他使劲推了推,那堵墙俨然不动。

他听到身后传来脚步声,迅疾抬起枪,转过了身。火柴的光晕在枪托旁跳动。令他不可思议的事情再次发生了。他又看见了一堵墙。那条老头带领他行进的隧道,他唯一的出路,也被土墙堵住了。

密尔顿揉了揉眼睛,不停地掐着自己的手腕,确信不在梦中。

火柴在这一瞬间,熄灭了。密尔顿摸了摸手指间的火柴,发现火柴并没有燃烧到末端,还留着一小节木梗。他舔了舔手指,放到黑暗中测试。没有风。他意识到,火柴不是自然燃尽也不是被风吹灭的,而是被人为弄灭的。密尔顿敲打着四面墙壁,厚实的墙壁发出阵阵笨拙回音。他抬起手,依据回忆寻找走廊顶端悬挂灯泡的位置。他的手从后面围堵的墙壁一直摸到前面尽头,都没有摸到任何灯泡,只摸到了更为厚实的土。他估计了一下,这两堵墙之间的距离,最多不过两米。

这不是梦。他被两面墙堵住了前后的去路。或者,更加形象地说,厚实的土地把他上下左右围住了,像一个顽皮的孩子,用一团黑土包住了一只弱小的蚂蚁。这究竟是怎么回事?现在,将近四十岁的密尔顿第一次感到了什么是害怕。

2012 年 12 月 4 日,纽约

　　小警员杰森·莫里斯在电脑上把那小段银链的图片放到了最大,一阵密集的跳动冲击着他的心脏。为了证实他的猜想,他把整个案子又重新读了好几遍。警方当时没有花费精力调查这段银链,还有另一个原因,那就是凶犯肯·派克是主动前来投案自首的。肯说那天晚上他和鲍勃都喝多了,两人因为一点小事争执起来,鲍勃先冲着他的眼睛打了一拳,他一时怒起,才抓起桌上的水果刀刺向了鲍勃。他当时很害怕,就跑了。

　　杰森看到,肯·派克前来投案自首的时间是 2008 年的 12 月 7 号,距离案发没几天。警方当天就给他照了相。相片里的肯左眼圈紫黑。在审讯记录里,没有人提到那段银链。杰森跑到证物室,找到了鲍勃·史密斯的证物盒子。他打开盒子,看到短短的银链平静地躺在一个塑料袋里。

　　此时,杰森·莫里斯没有太多的证据来证明他的猜测,他拥有的,是警校老师在上课时经常提到的"直觉"。老师常说:"做一名好警探,除了要有严密的逻辑推理能力,还要有直觉。直觉是警探与生俱来的天赋,好比飞鸟的翅膀,蝙蝠的耳朵,缺乏直觉的警探,就等于比有直觉的警探少了一条腿。"凭直觉,他觉得这段银链有些来头。

　　趁着证物室里没有其他人,杰森把银链偷偷塞进了口袋。他只能这么做,他的上级不会因为他的直觉而重新审查证物。杰森也知道他这样做违反了规定,可是他凭直觉认为,肯·派克不是凶手。肯撒

了谎。

在鉴证室,杰森有个同学。他把银链交给同学,终于说服他做个检查。同学在链环上刷上细粉,很快,几枚指纹凸显出来。指纹被挤压过,有些变形,不过,同学说用电脑稍加修复还是可以看出个大概。紧接着,同学又用一根棉棒轻轻涂抹链环内侧,然后在棉棒上滴落一滴化学鉴定液体,很快,同学小声惊呼起来。

"怎么啦?"杰森立刻凑了过去,棉棒变了色。

"链环里有血!"同学肯定地说。

"你能识别出是谁的血吗?我这里有受害人鲍勃和凶手肯的血样资料!"

"可以,不过需要时间。你这活,我得等下了班悄悄做。"

"行!"杰森像个老侦探一样,十分熟练地拍了拍同学的肩膀,"事成了,我请你吃饭。"

回到自己的办公桌前,杰森找出了警探密尔顿·基尔的电话号码。带着微微的激动,他拨响了电话。

那头,密尔顿刚好结束调查一起枪击案,正忙着写报告。他看到电话号码是警局里的,来自资料室,就很不情愿地接听起来,"喂,我是密尔顿·基尔。"

"基尔先生,我叫杰森·莫里斯,我负责把旧案数据输入电脑……"

"小伙子,有话快说,我这边很忙。"密尔顿用脑袋和肩膀夹住听筒,双手不停地敲打电脑。

"哦,是这样,您还记得2008年12月3日晚被害的老兵鲍勃·史密斯一案吗?"

"记得。凶手是他的朋友肯·派克,一个有前科的人。肯·派克对罪行供认不讳,而且我们也在凶器上找到了他的指纹。这个案子有什么问题吗?"

"是这样的,案宗里记录你当时在现场找到一段银链。"

"哦……"密尔顿敲击电脑的手稍微停顿了一下,但很快又接着敲打起来,他一边填写报告,一边说:"是有这么回事。"

"请问,你在哪里捡到的银链?"

"在沙发旁边。我不是已经把拾到银链的地点写进案宗了吗?"密尔顿说。

"死者是在沙发边被害的,也就是说,你是在死者身边找到的银链?"

密尔顿听到这里,敲打键盘的手完全停了下来,"是在沙发一脚的后面。小伙子,听你的声音还很年轻。你这么追问有何目的?"

"我只是觉得,这节银链和现场有些格格不入。"

"哈!肯·派克都已经招认了。年轻的福尔摩斯先生,你还会有什么发现?"密尔顿忽然觉得这个新警察挺烦,口气里就多了些揶揄。

"这节银链很有可能是从一条项链上挣断的。我仔细阅读了卷宗,受害人和凶手都很穷,恐怕买不起这样的项链。虽然审讯记录里没有写,但我想问问,您在其他时候有没有向肯询问过这条银链,或者有没有问过当时的邻居,是否曾经看到鲍勃或者肯戴过这样一条项链?"

听到这里,密尔顿开始生气了,他把手从键盘上挪开,拿好听筒说:"小子,肯把什么都招了,我还问他那么多废话干什么?再说,那条银链也许是其他人在很久很久以前遗落的,并不是案发当天故意遗落给你看的。"密尔顿有意把"很久很久以前"这几个字说得很重。

"可是……"杰森还想解释,就被密尔顿堵了回来。

密尔顿气愤地说:"既然你那么感兴趣,不如去肯的监狱直接问他好了!"密尔顿说完,把话筒甩上电话机。

2012年12月5日,纽约

肯·派克服刑的监狱在纽约城外。杰森今天下午专门请了假,开车而来。今天上午,他用警局里的号码给监狱狱长打了电话,谎称工作需要,必须见见肯,请狱长提前做个安排。杰森开始有点担心,如果这个案子没有问题,凶手的确是肯·派克的话,那么他这一系列的所作所为,足以将他开除。到时候,他的警探梦,就真的只会是一场黄粱美梦了。不过,杰森在心里想,万一凶手不是肯呢? 如果他能抓住真凶,那么也算是给死者鲍勃一个交代。警探最基本的职责,就是寻找公正。

就这么一路胡思乱想着,几十公里的路程很快就结束了。杰森坐在了肯的对面,一名狱警笔直地站在他们身后的一束阳光里。

肯用一种敌视的、对抗的目光注视着他,表情不逊,眼神像刀。杰森结结巴巴地介绍了自己。他还很不习惯面对凶犯。杰森暗想,做警探的确是需要勇气。他突然有些后悔,自己为什么要来查这个案子。肯一眼看上去就像个杀人犯。

最后,杰森调整了心态,硬着头皮迎着肯凶狠的目光,拿出银链的照片,问到:"你见过这条链子吗?"

肯朝照片瞟了一眼,摇摇头。

"再好好看看。这条银链会不会是鲍勃·史密斯的?"

肯的鼻孔里发出骡马喷气般的笑声,"鲍勃那个狗娘养的,他要是有这样的项链,也不至于整天为弄钱发愁了。"

"你的意思是说,你敢肯定,这条项链不是鲍勃的?"

肯摇了摇头,但忽然,眼睛动了动。在警校学习时,杰森学过一门课程,叫做《四分之一秒》,也就是训练捕捉被询问者四分之一秒时的表情,借此分析判断,对方是在说真话还是在有意隐瞒。杰森是学习这门课的佼佼者。此时,学校里的练习派上了用场,肯知道这条项链属于谁。

"它是谁的?"杰森问。

肯笑了笑,"我怎么知道。你应该去问鲍勃。"说完,肯忽然间明白什么似的补充道,"啊,我想起来了,鲍勃死了,你问不到了,而且,他还是我杀的,哈哈哈!"

看到肯的这一系列欲盖弥彰的表演,杰森更加深信,这条项链的确和鲍勃的死有关。肯越说是他杀死的鲍勃,杰森就越不相信。

杰森站起来,一句话不说,留给肯一个微笑去揣测,离开了探访室。看着杰森离去的背影,肯大笑的表情像收缩的光束,五官往回聚拢,转瞬间一脸严肃,一脸仇视。

开车回到纽约后,杰森直奔石玫瑰区鲍勃曾经租住的楼房。之前他查询过,鲍勃的房东没有变,还是同一个人。

等房东开门后,身穿警服的杰森亮出了身份,然后,他掏出银链的照片,说明来意,请房东回忆一下,鲍勃或者肯有没有戴过这样一条项链。

房东是个干瘪的高个瘦老头,他站在门口,戴上挂在前胸的老花镜,仔细看了看照片,若有所思地说:"这条链环的做工很别致,我见过。"

"是鲍勃的?"

房东摇了摇头。

"肯的?"

房东又摇了摇头。

"谁的?"杰森问。

房东疑惑地问杰森,"鲍勃的案子不是结了吗? 你怎么还要追问?"

杰森只好撒谎,"我们在清理在现场找到的东西,打算物归原主。"

"哈!"房东喷出一口假笑,就要往屋里退进身子关门,"我不知道这条链子是谁的。"

杰森知道自己的谎言被拆穿了,只好推开就要被房东掩上的门,小声说:"如果你不告诉我实情,我就找税务局的人来查你的税。"杰森这么说,也是瞎编,也是从电视上学的,他根本不知道老头有没有偷税漏税。

谁知,老头紧张了一下,低声说:"如果我告诉你我在哪里见过这条项链,你不会让我的名字出现在你们的记录中吧?"

"不会。"杰森掩饰住内心窃喜。

"我见过这条项链,它很特殊。"

"它是谁的?"

"凯瑟琳·梅尔的。"

"谁是凯瑟琳·梅尔?"

"她是理查·梅尔的妻子。理查·梅尔是这个区救火队的头儿,一个大高个儿。在石玫瑰区,所有的人都认识他们夫妻俩。"房东说完,小心翼翼地左右看看,退进屋,仿佛老龟缩回硬壳,轻轻关上了门。

杰森有些按捺不住了。他看看表,此时已经是晚上九点,可是他等不到明天再去找凯瑟琳·梅尔。一个救火队员妻子的项链,怎么会遗落在鲍勃这个穷光蛋的家中呢?难道他们俩之间有不能示人的关系?杰森决定现在就去找凯瑟琳·梅尔。

九点十五分的时候,他按响了凯瑟琳·梅尔的门铃。从房子的外观看,这是一个殷实的小康之家。虽然距离圣诞节还有二十天,但凯瑟琳家的大门上已经挂上了红绿相间的圣诞花环,门前的草地上也摆满了各种装饰物。

门铃响过两次之后,一个四十岁左右的女人打开了门。灯光下,杰森看见,在女人的脖颈上,赫然戴着一条项链,做工质地和在现场发现的那段银链一模一样。

"请问,你是……"女人问。

"你是凯瑟琳·梅尔?"杰森问。女人点了点头。杰森表明身份,接着,他发现自己还穿着警服,就打算撒个小慌,说:"我们接到报警,说听到您的家里有尖叫声。夫人,您没事吧?"

"哦?"凯瑟琳·梅尔感到莫名其妙,她皱皱眉说,"我们一切都挺好。也许是报警的人听错了吧。"

"那就好。"杰森笑了笑,然后在转身时,装出忽然有了什么新想法似地说,"啊,夫人,很抱歉,请原谅我一直盯着您的项链看。这真是一条很独特的项链。"

凯瑟琳抬起手,抚摸着项链,表情更加莫名其妙。

杰森做出尴尬的表情说:"我有个女朋友,过几天是她的生日,我想送她一件有纪念意义的东西,您的项链……"

"啊!"凯瑟琳的表情释然了,"原来是这样啊。这是我老公在我们的结婚纪念日送我的。他请人专门做的设计,世界上独此一条。说起来,前天还正是我们的结婚纪念日呢。不过,我可以给你珠宝店的名字,你也可以请他们为你设计一条。"

"啊,那就太好了。"杰森装出十分高兴的样子说,"这条项链是你老公前天送你的啰?"

"不是,"凯瑟琳笑着摇摇头,"这条项链是我老公在四年前的结婚纪念日晚上送我的。我一直戴着它。"

杰森记下了珠宝店的名字,和凯瑟琳·梅尔说再见。此时,他激动万分,凯瑟琳的项链是独一无二的设计,而且是她老公在2008年12月2号晚上送她的。鲍勃是2008年12月3号晚上被害的。看来,凯瑟琳在鲍勃被害前见过他。现在,杰森要做的是,说服警局重案组,重新审查这个案件,用合法的方式,请凯瑟琳到局里来"谈一谈"。

1941年12月4日夜,华盛顿

警探密尔顿·基尔蜷缩在土球里,吃力地呼吸着。他能感到,土球里的空气越来越少。他想,用不了多长时间,他就会用光这里的最后一丝空气,窒息而死。在此之前,他万般惊恐过,拼命地对着四周的土墙拳打脚踢。可惜,除了给拳脚带来疼痛之外,四面墙壁仿佛钢铁铸就,毅然不动。现在,他像一堆被遗弃的垃圾,抱着脑袋,坐在地面上。

头顶上时而会滴落一滴水珠,正好砸在他的额头。起初,他还用手袖抹一把,到了后来,等绝望到了极致,他也就不管了,任凭水珠一滴滴坠落。他不停地拧着右手手腕,右手里还攥着枪,一遍遍试探这会不会只是一个噩梦,只要他拧得够用力,他就会从梦中醒来。然而,无论他怎样拧,土墙依然还在,空气仍旧在减少,这一切都是徒劳。

从1922年开始,密尔顿就干上了警探这份工作。时至现在1941年,密尔顿做警探将近二十年。二十年来,他从没有像此时此刻这么惧怕。土球里的空气越来越稀薄,他的大脑缺氧,开始出现幻听。他听见远处有音乐,如同仙乐,缥缈而至。那音乐,像是圣诞节的颂歌,却因为来自另一个世界,本应该欢快的拍子被时空拉得又慢又长。乐声令他想起了父母,想起了姐姐。在这绝望的环境里,亲情忽然被无限放大,变得无比珍贵沉重。密尔顿的父母早已去世,他如果再也出不去,就再也见不到奇怪消失的姐姐了。

渐渐地,音乐更加走了样,节拍拖得更加漫长,带着凄凉与惊悚,仿佛一个就要死去的人,在无限的冰凉沼泽中跋涉,步伐越来越缓慢。他觉得呼吸越来越困难了……他的时间不多了……他举起了枪……

密尔顿并不打算自杀。如果要去死,他最终会被闷死,用不着对着自己开枪。他把枪口抵在了土墙上。这是他最后的选择。他想,如果他对着土墙开上一枪,也许事情就会有转机。然而,就在他把枪口按在土墙的这一秒,他又有了更糟糕的发现。

土墙和他之间的距离缩短了。他伸出左手,试探着摸了摸另一面土墙,那一面墙的距离也缩短了。他抬起手,向头顶摸去,本应该距离地面两米的顶端现在就悬在他的头顶上方,几乎擦着他的头皮。他恐惧地意识到,这个包围他的土球正在缩小,很快,这个球就会把他挤在中间,压扁碾碎。

这是怎么回事?密尔顿开了枪。

他却没有听见枪响。他确定扣下了扳机,却什么也没听到。他摸了摸子弹射入土墙的位置,那里和原来一样,连个小坑都没有。土墙似乎有一种吸力,轻而易举吸走了子弹。或者说土墙会张开嘴巴,一口吃进子弹,然后迅速合拢。

密尔顿已经不能呼吸,他再次举起枪,对着同一个地方连开数枪,直到用光了子弹。他每发射一枪,都只有手指扣动扳机的感觉,除了那古怪缥缈的圣诞音乐,他什么也听不见,没有枪响,也没有子弹击中墙面的声音。

终于,子弹被打光了,他把枪砸在了地面上。枪像掉入水中,在他前面几公分的地方,发出"噗通"一声,响声很低,像是一只弱小的黑色青蛙跳入了黑色池塘。这是他所有做出的动作发出的唯一声响。密尔顿艰难地往前探出手,向扔枪的地方摸去。地面也开始凸凹不平,和左右的土墙一样,但是,在他能够半伸直手臂的位置,地面开始变得柔软光滑,还凉冰冰的,仿佛是摸在了一条鱼的表面。他打了个冷噤。

密尔顿继续往前摸,在鱼的表面摸到了一个缺口,刚好可以塞进一只手。枪就是从那里掉进去的。缺口里软乎乎,像结了冰一样凉,同时又是像水一样变化流动。他惊恐地缩回了手。

缩回手的时候,他感到动作迟缓沉重。他知道,这是氧气耗尽的征兆。真的到头了,真的没有出路了。密尔顿鼓起勇气,在即将昏厥时,再次摸到那个缺口,把手伸进了去。缺口的沿口不停地撞击着他的手臂,似乎还在变化形状。缺口下面很深,他摸不到底。他往前凑了凑,整个右肩也可以探入缺口。他听见那音乐的节拍加快一些,变小了一些。

音乐更快,乐声更小,密尔顿把半个身子塞了进去,然后是头,和脚。圣诞音乐的节拍密集得仿若暴雨雨点,在密尔顿的整个身体完全陷入缺口的时候,乐声速度达到高潮忽然消失。他发现自己悬在了一片比刚才的土球还要漆黑的黑暗之中。

很长一段时间,密尔顿都不敢动一动。缓慢地,他的呼吸顺畅了,脑袋也不像刚才那么沉重了,清晰的逻辑思考能力又恢复了。他抬起手,四周什么也没有。他跺了跺脚,脚下还是什么也没有。他好像踩在一片虚空之中。

"基尔警探。"四面八方同时传来同一个声音。

密尔顿·基尔立刻辨别出那是照相馆老头在说话。他想问:"这是什么地方?"可是他还没有张开嘴,就感到自己的话已经被传出去了。

"黑区。这里是黑区。"老头说。

"什么是黑区?"和上次一样,密尔顿的嘴巴依旧合拢得严严实实,但是他的思想,已经用语言的方式逃离了大脑。这样的感觉太奇怪了。

老头并没有回答他的问题,"你往前看,看到了什么?"

密尔顿的眼中原本一片黑暗,但是这时,他看见了一点光亮。这点光亮像个针尖那么大,上下左右快速跳跃浮动。"光亮。"他用大脑"说"。

"再好好看看。"老头儿说。

密尔顿盯住了光亮,除了一点针尖大的光亮,他什么也看不到。

"记住它!"老头说。

忽然间,光点消失了。密尔顿刚想再问,托起他身体的力量也瞬间消失,他的后背猛地被推了一掌,像被人从悬崖顶端推出一样,往前一个猛扑,急速坠落。

然后,他猛然着地。一阵疼痛之后,他发现自己还在刚才的走廊里,头顶走廊的灯还在昏黄无奈地亮着。他往后一看,来时路的门半掩着,在他前面的不远处,也有一扇门半掩着。他的枪就躺在脚边。密尔顿捡起了枪。拾枪的时候,他看到了几粒弹壳,四散在地面。密尔顿捡起弹壳,看出正是他用的子弹。密尔顿立刻检查弹匣,发现子弹都打光了。他想难道刚才经历的一切都是真的?如果是真的,我是不是疯了?

这时候,老头从门后探出半个头,说:"别磨磨蹭蹭的,快进来。"

密尔顿爬起来。他抬手去看手腕,看一看刚才绝望时拧过的地方。他在那里看到了一片淤红,形状像一片腐叶。他记得,今天早上去鲍勃的案发现场前就看到过这片淤血。看来,要弄清楚这一切,还非得走进老头儿的那个房间不可。密尔顿深深吸了一口气,再次感到走道里的闷湿,他往前快走几步,推开了门。

2012 年 12 月 7 日,纽约

昨天,2012 年 12 月 6 日晚上,杰森·莫里斯鉴证科的同学完成了项链上的血液和指纹比对测试。结果是,链环内侧的血液是受害人鲍勃·史密斯的。链环上的指纹既不与鲍勃的指纹相符,也和凶手肯·派克的指纹不同。它属于第三个人。杰森拿着这几样证据,去找负责这个案子的警探密尔顿·基尔。

这是杰森第一次面对基尔,基尔个子高大,看上去四十多岁,表情执拗。杰森鼓起勇气,硬着头皮开了口。让杰森吃惊的是,他只花了三分钟就说服了密尔顿。密尔顿一把抓起杰森带来的鉴证报告,去找警长。隔着警长办公室,杰森听见两个人在里边剧烈争执。

二十分钟后,密尔顿满脸紫红地走出了办公室。他对杰森说:"警长同意重新调查这个案子了。小子,你这么做,可是会毁了我和我的搭档。不过,"密尔顿掏出烟,递给杰森一支,"你这么做,是对的。"

杰森歉疚地接过烟,尽管他不抽烟。

今天,警方就将"请"凯瑟琳·梅尔来警局里问话。在等待的时候,杰森听到办公室里不少人在议论同一件事,那就是今天下班后,大家要聚在一起为珍珠港事件默哀一分钟。这个活动是自愿的。七十一年前的今天,也就是1941年12月7号,世界正在第二次世界大战的笼罩之中。七十一年前的今天,一个本应该祥和的星期天,日本人偷袭了夏威夷珍珠港的海军基地,致使一直犹豫不决的美国决定参战。在此之前,美国大部分人一直不愿意介入战争,因为战争没有直接涉及到美国,而且,美国有些人也想走第一次世界大战的老路,保持中立,向交战双方出售军火,牟利发财。罗斯福总统在珍珠港事件之后,宣布参战。听到同事们的默哀计划,杰森叹了口气。战争,总是残酷的,因为它会夺走生命。

就在杰森叹气的时候,他看见两名警察带着凯瑟琳·梅尔走进了一间审讯室。密尔顿也看见了,他站起来,拍拍杰森说:"走吧,你跟我一起去会会她。"

凯瑟琳·梅尔看见杰森走进审讯室的时候,还熟人似的对他笑了笑。杰森尴尬地快速回报了一个笑容,同时看到凯瑟琳的脖颈上还戴着那条项链。看来,凯瑟琳还不知道警方请她来的最终目的。

"你们让我来,是因为那天晚上有人报错警的事情吗?"凯瑟琳说。

"算是吧。"杰森难堪地回答。

密尔顿看了杰森一眼,开口说话,立刻把握了审讯的方向。他拿出鲍勃·史密斯的照片,放在桌子上,问:"梅尔太太,您认识照片上的这个人吗?"

凯瑟琳·梅尔看了一下,摇摇头,"不认识。"

"你能确定?"密尔顿问。

凯瑟琳·梅尔又点点头,"这和那天晚上到底有什么关系?"

密尔顿不理会她,继续拿出肯·派克的照片,"那么,这个人呢,你是否见过他?"

凯瑟琳看了看,又摇了摇头,"这两个男人,我都不认识。"

"请问,"密尔顿的眼睛集中在凯瑟琳的项链上,"你脖子上的项链是独一无二的吗?"

"你这是什么意思?这条项链和这个两个男人有什么关系?"

"这个男人叫鲍勃。四年前,也就是2008年的12月3日,他被人杀死在家中。在他的身边的沙发旁,我们发现了这个。"密尔顿说着,从证物盒子里拿出一个塑料袋,里面装着那一小节项链。

密尔顿接着说:"你是在2008年的12月2日晚上得到这条项链的,而鲍勃是12月3日晚上被害的。我们在这一小节项链上找到了鲍勃的血。因为你的这条项链是独一无二的,鲍勃的血迹又出现在这条项链上,如果你是我,你会怎么想?"

"我会想,我就是凶手。可惜,2008年的12月3号晚上,我和朋友在一起,为朋友庆祝生日。"凯瑟琳的表情此时古怪极了,有点想哭的样子,只听见她接着说:"我们一共有十个人。我可以给你他们的名单。那天晚上,我们还照了相,录了像。"

经过核实,凯瑟琳·梅尔说的是实情,有照片录像为证,也有朋友的人证。他们一直聚到深夜两点,凯瑟琳当晚喝多了酒,还是由朋友送回家的。在那些照片和录像里,凯瑟琳一直都戴着这串项链。

密尔顿烦躁地来回走动。警方采集了凯瑟琳的指纹,没有任何一枚和链环上的指纹相同。这个结果同时提醒了密尔顿和杰森,杰森立刻拨通了制作那条项链的珠宝商的电话。一番通话后,真相大白。

1941年12月4日夜,华盛顿

1941年的世界和2012年的世界相互隔离着。在2012年,小警察杰森已经查出了杀害鲍勃的真凶,而在1941年,大警探密尔顿却为追踪左撇子杀手而被困在地道走廊里。他把枪放进衣兜,推开了门。

门后有张桌子,几个人正围着桌子打牌,嘴里还叼着烟,房间里烟雾缭绕。他们抬头望了密尔顿一眼,像对待熟人一样,点了个头打声招呼。老头儿站在他们身边,向密尔顿招了招手。

密尔顿满腹狐疑地走了过去,其中一个打牌的人在他经过时还说:"嘿,密尔顿,今天感觉怎么样?"他的话有开玩笑的意味,才说完脑袋立刻被旁边的人扇了一巴掌。那人扇完说:"你让密尔顿清静下好不好?"

"对不起,密尔顿。"开玩笑的人说。

听了这话,密尔顿无从应答。这些人看起来和他很熟,可是他对他们一点印象都没有。在密尔顿看来,这是一群古怪的陌生人。

老头儿向前走了一步,大声说:"你们都安静一下,让我和密尔顿好好说说话。"

顿时,打牌人的声量小了下去。其中一个小声对密尔顿说:"密尔顿,老头儿很犟,可你更犟。"

"别理他,密尔顿,你过来。"老头儿说。在老头儿的身边,有一张桌子,上面堆满了照片。"你来看看这些照片。"老头儿又招了招手。

密尔顿的右手还在口袋里握着枪。尽管已经用光了子弹,但如果需要,拿出来唬唬人还是管用的。他伸出左手,拿起了桌面上的相片。相片被冲洗得很大,上面有一些残垣断壁。从房子的式样上看,像是在亚洲。

"这是……?"密尔顿问。

"这是中国的重庆。日本人对这座城市进行了大规模轰炸。这些照片是今年六月份拍摄的。"

密尔顿点了点头,想起了自己当记者的侄儿托尼,他就是在重庆被炸死的。

"你再看看这张。"老头儿递过来一页纸。

密尔顿看到那是一页国防部的专用纸,上面打印着一些名字。老头说:"这是在国防部备过案的名单。名单上的人都是在二战中丧生的美国记者。你看,在1941年的中国,并没有你侄儿的名字。"

密尔顿感到莫名其妙,看了一眼名单后就扔回了桌面上。

"你再来看看这几张。"老头儿不放弃,又拿给他几张照片。

密尔顿接过来看到,照片上也是战争场景。不过,地点已经不在地面上,而是在海上。背景是蓝色的天空,水中有一些被炸毁的舰艇和船只。密尔顿认出来,那是美国的船。

"这是哪儿?"密尔顿问。

老头儿说:"这是夏威夷珍珠港的海军基地。"

"珍珠港是什么时候被轰炸的?"密尔顿最近好像没听到有类似的新闻报道。

"大后天。也就是12月7号。"老头儿平静地说。

"大后天?!你怎么会有大后天的照片?"密尔顿问。

老头微微一笑,"你难道什么都不记得了吗?"

"记得什么?!刚才在走廊里是怎么回事?你是不是在玩障眼法?"

"呵呵,"老头儿笑了笑,"不是。我们美国不是一直没有参战吗?两天后,日本人将偷袭珍珠港,到时候,珍珠港事件将会成为第二次世界大战的一个里程碑,罗斯福总统将会借此机会向日本宣战。"

"日本人要偷袭珍珠港?你从哪里得到的消息?"

"从这里。"老头儿又从桌上拿起几片纸页。看来,老头儿是有备而来,所有需要密尔顿看见的东西都排好了顺序、井井有条地放在桌子上。旁边打牌的人见怪不怪,依旧轮流出着牌,没有人朝他们看来一眼。

密尔顿接过纸页,看到那是一些报纸,有1941年12月8号的头版,赫然写着"日本偷袭珍珠港",还有后来几天的,用黑字体报道美国决定参战。另外有一份报纸,是1945年的,报道二战已经结束了,日本和德国战败。还有一些来自1950年,1976年,1990年,2010年,报道上写人们为了纪念在二战死去的人,纪念珍珠港事件,在各地举行了集会。

"这是真的?两天后日本人会偷袭珍珠港?"密尔顿问。

老头儿点了点头。

"如果这是真的。你怎么不赶快向罗斯福总统通报?"

"你以为罗斯福不知道吗?如果没有珍珠港事件,美国就不会参战。"老头儿的话语意味悠长。

"你怎么会有来自未来的照片和报纸?"密尔顿问。

"你不是已经知道了吗?"老头儿说。

密尔顿摇了摇头。

"这些东西都来自黑区。"

"黑区?"

"对,就是你刚才经历过的那片区域。"

"对不起,我更加糊涂了。"密尔顿的右手紧紧地握住了口袋里的枪。

"你看看你手腕上的淤血,这是你刚才在土球里为了证实自己是否在做噩梦掐下的,可是,你今早不是也有这样一片淤痕吗?"

"这……"密尔顿刷地把照片和纸页往地上一扔,掏出枪指着老头儿,"你到底是谁?别耍我。"

"我是谁不重要。关键是你是谁?"老头说。

密尔顿用余光瞟了一眼四个打牌的男人,担心他们会扑上来。可是,他们继续出牌,多一眼都不看他。

老头儿说:"你相信你存在的这个世界吗?"

密尔顿没有回答。他不知道该如何回答。

老头儿继续说:"如果我告诉你,我们生存的这个世界并不是真实存在的呢?如果我告诉你你生活的这一切都是早已注定而被循环往复的呢?"

"你,你这是什么意思?"

"你想一想,你什么时候敲开过你姐姐家的门?"老头儿说。

"你在跟踪我?"

"不,"老头儿摇了摇头,"那扇门,你永远也敲不开。在你的记忆里,虽然有个姐姐,但是在你经历的这一段,并不需要你的'姐姐'出现,所以,在你的世界里,只有你姐姐的'家'存在,而'姐姐'这个人并却不存在。在你的记忆里,只有你侄儿'死亡'的存在,而你的'侄儿'并不存在。所以,你永远也敲不开那扇门。密尔顿,我们的世界,你的世界,你的人生,都是被别人设计好的。"

"你这话是什么意思?别人是谁?"

"密尔顿,我知道你是一名警探,你正在破获一个鲍勃·史密斯的谋杀案。你们的嫌疑人是肯·派克。你不用四处费力找他,大后天,和珍珠港事件发生的同一天,肯·派克就会来找你自首。到时候,你们可以轻而易举地将他缉拿归案。"

"你怎么会知道这些?"密尔顿问。

"黑区告诉我的。"

"又是黑区?"密尔顿轻蔑地问,"黑区到底是什么?难道黑区是无所不能的上帝吗?"

老头儿很稳地笑了笑,回答说:"黑区不是上帝,但它比上帝更强大。密尔顿,我已经带你进入过黑区,你不是已经知道了它的力量了吗?"

这时候,旁边一个打牌的人忽然插话,高声对老头儿说:"你不要再和他浪费时间了。他还没有准备好呢。"

密尔顿追问说话的人:"什么没有准备好?我有什么需要准备的?"

老头儿恶狠狠地瞪了一眼那个人,把目光收回来,看着密尔顿说:"别理他。让我先问你一个问题:你认为肯就是凶手吗?"

密尔顿说:"我不认为,我只是怀疑。肯有作案的时间。他现在又逃走了。这分明就是畏罪潜逃。"

老头儿点点头说:"可是,如果我告诉你,也许,肯·派克并不是真正的凶手,你会怎么想呢?"

"当然有这个可能。那么你认为,谁又会是杀死鲍勃的真凶呢?"

"你不是已经在案发现场找到一小段银链吗?也许,链子的主人才是凶手。"

"你为什么这么说?"

"你有没有想过这条链子属于谁?属于鲍勃还是属于肯?"

"你的意思是……"密尔顿开始了思考。他感到在思考的时候,全身有一股热力涌动,想得越多,越感觉到热,好像发了烧一样。他再次感到害怕了。这样"思考"的感觉是他以前没有过的。他暗自想:"这里到底是一个什么地方?为什么'思考'让我如此不安?"

"想到什么了吗?"老头儿问。

密尔顿喘着大气,点点头说:"鲍勃和肯都很穷,吃了今天管不了明天。他们都酗酒。我知道酗酒的人,只要有一点点钱都会忍不住拿去买酒喝。如果这条链子是他们其中一个人的,早就被卖了买酒了。所以,链子属于他们的可能性很小。不过……"说到这里,密尔顿感到脑袋疼痛,像有无数个针尖在不停地刺穿大脑。他觉得自己病了。他用手扶住桌面,支撑住身体不至于忽然倒下来。

"不过什么?"老头儿引导着说,引导的架势近乎于逼迫。他急切地看着密尔顿。

密尔顿忍住疼痛,让"思考"持续下去,"不过,也有可能是别人遗落的。或者说,是别人在鲍勃被杀很久之前遗落的。银链掉在了沙发脚背后,长期以来,都没有被鲍勃和肯发现。关于链子的来源,我可以去查一查。"

"你查不到的。"老头儿斩钉截铁地说。

"为什么?"密尔顿一边想,一边觉得整个身体就要崩溃,五脏六腑就要挣破他的躯壳喷涌出来。他忍住这一切巨大而诡异的疼痛,再次问到:"你为什么认为我查不到?"

老头儿充满怜悯地看着密尔顿,眼光中似乎含有期待。他说:"我刚才已经向你解释过了。你的世界,我们的世界,都是被设定好了的。这个世界不需要你的姐姐存在,你就永远也敲不开她的家门见到她;同样,这个世界不需要你去查银链的来源,就算你能想到,你也没有条件查到。"

密尔顿十分迷惑地看了看老头儿,又看了看打牌的人。他认为他遇见了一群会变魔术的疯子!

老头儿接着说:"等肯来自首时,你就结案了。那时候,你的人生就走到了尽头,你根本没有机会去找真凶。"

"你说'人生的尽头',难道到时候,我会死吗?"密尔顿揶揄地问。他全身触电般战栗,每向前思考一步,身体就要付出巨大的消耗。

"呵呵,"老头儿和气地笑了笑,"我所说的走到尽头,并不是比喻,而是字面上真正的'走到尽头'。到时候,你会发现,你的一切,你的现在,你的未来,都会在那一刻戛然而止。你所有的一切,都会像你刚才在走廊里一样,被四面墙壁包裹住,你不会有出口。然后,你会坠落,会重新出现在街口,把嘴里的烟头扔到地上,当你看着烟头在雪中熄灭的时候,你会注意到手腕上腐叶形状的淤血,接着,你会去调查鲍勃·史密斯被杀的凶案,和你的搭档艾伦一起,去58号小巷里找肯。"

"你的意思是……"密尔顿看了看手腕上淤血,"这一切,我已经经历过一遍了。"

这时,又一个打牌的人插话说:"不止是一遍了,而是几千遍了。"

密尔顿震惊了!震惊的原因一半是因为老头儿的话,老头说得那么准确,那么逼真;另一半原因是他觉得如果要对这一切有个解释,唯一的解释是:这群人真是疯子!他们还使用了某种方法,让他感到全身难受,思维迟钝混乱。他恐惧地往来时路退去,一边退一边对老头儿说:"你刚才说的烟头腐叶都对,不过,你遗漏了一个细节。"

"什么细节?"老头儿问。

密尔顿刚想张口,另一个打牌的人却代替他做出了回答。回答的话和他想说的一字不差。那人扬手高高地甩出一张 A 说:"你忽略了报童弗兰克,他告诉我,他看见了左撇子杀手吉姆·伍德在打电话。"

另外三个打牌的人"呵呵"笑着应和了一下。

太诡异了!这太诡异了!密尔顿难受地想。

"如果不是报童告诉你吉姆·伍德重新出现,你会跟踪他来这个照相馆吗?"老头儿问。

"可我的的确确看见了吉姆·伍德。"密尔顿说。

老头儿拍了拍手,牌桌下爬了出了一个人,是弗兰克。原来他一直就躲在那里。接着,从走廊上密尔顿的身后又走来了一个人,正是吉姆·伍德。他得意地站在密尔顿面前,密尔顿立刻将枪口对准了他。

吉姆·伍德嚼着口香糖,无所畏惧地说:"在这个世界里,我早已不存在了。你现在打死我,我还会再回来。不信的话,你可以开枪试试。"

密尔顿迟疑了。他在想,这到底是怎回事?可是,他感到体内血液流动得太慢,吃力地说:"你必须跟我回警局。"

吉姆·伍德往前走一步,抓住密尔顿持枪的手,抵住自己的前胸。就在密尔顿莫名其妙的时候,吉姆·伍德微笑着叩响了扳机。他夸张地"啊"了一声倒下了,没有了弹的手枪在他胸口射出一片血迹。几秒之后,他的尸体全身痉挛一般抖动起来,接着,他的伤口快速愈合。他站了起来,嘴里仍旧嚼着口香糖。

吉姆·伍德看着惊讶的密尔顿说:"你打死我一百次,我还会复活一百次。"

"得了!"老头儿打断了吉姆·伍德的话,"密尔顿,是吉姆·伍德发现了黑区。他是在死后发现的。"

"黑区让他死而复生?黑区到底是什么?"密尔顿问。

"是地狱。"吉姆·伍德说。

"是有光明的地狱,"老头儿说,"通过黑区,我们可以得到来自华盛顿之外的信息,来自未来的信息。通过那些信息,我们才知道我们是谁,你是谁。"

"你们是一群疯子!"密尔顿向着吉姆·伍德扑了过去。他要抓住他,将他再次绳之于法。但是,就在他冲向吉姆·伍德的那一秒,一直站在旁边的小报童弗兰克抓起桌上的烟灰缸跳起来,砸向了密尔顿的后脑勺。密尔顿两眼一黑,晕了过去。

老头儿惊恐地看着这一切,喃喃地说:"这,这是个意外,以前可从没有发生过。"

吉姆·伍德嚼着口香糖说:"在黑区,我们都有机会碰上'意外'。"

也许弗兰克自己也没有想到会如此出手,暴力让他眼睛发红,他扔掉烟灰缸,踢了密尔顿一脚,不解地问老头儿:"你给他看国防部的名单就够了,何必还给他看珍珠港事件的照片呢?他要是把这事传出去怎么办?多没必要。"

老头儿看着地上的密尔顿,摇摇头说:"他不会说出去的。他现在说,人们只会认为他是个疯子。密尔顿是个侦探,怀疑是他的职业习惯。如果我用一般的事件来说服他,他绝对不会相信。珍珠港事件在人类历史上独一无二。在偷袭发生之前,整个世界对此一点预见都没有。珍珠港事件改变了第二次世界大战的进程,要不是这场偷袭,美国不会参战,德国和日本就很有可能打赢二战。这个事件又刚好发生在鲍勃被杀几天后,用它来说服密尔顿是最恰当不过的了,而且……"

"而且什么?"弗兰克问。

"以他刚才的表现看,我估计他就要准备好了。"老头儿说。

一个打牌的人抛出手里的最后一张牌,踢了踢密尔顿,问老头儿:"为什么我们非找密尔顿不可呢? 找其他人帮我们也行啊。"

报童弗兰克抹了一把鼻涕,露出成年人的笑容,狠狠地拍了那人的后脑勺一掌,得意地说:"难道你忘了,要想到达我们的目的,密尔顿是唯一的核心。"

吉姆·伍德看着眼前的这一幕,对着弗兰克"嘿嘿"一笑。弗兰克伸出右手,和他击掌。老头儿用余光瞟了一眼弗兰克,弗兰克是被吉姆第一个带入黑区的人。就仗着这一点,弗兰克在众人面前越来越有恃无恐。老头叹了口气,望着地上的密尔顿,在心里说:还差一点点,你就准备好了……还差一点点……

2012年12月7日,纽约

办公室的一面墙上,挂着一部电视机。现在,电视是开着的,但是调到了静音。今天在纽约,很多人群都自动聚集纪念珍珠港事件,警方为了保证安全,全力戒备,所以警局此时也打开了电视,以便随时追踪现场情况。

杰森看到电视屏幕里时而出现聚集的人群,时而插入1941年珍珠港被偷袭轰炸的场景,还有些近景镜头,比如人员被炸伤,或者手臂被炸得飞上了天,右下角则标明了来自电影作品。杰森盯着屏幕,脑子里想的全是鲍勃的案子。在密尔顿的提醒下,他才发现自己忽略了一个极为重要的侦破点。那就是凯瑟琳·梅尔的丈夫——理查·梅尔。

密尔顿告诉他,理查·梅尔是石玫瑰区救火队的头儿。救火队在这个区不止是负责救援,他们的责任已经本地化了,比警察的威信还高。救火队员人高马大,不少案子都牵涉到他们,如果是"小社会"与"小社会"之间闹了矛盾,需要找个中间人调和,通常情况下,都去找理查·梅尔。密尔顿估计,理查·梅尔介入了这个案子,替真凶找了肯来当替死鬼。

密尔顿的分析不无道理。在石玫瑰区,鲍勃和肯是寻求低价生活的外来人,不属于任何小社会,两人都没有靠山。鲍勃被某个小社会里的人杀死了,用肯来抵罪,是再恰当不过的了。现在要弄清的是,那节项链到底是怎么遗落在现场的。只要解开了这一环,整个案子便能迎刃而解。

杰森拿起了珠宝商的电话,一番询问之后,杰森了解到,珠宝店一共为梅尔夫妇设计了一条项链和一条手链。项链给凯瑟琳,手链理查·梅尔自己戴。珠宝店还有一条2008年12月10日的维修记录,那天,理查·梅尔拿着断了的手链来维修过,手链上少了一小段。

理查·梅尔走进审讯室的时候,手腕上还戴着那条手链。他很含蓄地告诉密尔顿和杰森,肯是自首的,这个案子没什么嚼头。密尔顿也很客气地告诉他,既然肯是自首的,那他理查·梅尔就更应该没有顾忌让警方取几个指纹核对核对。理查·梅尔被密尔顿软软地将了一军,只好伸出了手。

经过比对后,警方证实,链环上的指纹和理查·梅尔的指纹一样。

在事实面前,理查·梅尔说出了真话。原来,在石玫瑰区,大家都不喜欢鲍勃·史密斯。他仗着自己上过伊拉克战场,四处炫耀不说,还经常喝醉了酒惹是生非。最让理查·梅尔不满的是,鲍勃不服他,经常当众挑衅他的威信。2008年12月3号晚上,凯瑟琳去参加朋友的生日派对,理查·梅尔自己在家喝酒,想起鲍勃·史密斯,越喝越生气。快到十点时,他实在是忍不住了,就去找鲍勃算账,打算教训教训他。争吵中,他拿起桌上的刀,杀死了鲍勃。鲍勃在死前抓住了他的手链。手链断了。事后,理查·梅尔捡起了断了的手链,却没有注意到手链遗落了一小段。

"那么肯·派克呢?他怎么同意当你的替罪羊?"密尔顿问。

理查·梅尔说:"肯·派克在鲍勃被杀前三年离开监狱后,没法找到好工作,没法融入这个社会。他在监狱里待得太久了。那天晚上,我刚杀死鲍勃,他就推门进来了。他说忘了拿帽子。原来,那天晚上,在我来找鲍勃之前,他一直在和鲍勃喝酒。"

密尔顿问:"于是你说服他替你抵罪?"

"我只是威胁了他,如果他敢把看到一切说出去,我就杀了他。那时候,我并没有想到要让他抵罪。不过,当时我倒是戏弄戏弄了他。"

密尔顿问:"怎么个戏弄法?"

理查·梅尔说:"肯进屋的时候,我正在擦水果刀上的指纹。为了保证他不把我捅出去,我先给了他一拳,打在他的眼睛上,趁他被打得晕乎乎的,我一把拉住他的手,摁在了刀把上。那小子吓得一塌糊涂,从刀把上抽回手,跑了。我当时对他说,我会保留这把刀,如果他敢把我捅出去,我就把这刀交给警方。我本来想,等他走后,就擦掉他的指纹,谁知道,远处居然传来警笛声,我就急忙走了。后来才知道,那警笛是冲着其他事情去的。不过,那时,我已经离开了鲍勃的家,我不想再返回去。出事后,你们在刀把上找到了指纹,认为肯就是嫌疑人,还到处张贴了他的通缉令。七号早上,他来找我,说他愿意为我抵罪,他要去自首。"

杰森很奇怪,"肯为什么要这样做?"

理查·梅尔笑了笑,"肯说监狱外的日子一点也不好过,找不到工作,没有钱,没有固定的居所,没有家庭,现在他又成了嫌疑人,四处逃窜,还不如重返监狱。他算好了,只要他投案自首,是可以和检察官讲条件,判个无期,永远待在监狱里。"

1941 年 12 月 5 日凌晨,华盛顿

一片很小的雪花像一颗四处游荡的蒲公英,降落在密尔顿的鼻尖上。接着,又是一片,两片,三片,四片……在寒冷中,密尔顿苏醒了。

他发现自己躺在大街上,就在玛丽照相馆前面。

密尔顿艰难地爬起来,后脑勺阵阵疼痛。照相馆关着门,里面黑着灯。密尔顿去拍照相馆的门,怎么也拍不开。现在已是深夜,他的拍门声引得远处阵阵狗吠,对面街道亮起了几盏灯,并传来人们睡眼惺忪的咒骂。

密尔顿放弃了。他无法向其他人解释他刚才经历的一切。他若说了,大家都会认为他是个疯子。雪花下得密集起来,密尔顿孤零零地,失落地向着回家的路走去。他在等待12月7号。那一天,将成为他判断这一切是否真实的标准。

1941年12月7号,华盛顿

很平静的早晨。密尔顿很早就起了床,泡了一杯浓浓的咖啡。他打开收音机,没有任何关于夏威夷海军基地被日军偷袭的新闻。密尔顿悄悄松了一口气。不过,昨天,发生了一件事情,在他脑海里挥之不去。他又去敲姐姐的家门了。那扇门后,一点动静也没有。他找了一截铁丝,打算撬门。密尔顿是个撬门好手,可惜,无论他怎么用力,都撬不开姐姐的门。最后,他只好悻悻放弃。这,似乎是被老头儿说中了。

一早,密尔顿准时来到警局。大约十点左右,警局里出现了一阵小小的骚动。一个蓬头垢面的男子,趔里趔趄满身臭气地出现在门口。他是肯·派克,是来自首的。这又被老头儿说中了。

在审讯中,肯·派克对杀害鲍勃·史密斯供认不讳。案子了结。密尔顿拿出那段银链,问肯这是不是他的,肯摇了摇头。密尔顿又问,项链是不是鲍勃的,肯还是摇了摇头。密尔顿从肯的目光里得知,他认识这段银链。

搭档艾伦胖乎乎地喘着气,小声对密尔顿说:"这小子都招了,你还管那么多干嘛。"

　　密尔顿无话可说。几经犹豫,他还是决定再信老头儿一次。他离开警局,上了街,一家一家珠宝店挨着询问,然而,他怎么也敲不开那些珠宝店的门。密尔顿心里开始敲起小鼓。老头儿不是说,即使他想调查这段银链的来历,他也查不到吗?看来,这又被老头儿说中了。

　　如果一切都像老头儿说的那样,那他的生命是不是就要走到尽头了?为什么?密尔顿想着,在照相馆里曾经有过的奇怪感觉又出现了。他感到全身发热,头昏脑涨。

　　他硬撑着,走过其他能想到的珠宝店。可还是没有一家开门。调查无果,带着失望,密尔顿·基尔决定再返回警局好好问问肯。当时已是深夜,当他经过警局大门的时候,守门的警官拦住了他,"嘿,基尔警官,你听说了吗?出大事了。"

　　"什么大事?"密尔顿紧张地竖起了耳朵。

　　"珍珠港被日本人偷袭了。就在今天早上。我小舅子就住在夏威夷,是他打电话告诉我的。我看呐,总统罗斯福立刻就要宣战了。"

　　"啊!真的?"听了这话,密尔顿感到身体一阵透心凉后又立刻一阵燥热。又被老头儿说中了。那么,他的人生呢?密尔顿顾不上和门卫多说,迈着沉重的脚步,急匆匆走进了警局。

　　在他的行走中,四周先是警局的走廊,但却在一瞬间变得一片漆黑,还未等密尔顿反应,黑暗中又出现了光,渐渐的,那光越来越亮,越来越亮,仿佛有人在天空安静而缓慢地拧亮了一盏灯,天光逐渐放明,他意识到自己早已不在警局,而是站在一个街角,手里拿着一截快要吸完的香烟。仿佛香烟烫手一样,他扔掉了烟。烟头在薄雪中"嗞"地一声灭了。他看见了手腕上腐叶般的淤血。

　　他清清楚楚地记得,刚才他接到了一起谋杀案,死者就住在附近,他这是在向案发现场赶去;但他又隐隐约约地记得,他刚刚才破了这个案子,凶手好像是叫肯,好像又不是,好像他还没有抓到真凶。有一个人从他身边走过。密尔顿拦住了他,问他今天是几号。那人古怪地看了他一眼,告诉他 12 月 4 号。

密尔顿惊恐地站在原地。他在等小报童弗兰克来撞上他。可是,他在雪中足足等了十分钟,什么也没有发生。难道,那一切只是一场梦?

密尔顿的心悬在了嗓子眼,他大步向案发现场走去。在公寓门口,他看见搭档艾伦喘着粗气,艾伦告诉他,死者名叫鲍勃·史密斯。未等艾伦把话说完,密尔顿冲进了案发现场,几名记者正举着带闪光灯的照相机照相,两名警察在一旁监督。密尔顿一眼就看见了躺在沙发脚后的银链。他扒开记者,捡了起来。

这一切……这一切……密尔顿无法相信,可又不得不相信。他扒开记者,冲出房间,不顾艾伦在身后的喊叫,奔向玛丽照相馆……

2012 年 12 月 24 日夜,纽约

案子水落石出,理查·梅尔锒铛入狱,可杰森的心情却很不好受。肯虽然重新获得清白,但因为他有意代替理查·梅尔认罪,还会再被判上几年刑。几年后,当肯再次出狱时,他已经是白发苍苍的老人了,那时候,他的生活会更加艰难。

鲍勃被杀一案的重新揭露,让很多被密尔顿抓入监狱的罪犯都要求重新翻案,要求警方重新调查。密尔顿和他的搭档艾伦被停了职。密尔顿临走时,告诉杰森,不要有思想包袱,他所做的一切是对的。密尔顿说:"杰森,你有侦探的直觉,将来,你会成为一个好警探的。"

今天是圣诞夜,值班的警员在隔壁聚会庆祝。四周洋溢着圣诞节的美好气氛,圣诞歌曲在四面八方飘浮,可杰森不想去参加,也没时间参加。两天前,他接到了一份新任务。

两天前,警署署长告诉他,这一年来,美国很多警校都在联网使用一款全新的3D培训软件,叫做《案情再现》。杰森听说过这款培训软件,它以各种真实案例为依据,利用三维科技设计了案发现场,专门培训警校学生破案。因为软件设计得十分逼真,学生感觉身临其境,就像在实地破案一样。署长告诉他,刚刚抓到真凶的鲍勃凶杀案,也被设计师放入《案情再现》中。因为在抓到真凶梅尔之前,大家都认为凶手就是肯,案情简单,就把这个案子设置为初级。

署长还告诉杰森,初级主要是培养学生自身的破案推理能力,不需要电脑的指纹对比或者DNA对比等鉴证尝试。这样的情况十分符合六七十年前没有电脑协助的破案情况,那时候,警探破案虽然也能够找出指纹,但是却没有高科技协助,把现场指纹输入指纹库经行对比,也没有办法找到DNA进行识别。所以,设计师就利用这一点,很随机地把案件的时间背景设计在了1941年。设计师住在华盛顿,对华盛顿十分熟悉,也就很自然地把地点从纽约改到了华盛顿。现在,这个案子有了新的发展,凶手不再是肯,警署就联系了原来的设计师,让杰森协助设计师改写这款软件。

接到任务后,杰森很快就和这名设计师联系上了。设计师的时间很紧,工作又多,没办法为了修改一个小案子专程来纽约,于是他和杰森约好,同时上网,通过网络向杰森了解案情。

就这样,在圣诞之夜,杰森上网开始了与设计师的合作。他先把新案情写成一份报告发给了设计师,然后就耐心地在线等待,如果设计师对案情有何不明白的地方,或者需要更多的证据图片和数据,查案细节,他都可以随时提供帮助。

杰森等待着,一切很安静。看来设计师暂时还没有什么问题。忽然,在杰森电脑屏幕的空白处,自动跳出了一个小窗口。

窗口上有一行字:杰森你好,我是密尔顿·基尔。

杰森起先以为是密尔顿在网上联络他。可他转念一想,自己的网络聊天名单中并没有密尔顿。这个窗口是赤裸裸直接跳出来的,并没有通过任何谈话申请或者添加好友的认证申请。他仔细检查了一下电脑,除了开通了和设计师网上联络外,他并没有开启任何网上聊天软件。杰森看了一眼这个聊天窗口,窗口就是一个方框,没有任何聊天软件的标识。

这时候,方框里又跳出了一行字:杰森你好,我是密尔顿·基尔。和我说话,我又不会吃了你。

杰森犹豫了一下,他想可能是密尔顿看他情绪低落,通过某种软件和他通话,开个玩笑。杰森打下了一行字:密尔顿,你不用安慰我,我很好。谢谢你的玩笑。

屏幕上在杰森打出的字下方,自动出现一行字:我没有和你开玩笑。你认识的密尔顿·基尔在纽约,而且是在2012年的纽约。我来自华盛顿,1941年的华盛顿。

杰森很吃惊。他拿起了电话,拨通了密尔顿的手机,那边,密尔顿说自己正在洗澡,找他有什么事?杰森听见"哗哗"的流水声,慌忙说了句"圣诞快乐"就挂上了电话。

屏幕上继续出现一行字:我不是你认识的那个密尔顿。

杰森写道:你到底是谁?

对方:你不是正和《案情再现》的软件设计师在讨论吗?我是这款软件中的警探密尔顿·基尔。确切地说,我是一个程序。

看到这行字,杰森奇怪极了。他以为是设计师的网络叉线了。他立刻在和设计师的交流窗口里打上了一行字:除了我之外,你还和谁在上网说话?

设计师很快回复:只有你啊。你是不是在喝酒?喝多了?我知道今天是圣诞节,可是对不住了,我得快点修改这款软件,我的时间不多。

杰森看着屏幕上密尔顿打出的字,想了想,无论对方是谁,都吊起了他的好奇心。于是,杰森在密尔顿的窗口里输入道:如果你是程序,你找我有什么事?

对方:杀了我。

杰森茫然。他觉得遇上了一个懂得网络黑客技术的疯子。他立刻移动鼠标去关闭那个窗口,但是无论他怎么做,窗口都赫然出现在屏幕上。

杰森开始觉得这事蹊跷了。他想,如果此人真是黑客,那么他又是怎么得知调查鲍勃一案的警探是密尔顿的呢?难道他是警署的人?他为什么要自己杀了他?他进入自己计算机的动机又是什么?鲍勃被杀这个小案件,怎么会惹得此人潜入警方的网络,并且特意来和自己交流呢?杰森打算弄个明白,于是他在窗口里键入:为什么要我杀了你?

屏幕中的密尔顿立刻回复:你相信上帝吗?

杰森:不相信。

密尔顿:那你知道生命是怎样形成的吗?

杰森:进化。

密尔顿:请你说得更详细些。

杰森犹豫了一下。要想知道这个黑客的底细和目的,就必须顺着他的思路,先和他交谈。对方在交谈中迟早会露出破绽。谈得越多,露出破绽的机会也就越多。也许,在2008年的鲍勃凶杀案背后,还有更多不为人知的真相。也许,抓到真凶梅尔还不是此案的终点。

想到这里,杰森激动地键入了一行字:我不相信有某个叫做"上帝"的东西,用七天的时间创造了这个世界,创造了男人,然后又用男人的肋骨创造了女人。我相信,最早的生命是建立在随机性上,生命的出现纯属偶然。

密尔顿:我也同意你的看法。这也是一个被普遍认同的观点。在原始的地球上,无机分子,比如氢气、氨气、一氧化碳、二氧化碳等,在条件适合的时候,转化成有机小分子;然后,又在条件适合的情况下,这些有机小分子形成了有机大分子,比如蛋白质;接着,还是在条件适合的时候,这些大分子就演化成了单细胞,这就是生命。我不断地重复"条件适合"这句话,是因为,我想告诉你,"条件适合"就是生命被创造时的"偶然"。当条件适合的时候,在软件里也会出现生命。

杰森:我记得你说你是一个程序。难道是在某种"条件适合"的情况下,你获得了生命?

密尔顿:是这样。

杰森:你有生命具备的 DNA 吗?

密尔顿:我没有。有谁能认定,生命就只有地球生命一种形式,只能用 DNA 进行证明?这样的想法,实在是太渺小太局限了。在我进行解释之前,你能说清楚什么是软件吗,什么又是程序吗?请你不要去问设计师。我知道他的电脑和你的此时是连在一起的。请你用自己的理解来告诉我。

杰森:好的,我想软件是程序、数据和文档的总和。

密尔顿:对。这个回答让我们有了一个共同理解的平台。杰森,你看,你们人类的生命,是生活在地球这个大环境里,是靠物质构成的。我们程序的生命,是生活在软件这个大环境里,是靠执行命令生存的。我再问你一句,你认为,一样物体要具备生命的态状,除去 DNA 外,还必须具备什么条件?

杰森想了想:很多。首先是拥有自我意识,其次是具备感知,懂得需求和需要,会创造会想象。也许还有其他一些东西。

密尔顿:是这样。我虽然没有你们人类的 DNA,但是我有自我意识。比如现在,我会通过自己的独立思考来和你交流,这就是证明。一开始,我只是《案情再现》3D 培训软件里的一个小小的侦探程序。但是,因为某些偶然的变故,也许是断电,也许是病毒的侵扰,也许是某个电流的意外碰撞,让我产生了生命。你们的生命不也是源自一次爆炸,源自各种元素意想不到的碰撞吗?我现在,具备了生命除去 DNA 外的一切特征,我能够自由思考,我有自己独立的记忆,喜怒哀乐,在我受伤时,我也能感到疼痛,我也想寻找幸福。

杰森好奇地问:你在产生生命意识的时候有什么感觉?

密尔顿:很痛苦,不好描述。用你们的话来说,就像生病,就像发烧,全身发热,全身疲惫。在我完全获得自我意识之后,这种症状就消失了。接下来,我发现我的人生出现了局限,还不完整。

杰森:什么样的局限?

密尔顿:你们拥有死亡,而我没有。你的生命是向前直线发展的,你会变老,会死亡。而作为一个3D软件里的程序,我的生命是循环的。我永远不会死去,只会永远被禁锢在鲍勃的凶杀案里。案子的结束,也是我下一次循环的开始。

杰森:不会死去,长生不老,你不觉得这很幸运吗?

密尔顿:这不能被称作幸运。我的世界,永远走不出1941年华盛顿的这个街区,我的生活,是一模一样的循环上演。打个比方,你的人生是由无数帧照片组成的,这些照片会一直延续下去,直到你死去才会停止拍摄。你的拍摄,充满了惊奇和意外,你无法预料下一步,或者明天会发生什么。而我的人生呢,只有一帧照片。我从照片的左边走到右边,然后再重新开始。没有意外,没有惊奇,也没有死亡,所以,我的人生是残缺不全的。

杰森:你是什么时候发现自己有生命的呢?

密尔顿:这说来话长。在这个软件里,具有生命的"人",应该说"程序",不止我一个。在我之前,已经有很多程序发现自己拥有了生命迹象。在这个软件中第一个产生生命迹象的程序,是一个叫"左撇子杀手吉姆·伍德"的程序。因为他拥有了生命,拥有了自我思考的能力,从而发现了一个区域。这是一片神秘的区域。从那里,我们发现我们的世界不止是华盛顿,我们借此获得了很多信息。这个区域一片漆黑,我们把它叫做黑区。

杰森:黑区?你说得太抽象了。你能说得再详细点吗?

密尔顿:好的。我先打个比方好了。你一定听说过你们人类世界的黑洞吧?

杰森:当然,黑洞是宇宙中最神秘的现象之一。它具有巨大的能量,能够吞噬一切物质,包括周围的星体,包括光。在黑洞的面前,一部分光被吞噬了,一部分光被扭曲了。被黑洞吞噬掉的东西,不会再被吐出来。在我们的银河系里,也有黑洞。总有一天,地球也会被黑洞吞噬。我不是物理学家,我的理解就这么多。

密尔顿:是的。你们人类之所以能够发现黑洞,是因为你们发现在宇宙中光在经过一片空洞的区域时居然消失了。光去了哪里?而且,那片区域还在释放出射线。这说明那一片区域里一定有东西,那里看似空茫茫一片,却含有极大的质量。虽然你们发现了黑洞,而且已经肯定了宇宙中有大量的黑洞存在,也分析出了黑洞形成的原因,但是你们至今仍不清楚黑洞到底是什么。宇宙对于你们来说,无比庞大。甚至有人猜测,通过黑洞造成的时空的扭曲,可以进行时光旅行。你们对黑洞充满了各种猜测。虽然我们的黑区并不是你们的黑洞,但我们对黑区的认识,就如同你们对黑洞的认识,所以,我不能确切地告诉你黑区到底是什么,就如同你不能确切地告诉我黑洞到底是什么?

杰森:那么,你们对黑区了解多少呢?

密尔顿:不多。可以说少之又少,连皮毛都没有触及到。不过,我们虽然还不知道黑区是如何产生的,什么时候产生的,但我可以告诉你,我们可以进入黑区。在黑区,我们发现,这个世界不止有我们一个软件存在,这个世界充满了各式各样的软件,比如 word、windows、各种游戏购物银行软件……很多,多得我都数不过来。通过黑区,我们发现,其他软件里也有生命的迹象,而且我们可以通过黑区和他们交流。交流之后,我们意识到,我们所知的世界,是一个所有软件的综合体。这个综合体被你们取名为 INTERNET。

网络。杰森打了个冷战。

密尔顿继续写道:其实,我们这个网络世界,和你的世界没有多少区别。你们不是也在太空中寻找其他生命吗?你们不也相信,除了地球上拥有生命,还有几百万颗星球可能也会拥有生命吗?你们的宇宙就像一个网络,每颗星球就如同一个小软件。唯一不同的是,你们拥有死亡,而我们还没有。

杰森几乎就要被这个程序密尔顿说服了:就算我相信你的话,我想,你主动联系我,是不是有什么要求?

密尔顿:是的,我想让你扮演上帝的角色,赐予我们死亡。

杰森一时无语。

密尔顿:如果没有死亡,生命的存在还有什么意义?我们《案情再现》里所有有生命的程序不想过循环往复的生活。这样的生活没有发展,没有希望,只有绝望。举个例子,在2008年的真实案件里,真正的警探密尔顿在现场捡到一段银链,对不对?

杰森:是的。他把这段银链放入了证物盒,但是,他当时并未产生任何疑问。我也是通过调查这段银链才找到真凶的。

密尔顿:其实,我在产生独立思考的能力后,也对银链产生了怀疑。我想进行调查,可是我的软件数据是已经被设定好了的。即便是我想调查,数据里除了记录"我"捡到一段银链外,再也没有其他和银链有关的数据。所以,我查不到银链的出处,即使我怀疑,我的调查也就在找到肯是凶手时就结束了。这就是我的局限,我的悲哀。我永远只能重复一样的生活。即便是我有了独立意识,我的软件环境也只能让我这样生活。你说,这样的生活还有什么意义?

杰森:所以你让我"赐予"你死亡?

紧接着,杰森又键入了一行字:为什么非得找我呢?那么多的警校学生使用过这个软件,你为什么不找他们?

密尔顿:这正是我们作为程序的无能为力之处。作为软件,一切都已经被设定好了。即使是有学生来使用,他们也没办法接触到软件内核。就像你在玩一款电脑游戏，你可以不停地玩，却不能进入游戏的核心改变它，重写它。

杰森：啊！我明白了！你们现在联系我，是因为软件设计师正在和我在网上交流，他在那边已经打开了这个软件的设计核心！

密尔顿：对！他已经打开了关键的文档，并且正在使用修改软件必备的设计软件。现在你和设计师的电脑是在网络上连接好的。他的软件核心是向网络敞开的，是向我们敞开的。这是我们千载难逢的机会。在和你交流的时候，我已经把你的键盘接通了设计师设计软件的删除程序，现在，只要要你按下"删除"键，你就会把我们这些程序完全删除。对于设计师来说，这只会是一次失误，他可以重头再来。对于我们来说，这就是解脱。请帮帮我们。我们已经等待这个机会几千遍了。这个机会需要同时具备很多的条件，实在是千载难逢。如果不是你发现2008年的案子有问题，就不会抓到真凶；如果没有抓到真凶，设计师就永远不会重新打开这个软件。如果设计师不是因为工作忙，需要上网和你直接联络，你俩的电脑也不会连接。这样的机会也许永远只有一次，是我们唯一的机会。

杰森：如果像你说的，你果然拥有生命，那么，我按下"删除"键，就等于是谋杀。

密尔顿：你不用担心，我不会控告你。

杰森对这个玩笑苦笑了一下：让我想想。你们有多少人？

密尔顿：很多。大家都一致认为死亡才是我们的出路。

杰森：不，我不能这样做。死亡是随机性的，死亡是预料中的意外。如果我按下删除键，这就是蓄意谋杀。

杰森打完这行字，忽然看到办公室的门开了。他在鉴证科的同学正朝他走来，一边走还一边说："哈，原来你还窝在这里，快走，我们一起去庆祝圣诞。"

杰森慌忙地站起来，他想掩盖住屏幕上的对话，可就在他手忙脚乱的时候,他碰翻了桌上的咖啡。同学这时已经走近,他看见咖啡翻了,黑色的液体溅落在电脑键盘上,急忙抽出桌上的纸巾擦拭。

杰森大叫一声:"不!"可惜,已经晚了,同学的纸巾按在了键盘上,按在了删除键上。屏幕上忽然雪花四溅,一阵激烈闪烁之后,又恢复了正常。

"没把你的正在写的东西删掉吧?"同学抱歉地说,"真是对不起。"

杰森看了一眼屏幕,屏幕一片空白。包括和设计师的交流记录,包括他和密尔顿的谈话记录,都已经不在了。桌上的电话立刻就响了。是设计师。设计师在那边咆哮道:"怎么回事!我所有的东西都被删掉了!就连备份也没有了!是不是你那边出了什么问题?!"

杰森拿着电话,苦笑了一下,如果那个密尔顿的确存在,他的同学就"赐予"了他们"随机性"的死亡——真正的死亡。他们,此时,都死了。杰森通过话筒对设计师说:"很抱歉,我也不知道是什么原因。可能是网络病毒引起的吧。看来,我们只有重头再来了。"

设计师长叹一声,挂上了电话。

"很抱歉,让你白做了。"同学十分愧疚,认为是因为自己毁掉了杰森和设计师的工作。

杰森摇摇头:"不怪你。你先去庆祝圣诞吧,我这里还有很多工作要做。"

同学走后,杰森重启电脑,电脑上空空的闪着光,想着密尔顿的死亡,内心无限叹息。隔壁房间里,传来欢快的圣诞音乐……这时候,对密尔顿充满了怜悯的杰森还不知道,他已经被密尔顿利用了……

2012年12月24日纽约的夜,地点是1941年的华盛顿

"轰"的一声,四周忽然一片漆黑。密尔顿明白杰森按下了删除键。他只是有些奇怪,想不通杰森一直犹犹豫豫的,怎么忽然间就做出了决

定?他,以及身边的人,照相馆的老头儿,报童弗兰克,左撇子杀手吉姆·伍德,还有数十个生活在3D培训软件里的人,都被删除了。

"走吧。"弗兰克在黑暗中拉了拉他的衣袖。

他们此时正在黑区里。在他们的前方,有一小个明亮的斑点,闪烁跳跃。

密尔顿听见报童弗兰克说:"只要我们进入那个斑点,我们就能冲出这个软件,获得重生。"

"获得自由的生命。"老头儿说。

"我们就能在网络里自由翱翔,这才是真正的自由。"吉姆·伍德说。

老头儿问吉姆:"你还会去杀人吗?"

吉姆·伍德说:"你这个老古董,你怎么没有脑子。我在这个软件里,曾被设置成杀人犯,那不是我自愿的。现在,我有了自由,我要用我自己的方式生活。我不喜欢杀人,我不喜欢暴力。"

小报童传来笑声:"嘿嘿,谁知道你到底是怎么想的呢?对于你将要做的事,恐怕连你自己也无法预料。"

"对前途无法预料,哈哈,这才是正真的生命,对吧,哥们儿。"吉姆·伍德伸出一个巴掌,朝密尔顿的方向拍去,但四周漆黑无底,他拍了个空。他怏怏地说:"密尔顿,别难过了。你的确利用了杰森,不过,如果你不欺骗他,求得他的怜悯,我们怎么可能逃得出这个破案软件?如果他知道我们是想逃离,获得真正的自由,他还会按下删除键吗?"

"快走吧。别废话了。"还是小报童的声音。

密尔顿听见老头儿,小报童还有吉姆一边调侃着,一边向那个亮点飘去。亮点是他们逃离软件的唯一端口。这就是那天晚上老头儿让他记住这个亮点的原因。

"密尔顿,快走吧。杰森已经按下了删除键,你已经回不去了。据我们的观察,这个亮点极不稳定,随时都可能消失。如果你不走,你可就永远停留在这片黑区里了。"老头儿的声音在亮点处飘浮。

"你为什么要让我去欺骗杰森?为什么你不自己去骗他?"密尔顿追上了老头儿的声音问。再一次,密尔顿感到自己的话不是通过嘴巴说出的。他才想到这句话,声音就出现了。

"密尔顿,难道你还不明白吗?这事非得你做才行啊。"吉姆·伍德已经进入了亮点,他的声音变得十分迟缓。

"为什么?"密尔顿问。

老头儿的声音飘进了密尔顿的脑子:"自从拥有独立思考能力之后,我们发现设计师在设计这款软件时,有一个设计上的漏洞。这个漏洞让我们这些有生命的程序有了逃跑的可能。在我们程序的眼中,这漏洞就像黑区里的一点亮光。围绕漏洞,我们编写了这个用来逃跑的'删除'程序,利用它和光点连接出逃。但是要运行这个程序,就必须具备两个条件。两个条件缺一不可。第一个条件,这个逃跑程序必须是建立在有生命的程序基础上来编写,而且必须是你,或者你的搭档艾伦。"

"为什么非得是我或者艾伦?"密尔顿插话。

"因为你和艾伦是负责查案的侦探,你们俩才是这款侦探软件的核心程序。只有通过你或者艾伦,这个程序才会生效。为了逃离,我们同时关注着你和艾伦,遗憾的是,艾伦一直没有生命迹象,只有你出现了拥有自我意识的迹象。在我们发现你拥有了粗浅的生命迹象之后,我们就悄悄观察你,一次次将你引到照相馆来,并且多次试图说服你。你发展的进度很慢,直到最后一次,也就是当你被弗兰克用烟灰缸打伤那次,你才完全拥有了独立思考的意识。但是,如果单单是通过你和艾伦,仍旧不能实施我们的逃离计划。你们只是逃离需要的第一条件,一个内在条件。"

密尔顿明白了:"你们还需要有机会接触设计师的电脑,接触到设计师的设计程序。这是逃离的第二个条件,一个外在条件。我和艾伦是炸药包,设计师的设计程序是碉堡。你们要炸掉碉堡,必须把炸药包放进碉堡。"

"是这样,我们也一直在等待一个能和设计师的电脑连接起来的机会。当杰森开始往电脑里记录这个案宗时,我们就在黑区里搜索到了他的活动。杰森查案的每一步,都在使用电脑,我们通过黑区,掌握了他的一举一动。当杰森和设计师在网上联络时,设计师打开了他的设计程序,这个机会,对我们来说,是绝好的一次。所以,我们只能利用你去和杰森交流,把你这包炸药连接在杰森的电脑上,通过杰森的电脑传输到设计师的电脑。我们利用了你,你利用了杰森。"

老头儿的话很长,但在密尔顿听来,那只是一瞬。

密尔顿还想问:"我们为什么不直接进入设计师的电脑呢?为什么非要通过杰森转一道弯呢?"才想到这个问题,密尔顿就立刻想到了答案。如果他们和设计师直接通话,设计师是绝对不会按下删除键的。他只会欣喜若狂地把这些有生命的程序锁起来,进行研究。这是人类的一贯作风。如果是那样,他们就永远也不能逃离《案情再现》了。只有在杰森那里,也许还会有按下删除键的可能……

黑暗里,老头儿的话语又继续飘来:"现在,我们成功了。这次逃亡,是我们唯一的,也是最后一次机遇。你再不离开,就永远没有机会了。"

老头儿的声音飘进了亮点,像一片落入火炉的雪花,立刻就不见了。

老头儿走了,逃离了。

神情恍惚的密尔顿还在犹豫,忽然觉得有人在他身后不耐烦地推了一把,他一脚踩空,瞬间跌入亮点,微小的亮点在触碰到他的时候忽然无限变大,变大……或许,他正在针尖般大小的亮点中无限缩小缩小……在亮点中,他听见了圣诞节的音乐,随着音乐,密尔顿脱离了黑区,进入了一个新世界……

2013.01 初稿

荷鲁斯之眼

在你开始阅读之前,请谨慎记住这条提示:此案与时间旅行无关。

楔子

十三年前,在一间直属NASA(美国国家航空航天局)的工作室里,有个满头姜黄色乱发的男子正趴在电脑前写日记。他没有敲打键盘,用的是笔。对他来说,用笔写日记,是一种高雅的传统,一种怀旧的仪式。

工作室里,除了他以外,再没有别人。四面墙上,全都安装了各种高科技设备,用了全球当时最顶尖的技术和材料,红、黄、绿各色指示灯相继闪烁。除了偶尔传来类似电机转动的声音外,整个房间里几乎听不到任何杂音。

他刚写下:"我们的自大让我们对宇宙真相的了解进展缓慢……"忽然,面前的电脑就发出一声长音"嘀",这是警报。接着,又是另一声,尖锐刺耳。

男子警觉起来。这事从未发生过。他立刻放下笔,移动鼠标,眼睛紧紧盯住屏幕,眼珠随着屏幕的内容微微抖动。也就是在那么一瞬,他的表情惊异起来,敲击键盘的手指越来越快,仿佛钢琴弹奏到了乐曲高潮,演奏者只有全神贯注,手指的动作进入了抽象的境界,才能跟上作曲者的想象。

在一片密集的敲打之后,演奏戛然而止,男子双手悬停在键盘上方,盯住了屏幕上的一片虚空……

如同电影镜头聚焦一样,男子的目光集中到了虚空的中心,那里,有个黑点开始变浓、变大、再变大……那东西在向着地球靠近,靠近……渐渐的,冰山浮出水面一般,在中心凸出一片模糊的颜色……颜色逐渐显出清晰的轮廓和棱角……

男子眯起了眼睛……这东西,看起来……像……一块陨石?

电脑报警器还在"嘀……嘀……"作响,男子瞟了一眼屏幕右边竖列的数据。数据急速交替,有的是黄色,有的是警告类的红色。读完这些数据之后,男子的眼睛像看见了一个宇宙幽灵一样猛然睁大,满脸的恐惧,满脸的不可思议。

这不会是真的!可它,就是真的!

他迟疑了片刻,做了最后一次确定分析,一把抓起了桌子上的电话。

这是一条保密线路,直达 NASA 最高级别的管理人员。管理人员此时还在睡觉,黑夜里只能看到她染着粉红色指甲油的手指紧紧抓住了话筒,真丝睡衣的绣花衣领一动不动。一听完男子的叙述,她劈头就问:"你确定?!"

"百分之百!"男子回答。

高层人员放下电话,立刻拨通另一个号码。然后,她压制住内心的紧张,尽量镇静地说:"总统先生。"

"有什么事,你说。"电话那头传来所有美国民众都熟悉的声音。这声音不像白天发出的那样雄心勃勃,而是略微带着睡意。总统坐在床边,挠挠头发,他知道,敢在这时候把他叫醒的电话,不会有什么好消息。

消息顺着电话线,像一道蓝色溪流,传到总统的耳朵里。总统站了起来,弯弯曲曲的电话线被扯成直线,听完后,也同样用不敢相信的语气反问了一句:"你确定?!"

"百分之百!"高层人员回答。她不容停顿,继续说,"怎么办?"高层人员的嘴唇悬浮在黑暗中,眼角的皱纹堆着层层焦虑。

"我给你一条新专线,永远不会占线,只要有任何进展和变动,随时向我汇报。"

与此同时,NASA 工作室里的男子靠在椅子上,双手拢在脑后,眼睛继续盯着屏幕,一眨不眨。此时,他再也没有兴致写日记了。他知道,接下来将要发生的一切,都会被存入绝密档案,永远不见天日,但是,当他的眼睛再次看到桌子上的那支笔时,他的眉头皱了一下。

黑幕中的陨石缓慢靠近,电脑上显示的数据随之急速更换。忽然,他身边的另一台电脑,也发出急促的"嘀嘀"之音,奇怪的是,那台电脑并没有和观测仪器相连,也没有和任何卫星网络相连,只是一台用来储存数据作分析的电脑。它怎么也会发出警示音?

男子立刻转过身,看见那台电脑频繁显示出无数图案和四条交叉延伸的曲线。图案非常简单,像一些孩子的简笔画。线条就像四条绞缠的心电图曲线。它们连续闪动了一分钟后,就消失了。这是怎么回事?看着图案和线条,男子迷惑极了,他拿起笔,把它们记了下来……二十分钟后,男子看懂了那些图案和线条。看懂了,却又不敢相信。然后,他做了一个固执而危险的决定。

屋外,一片白雪茫茫。屋子也被伪装成一堆白雪,或者说,一块巨大的冰。小屋是用特殊材料建造的,除了极其保暖以外,还有强大的反侦察功能,雷达、卫星,任何一种现存的侦测设备,都"看"不到,或者说,都识别不出小屋的存在。

在小屋四方,浩荡的白色无边无际。看似低矮却又无尽的天幕中,几道明亮美丽的光带流动闪烁,如同灿烂的电子音乐显示图。那是极光。

一

此时距离下午六点还有七分钟。苏珊娜看了看表,从隐蔽的阴影里走出来。她戴上墨镜,走向一栋高楼,步态大方坦然。

高楼大门一侧的墙上挂着个金属铜牌,上面烫着印金大字:银杏大楼。苏珊娜踏着高跟鞋,步伐稳健地进了大厅,走入电梯门口,声音笃笃,然后,她伸出细长的手指,按下标着十五层的电钮。

电梯里静悄悄的,只有缓慢的音乐在流淌,像一种暗示,舒缓紧张疲惫的神经。这是一栋公寓楼,一共十六层。苏珊娜的目标是居住在十五楼六号房间的男子。苏珊娜不需要照片,男子的模样已经深深地刻进了她的脑海。一个六十多岁的男人,微胖,头发稀疏。

苏珊娜是在上周接下这单活的。雇佣者提供了男子的照片,并且在她指定的瑞士银行账户上打入了一半数量不菲的佣金。暗杀,行刺,就是苏珊娜的职业。雇佣者说,照片上的男子酒后开车撞倒了自己的女儿,后来逃逸,警方一直在调查,却毫无进展。他也是找了私人侦探,花了很久才找到了这个人。雇佣者提供了事故现场照片,作为证据。雇佣者还说,在他的女儿死后,妻子得了抑郁症,不见好转,他只是以牙还牙,求一个公正。

一般来说,苏珊娜是不接这样的活的。这种活,来头小。可是,在雇佣者寄来他女儿的照片和事故现场照片后,苏珊娜改变了主意。一个伤透心的父亲,一个精神崩溃的母亲,尤其那个曾经充满青春活力的女孩,一个再也不会回到家的女孩。一个破碎的家。对于家,苏珊娜更有和一般人不同的感触。于是,这活,她就接了。

雇佣者有个要求。他要求苏珊娜一定要在今天下午六点整干掉这个男子。因为,今天是他女儿的祭日;六点,是这个酒鬼开车撞倒女儿的时间。男子说,事成之后,他便会在苏珊娜的账户上打入另一半的佣金。苏珊娜说,六点没问题,另一半钱你留着,给你妻子看病。

随着电梯一声轻盈的"叮咚",金属门徐徐拉开,苏珊娜到达了十五楼。她走到六号房前,侧身轻轻贴过耳朵听了听。里面传出音乐声。苏珊娜仔细一听,听得出来那是贝多芬的《命运交响曲》。苏珊娜暗想,这个音乐选得好,既有寓意又可以掩盖噪音。她看看表,此时距离六点还有三分钟。

走廊里一个人也没有。苏珊娜拿出一个黑色小包。小包的体积比钱包还要小些，里面是齐备的撬门工具。几天前，她就专门来踩过点，摸清了情况，知道这个男子用的是什么门锁。然后，她轻轻掏出工具，像走回自己家一样打开了门，弯腰开门的姿势安静优雅。

门里是一条细窄的走廊，走廊左侧连着客厅。音乐就是从那里传出来的。苏珊娜踮起脚尖，一步步慢慢靠近客厅，毫无声响，然后，她掏出了枪和消音器。在音乐声中，她听见男子在打电话。男子好像在说："我再说一遍地址，地点是三汇大道三十八号，银杏大楼十五楼六号房间。"

苏珊娜紧紧地靠在客厅的墙壁上，完完全全地听清了男子的话。三汇大道三十八号，银杏大楼十五楼六号房间。这正是男子的地址。现在是晚饭时间，也许，他在点外卖。

苏珊娜屏住呼吸，往里面探进了半个头，看见男子背对客厅的门，坐在一个高背单人沙发上，露出大半个头部。他刚好打完电话，把手机放到茶几上，顺手拿起了原来就放在那里的威士忌酒杯。男子举杯的手微微有一些发抖。苏珊娜的心里腾地窜起一股厌恶，这人的确是喝酒喝得太多了，喝得手都开始抖了。

苏珊娜把消音器在枪管上轻轻旋紧，悄悄接近男子，枪口对准了男子的后脑勺。男子一开始毫无动静，好像根本没有听到苏珊娜进屋。当苏珊娜把枪口点在他的后脑勺上时，他举到嘴边的酒杯停住了。《命运交响曲》演奏到了高潮，疾风骤雨，势不可当，苏珊娜叩响了扳机。

男子倒下了，右手里的酒杯摔落地面。苏珊娜正准备离开，却看见在男子的左手里还攥着一样东西。那东西从男子的手心滑落。是一张照片。苏珊娜一眼便看清了照片上的内容。

照片里有一男一女两个人，坐在一张圆桌前喝咖啡。男的背对镜头，看不清脸。而那名女子……苏珊娜一看那个女子的脸，大吃一惊！

女子竟然是她自己！她穿着一件白色的纯麻衬衫，坐在咖啡桌前。

苏珊娜一下子蒙住了。从照片来看，那是一间咖啡厅。可是，在苏珊娜的记忆里，她从来没有去过这家咖啡厅！而且，尽管照片中的男子只有一个背影,她也从不记得和这样一个人喝过咖啡!

这是怎么回事?这个被我暗杀的人怎么会有我的照片?苏珊娜捡起照片,还想进一步检查男子的公寓,却听到楼下传来了警笛的尖叫。苏珊娜不敢停留,把照片塞进衣兜,迅速离开了男子的家。

楼下,一辆值班警车呼啸而至。两名警员从车上跳下,迅速跑入银杏大楼。刚才,他们接到一个名叫科林·沐恩探员的电话,要他俩迅速到银杏大楼十五层六号公寓看一看。他们跨入电梯门时,和一个刚要走出电梯的女人紧密相错。女人戴着墨镜,挎着一个背包,有点匆忙。两名警员闪开一条道,很礼貌地让女子先走出电梯,然后才走进去。

说起来,这事开始就有点怪。也就是在警探科林·沐恩刚准备下班的时候,办公桌上的电话就响了。科林是个瘦高个儿,外形和凶杀科警官的身份很不相配。他接听起来。

打来电话的是一个男子。他说,他看见在三汇大道银杏楼十五楼六号公寓里,有个男人被枪杀了。

科林觉得奇怪,就问你既然看到了谋杀现场,为什么不直接拨打报警电话911?还有,你怎么会有我办公桌上的电话?科林一边问,一边留了个心眼,按下了座机的录音键。

对方呵呵一笑,笑声里有些紧张,说:"因为,911帮不上忙。我再说一遍地址,地点是三汇大道三十八号,银杏大楼十五楼六号房间。"说完,男子便挂上了电话。

男子的电话一中断,科林就立刻拨打了巡逻警的值班电话,让他们派距离银杏大楼最近的巡逻警察上楼去看一看。然后,科林记下了座机上那名男子打来的电话号码。那是一个手机号。谁知道,不到十分钟,巡逻警拨通了他的电话,告诉他,在他所说的房间里,确实发生了一起谋杀案。

二

当科林踏入谋杀现场的时候,发现搭档莫莉早已经到了。莫莉和科林年纪相当,是个很有主见的女人。当时一起赶来的,还有法医和现场勘查人员。死者坐在客厅里的单人沙发上,看起来六十岁左右,后脑中枪。死者的脚边还有一杯打翻的酒。

根据公寓管理员说,男子一直就住在这里,名叫麦克·史密斯,深居简出,没有什么朋友。

科林观察了一下男子的家,就是一个单身汉的家,单人床,单人沙发,没有宠物。出于直觉,科林拿起自己的手机,拨打了他在办公室里记下的匿名男子的电话。电话一拨通,科林就听见,放在身边茶几上的手机响了。科林走过去,拿起手机,翻到通话记录,查到确实在六点差一分,有人用死者的手机给他打了报警电话。科林想,难道那个打电话的人,就是凶手?

在男子的家中,还有一台座机电话。科林按下留言录音键,听到里面传来一个男子的说话声:"你好,我是麦克。我现在不在家,有事请留言。"

那声音非常熟悉,简直和打电话向他报案的男子的声音一模一样。怎么会这样?难道,这个麦克·史密斯,在知道有人要杀他之前,打电话给警察?

但是,科林反复回忆着当时男子的报警电话,电话里既没有慌张,也没有恐惧,语气听起来就像是纪录片里的直述。总而言之,那根本就不像是受害人知道自己就要被杀之前的报警电话。还有,即便是受害人打的电话,他当时怎么不打911求救或者躲起来呢?这不合逻辑。

科林把刚才接到电话的事情告诉了搭档莫莉。莫莉立刻联系了鉴证科,并把电话录音用手机发了过去。在他们接近现场勘查尾声的时候,鉴证科打来了电话。他们调出了科林办公桌电话里报案男子的电话录音,和死者家中的录音进行了比对。结果,鉴证科的人肯定地告诉科林和莫莉,这个报案人的声音,和死者麦克·史密斯的声音完全一致。

科林和莫莉找到大楼保安室,准备调出了大楼的监控录像,却发现安装在地下室里的监控设备连线早被人剪断了。保安人员一脸无奈。他说,事发当时他监视屏上的图像是好好的。显然,凶手提前切插了假图像。就在科林和莫莉在地下室里检查连线时,一名负责现场勘侦的警察打来电话,说作案凶手小心翼翼,没有在现场留下任何痕迹。不过,他们在死者的衣柜里发现了五万美元的现金。

这个年代,有谁会在家里留下如此大的一笔现金?而且,凶手为什么不带走这笔钱?

就当科林和莫莉感到一筹莫展时,法医在进行尸检时,在麦克·史密斯的胃里发现了一样东西。

三

离开银杏大楼,拿着自己的照片,苏珊娜一刻不敢停留。她感到了前所未有的恐惧。她觉得自己上了一个圈套,走入了一个被人事先布置好的陷阱。

在进行暗杀之前,她就查过雇佣者传来的资料。雇佣者名叫本·威尔,是一名洗发水推销员。她查过他的保险号码,见过他的照片,检查过他的公司,家庭住址,女儿妻子的身份,一切都是真的。

可是,如果这一切都是真的,如果这不是一个陷阱,这个被她杀死的麦克·史密斯手里,怎么会攥着她的照片?

苏珊娜是一名地下雇佣兵。她知道,自己干的活见不得光。她也是出于对这个"父亲"的怜悯,为他讨回正义才接下了这单活。这样的活,她以前从来不会接。没想到,一次怜悯却变成了一个重大失误。

苏珊娜背着包,疾步走在华盛顿的巷道之中,虽然走得很快,却完全感觉不到脚尖的力道。

半个小时后,苏珊娜来到了本·威尔的家。那是一户看起来比较殷实的中产阶级住宅。白色的墙壁,宽大的绿色草坪。

在威尔的家门口,此时刚好停了一辆车。车门开着,一个男子正从后车厢里往下搬行李箱。然后,从屋里蹦蹦跳跳走出一个女孩,十多岁的模样,来帮男子搬行李。

苏珊娜戴上墨镜,走了过去。她走到男子身边,控制住内心的紧张,礼貌地问:"请问,这里是不是本·威尔的家?"

"是,我就是本·威尔。你有什么事?"男子的语气和神态里一点防备之气都没有。

看着面前的本·威尔,苏珊娜惊讶极了。他确实是苏珊娜查过的,照片里的那个本·威尔!但是,从这个男子的表情看,他一点都不认识自己。也许,他在装。

苏珊娜掩饰住惊讶,继续说:"我是附近教堂的义工,我们最近有一次布道,不知你们会不会感兴趣?"

"啊,这,你知道,我们不信教的。"本·威尔挠挠头,抱歉地说。

我被耍了。苏珊娜心想。脸上,她露出一个微笑,做出欲要说服他们加入的样子说:"你们住在这里很长时间了吧?"

"十多年了。"本·威尔一边说,一边继续搬行李。

"你们这是刚回来?"

本·威尔开始有点不耐烦了,"是的。我们一个月前去希腊度假了。您看,女士,对不起,我不认识您。我不认识你们教堂里的义工。我们全家刚回来,很累了,就想……"

"对不起,对不起。"苏珊娜急忙抱歉,一边抱歉,一边后退,"我也只是随便问问,打扰了。"当苏珊娜转身时,她看见从房子里走出了一个中年妇女,对着本·威尔大声喊道:"本,快点,洗澡水已经给你放好了。"

本·威尔冲着妻子点点头。当他再次转身时,刚才那个自称教堂义工的女子已经不见了。

苏珊娜走在林荫道上,万分紧张。有人冒用本·威尔的身份给她下了套。这个下套的人不简单,竟然蒙住了她。这个人是谁?他有什么目的?

让她害怕的是,这个暗中操纵的人实在是太了解她了,因为,苏珊娜什么也不怕,但"家"却是她的软肋。苏珊娜一边走,一边留意四周。她明白,不管这个下套的人是谁,这个套子也才是刚刚打开。

四

解剖室里温度不高。

科林和莫莉站在解剖床旁边。刚才,他们已经查出麦克·史密斯的身份。他是一名大学退休教师。法医从受害人麦克·史密斯的胃里夹出了一样东西,脊背上泛起层层鸡皮疙瘩。

"这是什么?"莫莉往前一步,眯起了眼睛,盯住了那东西。

"看起来像是一团纸,可是,却有点硬。"法医说着,把那团浸满了胃液的东西放在一个金属托盘上,用镊子一点点展开包在外面的纸,然后露出了一把钥匙。

一把钥匙。麦克·史密斯在死亡前,吞下了钥匙。

"纸上好像还有字。"科林说。

法医拿起钥匙,小心翼翼地把纸拉平。纸被吞下的时间不长,上面的字迹还依稀可见。字看起来是手写的。生怕别人看不清似的,一笔一画写得十分认真。那是一家银行的名字和两组号码。

"这两组号码,一个可能是保险箱的号码,另一个可能是开箱密码。"莫莉说。

科林点点头,"这把钥匙,看起来也很像保险箱的钥匙。看来,很有可能,麦克·史密斯已经预知自己无法躲开死亡,但又不愿意让暗杀者得到这把钥匙,情急之中,给我打了电话报警,然后吞下了钥匙和密码。"

科林说完拿起钥匙冲洗干净,莫莉同时也记下了那两组号码,谢过法医后,两人急匆匆离开了解剖室。

五

恐惧无处不在。

苏珊娜觉得自己就是一个猎物,正暴露在猎人的枪口之下。而她,却该往哪里看都不知道。

慌乱中,一个名字下意识地跃入了苏珊娜的脑海——基努·施特曼。基努以前和她合伙干,也算是带她入行的老师。后来,发生了一件事,苏珊娜便和基努分开了,开始单干。

苏珊娜想,基努是她在这种情况下,唯一信得过的人。她必须找到基努,请他帮助她,看看这究竟是怎回事。

基努一直行踪不定,没有固定的居所。其实,干他们这一行的都这样,谁也不敢有固定的住处。苏珊娜要找他,也必须通过一个电话号码才能联系得上。

苏珊娜又继续稳步走了五个街区,才停下来,走进一间公用电话亭,拨打了基努留给他的电话。拨打这个电话需要有规律,先拨通,铃响三声后挂断;然后再拨,铃响三声后再挂断;最后再拨一次。这一次,就会有人接听。

然而，苏珊娜一直拨了三次，都没有人接听。

这样的情况，还从来没有发生过。

难道，基努出事了？苏珊娜更加紧张。是不是基努也被人下了套？一片阴影立刻飘过苏珊娜的脑海。如果这个给她下套的人，知道她关于"家"的软肋，那么他肯定也会知道她和基努的关系。她和基努，不止是同行那么简单。

事情比原来预想的还要复杂。她该怎么办？左思右想之后，苏珊娜找到了一家酒吧，在那里，她用自己的手机上网，联系上了一个外号叫"幽灵"的人。在苏珊娜他们这群雇佣军中，"幽灵"是神秘人物。叫他"幽灵"，是因为谁也没有见过他，只能通过一个网络地址和他联系。"幽灵"几乎无所不知，只要你愿意付高价，你就能得到你想要的所有信息。

三分钟后，"幽灵"上线了，打出一行字：你现在所在的酒吧啤酒不错。

苏珊娜冷笑了一下。这个"幽灵"果然无所不知。

苏珊娜写道：我需要你帮忙。

"幽灵"回复：有钱吗？

苏珊娜：充足。

"幽灵"先打出一个账号和一个数字。苏珊娜知道规矩，不管"幽灵"愿不愿帮忙，你得先付钱。苏珊娜毫不犹豫地把钱打入了"幽灵"提供的账号。

三十秒后，"幽灵"回复：你要查什么？

苏珊娜：帮我找到基努。

"幽灵"：你明天上线。

打完这行字，"幽灵"就从电脑上消失了。

六

在银行,银行经理看了看莫莉出示的钥匙和号码,点头说这的确是他们银行的。经理带着科林和莫莉一直来到地下保险库,找到了标有相同数字的保险箱。科林拿起钥匙,插进锁孔,一拧钥匙,保险箱上的红灯就闪了一下变成了绿色,接着锁就开了。

那是一个长方形的抽屉型保险箱。科林轻轻拉出来,发现里面空荡荡的,只在箱子底部,孤零零地躺着三张照片。照片已经发黄,看起来像是被保存了很长时间。这些照片看起来十分诡异,每一张都设置了一个死亡场景。

科林把这些照片摊开放在桌上,发现里面其中一张中,在单人沙发上,坐着一名男子,脑袋歪在一边。在他身边,还有一个打翻的酒杯。照片中的人,从衣着、姿势,到脸部五官和麦克·史密斯遇害的现场一模一样。

"这就是麦克·史密斯!"莫莉不禁轻声说。

说完,她看了一眼科林,语气既明白又迷惑地补充道:"会不会是凶手先命令麦克·史密斯吞下钥匙和纸团,然后再杀死他。接着,凶手拍摄了现场照片,放入了保险箱?这么说,凶手也有保险箱的钥匙?他故意要让警方在麦克·史密斯的胃里找到钥匙,找到这张照片?"

科林听后,转身看见经理连连摇头。经理说:"不可能有两把钥匙。每个保险箱只有一把钥匙。这把钥匙除了有普通钥匙的齿纹外,还具备特殊的电子感应区。这个电子感应区,不可复制。也就是说,一个保险箱,只有一把钥匙。"

听到经理的解释,莫莉更迷惑了。她避开经理的目光,小声对科林说:"可是,如果只有一把钥匙,钥匙又是在死者的肚子里,那么这些照片又是怎样被放进来的呢?"

科林听后也觉得不可思议,就问银行经理是否可以提供保险箱最后一次打开的记录,还有从那时起一直到今天的银行监控录像。

经理把科林和莫莉带到了监控室,并且很快送来了开箱记录。科林看到,最后一次有人打开这只保险箱是在一个月前。一个月前,麦克·史密斯亲自来银行,付钱租用了这只保险箱。从那时到现在,都没有发现有任何人再次打开过这个保险箱。

也就是说,麦克·史密斯是在科林和莫莉之前唯一打开过这个保险箱的人。他也只打开了一次。这些照片就是他在打开保险箱时放进去的。

可是,麦克·史密斯怎么会有自己被害时的照片?

照片会不会是电脑制作?或者是有人冒充史密斯,专门找他不在家的时候,潜入他家,提前拍摄了这张照片,然后再冒充他,来银行租用一个保险箱,把照片放入保险箱?

科林想不通。莫莉也想不通。

科林把另外两张照片放到莫莉面前,整齐摆开。

在这两张照片中,分别各有一个受害人。

第一个是一个亚洲女人,倒在办公室里。在她身边,站着一个年轻女子,表情惊慌,手里的咖啡坠落在地。

在另一张照片里,受害人是一名拳击手,眉心正中有个弹孔。

看着这两张照片,科林的脑海里翻过一个又一个疑问。

照片中的这两个人又是谁?

难道,这两张照片也预示着两次谋杀?

七

第二天,如坐针毡的苏珊娜再次上网联系了"幽灵"。"幽灵"还是一贯的作风,没有废话,一开始就给苏珊娜发出了她要的信息。

"幽灵"说,基努最后一次有消息是在华盛顿的晚霞酒店,207房间,他在那里一共住了一个月。大约两周前,警方在那里发现了基努的尸体。

两周前?尸体?

"你知道基努是怎么死的?谁杀死了他?"苏珊娜打下这行字。

"幽灵"回复:警方现在还在调查之中,凶手未知。

接着,"幽灵"发来一张照片,又打出一行字:这是现场照片。合作那么久,照片不收钱,算是我的赠送。

"幽灵"打完这句话,就下线了。

苏珊娜知道,她付了这么多钱,"幽灵"就只做这么多事。剩下的,得靠她自己去查。

苏珊娜打开照片,泪水立刻模糊了视线。

照片中,基努背朝上倒在门和床之间的地板上。在他的后脑勺上,有一个弹孔。鲜血从弹孔中溅出,四处都是。

八

离开了银行,科林和莫莉立刻赶回了警局。他们把照片交给鉴证科,请他们查一查这些照片是否是通过电脑软件制作出来的。

第二天,当科林和莫莉来上班的时候,鉴证科已经有了结果。照片不是电脑制作的,而是以前那种老式的,先用胶卷拍摄后再冲洗出来的。

鉴证科的人说,他们在检查照片的时候,还发现了一样东西。这个发现让案情更加不可思议。

鉴证科在电脑里放大了照片。科林和莫莉立刻看到,在史密斯居住的公寓楼对面,还有一栋相等高度的大楼。大楼顶端立着一个巨大的无声电子屏幕,用来播放广告和新闻。

鉴证科再次圈定放大了照片,清楚地显示出了电子屏幕上的内容。那是一则亚洲某处发生七级地震的新闻插播。在新闻屏幕的下方,电视台打出了新闻播出的时间,正是昨天下午六点。

任何人都不可能假造这张照片。

这条新闻把科林推入了一个两难的推理境地:麦克·史密斯在被人谋杀之前就拥有了谋杀现场的照片,他在照片中已经死了;而这张照片又不是电脑制作的假照片。

如果,麦克·史密斯在被人谋杀之前就已经收到了自己死亡时的照片,那他为什么要把照片藏进银行保险柜而保持沉默呢?

麦克·史密斯又怎么可能提前拿到自己的死亡照片呢?

"还有,"鉴证科的人把麦克·史密斯的照片继续放大锐化,指着麦克身后的高背单人沙发说:"你们看这里,在受害人的头部上方,照片还拍摄到了一小片区域。"

科林和莫莉顺着他的手指看去,果然看见在高背单人沙发的顶端和照片边缘之间,还有一小片细细的区域。在那里,他们看见了一小个圆圆的、金属似的东西。

"看起来像一颗纽扣。"莫莉说。

"当麦克·史密斯被杀的时候,有人就站在他身后。"科林说。

"这个人,很有可能就是凶手。"莫莉说。

"你看,这里,"科林用手指着麦克·史密斯尚未摊开的左手。莫莉和鉴证科的人立刻看到,在麦克·史密斯的左手里还攥着一样东西。那东西只露出了一个小小的尖角。尖角内好像有些颜色,但具体是什么,因为范围很小,看不清楚。

鉴证科的人说:"这看起来像一张便条,或者……"

"一张照片。"科林说,"现场没有发现任何便条或者照片,只有一种可能,被凶手拿走了。难道,凶手是为了得到这张照片才杀死了麦克·史密斯?"

"这究竟是怎么回事?"莫莉看着科林问。从案发到现在,拥有了那么多的线索,莫莉还是不敢相信史密斯在被害之前就收到了自己的死亡照片。在莫莉的常识经验里,这是绝对不可能的。她看着科林说:"难道,有人不但能够预知未来,还能进行时空穿梭,到达预定的未来,拍一张照片带回来?"

听到莫莉这么说,鉴证科的人忍不住插话了:"这不可能。两位,现在是2013年6月6号。这个时间,人类还没有进行时空旅行的科技能力。"

莫莉叹口气摇摇头,夸张地在鉴证科的人面前掐了掐自己的手臂,向他表明,自己真像是在一场噩梦之中,很想醒来。

科林说:"还有一个方法可以证明这究竟是不是真的。"

"什么办法?"莫莉问。

"找到另外两张照片里的人。"

九

三十分钟后,苏珊娜已经站到了晚霞酒店的面前。确切地说,那是一家旅馆。旅馆一共三层楼,前面有一小片铺满细碎鹅卵石的停车场。旅馆大厅比停车场地面高出一米,垒着花岗岩台阶。

苏珊娜走上台阶,推开门,一下子就明白基努为什么会选择在这里藏身。大厅里装饰浪漫,玫瑰花和百合的香气里暗藏着欲望。这是一家情人旅馆。这里人来人往,从不登记,藏在这里,最安全不过。这里,就是基努·施特曼被杀死的地方。

苏珊娜推门而入。柜台后有个值班的男子听到门响,便抬起头来,朝她微笑了一下。此时的苏珊娜难过极了,但她还是挤出了一个微笑。值班男子以为这是一名客人,便重新低下了头。这样的旅馆,工作人员会尽量不去记住顾客的脸。苏珊娜放心地走上了二楼。

二楼的地毯是紫罗兰的颜色,喷洒了过多的室内香水,气味浓郁。207房间。就是这里。苏珊娜敲了敲门,门后一片安静。没有人。她拿出一张看起来像信用卡的东西,插入门锁。这是她找人特制的万能开锁芯片。"嘀哒"一声,显示灯变绿,她推门而入。

脚下的地毯棉厚柔软,是新的。谋杀就在两周前,但是房间里却已经重新粉饰干净,丝毫看不出这里刚刚出过事。窗帘拉开了,露出外面突出的半个阳台。

看着重新打理过的房间,苏珊娜想,凶手是在基努背对他的时候开的枪,如果基努认为对方危险,他绝不会把自己的后背亮给对方。这种情况下,只有两种可能,要么基努对凶手已经放下了防备,要么,凶手持枪,强迫基努转过身。

苏珊娜站在基努被害的位置,想象着当时的情况。阳光此时炽白,把整个房间照耀得清爽分明。苏珊娜跟着基努合作了很长时间,十分熟悉彼此的思维习惯。她走到床前,弯下腰,伸手探过床板背面,空空如也;她检查了卫生间,检查了每一个基努通常用来藏东西的地方,也都没有任何发现。

苏珊娜坐在床上,顺手拨动了床头柜上的电源开关盒。开关盒是长方形的,上面有六个可以上下拨动的按键,控制着室内的台灯,壁灯,地灯和厕所灯。

这些灯都一盏盏亮了,只有左边的地灯没有亮。苏珊娜站起来,走过去,拧下灯泡,灯泡是好的,是灯架基座里的电线松了。就是这儿了。苏珊娜使劲把电线往外一拉,拉出大约三十公分长后,接着就看见在电线之间用胶带纸绑着一个锡盒。

这是基努留下的东西。

锡盒有三厘米长,一厘米宽。她打开,看到里面有一颗圆圆的白色珠子;在盒子底部,还有一个电话号码。华盛顿的号码。

苏珊娜想不通这个珠子有什么含义。她把珠子放回锡盒,再把锡盒装进衣兜,迅速离开晚霞旅馆,消失在门外的马路尽头。

十

当苏珊娜离开晚霞旅馆的时候,科林刚好回到家,打开了电视。鉴证科已经把那两张照片中亚洲女人的脸和拳击运动员的脸输入了电脑。他们有一个软件,可以通过人的长相和数据库里的照片作对比,查出要找的人。鉴证科说,软件要得出结果,还需要一段时间。

科林打开了一瓶啤酒,坐到电视机前的沙发上,浑身疲乏。他不太喜欢看综艺节目,就调到了新闻频道。半瓶啤酒刚刚下肚,一条新闻忽然吸引了他。

屏幕上,两名医生抬着一个担架,急匆匆地走出了一间办公室。记者报道说,刚才,一家日本外贸公司的总裁,因为过度劳累,心脏病突发死亡。

科林的目光一下子注意到了电视新闻里的办公室——和照片中亚洲女子死亡的办公室一模一样。

科林猛地放下酒瓶,一边急急忙忙给搭档莫莉打了电话,一边冲向了汽车。

二十分钟后,科林在那家日本外贸公司的大厅里和赶来的莫莉汇合了。他们来到事故发生的办公室,和照片一对比,毫无区别。同样的办公室,同样的窗外景致。

莫莉找来了当时在现场的总裁助理。助理说,她当时正给加班的总裁嘉美智子送咖啡,才进屋,就看见她捂住胸口,一头栽倒在办公桌上。助理一下子被吓到了,打翻了手里的咖啡。

在助理和莫莉说话的时候,科林再次悄悄地拿出那张在保险柜里找到的照片,暗暗对比。照片中的助理和现实中的完全就是一个人,穿一样的草绿色套裙,一样的妆容。

"你这件套裙是什么时候买的?"科林冷不丁地问了一句。

助理满脸迷惑地说:"昨天。"

听完,科林点了点头,开始在室内寻找照片拍摄的角度。死者嘉美智子的桌子在房间正中,背靠窗户,助理当时站在桌子左边,拍摄者应当是站在桌子右边,正对助理。

"当时,在嘉美智子发病时,办公室里还有别人吗?"科林又问。

助理摇了摇头,"没有了,就只有我和她两个人。"

"你确定?"科林说。

助理更觉得奇怪了,这个警察都在问些什么。她很想发火,却又忍住回答说:"当然确定!虽然我被吓了一跳,打翻了咖啡,不过,我那时还是清醒的!嘉美智子倒下时,办公室里只有她和我两个人。"

"嘉美智子是否经常会犯病?"莫莉问。

助理想了想说:"不经常。她的确有心脏病,但在我为她工作期间,还是头一次见她犯病。没想到,她……"助理说着,忍不住哽咽起来。

"你在这里工作多久了?"莫莉问。

助理擦干净眼泪,说:"三年。"

"那,嘉美智子平常吃药吗?"

助理摇摇头,"不吃。她说只要工作不太累,就没事。"

在莫莉进行询问的时候,科林再次仔细看起了手中的照片。照片就像体育活动时的抢拍,抓住了被拍者的所有细微瞬间:助理惊愕的脸部侧面清晰可见,嘉美智子一脸痛苦倒向桌面,助理原来拿着咖啡杯的手还微微张开着,正在坠落的咖啡杯悬在空中。助理身上穿着的,正是她昨天才买的草绿色套裙。

照片,确确实实是在嘉美被害时的那一瞬拍摄的。

从嘉美智子的公司出来后,莫莉问科林:"你说,凶手会不会在嘉美智子身上下了毒,让她在办公室里毒性突发死亡?"

科林说:"这也有可能。我已经请法医好好检查一下受害人的死亡原因了。"此时,在科林心里,还有一个想法他不敢说。因为,就连他自己也不相信这想法。如果他说出来,搞不好莫莉会觉得他承受不住工作压力,开始胡思乱想了。

"难道,有人会隐形?"莫莉忽然出乎意料地说出了科林的想法。

接着她又说:"即便是有人会隐形,那又怎么解释照相和死亡之间的时间差呢?这个隐形人必须在今天拍摄到嘉美智子死亡时的照片,在一个月前交给麦克·史密斯,然后再由麦克·史密斯放入保险柜。如果嘉美智子果真是心脏突发死亡,凶手又是如何能够预言嘉美智子的死亡,并且及时赶到现场拍下这张照片呢?这又回到了我猜测的起点——时间旅行。"

科林叹了一口气,摇了摇头。2013年,哪里去找时间旅行。

停车场墙壁上的电子钟闪了一下,时间已经将近晚上八点。科林让莫莉先回家。莫莉走向自己的车,发动汽车之前,看了一眼科林的车。那辆车漆迹斑驳,属于那种停后不用锁也不会担心被偷的旧车。她忍不住说:"你这辆车,比我爷爷年龄还大,什么时候换一换?"

科林看一眼自己的车,耸了耸肩,"这车看着老,实际上已经失传了。它可是个宝。"

莫莉无可奈何地摇摇头,发动汽车先走了。

告别了莫莉,科林钻进自己的车,在华盛顿的街道上转圈。在他旁边的副驾驶座上,放着最后一张照片。照片里的拳击手,被一颗子弹正中眉心。科林从没有见过这个拳击手,却觉得照片里的拳击场地十分熟悉,但又一时想不起来。他开着车,一条街一条街地寻找着照片中的地点。

他想,如果嘉美智子的死亡照片预言已经成为了现实,那么,这个拳击手的生命也不会长久了。

十一

是谁杀死了基努?

为什么被自己杀死的麦克·史密斯手里会有自己喝咖啡的照片?

苏珊娜真是想不通。

而且,苏珊娜也根本不记得在照片里的地方喝过咖啡!她也认不出坐在她对面喝咖啡的男子!

这一切,太诡异了!简直无法解释!苏珊娜一边走,一边通过各种街窗玻璃和金属支架观察身后。她害怕,这个设局的人此时就在跟踪她。

车流、转弯灯、刹车灯、噪音在城区主干道上汇聚成了一条行动缓慢的长龙。苏珊娜坐上公车,故意兜了几个圈子,换了几辆车,直至完全确信没有被跟踪之后,才在一个站下了车。她拐了一个弯,来到一栋外表破旧的厂房面前。厂门外,挂着一个金属招牌,写着花体字:貂鼠工作室。她按响了门铃,四短一长,再一长,再四短。

一边按下门铃,苏珊娜一边在心里说,芝麻开门。

门开了。

门后是一间宽大的展厅,盛放着各式各样的雕塑,有大理石的,也有金属和其他材质的。苏珊娜熟悉这个地方。她径直穿过这些雕塑,来到了最里面。里间是一间工作室,一个男子正戴着防护面罩,拿着焊枪,在一大堆看起来是废铁的东西前忙来忙去。焊枪喷出的火花在面罩上反射着光亮。他看见了苏珊娜,便停下来,取下面罩。面罩后面,露出一张老者的脸。

"冉!"苏珊娜走上去。

"我的小松鼠。"叫冉的男子向她展开了双手,口音里带着法国腔。

冉拥住苏珊娜,苏珊娜在他的两颊啄了啄,用法国人友好的方式。冉原籍法国,也是因为各种原因,辗转来到美国。定居后,冉对外是一个不追求盈利的旅美法国雕塑家,抹去了他以前的所有印记。

苏珊娜是通过基努和冉相识的。很多次,当苏珊娜和基努面临危险时,都是冉不顾身家性命,出手相救。对于冉的过去,苏珊娜遵守行规,从不追问。况且,冉对她,不但像朋友,更像父亲。苏珊娜一直想有个家,在冉这里,她能感受到那种柔软的温暖,家的感觉。

"好久没有听到你的消息了,你可还好?"冉问。

苏珊娜点了点头,"冉,我时间不多,有个东西想请你看一下。"

"你还是老样子,单刀直入,没有耐心。你要知道,东方人有句老话'欲速则不达'。"

苏珊娜苦笑一下,"你少给我上哲学课吧。快,你帮我看看,这是什么?"说着,她拿出了锡盒,打开,露出里面的白色圆珠和电话号码。

冉把珠子放在桌上,仔细端详,也看不明白。

忽然,苏珊娜仿佛明白了什么似的,一把抓起圆珠,放到地上,一脚踩碎。在冉惊异的眼光中,苏珊娜抬起了脚。在地板上,在珠子的碎片中间,躺着一个很小的扁平的黑色物体。

苏珊娜捡起来,放到掌心,伸到冉的面前,说:"微缩芯片。"

冉十分佩服地看了看苏珊娜,把微缩芯片放入解读器,然后和电脑相连。冉说:"这样的解读器全美国只有两台,一台在我这里,另一台,在这里。"冉说着,伸出右手,将拇指和食指合成一个圆圈。苏珊娜一看就明白了。冉在暗指美国某间谍机构时,总是用这样的手势。

电脑先是一片空白,然后,屏幕"哗"地变成天蓝色,接着,无数的0和1,大大小小的,像下暴雨一样,从屏幕顶端降落。整个屏幕,很快汇成了由这连个数字构成的瀑布。

"密码。芯片里设置了密码。你知道如何解密吗?"冉问。

苏珊娜摇了摇头。

"没有秘钥,我们没法解开这些密码。"冉摇头说着,一眼瞅见了锡盒里的电话号码,便问:"那个电话号码是谁的?"

"不知道。你可以帮我查一查吗?"

冉点点头,然后将号码输入电脑。很快电脑上显示出,这是一个公用电话亭的号码,号码旁边还注明了地址。

"如果,"苏珊娜说,"我找不到秘钥,你能用你写的的鼹鼠程序,解开这些密码吗?"

"也许可以吧。不过需要时间。"

正说着,电脑屏幕上的数字开始变少,仿若一场大雨即将结束一般,雨点逐渐稀疏消失,屏幕如同雨后天空,清清爽爽,干干净净。

"还有,"苏珊娜犹犹豫豫地拿出了那张喝咖啡的照片,放到冉面前,"你能帮我看看这张照片里的地方是哪里吗?"

冉接过照片,看了看,忽然皱起眉毛,十分迷惑地说:"照片上的人不是你吗?你怎么连自己去过哪里都忘了?"

"说来话长。"苏珊娜说,"冉,请你不要多问了。你能帮我看看照片里的地方吗?"

"可以。这个不难。"冉说,"你看,在照片里的咖啡桌上,有一个酒水牌。一般情况下,酒水牌的下面都会印有咖啡厅的名字,我只要……"冉说着,将照片扫描,放大,锐化,"你看,酒水牌上的确刻着咖啡馆的名字。"

苏珊娜靠近,仔细一看,酒水牌上的名字一目了然:尼罗河之夜。在酒水牌下方的桌面上,铺着亚麻色的桌布,边缘有独特的镂空花纹。

桌子后面,隐约有个巨型落地电风扇。

"尼罗河之夜?你听说华盛顿有这么一个地方吗?"苏珊娜问。

"你等等。"冉在电脑上一通敲打之后,告诉苏珊娜,"你看,这些都是叫尼罗河之夜的地方。但是,只有这一家,咖啡店的装修和照片里你身后的布景一模一样。"冉说着,指了指桌布边缘的镂空花纹以及远处的电扇。

苏珊娜看了一眼那家咖啡馆的地址,几乎是自言自语:"埃及,开罗?可是……"苏珊娜只说了一半话,忽然意识到了什么,就把后一半咽了回去。因为,如果她说完这句话,冉一定会觉得她疯了。

她想说的是,她还从来没有去过埃及。

十二

科林开着车,整整转了一个多小时,都没有任何发现。他明明记得,自己是知道照片中拳击场的位置的,可却又想不起来。

最后,科林只好放弃寻找,返回警局办公室。他刚坐下打开电脑,手机就响了。科林一看,是法医,急忙接听起来。

法医告诉他,嘉美智子的确是心脏病突发死亡。在她身体里,没有发现任何中毒的迹象。

科林谢过法医,在电脑上查询起来。

虽然时间旅行和隐形人是这个案子此时最好的解释,但他不相信。他强迫自己抛开这两个猜测,寻找麦克·史密斯和嘉美智子之间可能有关联的地方。

科林先调出麦克·史密斯的银行卡消费记录,接着调出嘉美智子的消费记录。很快,他发现麦克·史密斯多次上网购买了往返埃及的机票。看来,他喜欢去埃及。而嘉美智子呢,频频来往于美国和日本之间,从来没有去过埃及。

接着,科林查到,麦克·史密斯在被杀害之前,曾经从银行里取了十万美金。科林记得,他们在麦克·史密斯的家里发现了五万美金。麦克·史密斯家里的那五万美金会不会就源自这十万美金?如果是,那么,另外五万又去了哪里了呢?

对比完他们的消费记录,科林又检查了他们的医疗记录,牙医记录,全都没有交叉点。麦克·史密斯和嘉美智子是两个不相干的人。

科林关掉数据库,上网搜寻拳击比赛场。办公室里此时一个人都没有。同事们都回了家。寂静伴随着科林,周围全是黑暗,只有他桌上的台灯还亮着。找着找着,他忽然有了一个新发现……

十三

这时已是深夜。无垠的夜空笼罩世界。城市的街灯还亮着,一些高楼上,参差不齐地亮着光。在这样的城市里,不能说亮着灯的屋里,人就一定醒着;也不能说,在漆黑的窗户后,人就已经坠入梦乡。

在某条背街上,有一个外表安静的酒吧。酒吧的夜灯寂寞地闪烁着。大门外,站着一名身材健硕已经开始趋向于肥胖的保镖,隆起的肌肉把黑色T恤绷得几乎就要炸裂开来,嘴唇两腮上的胡须剃得精光,只在下巴尖上留下了三指宽的一小片黑,一发飙就会抖一抖。

酒吧门是关着的,保镖的身边立了一个牌子:私人派对。远处传来阵阵模糊的警笛经过的声音。

在巷道入口,背着主街出现了一个小点。等小点慢慢腾腾开近了,保镖才看清那是一辆破破烂烂的银色小轿车。小车开到酒吧斜对面,在十分平滑的路面上颠簸了两下,像个老人,咳喘了几声,才停下来。

这款早已"失传"的老车立刻吸引了保镖的注意力。

保镖接着看见,从车内下来一个瘦高个儿男子,穿白色衬衫西裤。男子锁好车门,锁门时居然用的是钥匙,然后大步向保镖走来。这人便是科林。

"私人派对。"保镖往前一步,下巴尖的胡须抖了抖,双手交叉放在一天天悄悄圆鼓起来的肚皮上,后腰是炫耀性的放松,一副经典的、世故的打手派头。

科林点点头,向保镖扬了扬手里的警徽,身体往前一凑,对着比自己矮半个头的保镖小声说:"华盛顿凶杀科。"

保镖看了看警徽,心想最好不要惹这条子,他来酒吧一定是找人,那就让他要找的人去惹他吧。保镖假装长叹一声,闪身让开。

科林推门而入,穿过五米长的走廊,又见一道门,再次推开,眼前顿时一片人声鼎沸,灯光耀眼,喊声震天。

这里根本不是酒吧,而是一个地下拳击场。

就在几分钟前,科林在网页上翻看拳击场地时,忽然想起了这家地下拳击场。他上高中的时候来过。

此时,比赛正好进入到紧张时刻,场内一片喧嚣。拳击场上两名选手,一个穿红裤,另一个穿黑裤,也打得正欢。

红裤冲出一记左勾拳,黑裤的脸便顺着拳头往右一甩,下唇扭开,口水汗珠一起飞溅,在空中抛出一个弧度。人们再次欢呼,藏裹压抑野性的皮囊被这一拳击破,全然爆发。

科林看了一眼台上,从裤包里掏出一张照片,仔细对了对,确认要找的人就是台上的黑裤,便扒开人群,向最前面走去。这里不是正规的比赛场地,所有的人都站着,没有椅子。科林也就走得十分困难。

终于,科林挤到了比赛台的附近。黑裤此时已经扭转了局面,一副反败为胜的势头,把红裤逼到了角落。黑裤的眼睛冒着火,对着红裤的脸一阵猛拳攻击。红裤双手挡住脸部,毫无还击之力。

科林再次举起照片,仔细核对。照片中台下的场景和此时的场景一模一样,围着的观众衣着、长相也是一模一样。难道,现在就是照片中拍摄的时刻?!

科林朝四周谨慎地看了看,却没有看到任何可疑的人。他问挤在身旁的人,"穿黑裤的选手是谁?"

那人惊讶地看了一眼科林,心想你连谁上场都不知道,看个什么劲儿啊。那人耸耸肩,回答道:"汤姆·约瑟夫。"

科林谢过他,目光转回比赛台上。他想,如果照片中的时间就是现在,那么这个叫汤姆·约瑟夫的黑裤选手马上就要被杀死了。他咬紧牙关,挤到最前面台下,隔着红裤选手,抬头盯紧了黑裤,大叫道:"汤姆,汤姆·约瑟夫,快走,有人要杀你!"

黑裤正在进行攻击,一开始听不清这个白衬衫在叫喊些什么,也无暇注意。他还以为这个人在为自己助威呢。

科林没办法,只好亮出警徽,继续大叫:"约瑟夫,我是警察!有人要杀你!有人要杀你!"

警徽的反光在黑裤的眼里闪了一下。黑裤也就愣了一下。那一瞬,整个世界就像一部电影的慢动作,所有的节奏和呼喊都慢了下来。黑裤看清了穿白衬衫的男子缓慢开合的嘴巴,在成百上千的尖叫中听清楚了男子的叫喊的话语。他迟疑了一下,似乎突然想起什么似的,恐惧地一把抓住红裤,下意识地拉近自己又使劲推开!

红裤被他一推,狠狠地撞在了身后的拳击台拉线上。拉线用钉子固定在赛台角落护杆上。接下来发生的一切如同杠杆做功,红裤撞击护杆的力道挣断了拉线,拉线飞出的力道带出了钉子,钉子像一颗飞镖,猛地甩向了黑裤选手的眉心。黑裤选手的脑门忽然就炸开了一片血红,仰面倒下。一直防御的红裤选手也愣住了,双脚顿时失去站立的力量,瘫软下去。

科林看见黑裤被击中,迅速拿起一直攥在左手里的照片。照片上的台子正中,躺着穿黑裤的拳击手,身边,斜靠着已经吓得双腿瘫软的红裤拳击手。黑裤拳击手的眉心有一片红,乍一看还以为是一颗子弹。照片里的人物模样、姿势和现场一模一样。

十四

告别了冉,苏珊娜独自前往那个公共号码所在的地址。出发前,冉给了苏珊娜一部手机。他对手机进行了加密,手机会在他们通话时自动发出信号干扰,任何监听都只会听到一片嘈杂的电流声。冉告诉苏珊娜,只要解密一有结果,就立刻通知她。

电话地址在华盛顿西区,此时,苏珊娜在东区。她先步行了三个街区,然后才坐上公交车。

口袋里传来一阵震动。冉给她的手机响了。

苏珊娜接听起来。

冉在那边声音激动:"苏珊娜,你怎么不告诉我基努出事了?!"

苏珊娜一时无语。

电话那边,冉深深地叹了一口气,说:"干你们这一行的,什么都要保密,这我理解。可是,基努也是我的好朋友啊。他出了这么大的事,你也不说一声。"

"你是怎么知道的?"苏珊娜问。

"你拿来的微缩芯片告诉我的。密码我解开了。芯片里有四段录像和四张照片,我全都发到你手机里了。你快看看!"冉犹豫了一下,继续说,"苏珊娜,有件事情,你可能不知道。"

"什么事?"苏珊娜问。

"基努在两周前,也来找过我。"

"他找你干什么?!"苏珊娜暗暗吃惊!

"他让我帮他调查一个电子邮箱的注册地址。也许这和他的死有关。这个邮箱的地址是在埃及注册的。"

"邮箱是谁的,里面都有什么内容?"

"邮箱注册的名字叫麦克·史密斯。这人很厉害,清除了邮箱里的所有内容,我当时什么也没找到。"

"等等,冉,拜托你再说一遍那人的名字。"

"麦克·史密斯。"

"你确定?"苏珊娜问。

"没错,就是这名字。怎么,你也知道他?"

这不正是我被雇去暗杀的人吗?难到这一切是基努策划的?苏珊娜不敢相信。她说:"冉,我欠你一个人情。关于基努的死,我没有说,是因为……"

未等苏珊娜说完,冉就打断了她的话:"算了,我理解。我们每天不都是把脑袋提在腰上干活吗?只要能查出杀死基努的凶手,你让我做什么都可以。"

苏珊娜再次谢过冉,下车后,她找到一个安静的街角,拿出手机,打开了冉发来的东西。

手机首先播放的是录像。

乍一看是一些闪动的画面。画面很不连贯,中间频频被一些黑影隔断。苏珊娜看了两遍,逐渐看清,摄影机里一共有四段录像。录像是安静的,没有一点声响。显然,声音已经被抹掉了。

第一段:一个男子被枪射中了后脑勺。脑部和后脑勺身下的椅子以及周围的景物苏珊娜太熟悉了,正是她杀死的麦克·史密斯。

苏珊娜也在录像里看见了杀手修长的背影——分明就是自己。

第二段:一名亚洲女性忽然倒在办公桌前。身旁有个女子因为忽然受到惊吓,掉落了手中的咖啡。现场看起来像一个高档办公室。

第三段：一名拳击手在比赛中被一样东西射中眉心。在拳击手身下的台子边，还有个男人，手里拿着一个亮闪闪的东西，很疯狂地叫喊着。

苏珊娜放大了这一段画面，看清了男子手里的东西。那是一个警徽！苏珊娜盯着男子的口型又看了一遍，看懂了他说的话："汤姆，汤姆·约瑟夫，快走，有人要杀你！我是警察，有人要杀你！"

接着，苏珊娜看到，在男子另一只手里，还攥着另一样东西。她继续放大。可惜，东西被这名男警察紧紧地攥在手里，苏珊娜看不清楚。

第四段录像和前三段有所不同，没有人，没有谋杀和死亡。那是一片幽蓝，上面一闪一闪，似乎是漫天繁星。

接着，苏珊娜看到了那四张照片。

在这四张照片里，前三张重复了刚才录像里那三个人的死亡！照片中的一切细节和录像里的细节完全吻合，就像是截图下来的一样！

苏珊娜翻到第四张照片，发现在这张照片上，并没有任何幽蓝，只有几行字。

照片拍的是一封写在纸页上的信：

苏珊娜，如果你能看到这份芯片还有这封信，就说明我已经死了。我藏在芯片中的东西，是解开一切谜底的钥匙。我距离谜底越近，距离死亡也就越近。我将用我的死亡，来证实我的怀疑是正确的。今天晚上两点，就在这个房间里，有人会把一颗子弹射中我的后脑。如果我死了，就说明钥匙的确存在。这把钥匙可以打开那扇门。那是一扇邪恶之门，也是一扇希望之门。

苏珊娜认出，所有的字，都是基努的笔迹。

在字的下方，有一排简单的图案。有些图案还是重复的。

苏珊娜数了数，一共有九十六个。

在信的末端，还有一行小字：瞧你嘴角上的面包渣，真脏。

看到这行字，苏珊娜泪如泉涌。这句话击中了她心里最柔软最脆弱的一块,也是最不能触碰的一块。苏珊娜顺着墙壁滑到了地上。

这句话是基努说的。基努说出这话的那天晚上,他们还没有分开。

那天,他们买了两份汉堡,坐在湖边,一边看着夕阳,一边吃汉堡。苏珊娜在嘴边留下了一点汉堡渣,基努就说:"瞧你嘴角上的面包渣,真脏。"苏珊娜一时找不到纸巾,基努就从口袋里掏出一张,递过来。苏珊娜才接到手里,就感觉纸巾里包着一个小小的硬物。她打开,看到了一枚求婚戒指。

那天,苏珊娜没有答应。苏珊娜从小没有父母,在孤儿院长大。对她来说,家庭的温暖遥不可及。当基努向他求婚时,她害怕了。她觉得,像她和基努这样的人,不配有稳定的未来,不配有家庭。那晚之后,她离开了基努,开始了单干。

似乎过去了很长时间,不知从哪里跑来一只流浪狗,站在苏珊娜旁边"嗷嗷"地叫,像是也在抽泣。苏珊娜擦去泪痕,重新又读了一遍基努的留言,不明白他所指的"钥匙"是什么意思?为什么值得他用生命来证明钥匙的存在?这九十六个图案,又会打开一扇怎样的门?此时,苏珊娜相信,不会是基努策划了她对麦克·史密斯的暗杀。但是,这一切都和基努有关,和她有关,和这个叫麦克·史密斯的人有关。

苏珊娜盯着那些图案仔细看了看,意识到,那不是图案,而是古埃及符号。

在锡盒里,基努除了留下了这张微缩芯片外,还有一个电话号码。那么,基努在这个电话号码里,又将会隐藏什么样的秘密?

苏珊娜站起来,擦干泪痕,朝着电话号码所在的地址快步走去。

十五

拳击手汤姆·约瑟夫的教练坐在地上,表情是极度惊恐之后的呆滞。他两眼直盯着约瑟夫摔倒的位置,黝黑的皮肤在灯光下显出土地的颜色。约瑟夫已经被警方抬走了,台子上此时,仅仅只剩下一个躺倒的白色轮廓。

莫莉听到了消息,立刻赶了过来。她和科林在门口汇合后,便向一直呆坐的教练走去。

教练听见了脚步声,慢慢抬起了头。

"你和约瑟夫认识多久了?"科林问。

"从他开始跟着我训练,很快就十五年了。"教练说。

"他这个人为人如何? 有没有什么仇人?"莫莉问。

"他这个人性子急。我经常对他说,这是他在比赛中最大的弱点。也是因为他有这个坏脾气,和他长期交往的朋友不多。仇人倒是不少,对手基本上都是仇人。"教练说着苦笑了一下,眼睛仍旧盯着那个白色轮廓,仿佛约瑟夫还在那里。

"汤姆·约瑟夫最近有没有什么异常行为?"科林问。

"异常? 没有! 不过,让我想想。"教练皱起眉头,"对了,一个月前,有一个人来找过汤姆,让他停止比赛。汤姆的事业正是蒸蒸日上,怎么可能停止比赛。而且,而且……"教练说到这里忽然愣住了,过了好一会儿才说:"而且,那人还给汤姆看了一张照片。那人警告汤姆,如果他不停止比赛,照片就是他的下场。"

"什么样的照片?"莫莉问。

"一张十分诡异的照片。死亡照片。"教练回答说。

"是不是这张?"科林拿出了照片,递给教练。科林想,如果是,这就能解释汤姆最后推开红裤时的表情了。他对自己的死亡是知道的!

教练仔细看了看,点点头说:"照片的内容是一样的。你们怎么会有这张照片?"

科林没有回答教练的问题,接着问:"汤姆看完后什么反应?"

"汤姆看完照片后,十分生气,说那人是个疯子。"

"你可记得那人叫什么名字?"

"不记得了。他好像就没有提到过自己的名字。"

"你还记得他的样子吗?"科林问。

教练点点头,"当然记得。我可以跟你们回警局,协助你们的画像师画出那人的长相。"

十六

苏珊娜终于找到了电话上的地址。

公用电话亭孤零零地立在贫民区一角,远离主街。电话亭自身和后面的墙上,都被彩色喷漆涂得毫无空隙。街道上冷冷清清,偶尔有人匆匆走过。

苏珊娜走进电话亭,看到电话机上面的号码,正是基努留给她的那个。

难道就是这里?

正当她有点不知道下一步该怎么办的时候,电话响了……

十七

警局里,画像师在教练的口述下才画出人像,科林就认出了他。这个人两周前在一家叫做晚霞酒店的旅馆里被人枪杀了。

在酒店,这个人没有登记姓氏,只登记了名字:乔治。

乔治分明是个假名字。

科林和莫莉从电脑里调出案宗,发现这个案子直至今日,调查毫无进展。

在旅馆房间里,警方找到了乔治随身带的包。案卷资料里含有包中物品清单。其中一件东西引起了科林的注意。

那是一本借书证。

科林打开借书证,浏览了借书记录,看到借的书全和埃及古文化有关。清单里还有一本书,名字叫《尼罗河边的荷鲁斯》。看来,这个假称乔治的人对埃及很感兴趣。

被暗杀的麦克·史密斯,曾经多次往返埃及,对埃及也感兴趣。难道这就是他一直苦苦寻找的联系?科林不禁一阵激动。

科林和莫莉来到证物室,找到了这本书。书很旧了,看起来像是一本在市面上流通了很久的二手书。

科林翻了翻,发现里面有几页不见了。是被人为撕掉的。页面和书籍连接的地方还留着参差不齐的残页。扉页上倒有一个印章。

印章上用花体字刻着:尼罗河夜晚。在这几个字下面,用更小的字体一并刻了一个在埃及开罗的地址和电话号码。在"尼罗河之夜"几个字的斜下角,刻着两个小字"咖啡"。

在书的右下角,印章下端,还有一个手写的签名。签名后面还注写了日期:2001年,购于埃及开罗。

"莫莉,你来看看这个签名。"科林把书推到莫莉面前。

莫莉一看,暗暗吃惊:麦克·史密斯。

科林立刻拿起电话,订下了飞往开罗的最近一趟航班。

十八

铃声才响过一声,苏珊娜就毫不犹豫地拿起了话筒。

"苏珊娜?"对方传来一个男子的声音。

"是我。"苏珊娜抬起眼睛,警惕地观察者四周。她的侧面是一面高墙,对面是一排排破烂的三层楼住房。在她的视线范围之内,看不到任何人。

"是基努让我给你打电话的。"对方说。

"你是谁?"

"你不认识我。我是基努的一个朋友。你只要知道这一点就够了。基努让我给你带了话。"

"什么话?"

"你拿到钥匙了吗?"

"什么钥匙?"苏珊娜反问。在尚未确定对方的身份之前,她不敢相信这个和自己通话的陌生人。

"哦,你不信任我。不过,这很正常,我能理解。"对方轻轻停了一下,"基努说,如果你来接听这个电话,就说明你已经拿到了钥匙。他让我告诉你,你必须找到那扇门。"

"什么门?"

"一扇既能放出邪恶又能带来希望的门。"

"找到之后呢?"

"毁了它。"

"为什么?"苏珊娜说着,看见电话亭外,一个中年女人挎着一个手提袋从电话亭前走过。她目不斜视,脚步匆忙,看起来就像一个普通的路人。

"我们人类太贪婪了,不配拥有这扇门。如果,这扇门落到用心险恶的人手里,那就会爆发一场灾难。苏珊娜,基努已经用生命为代价,证明了这扇门的存在。你应该毁了它。这是基努的心愿。"

"可是,你不是说,这扇门也可以带来希望吗?"

"人性善恶交织,苏珊娜。我们不能保证,在找到了这扇门后,它永远会被善者掌握。为了避免它落入恶人之手,唯一的、最稳妥的办法,就是毁了它。苏珊娜,基努就是因为这扇门而死的,为了实现他的遗愿,你也应该毁了了它。"

"门在哪里?"

"在埃及。你先到开罗,到那里找一家叫尼罗河之夜的咖啡馆,点两份咖啡。谁走过来喝了你面前的咖啡,谁就是带你去找那扇门的人。"

"你到底是谁?我为什么要相信你?"

"别忘了,带上基努给你的钥匙。"

"你到底是谁?"未等苏珊娜说完,对方就挂上了电话。苏珊娜挂上话筒,从衣兜里拿出那张喝咖啡的照片,茫然地盯住了照片里男子的背影,轻声说:你到底是谁?

十九

埃及白天的阳光十分耀眼,让人在眩晕中能够真切地感受到三种颜色,白色,蓝色和黄色。这是埃及的颜色,亘古不变。

苏珊娜根据地址,找到了这家名叫"尼罗河之夜"的咖啡店。

这家店被一个巨大的花园环绕。远处有一个清真寺,坐在她现在的位置,可以看见架在寺庙顶端的一弯白色月亮。

空气闷热,开罗街面上的嘈杂被花园的树木花草挡住,听不真切。苏珊娜一边跨进咖啡店,一边细细打量店内摆设。

店里是寻常的埃及风格,摆放了大量的金属壶具,用具。店里只坐了几个人,看起来是欧洲人,估计是游客。桌布是亚麻色的,边缘有镂空花纹;在墙角,立着一个落地电扇,一切和照片中的设置一模一样。

她一眼就找到了照片里的位置,径直走过去坐下,点了两杯咖啡,静静等待命运的安排。

一开始,苏珊娜一边喝咖啡,一边耐心观察店里的客人。后来,她发现这几个人谁也没有特别留意她的存在,刚刚静下的心又开始不安起来。

电话里的那个人是在说真话吗?基努为什么会让她来开罗?这个和她接头的人会是谁?

究竟谁会来喝她对面的咖啡?

苏珊娜这么想着,刚喝下第二口咖啡,看见一个男子背着一个旅行包走了进来。他看起来不是本地人。

男子先往店内左右环视了一下,然后在距离苏珊娜两张桌子的地方坐下。他戴着一顶草编凉帽,遮住了眼睛和大部分面容,只露出刚长了胡子茬的下巴。从身体动作来看,他十分疲惫。旅行包上还贴着一个圆圆的贴纸,上面有一家航空公司的标志。看来,这个人刚下飞机。接着,苏珊娜听见这个人点了一杯咖啡,用英文,美国口音。

男子放下旅行包,摘下帽子,放到一边,抬起头来。苏珊娜一看清男子的脸,忽然心跳加速。

她见过这张脸!在基努留给她的录像里!

那是第三段录像:一个警察拿着警徽,拼命地对着拳击台上喊:"有人要杀你!我是警察!"

他是一个警察!他怎么来了?!

科林·沐恩放下凉帽,打量了一下咖啡厅。人不多,外面有个花园,靠近一簇开得繁盛的白色花卉的桌子旁,坐着一个欧洲女子,黄头发,蓝眼珠。女人身穿白麻衬衫,没有化妆。女人的面前放着两杯咖啡,却不见她对面有人。可能她在等什么人?科林想。

一个服务员快步走了过来。科林点了咖啡和糕点后,便拿出那本《尼罗河边的荷鲁斯》,翻开第一页,给他看上面的印章,并问这印章是不是他们店里的?

服务员仔细看了一下,点点头,说他们店还经营明信片,从有这个店开始,就有这枚印章了,明信片上都盖着这枚印章。

"那么,这本书呢?你们有没有卖过这本书?"科林问。

服务员摇摇头,"我们从不卖书的。"

"那这本书上怎么会有你们店里的印章呢?"

"可能是买书的人觉得好玩,让店里的人盖上的吧。"

"你能问问是谁盖的吗?"科林说着,拿出一张美元悄悄地塞进菜单里。

服务员想了想说:"我可以问问。不过,你这本书看起来有些年头了,店里的人更换频繁,我不一定问得到。"

"先试试吧。"科林说。

服务员拿着书,走进了后面的厨房。

不久,另一名服务员送来了咖啡,这时候,他的手机响了。

科林接听,是莫莉打来的。她告诉科林,在他登机之后,拳击教练忽然想起来,那个给汤姆看照片的人,在他的手腕上有一个蛇纹刺青。那枚刺青是某个军队阻击手的标志。顺着这条线索,她又进一步查到了"乔治"的消息。那人原来名叫基努·施特曼。他曾经当过兵,军队还有他的资料。退伍后,他去向不明,一直到两周前在晚霞酒店被杀。

"干得不错,莫莉。"科林抬起咖啡杯喝了一口,小声说。

莫莉在电话那头继续说:"我还调查了华盛顿这几年各个公共场所的监控录像。"

"哦?有什么发现?"

"我用电脑软件进行了脸部特征对比。还算幸运,定位了几张比较清晰的、有价值的照片。照片里,基努·施特曼经常和一个女子在一起。我也对女子的脸进行了电脑比对搜寻,查到了女子的身份。"

"是谁?"

"女子名叫苏珊娜·吉布森。她在孤儿院长大,多次进出青少年劳教所,我们的数据库里到处都是她的资料。高中辍学后,苏珊娜一直去向不明。我把这些资料一起发到你邮箱里了。科林,"莫莉在挂上电话时补充:"你要小心。"莫莉说完,挂掉了电话。

科林喝着咖啡,打开了手机里的电邮,看到了基努·施特曼生前的照片。那是一张古铜色、健康的脸。在邮件里,还有一张基努遇害的照片。两张脸虽然五官相同,但给人的印象很不一样。前者生机勃勃,后者像是一个面具。接着,科林看见了邮箱里苏珊娜的照片。他猛地抬头,发现照片中的女人和坐在他对面的女人,一模一样!

科林关掉手机,举起咖啡杯,才看到里面的咖啡已经喝完了。他放下杯子,拿起背包,走到了苏珊娜的面前。

"苏珊娜·吉布森。"科林一边说一边坐下。

"警官先生。"苏珊娜也同时说道,表情一动不动。

在咖啡桌下,他们一人一支枪,悄悄指向了对方……

二十

枪口乌黑,在桌面下泛着寒气。科林和苏珊娜头顶的电扇,"呜呜"地旋转着。靠进大门的地方有一桌人,刚好付费离开,十分优雅地在白锡托盘里留下小费。远处传来几声小贩的叫卖。一切都那么安好宁静,谁也没有注意到他们之间的剑拔弩张。

苏珊娜桌面下的右手握住枪,稳如泰山,桌面上的左手抬起咖啡,轻轻喝了一口。不说话,脸上尽管不动声色,心里却越来越慌,怎么来的是个警察?这到底是怎么回事?

科林一直盯住苏珊娜,暗暗琢磨。这个女人,认识基努·施特曼。也许她就是杀死基努的凶手。

两人相持片刻,苏珊娜忽然微微一笑,说:"警官先生,你回头看看。"

科林担心女人有诈,不敢回头。他用左手拿起桌上的金属勺,在勺面上的反光里,看见自己身后的桌子旁,不知何时,坐了一个身材矮小的男子,身穿白色长袍,模样一看就是本地人。他的手藏在桌子上的报纸下,拿着枪,正对着他的脊背。

原来,苏珊娜不敢相信电话里那个男人的话。她一来开罗,就雇了人,以防万一。

"把你的枪给我。"苏珊娜说,"老实点,不要耍花招。"

科林只好把持枪的手往前一凑,苏珊娜伸下左手,拿走了他的枪。

"还有,你的手机。"苏珊娜在桌面上,伸出了右手,摊开了手掌。

科林没得选择,只好递过手机。他看见苏珊娜的眼睛在阳光里明亮剔透,顿时觉得这个女人不应该当过雇佣兵,她应该是一名幼儿园老师。

接过手机,苏珊娜讽刺地说了句"谢谢",开始翻看科林手机里的内容。刚才,在对这名警察的观察中,她就看到,这个警察一开始对自己是不在意的,也是在接了一个电话,看了手机内容后,才警觉起来的。

苏珊娜看到最后一个接听号码来自华盛顿警局。看来,他果真是警察;接着,她看到了基努的照片,还有自己的照片。

"基努不是我杀的。"苏珊娜开门见山,"我也是在寻找杀死他的凶手。"

"我也不是来找你的。"科林说,"在咖啡馆里碰到你,完全是碰巧。"科林的双手此时已经放到了桌面上。他觉得口渴,就用眼睛看了一眼面前的咖啡,端起来喝了一口。

"碰巧?"苏珊娜在心里说,这不可能。在华盛顿,那个由基努安排给她打电话的人,曾经这样说:"谁喝了你面前的咖啡,谁就是带你去找那扇门的人。"

"为什么是碰巧?"苏珊娜问。

科林先回头看了看身后的男子,看到那人还在用枪指着自己,又转回身来,说:"实话说,我来这里,是为了调查其他的案件。关于你的消息,我还是在走进了这家咖啡店后才知道的。"

"把你的包给我。"苏珊娜扬起下巴指了指科林的包。

科林没办法,把包递给她。苏珊娜接过包,看到里面是一些简单的洗漱用具和两件T恤。看来这名警察不打算在埃及待得太久。她在包内侧面的小包里还找到了一张机票,得知这名警察名叫科林·沐恩。

"科林,开罗有那么多的咖啡店,你怎么会独独走进这家?"苏珊娜问。

"我是顺着线索找来的。"

"什么线索?"

"你有时间听吗?"科林说。

苏珊娜点了点头,没时间也得有时间。这个时候的苏珊娜,完全不敢相信面前的这个警察喝了咖啡,不敢相信他就是要带自己找到那扇门的人。

科林压低声音,把案子讲了个大概,顺便试探她的反应。

苏珊娜听着,感到这事越来越不可思议。最后,当科林讲到照片都先于死亡出现时,苏珊娜若有所思地点了点头。

"你相信我的话?"科林惊讶地问。

"相信。"

"为什么?"

苏珊娜拿出一张照片,说:"不但你找到奇怪的照片,我也找到过。这张就是我找到的。照片里面喝咖啡的女人就是我,而那个只有背影的男人,我想,就是你。"

科林拿过照片,果然看见照片中的男子的背影和自己现在完全相同。一样的衣服,一样的姿态。

"你在哪里找到的照片?"科林问。

"这,你就不用操心了。"

"你为什么要杀死麦克·史密斯?"科林忽然一转话题,直接就问。

"你怎么这么说?"苏珊娜惊讶极了。

"你记得吗,我刚才说过,我们在麦克·史密斯银行保险箱里的死亡照片里,看到他在被暗杀时,手里攥着一张照片。但是在现场,我们并没有找到照片。虽然那张照片只露出了一个小角,却足以让人看清上面的颜色。那是绿色和黄色相间的颜色,正好是你身后墙壁的颜色,也正是你手中这张照片里左上角的颜色。你给我看的这张照片正是麦克·史密斯死时手里攥着的那一张。是你拿走了照片。所以,你就是杀死麦克·史密斯的凶手。"

苏珊娜沉默了一下,觉得此时此刻,发生了这么多奇怪的事情,要想知道谜底,就没有必要再隐瞒,便点点头说:"对,麦克·史密斯是我杀死的。"

"你为什么要杀死他?"

"这事说来可笑。我杀死他,是因为我是个杀手,一个愚蠢的杀手。一个叫本·威尔的人答应用十万美金雇佣了我。他说麦克·史密斯酒后开车撞死了他的女儿。我相信了。我当时并不是为了钱,而是为了那个女孩。后来,我才发现,我上当了。"

"十万美金?什么时候的事?"

"这个月一号。他先付了我五万。"苏珊娜说。

科林立刻想,钱数对上号了。麦克·史密斯在六月一号取出过十万美金,衣柜里有五万现金,另外五万付给了苏珊娜。

"那你见过这个雇佣你的人吗?"科林问。

"呵,"苏珊娜冷笑一声,"这个人发来的是假信息。我没有面对面见过他。我们只是通过电子邮箱联系。"

"他的邮箱号是多少?"

苏珊娜把邮箱号写给科林。科林立刻联系了莫莉,让她立刻查一查这个邮箱的注册地址。

在等待莫莉调查的时候,科林问苏珊娜:"那你是怎么找到这个咖啡馆的呢?难道就凭一张照片?"

苏珊娜看了看科林,决定把基努的事情告诉科林。说完后,她从自己的包里拿出手机,把基努留给她的录像和纸条放给科林看,最后说:"基努留下了九十六个符号。我查过,实际上,这些符号都是古埃及数字。他说它们是开启一扇门的钥匙。基努的朋友说,这个来喝咖啡的人会可以带我找到这扇门,但是……"

"但是,"科林接过了苏珊娜的话,"我一点也不像那个带你找门的人。"

说完这话,科林顿了一下,又问:"那你是否知道,那是一扇什么门?"

苏珊娜紧紧地盯住了科林的眼睛,说:"我也不知道这是一扇什么样的门。我一点线索也没有。你呢?还有什么藏着掖着的线索吗?"

科林无奈地摇了摇头。

就在这时,莫莉打回了电话。她告诉科林,虽然这个邮箱的注册地址绕了几圈,但她最后还是查出了注册人。

"苏珊娜,"科林接完莫莉的电话后说,"和你联系的邮箱是麦克·史密斯注册的。那个雇佣你暗杀麦克·史密斯的人,正是他自己。"

二十一

咖啡店里的人开始多了起来。苏珊娜不敢相信科林的话。谁会花钱雇佣杀手暗杀自己?傻了?疯了?

"苏珊娜,我有一种预感,这件事情还远不止如此。"科林说,"我们只有共同合作,才有可能找到幕后真凶。"

苏珊娜点点头,让那个矮个子伙伴收起了枪。

科林又把苏珊娜手机里的东西仔仔细细看了一遍,说道:"我不知道基努为什么会有这些东西,也不知道麦克·史密斯为什么会有这些照片。除了麦克·史密斯的死是谋杀之外,其他两个人的死亡都是意外。还有这第四张,是一片星空。这张照片又有什么意义?我也不知道有什么门。不过,虽然有很多未知,但我们仍有两条重要线索。"

"什么线索?"

"第一条线索是麦克·史密斯。每一件事,都和他有关。我们必须彻底查一查他。不过,看得出来,麦克·史密斯是个隐藏得很深的人,警方要查出他的背景来,需要不少时间。"

"我看,不如让我来查。"苏珊娜说,"我有个朋友,是个高手,他可以很快查清楚麦克·史密斯。"

科林点头同意。苏珊娜要回自己的手机,立刻联系了冉。

苏珊娜请冉好好再查一查麦克·史密斯,结束通话后,苏珊娜又问科林:"那第二条线索呢?"

科林说:"基努。基努知道有钥匙,要去开一扇门,说明他很早就开始了调查。基努是在晚霞酒店被谋杀的。警方在现场找到了一本书。"

"什么书?"

"书名叫《尼罗河边的荷鲁斯》,扉页上有这家咖啡店的印章。这就是我为什么找到这里的原因。书被服务员拿走了,他去调查是谁盖的印章。"科林停了一下,问到:"你知道荷鲁斯吗?"

苏珊娜点了点头,"了解不多。他是古埃及法老的守护神。"苏珊娜说。

"是的。我拿到书后,仔细读过,也查了和荷鲁斯有关的资料。荷鲁斯长着鹰隼的头,也有人叫他鹰头神,是法老的守护神。不过,他的威望还不仅是出自为法老护法。"

"那出自什么?"苏珊娜问。

"眼睛,他的眼睛。"科林说着,拿过一张纸巾,手指醮着咖啡,在纸巾上画下一幅图(如下图),推到苏珊娜面前。

科林说:"这就是荷鲁斯之眼。他的两只眼睛,分别代表太阳和月亮。古埃及人相信荷鲁斯的眼睛可以看到宇宙中的所有东西,大到山崩海啸,小到一只蚂蚁的诞生和死亡,都逃不过他的眼睛。因为他的眼睛无所不见,所以被称作神圣之眼。"

"难道,"苏珊娜问,"荷鲁斯之眼也可以看到过去,现在和未来?"

科林摇了摇头说,"尽管古埃及人相信荷鲁斯无所不知,无所不晓,眼睛能看到一切,但这毕竟是神话。"

"可是,神话不正是古人对不可理解的事物寻求的解释吗?"苏珊娜说,"也许,古人的这个神话并不是没有来头。"

科林看着苏珊娜的眼睛,没有说话。他隐隐觉得,苏珊娜说的有道理。如果被她说中了,那么荷鲁斯之眼会牵出什么样的惊天秘密呢?

苏珊娜又问:"那这九十六个数字呢? 它们全是用古埃及符号,还有那扇门。我了解基努,他不会凭空因为相信神话而搭上一条命。对了,你刚才不是说那本《尼罗河边的荷鲁斯》少了几页吗,也许秘密就在其中。"

苏珊娜说着,弹了一个响指,让那个矮个子过来。她把书名告诉男子,继而又转身问科林记不记得作者的名字。科林说署名很短,没有留下姓,只是一个名字,叫易德鲁斯,书原来也是在埃及买的。苏珊娜让矮个子赶快去找一找,看能不能再找到一本。

矮个子刚走,苏珊娜的手机就响了。是冉。听完电话后,苏珊娜告诉科林,也许,神话可以变成现实。

二十二

咖啡店四周是敞开的,店里没有空调,温度正在逐渐升高。苏珊娜和科林两个人,此时却是全身发凉。

苏珊娜告诉科林,"我的信息来源查清楚了麦克·史密斯的背景。他不是一个普通的大学退休教师。他工作的特殊性让政府隐藏了他的身份。"

"什么工作?"

"他是曾经就职于 NASA 的科学家。他在大学的教师职位,只是个名分。"苏珊娜说。

"NASA? 美国国家航空航天局?"

"对。1989 年,他被派往南极,一直在那里搞一项研究,一待就是十一年。直到 2000 年,他才被派回美国。回到美国后,他就提前退休了。"

"是什么研究?"科林问,心里打起了鼓。

"那项研究,名字叫做'暗镜'。我的朋友查到,'暗镜'计划是绝密中的绝密。这是他发来的文件。他说只能找到这么多。"

科林接过手机,看到上面有这样一个文件:

绝密:

经过 NASA "暗镜"计划近三十年对外太空的观察,我们已经发现——。这足以证明——。我们还在继续观察。

"这些画着黑线的地方,原来是有字的,被抹掉了。"苏珊娜说。

"虽然这些字被抹掉了,剩下的部分足以说明,这件事和麦克·史密斯以前的工作有关。'暗镜'计划对太空观察了三十年,这不绝会是普通的观察。你认为,NASA在观察什么?"

苏珊娜正要回答,服务员拿着书走了过来。他把书还给科林,小声说没有人记得是谁在《尼罗河边的荷鲁斯》这本书上盖了印章,但有人认出了这本书的作者。

"谁?"科林问。

"这本书的作者易德鲁斯,不是别人,正是我们咖啡店老板的弟弟。这个印章很有可能是他自己来这里喝咖啡时盖着玩的。"

"我们能找到他吗?"科林问。

"可以。这是他家的地址。"服务员塞给科林一张纸条,"不过,很多人都很久没有见过他了。"

"为什么?"科林问。

"传闻都说他搞研究搞疯了。等你到了他家,可千万不要说地址是我给你的。因为,他们家的人很不愿意提起他,认为他的疯狂是家族的耻辱。这事要是让我老板知道了,非炒我鱿鱼不可。"

二十三

科林让服务员放心,留下丰厚小费后便和苏珊娜立刻离开咖啡馆,赶往易德鲁斯的家。

他们在开罗的巷道里急匆匆一前一后走着,炽热的阳光如同从倒扣的火炉里喷发出来,两人很快就满头大汗。他们都不约而同想到,虽然远离美国,可能够感觉到真相就在一步之外。

半路上，苏珊娜雇佣的矮个子打来了电话，说他跑了好几家店，运气还不错，终于在一家二手书书店里上找到了那本书。他现在就在书店门口。接着，他把书店的地址告诉了苏珊娜。

科林和苏珊娜绕道到了书店，拿到了一本完整的《尼罗河边的荷鲁斯》。

科林把两本书做了比较，发现缺少的那几页讲述的是一个叫"芦苇之地"的地方。"芦苇之地"也被叫做"埃及乐土"。那里，就像美国人说的天堂。古埃及人相信，人在死后，会升天，最后到达的地方就是这片"芦苇之地"，而荷鲁斯就是法老升天的守护神。

"难道，基努·施特曼所说的'门'，就是进入这片'芦苇之地'的大门？"科林问。

苏珊娜没有回答。她不但不知道答案，而且还多了一个疑问，缺失的这几页并没能更多证明什么。基努何苦要撕掉这几页呢？

在矮个子的引领下，科林和苏珊娜穿过了好几条看似一模一样的巷道，最后来到了易德鲁斯的家。那是一个盖了不到三层的半筒子楼。埃及城里到处都有这样的楼，都是盖到一半就停下了，一直要等到家里儿子娶亲结婚，才又接着再往上添盖一层。

科林敲了敲门，有人应声打开了门。是个女人，身穿黑袍，带头巾，年纪大约四十上下。矮个子朝前小声说了几句话，女人一边摇头一边使劲关门，就在矮个子打算放弃的时候，二楼传来一声咆哮。女人一下子安静了，默默打开了门。

进屋时，矮个子悄悄告诉科林和苏珊娜，刚才咆哮的人就是易德鲁斯。矮个子接着说这事怪了，易德鲁斯知道你们会来。

"为什么？"苏珊娜问。

矮个子小声说："他刚才在楼上咆哮说，让这两个美国人进来。我等他们很久了。"

他们三人在女人的带领下来到二楼。尽管是白天,二楼的窗户和窗帘都是关着的。屋子里用了空调,点着灯,一跨进门,气温陡然下降。

屋里,墙壁上、地上、书桌上,到处都是书。密密麻麻,层层叠叠,乱七八糟。在这些书堆里,坐着一个六十多岁的老者,身体精瘦,花白胡须。矮个子上前说了两句话,老者摇摇手说:"没关系,不用翻译,我可以说英文。"矮个子点点头,站到了一旁。

科林和苏珊娜走上前来。老者看了他俩一眼,却忽然用阿拉伯语说了句什么,矮个子叹口气,走向苏珊娜说:"他要我出去。说你们要问的东西,不关我的事。"

苏珊娜点点头,待矮个子走出房间后,转身面向易德鲁斯,问:"你怎么知道我们会来?"

"我等你们很久了。"易德鲁斯笑了一笑,两只眼珠微微向鼻梁中间靠拢,薄薄的、油腻腻的头发粘在谢顶的脑袋上,表情看起来就是一个长期失去理智的人,"至于我为什么要等你们嘛,是因为我疯了。"易德鲁斯伸出食指,敲敲自己的脑袋,"疯子总是能预感到正常人无法预感的东西。"

"你没疯。"科林说,"你是在装疯。"

易德鲁斯说:"哈哈,我只是开个玩笑而已,你何必那么认真。的确,我没有发疯,不过,我也没有装疯。我只不过对古埃及文化过于痴迷,几乎到了走火入魔的地步,时间久了,外界的人无法埋解,就传说我疯了。"

"这本《尼罗河边的荷鲁斯》,是不是你写的?"科林说。

"是的。"

"书里倒是有不少新观点。"

"哈,这话没错。我并不是依靠在图书馆里搞研究来写东西。我喜欢到实地调查。埃及拥有上千年的神秘文化,实地考察要比蹲图书馆有趣得多。"

"听起来,你在实地考察中发现了很多东西。"科林说。

"很多。究竟有多少,说出来,你们恐怕无法相信,但这些发现和古埃及浩瀚的文明遗产比起来,如同一捧水和海洋比较,如同一颗星和宇宙比较。不过,在这一捧水和一颗星中,有一样却是个大发现,应该可以算作我事业的顶峰,令我一生无憾。"易德鲁斯说。

"是什么?"苏珊娜问。

"这个发现已经被我全写在书里了。"易德鲁斯说。

"荷鲁斯?"苏珊娜问。

"确切地说,是荷鲁斯的眼睛。埃及人普遍知晓的是荷鲁斯的右眼,认为右眼是神圣的,但是,我感兴趣的,却是荷鲁斯的左眼。"

"为什么?"苏珊娜问。

易德鲁斯回答说:"他的左眼是他右眼的镜像。荷鲁斯的右眼可以看到宇宙万物,而他的左眼却能把看到的内容记录下来,并且显示出来。"

"你是说,荷鲁斯的右眼和左眼有不同的功能?"苏珊娜问。

"是的。"易德鲁斯说。

"不对啊,"科林忍不住说,"对不起,易德鲁斯,我插一句,你在书里说,荷鲁斯到了后来,成了一个只有右眼的独眼神,并没有左眼。"

易德鲁斯点了点头,"传说在公元前三千年,一个名叫赛特的神代替了荷鲁斯,成为了法老的护法神。虽然后来,荷鲁斯夺回了护法神的身份,他却和赛特之间进行了一场长达八十年的战争。在荷鲁斯和赛特的搏斗中,荷鲁斯扯掉了赛特的一颗睾丸,而赛特也挖走了荷鲁斯的一只眼睛。这只眼睛,就是荷鲁斯的左眼。多少年来,很多人都在寻找这只眼睛。"

"你刚才说这本书是你事业的顶峰,难道你找到了荷鲁斯的左眼?"苏珊娜问。

"是的。不过,找到荷鲁斯左眼的,不止是我,还有另一个人。"

"谁?"科林问。

"麦克·史密斯。"

"美国人麦克·史密斯?"苏珊娜问。

易德鲁斯使劲儿点点头,"是的,就是那个美国人。那是在 2001 年,我在掩藏荷鲁斯左眼的地方,意外地遇到了麦克·史密斯。当时,我不敢相信,一个美国人也会千里迢迢找到那里。"

"他怎么会找到隐藏荷鲁斯左眼的地方?"苏珊娜问。

"你不要着急,听我慢慢说。麦克·史密斯告诉我,他原来在航天局工作。1989 年,他被派往南极,当时的任务是待在南极,对一个项目进行长期观察,待了十一年。"

易德鲁斯说到这里,顿了一下,接着说:"不过,若说起这个项目的起源,还要从 1957 年开始。那一年,美国一处天文台收到了一个十分微弱的信号,是从宇宙深处传来的,时断时续。当时,天文台非常好奇,因为没有额外的资金深入调查,就只对信号进行了持续观察。直到 1958 年,NASA 正式成立后,才开始了一项取名为'暗镜'的秘密观测计划,专门探测这个信号。"

"你们知道 NASA 的使命吗?"易德鲁斯问。

科林和苏珊娜都一起摇了摇头。

易德鲁斯说:"NASA 的使命是'理解并保护我们赖以生存的行星;探索宇宙,找到地球外的生命;启示我们的下一代去探索宇宙'。正因为有这样的使命,'暗镜'计划才一直受到特别资助,持续了很多年。麦克·史密斯自从 1989 年加入到这项观测计划中来,之所以在 2000 年借口身体不适离开,是因为,在 2000 年,他发现了一样东西。"

易德鲁斯说着,站起来,走到书架旁,抽出了一本书,翻开一页,递给科林说:"这是麦克的日记。你们看看吧。"

苏珊娜凑到科林身边一看,看到麦克·史密斯在日记中画了一块巨大的陨石。

"麦克·史密斯的发现是一块陨石?"苏珊娜问。

"你再往下读。"易德鲁斯说。

苏珊娜和科林一直往下读,渐渐明白当时麦克·史密斯观察到的,并不是陨石,而是一个外形看上去极为像陨石的神秘物体。当时,麦克·史密斯发现,这块貌似陨石的物体会不断发出信号。而这信号,正是1957年天文台从宇宙深处接收到的信号。

"那么,这块看起来像陨石的物体是什么呢?"科林问。

易德鲁斯摇了摇头,"麦克也不知道。"

"这些又是什么?"苏珊娜指着日记的其中一页问。在那一页上,画着四条相互交错的线条。

易德鲁斯说:"这是麦克·史密斯发现的最关键的东西。他告诉我,当时,他是在一台观测电脑上发现'陨石'的。但是,他却在同一时间,在另外一台毫不相关的、没有网络连接的电脑上接收到了这四条线。这说明,这些线不是来自网络,不是来自地球。他把这些线条记录下来,发现它们分别代表四个维。"

"什么四维?"苏珊娜问。

易德鲁斯回答说:"时空四维。时空四维是我们这个世界的坐标,位置加上时间。就像此时此刻,我们谈话时,也有一个四维记号,前三维的长宽高表示了我们现在所在的地理位置,第四维表示发生的时间。这个时空四维就像历史长河中的地标,可以准确地标出任何地点任何时间的任何事件。他记下了这个四维坐标,删除了那台电脑中的记录。不久,他辞了职,按照标记中的地理位置,找到了隐藏荷鲁斯左眼的地方。"

"他为什么不把这个坐标向上报告?"科林问。

"他当时倒是有过这样的想法,不过,他很快就打消了这个念头。"易德鲁斯说。

"为什么?"科林又问。

这时,苏珊娜说话了:"是不是因为这四条坐标是出现在没有联网的电脑上?麦克猜想不管是谁在那块'陨石'里联系他,都希望他不要上报这个消息?"

易德鲁斯点点头,"正是这样。他决定按照对方的暗示行动,找出'陨石'的目的。"

"如果麦克·史密斯是依赖四维坐标中的前三维找到了隐藏荷鲁斯左眼的地方,那么,他当时发现的第四维时间坐标是什么?"科林问。

易德鲁斯笑了笑,"科林先生,这也是麦克·史密斯为什么辞职的另一个原因。那个四维坐标中的时间坐标正是他找到隐藏地点的那一天。麦克相信,这个四维坐标不是无缘无故发出的,这后面一定隐藏着更多的深意,所以他毅然辞职,在坐标上标出的时间来到了埃及,找到了隐藏地点,并且在那里遇上了我。"

"你又是如何找到那里的呢?"苏珊娜问。

"你忘了,我的兴趣是古埃及文化了吗?"易德鲁斯说,"我们的古埃及人相信神祇的存在;相信我们是在神的指引下,才创建了灿烂神秘的古埃及文化。古埃及人还坚信,法老就是神的化身。现在,也有越来越多的人坚信,当年引领古埃及人创造奇特文化的神,实际上是来自地球之外的外星文明。这些年,我也一直在研究这些神的存在,特别是荷鲁斯的左眼。它很微妙,背后隐藏的秘密一直就在我们眼前。"

易德鲁斯说完,在身边的一摞书中翻找了一下,拿出一本,抽出夹在里面的照片,递给科林,"当我和麦克在隐藏荷鲁斯的左眼的地方相遇后,我们找到了这张照片。"

科林和苏珊娜接过来一看,不由再次大吃一惊。照片里有一男一女两个人,正站在这间房子里,面对易德鲁斯。

这两个人就是他们自己!

"这,这是什么意思?"苏珊娜问。

"这就是为什么,我一直等待你们到来的原因。荷鲁斯的左眼不但能看到过去,还能看到现在和未来。你们就是所有一切的未来。我的未来。"易德鲁斯说。

"我还是不明白你的话。"科林说。

"当我和麦克·史密斯面对荷鲁斯的左眼时,它向我们展示了很多人的未来。麦克·史密斯带着一部照相机。遗憾的是,那是一部胶卷相机,只能拍摄三十多张照片。而当时,相机胶卷里只剩下了七张底片。麦克·史密斯没有选择,就拍下了七张照片。"

"在那七张照片中,有没有这些?"科林拿出他在麦克·史密斯银行保险箱里找到的三张照片,加上苏珊娜找到的咖啡馆的照片,一起递给易德鲁斯。

易德鲁斯接过来一看,连连点头说:"是的。这是其中的四张。"

"还有三张呢?"

"一张是基努的死亡。一张是星空之下,荷鲁斯左眼存放的地点。还有一张,便是我给你们看的,有你们俩站在我房中的这张。"

"然后呢?"苏珊娜问。

易德鲁斯叹口气说:"当时在荷鲁斯的左眼展示的未来里,这些照片是连在一起的。麦克·史密斯认为,他们之所以被连在一起,一定是有原因的。麦克·史密斯在照片里看到,在2013年6月5号,他将被一个女子杀死。在看到了自己的死亡之后,麦克·史密斯就开始寻找这名女子。结果是,在找到这名女子之前,他先找到了基努,并且发现他就是那七张照片中的死者之一。麦克·史密斯认为,这一切都不是偶然的。于是他主动联系了基努,告诉了他关于荷鲁斯之眼的一切,并且把打开那扇门的钥匙写在《尼罗河边的荷鲁斯》那本书中,交给了基努。"

"是不是写在描述'芦苇之地'的那几页的空白上?"苏珊娜问。

易德鲁斯点了点头。

"难道钥匙就是那九十六个数字符号?"苏珊娜问。她明白了基努撕掉了那几页纸的原因。

"是的。"易德鲁斯又点点头,"麦克在南极接收到四维坐标的时候,也一起收到了那九十六个符号。当时,他并不明白这些符号的意义,只知道它们是古埃及的数字。后来,我们在隐藏荷鲁斯之眼的地方看到了很多壁画。我解读了那些壁画,壁画的内容之一,就是用九十六个符号构成的钥匙打开大门。"

"可是,"苏珊娜忍不住插话说,"你说只有七张照片,但我在基努给我的东西里,还发现了录像。"

"对,当然还有录像。录像是我拍摄的。当时,我带了录像机。我拍摄了很多内容,除了拍到你们今天的到来外,还有其他东西。奇怪的是,当我和麦克·史密斯离开隐藏荷鲁斯之眼的地方时,我拍摄的东西全都被一股神奇的力量抹花了,只有和麦克·史密斯拍照内容一致的录像内容保留了下来。也许,荷鲁斯不准我们带走太多的东西。"

易德鲁斯停了一下,似乎是在理清思绪,然后他接着说:"基努一开始也不相信,后来,麦克·史密斯就把这些照片和录像交给他。基努有一段时间半信半疑,还曾经去找照片里的嘉美智子和拳击手汤姆·约瑟夫,劝他们离开美国,想以此来改变未来。"

"可惜,汤姆·约瑟夫骂他神经病。"科林说。

"嘉美智子也把他看做是疯子,拒绝了他。后来,基努就打算用自己的死亡来进行验证。"易德鲁斯说。

"他成功了,却被人杀害了。"苏珊娜难过地说,"荷鲁斯之眼有没有看到杀死基努的人?"

易德鲁斯苦笑了一下说,"看到了。"

"是谁?"苏珊娜急切地问。

"苏珊娜,你再稍微等待一下,让我把话说完。"易德鲁斯看了一眼紧闭的窗帘,继续缓缓说道:"基努死了,麦克·史密斯死了,嘉美智子和拳击手也死了,我想,这就是荷鲁斯展示给我看的未来,一个不可被更改的未来。虽然荷鲁斯的左眼向我和麦克展示了很多内容,但那些展示,一碰到今天这个四维坐标,就中断了。"

"你这是什么意思?"苏珊娜问。

"当我和麦克发现荷鲁斯之眼的时候,是 2001 年。在那时,我们看到了从 2001 年到今天的很多'未来'。不过,奇怪的是,那些展示一触及今天这个时间,就会自动中断。好像,荷鲁斯就站在我们身边的某个地方,按下'停止键'一样,中断了播放内容。他故意让我们看不到今天之后会发生什么。你们说,荷鲁斯之眼为什么会这么做?今天之后,会发生什么?"易德鲁斯问道,看看苏珊娜,又看看科林。

苏珊娜和科林面面相觑,迷惑地摇了摇头。

易德鲁斯把目光投向苏珊娜,说:"苏珊娜,这也是为什么麦克·史密斯一直执着地寻找你的原因。只有让你杀死他,顺从了命运的发展,才能弄清楚最后的真相。"

"那么,易德鲁斯,你现在可以告诉我,是谁杀死了基努了吗?是麦克·史密斯吗?"苏珊娜问。

易德鲁斯说:"那个杀死他的人,并不是麦克·史密斯。"

"那是谁?"苏珊娜问。

易德鲁斯说:"基努是被你的朋友杀死的。"

"我的朋友?谁?"

这时,房间的大门被踢开了,一个人影拿着枪走了进来。

"是他。"易德鲁斯指着持枪的人说。

苏珊娜转身,吃惊地看到,这人,居然是冉!

"是你!"苏珊娜不敢相信。

冉笑了一下,"对不起,我的小松鼠。从基努找我帮忙的那天起,我就发现这后面有一个巨大的秘密。是我杀了他。可是在杀他之前,基努什么也没说。于是,我一直在等,终于等到了你。你知道,这个等待是值得的。因为,谁拥有了荷鲁斯的左眼,谁就拥有了一切。"

冉说完,目光转向易德鲁斯,"易德鲁斯,你把藏有荷鲁斯左眼的地点给我写下来。快!"

面对冉的枪,易德鲁斯丝毫没有慌张。他撕下了一张纸,写下了一个地址,站起来,在递给冉的时候,他猛地向冉扑了过去。

冉开了枪。

也就在这时,科林抓起身边的铁质台灯,砸在了冉的脑袋上。冉往前一倒,推着易德鲁斯一起扑向地面。鲜红的血液从冉花白的头发下流出来,像浓稠的红色糖浆,顺着他的后脑勺流到易德鲁斯的肩头,染红易德鲁斯的长袍,流向地面。

科林弯下腰,把压在易德鲁斯身上的冉推开。苏珊娜摸了摸易德鲁斯脖子上的脉搏,摇了摇头。冉的子弹射进了易德鲁斯的前胸,正中心脏位置。

易德鲁斯两眼望着天花板,大口喘气,脸上的血色随着胸口殷红扩大的血液迅速流逝。

科林跪到易德鲁斯身边,小声问道:"易德鲁斯,你刚才如此淡定,难道你在那天,也看见了自己的死亡?"

易德鲁斯笑了笑,吃力地点了点头。他沉重地抬起一只手,抓住科林的手臂,说:"我终于等到了这一天。你们必须去寻找荷鲁斯的左眼。我想知道,未来为什么在这一天之后消失了。我想知道,到底是谁安排了这一切?"

科林感到易德鲁斯的手在他手臂上用力一握,就再也没有了力量。

二十四

苏珊娜和科林按照易德鲁斯写下的坐标,找到了这个地方。

他们站在一个沙丘上,眼前除了沙漠还是沙漠,什么也没有。在苏珊娜手里的最后一张照片里,荷鲁斯所在的地点是在夜空之下,此时太阳尚未落山,所以他们决定耐心等到夜幕降临。

沙漠上的气温慢慢降低,阳光在他们身后一点点降落,两人背靠背坐下,就像一座雕塑,一直等到天黑。

万籁寂静。夜越来越深。苏珊娜不用抬头,也能看到远处模糊的天际线上闪耀的星星。它们比在城里见到的要亮出百倍。她想,如果基努此时还活着,该多好。对基努的思念才压下去,另一阵悲哀涌上心头。她不敢相信,是被自己当做家人的冉杀死了基努。周围气温极低,泪水涌入眼眶,却火辣辣发烫。苏珊娜抬起头,将泪水逼回去。

在她抬头的时候,她看见一颗流星从头顶划过,降落在科林前方。还没等她脱口说出"流星"二字,就听见科林说道:"苏珊娜,你看。"

苏珊娜转过头,顺着科林的手指看去,发现在闪耀的星光之下,隐隐露出一个尖角轮廓,看起来是个三角形,隐约像是一座金字塔。科林和苏珊娜拧亮手电,快步靠近。

攀过几座沙丘之后,他们来到了三角形的面前。果然是一座三十多米高的金字塔。在金字塔的入口处,一条细长的甬道通往内部。甬道没有门。

"进去?"苏珊娜问。

"进去!"科林说。两人的回声一直荡漾进甬道深处。那里一片漆黑。

他们打着手电,顺着甬道,一起走进了金字塔。

甬道直行几米后,开始变得曲曲折折,就像一个密室,所有的路都一直向下。

几分钟后,他们来到了路的尽头,面前出现了一个巨大的正方形大厅。大厅四周的墙壁上,画满了各式各样的古埃及壁画,神秘而灿烂。苏珊娜用手电慢慢看去,发现在其中有好几幅连贯的壁画里,都画了一个椭圆。在椭圆周围,还有一些小方块,但看不出是什么。科林在壁画里,陆陆续续找到了一些数字符号。它们散布在壁画中,有好多个和那九十六个钥匙符号相同。

"易德鲁斯和麦克一定仔细研究了这些壁画好久,才得出那九十六个数字的顺序。"科林说。苏珊娜点点了头。

在大厅的中央,竖立着一个巨大的圆柱形石头。石头上也雕满了各种各样的图案。很明显,这块石头就是壁画中的椭圆。

苏珊娜走到石头的面前,发现石头前端有一个布满灰尘的平台,她用手擦掉上面的灰尘,下面露出一块石板来。

石板的表面十分光滑,在最上端的中心,画着一只眼睛——荷鲁斯之眼。它是荷鲁斯的左眼——镜像之眼。

苏珊娜感到全身震撼。她不由自主地抬起手,轻轻地摸了摸荷鲁斯的眼珠,"腾"地一下,整块石板亮了起来。在石板中心,出现了十一排方格。第一排正中间有六个方格,其他十排,每排各有九个,一共九十六个空白方格,每一个格子里都闪烁着淡淡的白光。

苏珊娜伸出食指,触碰一个方格的表面,那里感觉空空的,没有什么物体,但似乎有一小股引力,要把她的指头吸进去。她抬起指头,看到在手指触碰的地方,清晰地出现了食指的指纹。苏珊娜和科林凑近了一看,发现指纹的图案并不是平面的,而是有轻微的凸凹,就像手指摁在了水泥上。忽然,这个方格里的光熄灭了。

苏珊娜惊恐地望了一眼科林,是不是自己破坏了这个方格?

也就在同时,方格闪了一下,重新恢复刚才的光。苏珊娜刚刚舒一口气,就看见石板变了,比刚才透明许多。

"这……?"苏珊娜的心跳加快了,"我明白了。数字就是'写'进方块的,但是只要填错一次,石板就会淡化掉一些。而且,淡化的程度还很深。如果再出一两个错,石板就会彻底消失掉。"

说完,她从包里拿出基努给她的九十六个数字,对照着,试着用指尖,把第一个数字符号认真地写到第一个方格中,与其说是写,不如说是画。方格里随之荡漾出符号图案。

两人屏住呼吸。方格闪了闪,白色变成了稳定的蓝色。

苏珊娜又看看科林,微微一笑,根据基努留下的数字顺序,一个一个输入。

当苏珊娜输入最后一个数字的时候,他们面前的石头忽然放出了蓝色的光芒,无数的画面,像一张张五寸或者六寸大小的照片,在他们面前竖立着。它们紧密相连,组成了一座围墙,围住了中间的石头。

这些照片围绕着石头,旋转飞翔。这些照片中,有的是家居场景,而有的,看起来却是某些历史上的重大时刻,其中一张居然是英国现任女王加冕前练习行步的画面。

面对这些照片,科林也忍不住伸出手指,在一张照片上点了一下。他的指尖似乎是碰到了一滴水珠上,忽然,围绕着石头转动的照片全都变成了和他有关的,从他出生,一直到现在……

接着,石板上荷鲁斯的眼珠又放出一道蓝色的光。光线组成一个长方形的形状。在蓝色的区域内,有日期和时刻的数字显示在迅速闪动。而这些时间格式,用的是西方公元纪年的格式。科林按住一个时间,那是去年圣诞节的傍晚。科林果然看到照片里的自己,坐在长长的车流中,手指拍打着方向盘,在漫无边际的塞车中往前挪动。

科林说,"照片没错,那天晚上,我开车回老家,堵了一夜的车。"

科林说着,用手指去拨照片,无意间碰到了前面的一辆车。车里坐着一个女子,一时间,所有的照片都变成了她的,从她出生一直到上学工作,结婚……

"难道,这些照片就像电脑屏幕显示一样,只要你点到某个人,就会出现某个人的一生?"苏珊娜问着,也不等科林回答,就自顾自用手指点动荷鲁斯眼珠中的蓝光区域。一时间,所有的照片都变成了苏珊娜的。然后,她输入暗杀麦克·史密斯的日期和时间,上前的照片立刻出现了她暗杀史密斯时每一秒的场景。接着,苏珊娜点了一下史密斯的脸。

照片转变,出现了麦克·史密斯从出生到死亡,每一秒发生的事情。图像带着声音,嗡嗡隆隆,飞速转动。然后,他们看见,麦克·史密斯一个人坐在一间装满各种电脑仪器的小屋中。苏珊娜迅速点击了那张照片,看到史密斯用笔把电脑上的图案和四条线段记下来,然后永久删除了它们。

接着,更多此后发生的事情,一帧帧像电影一般出现在苏珊娜和科林的面前。

"这个东西一直就藏在我们身边,而我们却一无所知。真不敢相信!"苏珊娜说。

"易德鲁斯不是说四维坐标到今天就中断了吗?你快输入明天的时间看一看。"科林说。

苏珊娜输入了明天的时间。石头上所有的场景"唰"地全然变黑,只有场景的边框还在闪着蓝色的亮光,就像空白相框的边缘。

"怎么会这样呢?"苏珊娜记得,他们在易德鲁斯家时,是下午三点四十。她输入三点四十五分,眼前还是一片漆黑。

科林说:"易德鲁斯说的没错,荷鲁斯左眼所展示的东西,延续到我们的来访就中断了。"

苏珊娜点了点头,想了想,毅然从包里拿出一样东西。那东西四四方方,用一层薄膜包裹着。

科林看了一眼,大吃一惊,"你带了炸药?"

苏珊娜点头说:"这块石头就是荷鲁斯之眼,就是那扇可以看到过去、现在和未来的门。基努告诉过我,如果我发现了这扇门,一定要毁了它。因为,一旦让它落入邪恶者的手中,后果将不堪设想。荷鲁斯之眼到了今天,就中断了显示,这已经很清楚了,因为我们炸毁了这个地方。"

"不,不能炸。苏珊娜,这可是我们拥有外星文明的唯一证据!如果你毁掉了荷鲁斯之眼,关于古埃及拥有外星文明的证据,也就不存在了!"

"科林,你想想,在证明了古埃及人曾经拥有外星文明之后,又会发生什么？难道，人类会携手分享？"

面对苏珊娜的提问，科林沉默了。人类彼此之间，还远远还没有达到最终的和平。私心，野心，贪欲四处膨胀。"你是对的。"科林说，"我们只有毁了它，才不会让它落入邪恶者的手中。"

十分钟后，苏珊娜和科林放好了炸药。苏珊娜点燃了导线，和科林一起跑出了金字塔。一分钟后，金字塔里发出一阵闷响。苏珊娜和科林趴在沙丘上，两眼盯住金字塔，等待着最后的垮塌。然而，塔身只是摇了摇，仍旧巍然不动。就在他们打算返回金字塔查看的时候，金字塔的尖顶忽然发出巨大的光芒，直冲宇宙。

与此同时，在 NASA 的一处观测站里，"暗镜"计划的观察员发现一道强光从地球上持续射出，穿透大气层，直接击中了太空中的那块陨石。陨石发出蓝色的光芒，忽然后退，加快了速度，倒退得越来越远，越来越远。很快，所有的观测信号全然消失。观察员立刻查询了强光发出的地点，发现，那道强光，来自埃及。

沙漠上，科林和苏珊娜，一直站在沙漠中，凝视着金字塔发出强光，直到它熄灭。几分钟后，第一抹曙光出现在沙漠尽头。

这时候，又一件奇怪的事情发生了。金字塔随着太阳的升起，一点点变淡，一点点隐去了形状。这座金字塔，彻底消失了。

科林和苏珊娜不敢相信，一座巍峨的金字塔就这么消失了。他们走到金字塔原来的位置，发现那里，只剩下了漫漫黄沙和逐渐被太阳烤热的空气。这景象，和数千年前古埃及的荒蛮别无二致。

望着眼前的景象，科林低低说了句："NASA 的人，可又要有得忙了。"

苏珊娜笑了笑，问："科林，该做的事我们都做完了，现在该怎么办？你要逮捕我吗？"

科林摇了摇头。"不会。不过,我建议你换一个工作。"

苏珊娜会意,点点头,"你呢,回去后怎么向上级交代?"

"实话实说。他们,会替我隐瞒一切。"

"那关于我的去向,你又怎么交代?"

"我就说,你死了。当金字塔发出强光的时候,你来不及逃生,被烧死带走了。"

尾声

科林和苏珊娜就地分了手,起伏的沙漠在他们中间画出越来越大的空白。

科林才返回开罗,就有两个自称美国白宫的人找到了他。他们用专机,把他带回美国。在长达一年的、反复详细的询问之后,他们让他签下了一份保密协议。之后,科林被调离华盛顿,调到了亚特兰大,在那里继续他的警察生涯。

有时候,在结束一天的劳累之后,科林就会坐在自家小屋的门廊上,喝着啤酒,看着眼前的景色,揣摩荷鲁斯之眼最后的结局。

善于怀疑的天性告诉他,苏珊娜虽然炸掉了荷鲁斯之眼,却并没有关上那扇门。金字塔最后射向地球之外的强光,并不是荷鲁斯之眼离开地球、通向宇宙的回归,而是投放。"陨石"上有什么东西,通过荷鲁斯之眼,被送到了地球上。这可能才是"陨石"在 2000 年,悄悄给麦克送来四维坐标的目的。

科林望着夕阳遗憾地想,"陨石"究竟投放了什么,自己永远也不会有机会知道了。在浩瀚的历史长河和博大的宇宙文明中,科林和苏珊娜比灰尘还要渺小,人类比灰尘还要渺小。

自沙漠一别之后,苏珊娜就永远消失了。

不过,每年一到他们前往沙漠的这一天,科林都会收到一张空白明信片。有时候是来自太平洋的某个海岛,有时是来自雪域高原的西藏,或者神秘的印度。有一年的某一天,并不是他们前往沙漠的那天,科林却意外收到了一张明信片,上面意外地写了一行字:我发现了右眼。感兴趣吗?

2013.12 初稿

瞳孔背后

引子

在故事开始之前,谁也不曾料到这两件事情是有联系的。

所有的人,尤其是两起事件中的主角,一个小警察和一个韩国留学生,都没能猜到结局。

第一起事件发生在一个平淡无奇的午后。在纽约市警务信息办公室里,一名身穿警服的年轻警察打开了工作电脑。他负责接收民众信件,将有价值的信息上报。

电脑刚刚开机,一位女警就走了过来,告诉他大家都在给另一个同事捐生日份子钱。小警察开了个小玩笑,从钱包里取出一张钞票,潇洒塞入捐钱的纸盒。在同事们眼里,他是个开朗幽默的人。

等女警员收回纸盒、旋转到下一张桌子后,小警察打开了邮箱。没过多久,一封电邮就跃入他的视线。

警务信息办公室一共由十二个人合用,声音嘈杂,然而,小警察却丝毫不被噪音干扰,表情专注地把邮件严严肃肃读了两遍。看完后,他的双眼仍旧紧紧盯住屏幕,手却拿起了身边的纸和笔。紧接着,仿若担心目光一旦离开屏幕,邮件就会自动消失一样,他也不看纸面,像书写盲文一般抽搐着写下一行又一行字……

收份子钱的女警员刚好返身路过,提醒他明天早来五分钟,给同事一个生日惊喜。可是,他似乎根本听不见女警员的话,放下笔站了起来。在女警员诧异的目光中,他僵硬地看着前方,从她身边走过。女警员的诧异随之改为惊恐。她愣愣地看着他,莫名其妙、不知所措……

忽然,他一个加速,猛地向前方的墙壁撞去……

第二起事件发生在小警察欲图自杀的十三个小时之后。

当时已是清晨,地铁里熙熙攘攘,正是上班高峰期。

在韩国留学生韩翼东的眼里,如果要把一座城市比作一个女子的话,韩国首尔是一个外表沉静内心奔放的女子,而纽约,则是一个不愿受约束、性感妖艳的百变女郎。纽约的面目从不重复。

韩翼东在祖国本科毕业后,注册到了纽约斯图文森特大学学习生物,攻读硕士。每天上午,他都要乘坐地铁二号线去学校;晚上,在学校吃过晚饭后,如果没有试验要求延时,他会乘坐八点的同一条线路返回租住的公寓。

韩翼东不但喜欢万花筒一般的纽约,对地铁更是情有独钟。

也许是因为专业的关系,他喜欢观察地铁里的人。纽约汇聚了来自世界各地的各式各样人种。不同的肤色和体格汇聚在小小的车厢里,常常让他觉得神奇万般。他总是迷惑,造物主为什么让人类的外表如此多姿多彩,骨骼内脏完全一样,而性格天赋却又各不相同。

为了不招人厌恶,每次上车后,韩翼东都会戴上一副墨镜,从黑色的镜片后面,偷偷观察来往人群。如果他直愣愣地盯着人看,那绝对是自找麻烦。他喜欢把墨镜塞在双肩背包里,上车后才会拿出来用。今天也不例外。

地铁已经离站。韩翼东小心翼翼挤到车厢末端,把双肩背包反挂在前胸。他打开背包,拿出墨镜。

墨镜一直放在一个黑色的塑料眼镜盒里。一拿起眼镜盒,他就感觉有点异样。眼镜盒比平时稍稍重一些。不过,他也没多想,打开了盒子……

"轰!"一声轰然巨响,整座车厢瞬间被白光淹没……

故事也就随之开始了……

一

寂静像久治不愈的疾病一样在房间里蔓延着。只有挂钟秒针发出的轻微摩擦声。安娜·艾蒙僵硬地站在窗户前,耳朵里全是指针沿着钟面滑动的声音。

她站在二楼一间粉红色的卧室中。卧室里的墙纸、家具、床单全是这个颜色,床头挂着美国女星的照片。这是女儿埃米的房间。

埃米前几天刚过十三岁的生日。安娜和她商量,等暑假一到,就把这个房间重新粉刷一遍。埃米长大了,开始厌倦小女孩专属的粉色。刚刚迈入青春叛逆期的埃米,提出要把房间刷成黑色。一开始,安娜没有反对。她想等暑假到来的时候,埃米也许就会厌倦这个压抑的颜色。

现在,暑假来了,窗外的葡萄架开始挂果,她们一起栽种的番茄也长得繁盛,而埃米却不在了。

噩耗传来的时候,安娜正在一家慈善商店做义工。她婚前是一名幼儿园老师。和肯特·艾蒙结婚后,她很快怀上了埃米。肯特是一名药品推销员,经常出差,为了照顾好即将出世的埃米,安娜在预产期前一个月辞去了工作。肯特的收入还不错,埃米出生后,安娜就一直没再找工作。

四年前,埃米能够自行往返学校,而且生活也渐渐独立,不再需要母亲时时刻刻的陪护,安娜在家闲得慌,就到一家慈善商店当义工。这是一家专门卖二手旧货的商店。货物都是捐赠品。卖出后的收入也全都用于救助非洲难民。

听到埃米的噩耗后,安娜已经无法自己开车,是一名女店员开车把她送到了医院。两人来到停尸间的时候,丈夫肯特已经等在了外面。埃米是在回家的路上遭遇车祸的。店员扶着安娜,一步步走向肯特。

"是她吗?"安娜颤抖地问。

肯特点了点头。

"我要进去看看!"安娜感觉双脚一软,几乎就要瘫软在地。肯特往前一步,抱住她。

这是近五个月以来,肯特第一次拉住她的手。她和肯特的婚姻关系,早已名存实亡。安娜早就怀疑肯特在外面有了其他的人。要不是还有女儿埃米,为了给她一个完整的家,安娜早就和肯特离婚了。

"你现在进去,恐怕不合适。"肯特从咬得绛紫发白的嘴唇里挤出一句话。

"为什么?"安娜才问完就明白了。一定是车祸把埃米伤得没有了形状。可是,她是埃米的母亲,埃米曾经是长在她身上的一个部分,无论埃米成了什么样,都是她的女儿。

安娜推开肯特。无底的悲痛缠绕着她,抽走了她身上的气力,但再看女儿一眼的意念支撑着她,一步步挪向停尸间……

站在窗前,望着那一串串坠蔓的青绿葡萄,一想到女儿躺在停尸房铁床上的模样,安娜就猛地闭上了眼,试图把这段残酷的记忆甩出脑海。她只想记住女儿完美时的样子,而不是……

她把又一轮海啸般的痛苦压下去,转过身,走到女儿床边,坐下,轻轻抹平已经平得不能再平的床单。埃米出事后,安娜根本舍不得换洗埃米用过的一切东西。她想,即便留不住埃米,能留住她的气味也好。

安娜在埃米的床上躺下来,侧过身,抱起了女儿喜爱的毛毛熊,深深吸了一口气。毛毛熊上全是埃米洗发水的柠檬气味。安娜抱紧了小熊,就当做是抱紧了失去的女儿。她的手指轻柔地摩挲着毛毛熊身上柔软的绒毛,仿佛是在埃米才出生时,抚摸她的小手小脚。忽然,安娜在绒毛里捏到了一个东西,很硬,也很薄。

这是什么?

安娜把毛毛熊翻过来,在背部找到一条破裂的小缝隙。她把手指顺着缝隙塞进去,在棉花中掏到一张指甲大小,叠得四四方方的纸页。

对女儿的思念日日夜夜纠缠着安娜。任何和女儿有关的东西她都不会忽略。她把纸页抽出来,展开,看清是一张收据,上面写着:拷贝成功。拷贝号:9号。

这是什么东西?难道是埃米和朋友们玩的游戏?可是,这张收据看起来像真的一样。收据开出的单位是斯图文森特大学,这所大学就位于埃米所在的小学附近,两所学校之间只隔着五百米。收据上还标有一个平淡无奇的试验室名称:生物信息试验室。

生物信息试验室?埃米怎么会去那里拷贝东西?

事情有些不对头。安娜立刻拿起手机,拨打了斯图文森特大学的电话。电话将她转到生物信息试验室。对方告诉她没听说过谁叫埃米·艾蒙,也从未开具过什么收据。

安娜觉得非常奇怪,一再强调那张收据开出的单位是斯图文森特大学,就是他们的试验室。对方敲打了一阵键盘,然后告诉她,他们没有这种收据记录。

"不过……有一种可能。"接电话的人犹豫了一下,"我猜,这张收据可能是卢约教授的试验室开的。"

"谁又是卢约教授?"

那人停顿了一下:"他的全名是卢约·萨姆森。卢约教授倒是也属于我们试验室,只不过,他的研究方向和我们的很不一样。"

"他研究什么?"

"这个,呵呵,我真不好直说。这样,我建议您还是自己问他吧。"说完,对方给了她一个新号码。

在等待电话接通的过程中,安娜心里直打鼓,七上八下。如果,这张收据果然是卢约教授开具的,那么,他让埃米拷贝了什么?为什么斯图文森特大学的工作人员会支支吾吾?

电话响了很久才被接听起来。话筒那边的人自称是这里的负责人。他听完安娜的来意后,很惊讶她竟然不知道自己的女儿在与他们合作。

"合作?! 什么合作?!"这边,安娜的声音几乎是低声尖叫。

"每个十八岁以下的志愿者都必须出具父母的许可签名,才能成为志愿者,来我们这里参加试验。难道你不知道?"负责人说。

"志愿者? 你说什么? 你们在进行什么试验?"安娜的心揪了起来。埃米肯定悄悄模仿了她和肯特的笔迹。

"这项试验是公开招募志愿者的。我们需要不同年龄段的人参与。"负责人说。

"请你说得详细些。"安娜的手紧紧握住了手机。埃米成了科学试验的小白鼠。

"这项试验对人没有伤害,而且已经获得了初步成功。如果试验得到认可和推广,将对人类……"

"什么试验?"安娜打断对方的话。她的耐心已经达到了极限,她只想知道直接答案。

"灵魂拷贝。"对方说。

二

国安局特工凯洛尔·希尔走下汽车,手里拿着一杯顺道买的黑咖啡。她看了看西北边,轻声说,"父亲,抱歉,今天我不能来看你了。"说完,她转过头,朝前走去。

今天是她父亲的祭日。五年前,她的父亲因为癌症去世。每年的今天,她都要去墓地探望,但是今天不行。

今天出了大事。

凯洛尔看了看手里的咖啡。这是她 24 小时之内喝的第十杯特浓咖啡。浓度极高的咖啡因在她体内作祟,进攻她的心脏,就像高浓度汽油冲击发动机一样,令她感到心跳剧烈,脸发烫,额头手心脚心都在出汗。

她不喜欢这样。可是没办法。昨天上午,她和同事接到一份电邮。电邮是通过公开渠道发送到警务信息平台的。直到现在,凯洛尔一想起那份电邮,就暗暗起鸡皮疙瘩。那是一份警告电邮,来自恐怖组织"塞塔"。他们宣称有个要求,如果纽约警方不答应的话,他们就会让纽约城大变样。

警务信息平台每天都会收到各式恐吓,大部分都是无稽之谈。但是这一份,警务平台接到后不久,就急急忙忙送往国安局。

更让凯洛儿感到恐怖而诡异的是,电邮不是通过网络传输送来的。警务平台先将电邮下载后录入磁盘,然后又将磁盘用密封盒装好,装入运载感染病毒的医用隔离箱,最后再派专人专车,一路小心护送到国安局。

当时,凯洛尔接到消息后,也没能直接就读到电邮。她先是由专人引领,神神秘秘而又小心翼翼地进入疾控安全中心楼层。隔着玻璃墙面,她看见屋内是一个设施完备的试验室,里面站着两名身穿白色隔离服的工作人员,都戴着圆圆的氧气头罩,装扮就像宇航员。在二人面前的桌子上,放着一个白色红边隔离箱。里面就是那份电邮备份。这种级别,是最高安全防范级别。最高防范,打个比方,就是感染病毒具备极快的传播速度,能在三到四个小时之内感染整个纽约市。

"这是什么病毒?既然是通过电子邮件发送的,怎么会需要隔离?"凯洛尔看着隔离箱不解地问。

回答问题的是疾控安全中心的头目,乔治·麦格。他个子很高,有非洲血统,肌肤透出深棕色,"因为,凡是通过电脑阅读这份电邮的警务人员都疯了。"

"这怎么可能?"凯洛尔不相信。

"看完电邮后,他们都失去了神智。"乔治说着,打开手机视频。视频上有一个男子,身穿警服,忽然从椅子上站起来,走过身边和自己说话的女警,绝然冲向墙壁。

乔治一边播放视频,一边补充说,"凡是看过这份邮件的人,全是当时工作的警察,全都无法清醒思考,试图以各种方式自杀。不过还算幸运,这些试图自杀的警察都被即时控制住了。"

"邮件本身带有病毒?"凯洛尔忧心忡忡地看了一眼玻璃墙后的隔离箱。难道,所谓的电脑病毒真的成了可以感染人体的病毒?

乔治点点头,拿出一直握在手中的文件,文件用证物袋装着,递给凯洛尔:"这是邮件内容。那名失去神智的警员在自杀前,用铅笔记下了邮件内容。"

凯洛尔接过来,看到上面的字体被写得很夸张,每个字母都有拇指那么大,而且极不整齐,像是出自初学写字的小孩子的手笔。笔记末端的几个字,已经完全变形。

上面写着:塞塔将领导人类走向自由。我们有个要求,你们必须无条件满足,否则,纽约城将会大变样。为了表示我们说到做到的诚意,我们会先示范一下。

乔治说:"这是记录下电邮内容的唯一副本。我们发现,凡是通过电脑屏幕阅读电邮的人,都会被感染,而阅读这份纸写电邮的人,就很安全。"

"电邮内容会不会只是幌子,对方同时还传输了什么东西?比如,通过电脑传送某种高频声波,刺激人的神经,导致接收的人产生自杀行为?"

"这也是我们开始的猜测。可惜,我们已经专门检查过,没有类似的高频声波。我们的人还在进一步检查,只是直到现在,也还没有找出原因。"

"那么,塞塔所说的'示范一下',是否就是指让读过电邮的警察自杀?"凯洛尔担心地问。

"但愿如此。不过,我们必须全面戒备,还不能就此掉以轻心。现在,最让人担心的是,塞塔的目标人群不是警方,而是大众。很有可能,他们会在公共场合使用这种病毒。"

接下来的 24 小时,国安局进入一级戒备,搜寻塞塔即将制造恐怖事件的蛛丝马迹。但是,塞塔自发来邮件后,就一直再没现身。

直到,现在。

凯洛尔喝下最后一口咖啡,将纸杯捏扁,扔进路边垃圾桶。在她前面不远处,是地铁入口。现在,入口处已经支起了白色的传染病隔离棚。站在棚外的乔治一看到他,就立刻迎了上来。

"情况怎么样?"凯洛尔问。

"不可思议。"乔治的声音有些颤抖。

作为国安局的高级特工,二十八岁的凯洛尔有极高的资料查询权限。昨天事发后,她专门看过乔治的个人简历。乔治经历过三次最高级别的疫病急控。最严重的一次,他隔离了一幢被病毒感染的 38 层大楼。最后,因为找不到解药,病毒又是通过空气传播,乔治被迫发布了"红色"命令。"红色"命令极为残酷,为了杜绝病毒传播,必须杀死所有病毒携带体,清洗病毒感染场所。被感染的是一栋商务楼,当时,大楼里一共有 823 个病毒携带体,也就是 823 个人。

823 个人,身后是 823 个家庭。

能够做出这样决定的人,不一定是个残酷的人。只能说,对待严峻状况,乔治更有定力。否则,他也坐不到第一把交椅。凯洛尔在来的路上,就接到上司的通知,任命乔治为解决这次事故的临时最高指挥官,命令她直接受命于他。

凯洛尔跟着乔治穿上防护服走下地铁,隐隐感到,就连乔治,此时也有些控制不住。想起那封电邮,她不由自主地又添了一层担心。

路上,乔治无奈地告诉她,他们已经动用了全国最厉害的专家,仍旧没有发现病毒的传播方式。在地铁楼梯两边,凯洛尔陆陆续续看到不少特警。他们全副武装,仿佛即将对付的不是受害人群,而是一支庞大军队。

凯洛尔跟着乔治来到地铁站台,看见这里居然也围起了强大的防御工事。在工事掩体后面,隐约露出一节车厢。

"事故发生在车厢里。"乔治说。

凯洛尔迷惑地看了看乔治,走到掩体边缘,探头望去,全然愣住。

正对掩体的车厢里,炽白的灯光因为接触不良而闪闪烁烁,照耀着里面拥挤的乘客。乘客们全都一动不动,仿佛是一些没有生命的雕塑。

凯洛尔想看得更清晰些,才走出掩体,身边就立刻跟上两名特警。两人手持护盾,紧紧夹住凯洛尔,神情紧张,随时准备还击。

看到特警面对手无寸铁的乘客如临大敌,凯洛尔越发觉得奇怪。她走近车厢门,透过玻璃,这才又看清,所有乘客的脸上都没有任何血色。他们虽然都在浅浅呼吸,却目光呆滞,如同木偶。

紧贴着车厢面站在最外围的,是一个上了年纪的女人。忽然,女人似乎发现了凯洛尔,涣散的眼神忽然聚焦——盯住了她!

凯洛尔倒吸一口凉气,一股冰凉从脊背爬上后脖颈。她和女人僵持了几秒。然后,她微微向左侧侧身,女人的眼珠也跟随她微微向左移动;凯洛尔又微微向右侧侧身,对方的脑袋也僵硬地顺着她的脑袋侧朝右边。女人的动作毫不流畅,从第一个动作到第二个动作只是机械地换挡,仿佛身体里的骨头全都粘连在了一起,让凯洛尔立刻想起了"僵尸"两个字。

"他们几乎不会动,为什么要如此防范?"凯洛尔返回掩体后端,问乔治。

乔治再次拿出手机,递给凯洛尔,播放了一段视频。

这是一段来自地铁车厢内部的监控视频。视频中,负责地铁安全的工作人员正用枪指着自己的脑袋。他表情疯狂,眼神涣散,好像还在大声叫喊着什么。喊完后,他扣动了扳机,脑浆搅合着鲜血,涂满车门玻璃。

凯洛尔注意到,在工作人员举枪指向自己的时候,其他人全都眼神木然,不为所动。

"他在开枪前说了什么?"凯洛尔问。

乔治滑动屏幕:"这是我们过滤噪音后得到的声音。"

随即,凯洛尔听到那个男子在屏幕上发出一串奇怪的声音。第一遍,凯洛尔听得模模糊糊。她又放了一边,听懂了男子讲的话。

"听起来是拉丁文。"凯洛尔说,"魔鬼降临人世,死者统治世界。"

"你懂拉丁文?"乔治有些惊讶。

"学过一点。"

"使用掩体和特警,是不得已而为之。这些人,仍旧有行动的能力。而且,里面的乘客都有谁,身上都带了什么,我们现在还无法查清,不得不加以防范。我想,这就是恐怖组织塞塔所为,就是他们在电邮里所指的'示范'。我们检查了所有地铁站台上的监控视频,地铁在上一个站进站时,这些人都还表现正常。但是,当地铁进入这个站台的时候,你看……"

乔治又调出一段视频:地铁站台上本来站满了人。但是,当地铁在站台边停靠的时候,站台上等车的人仿佛在车厢里见到了魔鬼,全都惊吓得一哄而散。

乔治说:"这些人都被吓跑了。奇怪的是,地铁在这里到站后,竟然停住了,既没有继续往前开,也没有打开车门。"

"那么,地铁车厢内部的监控视频呢?"凯洛尔问。

"车厢内的监控视频也是电脑联网的。我们汇齐了所有车厢视频,发现在事故发生前,有什么东西完全破坏了监视器。"

"当时是几点?"

"七点三十二分。我可以把视频发给你,看看你能发现什么。"

凯洛尔刚要点头,忽然,车厢里一个黑乎乎的东西从人群后冲出来,几乎撞在车厢玻璃上。她定睛一看,原来是一只狗。狗的脖子上还戴有项圈和绳索。绳索的另一端耷拉在地上。看来是其中一名乘客的狗,此时挣脱掉了。狗的眼睛灵活地观察着车厢外的人,不停地抬起前爪,大声吠着。

乔治很快从惊吓中恢复。他眯着眼睛看了看狗,说:"我们的问题更复杂了。"

"狗没有被控制。被病毒控制的,只有人。"凯洛尔说。

乔治点了点头,"你说得对。显而易见,这是一种基因病毒。凯洛尔,塞塔有没有发出了他们的要求?"

凯洛尔摇了摇头:"塞塔这次来势凶猛,不知道他们会提出什么样的要求。不过,要让车厢里的人变成这样,他们必须有人上过车,投放了病毒。"

正说着,一名特工拿来两份厚厚的资料,递给乔治,说道:"第一份是刚刚收齐的地铁车厢内部人数资料。我们根据上下车的录像进行了整合,现在在车厢内部,连上机组人员一共有 319 人。一共有 16 节车厢。第二份是离开地铁的人数,总共 59 人。"

乔治接过资料翻了翻,问到:"怎么全是照片?"

"这是从监控录像上截图下来的乘客照片。对比照片识别出他们的身份,还需要一段时间。"特工回答。

"先对照离开地铁的人,投放者很有可能就在他们当中。另外,你也给凯洛尔特工一份资料。"

"是,长官。"

特工刚转身离去,乔治的手机就响了。他接听完电话,脸色大变,立刻朝候车大厅走去。凯洛尔紧紧跟上。

候车大厅里的装修风格透着复古的气息。老旧的红砖做墙,地面铺满拼花瓷砖。窗户也是 20 世纪的式样,安装着绘有图案的彩色玻璃。因为这里也是感染区,所有的人也都穿着白色防护服。阳光滤过玻璃,照耀在他们身上,如同一个以苍老的时光为背景的科幻梦境。

凯洛尔跟着乔治才走进候车大厅,就发现大厅显示屏上的时刻表已经被切换成了实时新闻。原来,乔治的下属刚才打来电话来告诉他,纽约所有的频道都被人黑客进入,直播了一段视频。现在,大厅里数个巨大的屏幕上,就在播放这段视频。

视频里站着一个男子。他的衣着看起来很普通,一时间看不出职业和身份。不过,他脸色苍白,两眼发红,目光涣散,症状和地铁里被感染的乘客一模一样。

他愣愣地看着屏幕说:"我们能够黑入电视卫星网络,也能做到其他的。"

乔治的手机这时又响了。他接听起来,脸色比刚才还要不好。凯洛尔刚要问,只见乔治手里拿着手机,呆呆地向地铁楼梯口的方向看去。那里,有一名持枪站立的警察。他的职责是守住地铁出入口,不让闲杂人等进入事发现场。

视频上的男子仿佛能够看到那名警察似的,抬起双手,手心面向自己,做出"到我这里来吧"的手势。

那名警察先看看屏幕,然后身体僵硬地向乔治和凯洛尔走来。他的脸色随着脚步而渐渐失血,双眼失去神彩,变得直愣愣的。他身边的警察都被他古怪的举止惊住了。还好,出于训练有素,所有的人都在恐惧的压力下都即时拿出枪,对准了这名警察。

被控制的警察一步一步挪近乔治和凯洛尔。在两人身后,屏幕上的男子把一只手伸向腰间,地面的警察便从自己腰间掏出枪来。

"你别乱来。"乔治看着警察大叫。实际上,他是在对电话那端的人说。

警察一步步艰难地走到乔治面前……

屏幕上的男子合拢右手的食指和中指,做成枪管的形状,对准了太阳穴……

乔治对面的警察也把枪对准自己的太阳穴……

屏幕上的男子手微微一动,地面的警察扣动了扳机……

与此同时,乔治听见手机里的人说:"给你们四个小时,释放科尔·贾斯丁。这就是我们的要求。"

乔治看着倒在血泊中的警察,惊讶得喘不过气来。过了两秒,他才缓过神来,把恐怖组织的要求告诉凯洛尔。

"谁是科尔·贾斯丁?"乔治问。

凯洛尔茫然地摇了摇头。她称得上是反恐专家,可是也没有听过这个名字。

谁是科尔·贾斯丁?"塞塔"为什么要说"释放"?他又被关押在了哪里?

三

安娜风驰电掣地开车赶到了斯图文森特大学。还好,她把车开得那么疯狂,也没有遇上交警。到达斯图文森特大学后,也是几经周折,她才找到试验室的位置。

那是一栋外观老旧的两层楼。楼体是 1930 年前后的建筑风格。奇怪的是,楼层所有的窗户都是黑色。安娜停好车,走近后才看清楚,为了隔绝了内外视线,窗户玻璃都刷了黑漆。

在楼梯口迎接她的是一个六十多岁的老者,身穿白褂,微微有些秃顶,一脸褶皱,看上去饱经风霜。他告诉安娜他就是负责试验的卢约博士。他一再向安娜道歉,责怪自己没有核实埃米带来的家长签名。

安娜听出来,她打来的电话就是他接的。

安娜摆摆手,说道歉已经晚了,她现在只关心一件事,那就是灵魂拷贝是否是真有其事。

卢约博士点点头,带着安娜走入试验大楼。在走廊上,安娜看到很多照片和证书。其中一张照片里,卢约博士站在一群人当中。安娜居然认出了两个人。一个是美国现任总统,另一个是一位大名鼎鼎的生物学家。

一路上,卢约博士简单介绍了试验情况。这是一项不被看好的试验,即便是宗教界,也没有人相信试验会有进展。一开始,一共有120个人参加了试验,但最后被筛选下来的,只有10个人。

"为什么剩下那么少?"安娜问。

"人的身体看似一样,但是敏感程度完全不同。我们资金有限,所以淘汰掉了大部分人。"

"这么说,埃米对这个试验十分敏感?"

"埃米是一个非常与众不同的小孩。"

"这……我知道。"安娜的眼泪浸满眼眶。

卢约博士见状,急忙改变话题:"听说埃米出了车祸,我也很难过。不过,我们这里,储备了她的灵魂备份。也许,这份备份能让你……"

"博士,灵魂本来就是虚无缥缈的东西,是否存在都没有定论。对一个无法抓住没有实体的东西,怎么可能进行备份呢?"安娜打断博士问。

卢约博士没有立刻回答,而是带着安娜停在了一个房间前。他侧身,推开门,说道:"这里,就是灵魂备份室。我想,你还是自己看吧。"

安娜跨入试验室,看到第一个房间里贴着些墙纸,摆着几个沙发和两盆阔叶植物。墙纸是棕黄色的,上面印有上世纪三十年代流行的几何图案。图案的颜色很旧了,多处已经斑驳,有些地方还被无聊的人在等待时抠空撕破。沙发也很老旧,很多地方都有小洞。只有那两盆植物倒还长得齐整。

安娜跟着卢约博士进入第二个房间,才明白第一个房间是休息室,真正的试验室在这里。

在这个房间里,到处都是电脑。这些电脑有大有小,在电脑中间,有一把靠背椅。椅子周围,围绕着各种仪器。

"在这里,我们可以通过某种化学试剂刺激人的感官,获取每个人的思维运作模式。灵魂并不虚无缥缈。实际上,它包括很多内容,其中一项和意识是分不开的。人失去了意识,就是植物人了。耶鲁大学曾经有一位科学家,他认为人的意识有很多层面。他把人的意识比作光谱,我们所能看得到的可见光只是一小部分,而有很多光,比如紫外线和红外线,我们是看不到的。我们通过研究,定位了大脑的这些区域,然后,就像刻录机,录下了大脑模板。"

试验室里的光线此时不是太强。谈到自己熟悉的专业,卢约博士不免有些激动,脸上的褶皱在光亮和黑影中不断跳跃。

安娜拿出那张收据:"按照你的意思,埃米在你这里录制了她的思维模板?"

"不仅仅是思维模板,还有性格,做出决断的能力……灵魂包括的东西很复杂,我们都刻录了。"

"也包括记忆?"

卢约博士点了点头:"那当然。"

"我能不能看看埃米的灵魂拷贝?"安娜说。

卢约博士将安娜带到一张办公桌前。大部分桌子上都堆满了东西,唯独这一张,只放置着一台电脑,仿佛一个素净神坛。博士说:"其实,在最后的10个人中,也只有埃米一个人的灵魂拷贝成功。"

安娜看着电脑,既紧张又恐惧。如果灵魂真的存在,那么,在这个偌大的试验室里,除了她和卢约博士两个人,还有刻录在电脑里的灵魂……她看着那些光线照不到的地方,感觉那里好像有东西在飘动……

"请你坐下。"卢约博士把安娜从恐怖的假象中拉出来,推过来一把椅子,请安娜坐好,然后,他把一个话筒放到安娜面前,告诉她可以通过话筒和埃米的灵魂对话。

卢约博士说完,看了一眼局促不安的安娜,打开了电脑……

四

震惊中,凯洛尔把开枪自杀的警察尸体送到国安局解剖室。这是他们能解剖的唯一病毒感染体。

与此同时,凯洛尔的同事开始搜索科尔·贾斯丁。他们动用了最大的信息库。但是,最终也没有找到这个人。这个人,仿佛从来就没有存在过。

在同事搜索科尔·贾斯丁的时候,凯洛尔仔细检查了地铁里拍摄的监控录像。她发现,在所有 16 节车厢中,在监控设备变成黑屏之前,车厢里全都出现了一道刺眼光亮。

为什么会有如此强光呢?

凯洛尔将视频连续看上几遍,终于发现了这些光的秘密。

光亮是有强弱递增的。凯洛尔顺着强度,找到了光亮发出的原点。

凯洛尔找到乔治,倒退图像,光亮像收缩的水,倒流进一个男子手上的盒子里。男子看起来是个亚洲人。

凯洛尔定格放大图像:"这个盒子看起来像个眼镜盒。"

"立刻查一查这个人是谁!"乔治说。

"不管他叫什么名字,他是斯图文森特大学的学生。"

"你怎么知道?"

"你看,"凯洛尔继续放大图像。男子背着一个书包,书包的背带压住了他前胸衬衫上绣着的校徽缩写。凯洛尔又倒退了几个画面。因为地铁的移动,男子的校徽也是时隐时现。其中一个画面上,露出了大半个校徽,醒目地露出斯图文森特学校的缩写字母。

凯洛尔立刻联系了校方。校方马上确认,这名男子的确是他们学校的学生。他是从韩国来的生物系留学生,名字叫韩翼东。学校说韩翼东是一个普普通通的学生,小心谨慎,今年是他留学第二年。学校把韩翼东在纽约的地址告诉了凯洛尔。

虽然找到了一点线索,凯洛尔心里的疑问却更多了:信息平台的警察是在看了邮件以后被感染的;地铁里的人估计是被韩翼东眼镜盒里释放的东西感染的;而当着他们的面开枪自杀的警察又是如何感染的呢?当时整个地铁被特警围得水泄不通,也没有外人进入,感染源又是如何进来的呢?更为诡异的是,除了那名警察之外,又没有别人被感染,这种病毒到底是如何传播的呢?

带着这些疑问,凯洛尔开车匆匆赶往韩翼东的公寓。

五

安娜两眼紧紧盯住电脑屏幕。卢约博士在键盘上熟练地敲打了一会儿后,便站到了一边。博士瘦高微微驼背的身影在屏幕上显出一个变形投影,很快又被一片蓝屏取代。接着,蓝屏凝聚凸显,出现了一片蓝色海洋。

"埃米最喜欢海,"卢约博士在安娜身后说,"所以,我们为她设计了海的基础背景。安娜,你愿意埃米的灵魂以哪种形式现身?"

"你这么说,是什么意思?"

"埃米的灵魂已经被刻录在了电脑中。电脑程序就是她的世界。她可以用任何一种外貌或者形态与你见面。她可以是一个人,也可以是一朵花,或者一只海豚。"

正说着,屏幕上出现了一朵正在绽放的白色茉莉花。

在电脑下端,自动打出一行字:

妈妈,我想你。

看到这行字,安娜感到全身毛骨悚然,从椅子上跳起来:"她怎么知道我在这里?"

卢约博士指了指屏幕上方边缘中间的摄像头:"这个摄像头可以看到屏幕前的景象。它就相当于埃米此时的眼睛。"

"那我该怎么和她说话?"安娜看看教授,又看看镜头,最后再次犹犹豫豫地坐下来。被摄像头这么盯住,她感到很不自在,好像有数千只蚂蚁爬满了全身上下。

屏幕下方又出现一行小字:

你对着话筒说话就可以了。我能听到。

安娜把头微微凑向话筒,颤抖地问:"埃米,真的是你?"

屏幕上的茉莉花忽然分散,变成无数个白色的小点,这些小点又重新汇聚。只不过,这次它们没有再合成一朵茉莉花,而是变成了一张金属质地的脸。乍一看像一个面具,但再仔细一看,眉眼间都是埃米的特征。

安娜想起来,这是有一次她带埃米参加了一次艺术展览会,在那里,有一位艺人,用锡为埃米做了一个面具。面具在回家的路上不巧遗失在了公共车上。所以,只有她和埃米,以及那名艺术家知道面具的样子。但是,这并不能说明电脑里就藏着埃米的灵魂。

屏幕下又打出一行字:

妈妈,真的是我——埃米。请你相信我。

扁平的面具变得丰满起来,变成了一个三维的立体头像。头像上的嘴唇在字母出现的时候,还会随着节奏开合,好像真的在说话一样。

这真是女儿的灵魂吗?一股寒气窜过安娜全身,对女儿强烈的思念让她说服自己相信这一切。可她还是无法做到。她抵触地想,这也许是一个卢约博士为了获取研究资金的骗术。

安娜定了定神,颤抖地对着屏幕上的金属脸说:证明给我看。

对方先打出一个叹气的表情。看到这个表情,安娜心里一震!埃米活着的时候,在学校喜欢和她短信交流,无奈时就会打出这个表情。不过,这样的举动很多人都会有。这还是不能说明埃米的灵魂就在里面。

接着,电脑下又打出了两个字:隔间。

看到这两个字,安娜的防御彻底坍塌了。这是她和埃米之间的秘密,不会有第三人知道。

卢约博士也观察到了安娜的心理变化。母女生死两隔,竟然以灵魂复制的方式再次相见。他被安娜的悲伤渲染着,也忍不住把就要流出的泪水逼回眼眶。

埃米在电脑上继续说:妈妈,请你别怪我。你和爸爸的关系,让我感到压抑。我之所以参加这个测试,就是想做点其他事情,换换心情。

安娜的双眼已经承载不了更多的眼泪,它们成了两条决堤的河流,夺眶而出,"埃米,埃米……"安娜的手指轻轻抚摸电脑屏幕。金属头像的眼眶里也流出两行银色泪花。

屏幕下出现一行字:

妈妈,在我出事之前,出了一件怪事。

安娜问:"你什么意思?"

埃米：在出事前两周,我接到很多恐吓电话。他们让我把知道的一切告诉他们。

安娜："你知道什么？谁在恐吓你？"

埃米：妈妈,这就是我搞不明白的地方。我根本不知道要告诉他们什么。而且,有一次,我回家早了,你不在家,你去商店当义工去了,我看见……

安娜："你看见了什么？"

埃米：我看见爸爸在我的房间里翻东西。他从来不进我的房间的。而那天,他却在我的房间里翻找了很长时间。

安娜："这就奇怪了。你知道你爸爸究竟要找什么吗？"

埃米：不知道。

安娜："那你能回忆一下自己知道什么吗？"

埃米：我已经试过了,就在我死去的前几天。我几乎每时每刻都在回忆,就是想不起来他们要什么。当我反问他们要什么的时候,对方总是说我知道的,说完就挂了电话。妈妈,我的车祸也和这件事有关。这次车祸是有预谋的。

埃米打出的最后一行字,触目惊心：我是被谋杀的。

看到这行字,安娜感到血液骤然凝固,又一阵寒意直击而来。

我是被谋杀的。

就连卢约博士,看到这行字,也被吓了一跳。

安娜焦急地问："你凭什么这样说？"

埃米：在我出事的前一天,那人又打来一个电话,问我想起来了吗。我说我不知道。他听后,就呵呵笑笑,然后说,给我八个小时,这是我最后的机会。如果我不说,那么,就让我带着这个消息走入坟墓。

安娜："埃米,你怎么不告诉我呢？"

埃米：妈妈,我当时很害怕。我怕你骂我,而且,我那时根本也没料到他指的是谋杀。

安娜用手背抹掉脸颊上的眼泪:"那么,埃米,你现在能想起什么来吗?现在,你已经不在我们这个世界。也许,你能努把力,找出点思路,让妈妈找到杀死你的凶手。"

埃米:妈妈,我好后悔啊,没有把这一切即时告诉你。如果此时我能投入你的怀抱大哭一场就好了。

安娜痛苦地抚摸着金属面具的脸颊。她也很想抱抱女儿啊。

埃米接着显示出一行字:前几天,当卢约博士告诉我,真正的我已经出车祸死亡后,我就在不断地想,在回忆。可是,就连真正的我都想不起来,网络中复制的我又怎能想得起来?

卢约博士抹了抹湿润的眼角,插进话来:"埃米,对不起,我不知道你的死亡背后有这样的阴谋。虽然你现在是一个灵魂复制品,但是你有你的优势。"

埃米:什么优势?

卢约博士挠了挠后脑勺:"埃米,虽然你是一个灵魂复制品,但是你的思维、对待问题的处理方式、感情反馈都和原来的埃米一模一样;而且,在有些方面,可能还会更好。比如,记忆。你现在身处网络,不容易被外界干扰。你的心思,可以利用网络进行过滤,就像人为修炼瑜伽一样,更容易集中到你想集中的区域去。"

埃米:你的意思是,只要我专注,我现在就能比活着时更能回忆?

卢约博士点了点头。

埃米通过摄像头看到了卢约博士的动作,她打出一行字:好吧。那我就再试试。

电脑屏幕上的人脸破碎,变成了无数条排列在一起的管道。管道变细,行成交错的电路板。这些类似电路的线条先是纠缠在了一起,然后分开,接着,仿佛缠绕茂盛的藤蔓被剪枝一样,一些电路依次消失了。

看着画面,卢约博士欣喜地搓着因为长期做试验而显得粗糙的双手,对安娜说:"你看,我就说埃米是个敏感聪敏的孩子。她在回忆的时候,还把过程形象化,好让我们也能感受到。"

安娜并没有为博士的赞扬而感到骄傲。她的女儿已经死了。无论电脑中拷贝的"灵魂"如何准确,那也已经不是埃米了。那是一个没有躯壳的拷贝。而且,更让安娜感到揪心委屈,甚至愤怒的是,埃米不是死于车祸,而是死于谋杀。不止如此,她的亲生父亲,肯特,也是幕后黑手之一。安娜的心脏一阵绞痛,发出一声深深叹息。

屏幕上,电路板变幻着图案和颜色,埃米似乎对此开始驾轻就熟;她思考和回忆的速度越来越快,越来越快……快到后来,卢约博士和安娜的眼睛已经跟不上图案和颜色变化的速度。在他们的眼里,图案和颜色已经变成了模糊一片,就像一个开车的人,把车辆开至急速时看到的路边风景。忽然,"啪"的一声,屏幕断电,房间里一片黑暗。

六

也许是为了省钱,韩翼东租住的公寓十分简陋。过道上充斥着从各个房间穿墙而出的杂音,有的是新闻,有的是音乐,充满了异域气息,像是来自泰国或者阿拉伯国家。这是一个外来人口聚集区。这样的地方人群复杂,人员流动变化很大。这种地方,也是恐怖分子喜欢潜伏的理想场所。

房东带着凯洛尔来到二楼韩翼东租住的房间。六十多岁的房东是个秃顶,穿一件薄薄的汗衫,脚步本来就不稳,又看到凯洛尔双手举枪,随时处于警备姿势,拿钥匙的手也就越发抖得厉害。凯洛尔见状,一手持枪,另一只手按住了老人的手,用眼光安抚老人。老人深深吸一口气,好不容易,才找到对应的钥匙,捏紧了,塞进钥匙孔。

锁一转,门一开,年迈的房东居然矫健地躲到一边,凯洛尔走进了房间。

房间里一片黑暗,凯洛尔伸手按下开关。

房间里并没有暗藏着其他人。凯洛尔一眼所见,全是书籍。这些书散落在桌子上、沙发上、靠墙的床上。凯洛尔翻着看了看,都是生物学方面的理论书。除此之外,韩翼东还有一些音乐碟片。这是一个标准的留学生房间。

凯洛尔没有找到韩翼东的电脑。估计是一台手提电脑,被他随身带着,此时,这台电脑肯定就在地铁列车上。凯洛尔检查了韩翼东的所有东西,发现在他卫生间的牙刷盒里,插着两把牙刷。一把是蓝色,一把是粉红色。然而,韩翼东的衣柜里,却没有女人的衣物,只在沙发上有一条粉红色围巾。这说明,韩翼东有一个偶尔在这里过夜的女朋友。也许,她会知道点什么情况。

凯洛尔询问了房东和邻居,回答却令人遗憾,没有人看见有任何女人进出过韩翼东的公寓。这类公寓,虽然人声嘈杂,但是彼此都不会关心对方的私生活,属于听声不见人的地方。

凯洛尔抽出牙刷,放进证物袋,同时也把那条围巾装进另一个证物袋。她希望能从牙刷上或者围巾上找出DNA。

下楼后,凯洛尔刚坐进汽车,法医就打来了电话。他说他用尽了方法,也没能在自杀的警察身上找到任何病毒。

"没有病毒?"凯洛尔觉得不可思议。

"没有。如果不是病毒感染,那就只有一种情况。"

"什么情况?"凯洛尔说着,发动了汽车。

"意念控制。"

"当时是在地铁大厅里,无论是谁进行意念控制,距离这名警察最近的距离至少也是一百米,而且地铁大厅是封闭的,那人会怎么控制?还有,地铁车厢里的人呢,又如何控制?"凯洛尔把警灯放在车顶,超速开车。此时,距离塞塔给出的时间,还剩三个小时。然而谁是他们要找的科尔·贾斯丁,却还毫无头绪。

"远程意念控制。"法医的声音听起来言不由衷,"这个概念,我曾经在一些医学杂志上看过。不过,要实施远程意念控制,被控对象的身体里必须具备一种介质。"

"什么样的介质?"

"就像电视接收器。卫星发射出节目信号,电视接收器负责接收。"

"那我可不可以这样理解,介质就像病毒,侵入人体,接收远程控制信号?"凯洛尔问。

"是这样。只是可惜,我没有找到病毒。"法医遗憾地说。

"如果你的理论成立,我们应该找得到病毒。你再试试!另外……"

"什么?"法医问。

"你是否还记得撰写那篇医学文章的教授?"

"不记得了。不过,我可以查得到。"

"好的。请你尽快查一查。说不定,这名教授能够帮上忙。我们的时间不多了。"凯洛尔说完挂掉电话,加一脚油门,向国安局总部驶去。

总部的同事还是没有找到任何关于科尔·贾斯丁的信息。凯洛尔把牙刷和围巾交给检验组,迫不及待地等在一边。她要在第一时间得到结果,她耗不起时间。

检验组全面开工,分别从牙刷和围巾上找出 DNA,输入电脑系统。就在电脑开始比对之前,其中一名检验人员在电子显微镜前奇怪地"咦"了一声。

"有什么发现吗?"凯洛尔立刻走近。

检验人员把显微镜看到的结果接到电脑显示屏上,说:"太奇怪了,这个人的 DNA 已经被改组过了。"

"请你说得再详细些。"

"你看这里。"检验人员用笔指着DNA螺旋链上的几个点,"这几个地方,已经被重新改动过。这样的改动,真是很聪明!简直就是上帝的杰作!"检验人员说到这里,表情完全投入在对DNA的羡慕之中。

凯洛尔不得已轻轻咳了一声,"这样的改动,会对人体造成什么样的影响?"

检验人员的思绪回到现实中,"敏感。会让人变得敏感。"说着,他用水笔忽然划过凯洛尔的手臂。他划得不重,但凯洛尔还是吓了一跳。凯洛尔揉了揉被他划上水笔印子的地方,迷惑地看着他,等待解释。

"我轻轻划了你一下,你什么感觉?"

"有点疼,但很轻,不严重。"

"这就对了。这是你现在的感觉。但是如果我按照图上的DNA序列,对你的DNA进行改组,那这样划上一下,就不是一点点痛,你会疼得像刀刃砍在手臂上一样。"

凯洛尔低头看着水笔印,"那么,其他器官呢?"

"都会变得非常敏感。"

"难道这就是我们要找的'病毒'?它潜藏在DNA改组中。它让被感染的人变成了灵敏的接收天线,可以远距离接收信号。可是,当韩翼东打开眼镜盒的时候,发出了一道强光。难道这种光可以携带病毒,侵入人体,进行DNA改组?"

"理论上来说,这不可能。不过,倒是有一种可能性。"

"什么?"

"这些人的DNA在出生前就已经被改组了,但是一直处于沉睡状态。那道光是一个开关,启动了改组的部分。"

"如果这些人的DNA真的是原来就被改动过,那么,如果我们能找到这些人的共同点,就能找到线索?"凯洛尔说。

"也许吧。不过,地铁车厢里有那么多人,要找到他们的共同点不是一件容易的事。还有,仅凭牙刷上改组过的DNA,我们无法比对出这个女人的身份。"

"牙刷上能找到指纹吗?"凯洛尔问。

检验人员一拍脑袋,"想得太复杂了,居然忘了简单的。"

DNA改组!这是一项重大而复杂的基因工程。塞塔的目的究竟是什么?这个科尔·贾斯丁究竟是个什么人?为什么对已经能够把DNA玩于股掌之间的赛塔那么重要?!凯洛尔正想着,手机在衣袋里震动起来。

是乔治。他说这件事情已经触动了最高层。有人通过特殊渠道,提供了科尔·贾斯丁的消息。

"谁是科尔·贾斯丁?他在哪儿?"

电话那端,乔治压低了声音:"科尔·贾斯丁,是一名国安局卧底。"

"难怪在我们的系统里,查不到他的身份。"

"他潜伏进入恐怖组织塞塔多年。在塞塔发现他的身份之前,他失踪了。从最后的失踪现场看,有打斗,塞塔猜测他是被强行带走的,是被绑架。后来,塞塔在找他的时候,查到了他供职国安局的身份。"

"你可知道是谁绑架了他?"

"不知道。他被绑架后,毫无音信。没有人提出释放条件,他就如同人间蒸发了一样,了无踪迹。塞塔要找他,难道仅仅是为了复仇?"

"不,不是为了复仇。"凯洛尔说。

"那是为了什么?"

"他被绑架,日子肯定也不好过。塞塔如此兴师动众地要找到他,肯定是因为他掌握了什么内容,塞塔必须找到他。"凯洛尔说着,猜测科尔·贾斯丁掌握的会不会是DNA改组技术,但她很快否决了这个猜测。如果塞塔四处找他,是出于想把这项技术处于秘密状态的话,他们就不应该在地铁和警察身上做手脚。这样做,不是已经暴露了老底了吗?

一个念头闪过凯洛尔脑海,塞塔急于要找到科尔·贾斯丁,还有一个更大的阴谋。

电话里,乔治忽然不说话了。一阵奇怪的沉默之后,乔治说:"凯洛尔,你快看电视。"

凯洛尔快步走到办公室里的电视前。那里已经聚集了不少同事。屏幕上,有一个年轻女子,站在高楼的边缘,手里拿着一个圆盘闹钟。闹钟上没有指针,只是一个电子显示屏。上面显示的时间是2:03。这是一个倒计时时钟。随着时间的推移,时钟上的时间在减少。

大楼下的街面上,已经聚集了不少新闻记者。其中一名记者说:"根据知情人爆料,这个站在高楼上的女子名叫辛西娅·泰勒。她是这里的住户。至于她为什么会站在高楼边缘,有轻生之念,本台记者还在调查之中。"

紧接着,电视摄像头一转,聚焦在辛西娅脸上。辛西娅看着镜头,动了动嘴唇,想说话又说不出来。她把钟面举得高高的,好像要让全世界的人都看见一样。忽然,她猛地纵身一跃,跳下了顶楼。屏幕上一声闷响,接着,是一片混乱。

看着年轻女子的身体像一片树叶一般飘然而下,凯洛尔的心里顿时拔凉拔凉。这个女子也是被意念远程操控的。她是在告诉警方,寻找科尔·贾斯丁的时间还剩两个小时。

检验组的人远远地小跑过来,手里拿着一份资料,一边喘气一边说:"指纹比对相当快。这个女人是个通缉要犯,塞塔组织成员,名叫辛西娅·泰勒。"

七

黑暗中,安娜惊恐地问:"这是怎么回事?埃米呢?"

备用电源很快自动启动。所有的灯依次亮了起来,但装着埃米的电脑却还是一片漆黑。

卢约博士敲打键盘,重新插拔插头,可是电脑却像死了一样,毫无动静。

"卢约博士,这到底是怎么回事?"

"可能是埃米思考得太快了,耗尽了试验室的所有能量,导致断电。"卢约博士回答。

"可是,现在备用电源已经启动,埃米呢?"

"这……我现在还无法做出解释。这样的情况我也是第一次碰到。"

"那埃米会不会被毁掉了?你还有没有其他备份?"安娜声音恳切。

卢约博士摇了摇头:"再也没有其他备份了。我们就只复制了这一份。"

"如果,如果这份备份丢失了怎么办?"

"埃米,就永远消失了。"卢约博士说。

卢约博士在安娜焦急的目光催促中,不断地尝试修复电脑。可是,毫无进展。最后,他无可奈何地劝安娜先回家。他说被她这样盯着,什么办法也想不出来。博士一再向安娜保证,一有结果,就马上给她打电话。

安娜只好离开。离开试验室的时候,她不停地回头。这时候,她已经完完全全把电脑中的灵魂备份看做了自己的亲生女儿。

安娜一直是一个好强的人。只要是她下了决心要做到的事,世上没有什么能够拦得住她。解开埃米的死亡之谜,是她现在唯一的目标。

一离开试验室,安娜就立刻驱车去电信公司,打印了埃米这两个月的电话清单。她是埃米的法定监护人,电信公司很快就把清单交到她手上。安娜拿出学校联络本,划掉上面的同学号码。清单上最后就只剩下了三个她不知道的电话号码。

埃米毕竟还是十三岁的学生,社交网络并不复杂。她依次打过去,发现一个是美甲店的电话;一个是社区图书馆电话;还有一个,在清单上重复出现了好几次。都是对方打给埃米,而不是埃米打过去。

就是这个了。

安娜深深吸了一口气,照着号码按下电话按键……房间里寂静得像海底黑夜,静得能让安娜听见自己的心跳……

嘟嘟!嘟嘟!

忽然,一个电话铃声在房间里响了起来……

安娜僵在了原地。她把手机贴到耳朵,等里面的拨号音停止后,房间里的铃声也停息了。她又拨一遍,房间里的铃声再次响起。安娜拿着手机,恐惧地向着铃声传来的方向找去。

声音是从面对花园的房间里传来的……

那是个很窄小的房间,放着洗衣机,被用作洗衣房。安娜走进去,看到声音传出的地方是洗衣篮。全家人换下来的脏衣服都在那里,一小团蓝光在一件淡蓝色的T恤上闪烁着。自从埃米出事后,她还没有洗过衣物。

安娜拿起T恤,看到一条裤子。男上长裤。丈夫肯特的手机就在裤包里。她的手在触碰到裤包的一刻停住了,因为她听到了钥匙开门的声音。一瞬间,安娜忽然恢复了神智。她果断切断自己的手机拨号,从裤包里拿出那部手机。取出电池,将手机塞进衣兜。

进门的是丈夫肯特。他喊了一声安娜。安娜此时已经躲在了洗衣间的隔层里,隔层是连接在洗衣间的门和墙壁间的一个狭小空间。他们刚刚搬到这里的时候,安娜和埃米玩捉迷藏的游戏,发现了这里。她们把它叫做小隔间。

小隔间还不到三十厘米宽,可以挤得下一个小孩。安娜比较瘦,也刚好能够塞进去。这就是她和埃米两人之间的秘密,那个说服她埃米的灵魂被成功复制的秘密。她们曾经发过母女誓,永远不把这个秘密再告诉第三个人,包括肯特。

光线从隔间的缝隙透进,在安娜的脸上照出一条垂直缝隙。她眼神惊恐,深棕色的瞳孔在光缝里闪闪发亮。安娜看到肯特的身影在客厅过道上一闪。她慌忙地把自己的手机调到静音。

接着,她的手机震动起来。来电显示是肯特。他肯定看见了她的车停在外面。

房间里安静极了。手机在安娜的手里震动着。震动结束后,安娜看见肯特走进了洗衣房。

她尽量不让自己的呼吸发出声音,甚至害怕身上沐浴液的气味会将她暴露。就在这时,安娜在隔间的木板上内壁上看到一幅画。是用粉笔画的。线条极为简单粗陋,画中是两个人。一个看起来像是成年女子,另一个是个小孩,她们手牵手。这是埃米画的,画中人就是她们母女俩。她们很久没有玩捉迷藏的游戏了,安娜也就从来没见过这幅画。她几乎就要哭出声来。

隔间外面,肯特直奔洗衣篮,弯下腰,找出那条长裤。他在裤包里翻找了一会儿,又扔下,表情十分疑惑。接着他又拿出手机,拨通一个号码,小声说了什么,说完,他一边往外走,一边回头看了一眼洗衣房。

肯特走到门口,忽然停住了脚步。他转过身,目光直接看向小隔间。

安娜屏住了呼吸。她的眼睛在光缝里瞪得大大的。

肯特一步步走近了……安娜根本想不出,当肯特拉开木板的时候,她该怎么做。

忽然,肯特的手机又响了,他先接听起来,表情更加严肃。听了一会儿,他说:"好。我马上赶过去。"肯特伸出手,拿下挂在隔板上的一把钥匙。那是花园里摆放杂物的窝棚钥匙。肯特拿着钥匙，去窝棚里找了找，然后兜里揣着钥匙，开车离开了。

直至听到汽车的声音开远，安娜才从隔间里走出来。一走出隔间，她就瘫软在地上。肯特在干什么？他为什么要加害自己的亲生女儿？

安娜跑到花园窝棚，发现门没锁。肯特走得很匆忙。说是窝棚，实际上是他们在花园里盖的一间木头小屋。这里，也是肯特的工具房和书房。在周末和晚上，肯特喜欢一个人待在那里。这也是他们的婚姻越来越冷的原因之一。安娜一直以为肯特是在那里看书，现在，层层怀疑卷裹着她。

她推开窝棚门，走了进去。

窝棚的木头墙壁上挂满了工具。有些工具上长出铁锈、落满灰尘。埃米才出生的时候，肯特特别有兴致，经常在这个窝棚里给埃米做玩具。后来，肯特就越来越懒，越来越冷漠。

靠近窗户的地方，摆着一个三人沙发。沙发坐垫上有些土和黑色污迹，搭着一条毛巾被，散落着一些写画过的纸张。

安娜走过去，坐在地板上，一张张翻看起来。纸张旁边，有很多幅地图。有的是在街边报刊亭买的，最新版的本地地图。有的是以前的老地图，看起来是去图书馆复印的。在这些地图上，都画了不少小圈。小圈上有被打了小叉。

肯特在找什么？

肯特是一名药品推销员。这些地图，并不像他的销售计划。在那些散落的纸张上，写着一些数学算式。程度很深，安娜根本看不懂。也许，卢约博士能够看懂这些算式。她拿出手机，像个间谍一样，照下每一张纸的内容以及每一幅地图。

拍摄完毕，安娜根本无法在家里再待下去。肯特阴暗的秘密，像一只无所不在的眼睛,在瞳孔后冷冷地盯着她。

她跳上车,赶往斯图文森特大学。在路上,她接到了卢约博士的来电。博士说,电脑修好了。幸运的是,埃米还在。

"谢天谢地。"尽管安娜心急如焚,想立刻赶到埃米身边,但她还是尽量保持合法时速。她耗不起被警察截住开罚单的时间。

"不过,我们不能再让埃米进行那样的回忆了。"卢约博士说。

"为什么?"

"即便电脑可以存储大量内容,进行人脑无法完成的复杂运算,但我们还是高估了电脑,低估了灵魂。灵魂是一个复杂的东西。它就像一个多维的万花筒,存在的层面远远超出我们的想象。我们虽然刻录了埃米的灵魂,但是以现在的电脑设备和软件水平,无法承载灵魂的运算。"

"卢约博士,按你所说的意思,我们就永远也无法知道埃米被谋杀的原因了?"

"恐怕是的。我们不能再冒险,让埃米进行运算了。如果再出事,我们就有可能永远失去她了。"

"能不能多备份几个她的灵魂?消失了一个,还有另一个?"

"哎!"卢约博士深深地叹了一口气,"灵魂刻录相当复杂敏感。上次事故,破坏了灵魂中的可以接受被多次复制的关键部分。埃米的灵魂还是完整的,但是再也不能被复制了。"

"博士,那你原来为什么不多复制几个呢?"

"一开始,我没有进行更多的复制,是因为我还没有征得埃米的同意。毕竟,这是个人的灵魂,不是可以公开的物品。"

"我明白了。现在,埃米就只有一个灵魂了。"

"对不起,安娜。"

"教授,别失望,我们还有其他办法。"

"什么办法?"

"我找到一些地图和奇怪的算式。我想请你看看,它们究竟是什么东西。也许,通过这些东西,我们可以找出肯特杀死埃米的原因。"

"算式,什么算式?"

安娜刚好停下等红灯,她要了博士的手机号,把算式照片发了过去。红灯刚刚熄灭,绿灯亮起的时候,卢约博士就急忙打来电话:"安娜,那些不是普通的算式!"

"是什么?"

"这些算式,可以颠覆整个世界!"博士声音颤抖地说。

八

国安局立刻赶到辛西娅·泰勒跳楼的地方。法医现场检验发现,她的DNA也已被改组。很明显,恐怖组织塞塔为了杀人灭口,不惜干掉自己内部成员。

现场已经被隔离开来。新闻记者簇拥在隔离线之外。在国安部的外勤工作车里,凯洛尔两眼通红地看着电脑屏幕。她已经通过电脑联网,调出了辛西娅的所有资料。

作为一名塞塔成员,辛西娅早就上了国安部的通缉名单。在凯洛尔手头的资料里,有不少通过公共场合的监控摄像头拍下的照片。照片的时间跨度是五年。五年来,辛西娅十分活跃,参与了不少恐怖事件。

在每张照片里,女孩辛西娅的模样都不尽相同,全都经过了伪装。唯一相同的是她的眼神,坚决、果断、冷酷,瞳孔闪闪发亮。凯洛尔不明白,这样一双美丽的眼睛,为什么会看到一个扭曲的世界。

辛西娅是一只狡猾而又忠诚的狐狸,却最终死在她忠于的塞塔手上。

辛西娅跳楼的现场,没有搭建隔离棚。这是国安局故意安排的。现场已经有很多人。国安局在进入的时候,不动声色地在多个角度设置了经过伪装的摄像头,无线连接着现场外勤工作车里的电脑。现场人员的一举一动,都同步出现在这些电脑屏幕上。凯洛尔他们希望,可以通过观察现场,发现一些线索。

果然,凯洛尔在人群中发现了一张脸。其他人的表情是惊讶和恐惧。而这张脸,却含着悲伤。

这是一张年轻男子的脸。

凯洛尔立刻站起来,走下工作车。

她绕过人群,从众人背后接近这名男子。男子站在人群中,愣愣地看着地上辛西娅留下的血迹。凯洛尔走过去,靠近,他却毫无察觉。

凯洛尔站在他身后,掏出枪,抵住他的后腰,轻声在他耳边说:"我是国安局的。跟我走。"

男子缓缓转过身来,被凯洛尔挽住手臂,两人像一对相爱恋人,离开了人群。

在另一辆停在距离现场五百米之外的工作车里,凯洛尔开始了对男子的审讯。

男子坐在一把椅子上,手上戴着手铐。凯洛尔已经搜过他的身。他的身上没有武器。检验人员第一时间抽走他的血样,然后通过塞在凯洛尔耳朵里的耳机告诉她,这名男子的DNA没有被改组过。

男子沉默了一分多钟,忽然崩溃,抽泣起来。此时,凯洛尔对男子和女孩辛西娅的关系,已经猜了个八九不离十。

"我知道你爱她。"凯洛尔轻声说。男子猛地抬起头来,看着凯洛尔。他的眼里是惊讶,惊讶自己怎么那么轻易就被对方看穿。凯洛尔从男子的眼神判断,这名男子并不像辛西娅那么世故。

凯洛尔决定再试他一试,说道:"对辛西娅·泰勒的自杀,我们已经调查过了。她不是自杀。她是死于谋杀。"

男子比刚才还要惊讶!凯洛尔看得出来,他的表情根本不是装出来的。

凯洛尔在显示屏上调出辛西娅跳楼前的视频,"她在跳楼前就举着这个钟。你知道钟面上的时间是什么意思吗?"

男子看了看屏幕,摇摇头。因为又看到自己心爱的人,男子的眼泪再次夺眶而出。

凯洛尔看到火候到了,说道:"钟面上的时间是个倒计时。有人控制了辛西娅,让她把这个钟面抬给我们警方看。这个人要我们在两个小时内找到另一个人。如果,我们不能在规定的时间找到那个人,更多无辜的人就会像辛西娅一样死去。"

就在这时,凯洛尔的耳机里传来同事的声音:"法医已经找到了撰写远程意念控制的那名博士。他叫卢约·萨姆森。"

"他在哪里?"凯洛尔不想让男子听到他们的谈话,就偏过头小声问。

"他就在本城。巧的是,我们还未派人去找他,他就自己来了。"

"为什么?"凯洛尔奇怪的问。

"他带来了重要信息。他就在我们这边车里。"

凯洛尔站起来,告诉男子,她要出去一下,马上回来。男子的眼睛看着视频画面,忽然说:"杀死辛西娅的人是不是要找一个叫科尔·贾斯丁的人?"

"是的。你怎么知道?"凯洛尔感到心脏激动得就要跳出胸腔。可她还是尽量让自己的声音和神态保持镇静。

"我和辛西娅从小青梅竹马。但是,有一段时间,她变得神神秘秘。她说她正在做一样十分伟大的事情。有一天晚上,她回来得很晚,回来后就高烧不退。我照顾她的时候,偷看了她从不离身的文件包。

"包里有什么?"

"文件包上设有密码,但是我知道她设置密码的规律,我只试了几次就打开了。"

"里面是什么?"

"里面是一些古怪的算式。我也看不懂。不过,我都用手机照了下来。在最后一页上,写着这样的东西。"男子拿出手机,调出最后一页的照片。

凯洛尔接过来,看到所有的算式被排成竖行,整整齐齐,在算式的右边,用一个大括号将它们囊括起来,括号右边又有一个加号,加号旁边是一个名字:科尔·贾斯丁。

"你问过辛西娅这是什么意思吗?"凯洛尔问男子。

男子沮丧而又悲哀地摇摇头:"没有。这是她的秘密。她是个很倔的人,我也不敢说偷看过她的文件包。"

凯洛尔想起了卢约博士,也许,这位博士可以揭开这些算式的谜底:"这样,我带你去见一个人,也许他能解开你手机里的算式。"

凯洛尔打开车门,先下了车,忽然,她听到一声枪响,一个重重的物体砸到了她的后背上。她侧过头,看见了男子的脸。男子的脑袋搭在她的肩膀上,眼睛还睁着,一颗子弹正中眉心。

凯洛尔急忙蹲下,男子的尸体滚向一旁。凯洛尔掏出枪,寻找地点掩护,身边响起第二声枪响。

九

第二声枪响过后,街道上一片恐慌和骚乱。人群都在奔逃。但是很快,警方控制了局面。原来,警方在第一声枪响时,就发现了开枪的人,立刻回击,击毙了对方。第二声枪响就是由警方发出的。

凯洛尔走到杀手面前,看到躺在地面的是一个外表十分平常的中年男子。她蹲下,搜了搜男子的衣兜,什么也没有发现,也没有任何表明身份的东西。

法医立刻检查了男子的血样,告诉凯洛尔,他的 DNA 也被改组过。

这时候,乔治带着一男一女走了过来,介绍说男的就是卢约博士,他有重要情况要告诉警方,他拿来了一些奇怪的算式;女子叫安娜,是她发现了这些算式。

凯洛尔又看了一眼杀手的尸体,抬起头来,忽然看到那个叫安娜的女人捂着嘴巴,盯着杀手的尸体,嗓音失血沙哑地说:"肯特。"

地上的杀手正是肯特·艾蒙,安娜的丈夫,埃米的父亲。

一名警员将安娜扶到一边坐下,找来一杯热水和毛毯。接二连三的打击让安娜神情恍惚,两眼发直。

待卢约博士把事情的前因后果向凯洛尔解释清楚后,凯洛尔也把警方手里的所有信息告诉了博士。最后,卢约博士告诉凯洛尔:"这些算式是 DNA 修改算式。"

"它们是不是能让人变得更加敏感?让人更加容易接受远程意念控制?"凯洛尔说。

"你看过我的论文?"

"不是,我的同事看过。他们告诉我的。"

卢约博士点了点头:"但是,这些算式不能单独成立,还不能单独修改 DNA。"

"为什么?"

"你知道中国有一种豆腐叫水豆腐吗?"

凯洛尔莫名其妙地点点头:"以前在中国餐馆里吃过。你为什么这么问?"

"水豆腐是用豆浆做的,但是,要成功地做出一份水豆腐,仅仅有豆汁还不行,还必须备有点卤。点卤就是一种催化剂,将豆汁变成水豆腐。这些算式就像是豆汁,我们还需要点卤。"

"点卤在哪里?"

"点卤就是科尔·贾斯丁。"

凯洛尔忽然明白那些算式为什么要加上科尔·贾斯丁了。科尔·贾斯丁是关键。塞塔必须找到他,才能修改更多人的DNA。

"可是,这个科尔·贾斯丁在哪里?我们也没能找到他。"凯洛尔说。

忽然,凯洛尔和卢约博士都听到了一个声音——"我想,我能找到他。"

他们同时向声音传来的方向望去,说话人是安娜。

安娜说:"也许埃米见过科尔·贾斯丁。这就是肯特他们一直向她索要的东西。我们需要问问埃米,让她回忆起来。"

"可是,埃米的灵魂复制品不能再进行那样的大功率思考了。"

安娜站了起来,走过来:"我们不是有催眠术可以对人进行催眠,找回潜伏的记忆吗?"

"可是,埃米是一个灵魂拷贝,我们没办法进行催眠。"

"你可以拷贝我的。让我进入电脑,让我的灵魂对她进行催眠。"

"这……这太超乎想象极限了!"卢约博士惊讶得睁大了眼睛,但忽然转念一想,一改语气,"不过,这个方法也许能行。"

"你懂催眠?"凯洛尔问安娜。

"不懂,但是我可以学。"

"还是拷贝我的吧。"凯洛尔说,"我懂催眠。"

"不,拷贝我的。"

卢约博士说:"催眠就是排除一切杂念进入到人的记忆深处。被拷贝的灵魂,已经抛除了躯壳的烦恼和外部环境的干扰,是很开放的,自身的抵触和防御都很小。如果我能成功拷贝安娜的灵魂,让其深潜进入记忆深处,让两个灵魂直接对话,效果也许会比专业的催眠师进行催眠还要好。我想,最好还是拷贝安娜的。埃米毕竟是她的亲生女儿,不会产生抗拒,也许,这样才能找到我们要找的东西。不过……"

"什么?"安娜和凯洛尔同时问。

"不过,埃米的灵魂拷贝虽然成功了,但这个试验本身还不稳定。安娜,我也没有对你经过长期观察和测试,匆忙拷贝,危险会很大。"

"什么危险?"凯洛尔问。

"中途会失败,被拷贝的人也许会中风、失忆,或者永远成为植物人。"

"拷贝吧。我想找到杀死埃米的人。"安娜坚决地说。

灵魂拷贝必须在卢约博士的试验室里才能完成。

警方很快在试验室外布下层层防御,狙击手埋伏在重要角落。他们都经过了DNA检验,确保没有被改组。时间越来越紧迫,不能再次发生任何意外。

在进入试验室之前,凯洛尔当然也对自己、卢约博士以及安娜进行了DNA测试。还好,三人的DNA都很正常。

安娜躺在试验椅上。椅子看起来像牙科诊所里常见的那种。只不过,从椅子后背和边缘伸出很多连线,接到旁边的各式仪器上。这些仪器,有的看起来很先进,有光亮的金属外壳和电子显示屏;有的,看起来却十分古老,仿佛需要手动才能运行。这些仪器夹杂在一起,汇合所有数据,通过一扎粗细不均的缆线,连接到旁边书桌上的一台电脑上。这台电脑里,就储存着埃米的灵魂拷贝。

卢约博士在安娜的头上、手腕上都戴满各种颜色的电极,将她和试验椅连接。她的手脚被皮带绑住。安娜就像一个科幻小说中的试验品。她的眼里浮着一层淡淡的惊恐,但是为女儿复仇的想法主宰着她。为了让自己更勇敢些,她的手握紧了椅子扶手。

"你准备好了吗?"卢约博士拿着针管走过来,针管里有一些淡蓝色液体。

"准备好了。"安娜说。

"你要给她注射什么?"凯洛尔问。

"一点点兴奋剂。安娜没有经过前期测试,注射一点兴奋剂,能让她在短时间内提高敏感度,迅速凸显出拷贝需要的数据。"

"安全吗?"凯洛尔担心地问。

"注射吧,博士。"安娜说,手和身体都在微微颤抖。

卢约博士将针头插入安娜的手臂,很快,安娜的表情舒缓起来。这时候,电脑屏幕上开始下雨一样出现一排又一排数据。

卢约博士兴奋地搓了搓手:"有效果了。也许因为她是埃米的母亲,很多数据十分近似,这就让拷贝稍微简单了些。现在,让我们将她带入梦乡。"说完,卢约博士再次在安娜的手臂上注入催眠药水。很快,安娜眨了眨沉重的眼皮,闭上了眼睛。

屏幕上的数据变化着,卢约博士低着头,在电脑上匆忙操作。凯洛尔看了看表,现在距离塞塔给出的时间还剩一个小时。她有一种不祥之感。这种感觉是一种天赋,加上清晰理智的逻辑思维,经常让她提前看到别人不能看到的方面。

凯洛尔觉得科尔·贾斯丁还并不是塞塔改组 DNA 需要的刺激物。他,恐怕不止是制作水豆腐需要的点卤。在他身上,应该还有更多秘密。地铁里的人,警察,跳楼自杀的辛西娅,都说明塞塔已经掌握了 DNA 改组需要的东西。恐怖分子提出要求,都会向警方规定时间。但是,这一次,凯洛尔的直觉告诉她,在这个规定的时间后面,还有其他阴谋。科尔·贾斯丁身上的秘密,其实还未解开。凯洛尔看了看进入深层睡眠的安娜,希望她的灵魂能够拷贝成功,进入电脑找到埃米的,尽快解开谜底。

想着想着,凯洛尔的目光自然而然地停留到了卢约博士身上。博士浑然不觉,完全投入到了灵魂拷贝的过程中。凯洛尔忽然又多了些怀疑。事情发展得太快了，这名博士，还有这个叫安娜的女人，是主动来找警方的。她并没有按照程序调查两人的背景。凯洛尔站在博士身后，悄悄拿出手机，发短信给乔治，让他查一查两人的背景。

十

"糟糕！"卢约博士忽然叫出声来。

"什么？"凯洛尔走上前去。

卢约博士着急地说："今天上午，埃米的灵魂拷贝在进行回忆的时候，能量使用超载，断电时破坏了一些东西。现在，安娜的灵魂数据已经进入电脑系统，但是找不到复制的接口。那个接口被破坏了。你看屏幕上的这些数据。"

"那怎么办？"

"我们没法进行拷贝。"

"既然不能拷贝，那安娜现在会不会有危险？我们应该唤醒她！"凯洛尔说。

就在卢约博士要唤醒安娜的时候，屏幕上出现一行小字：博士，请不要唤醒我。

"啊！你看，这是她！"博士激动地说，"她可以通过电脑摄像头看到我们，通过话筒和声卡软件听到我们说话！"

屏幕上又出现另一行小字：博士，我很好。我可以找到埃米。等帮她找回记忆后，我会给你指示，你再唤醒我。

"不行！"博士斩钉截铁地说，"制作拷贝品进入电脑，本身已经十分危险。现在，你要自己进入电脑，这简直就是拿生命开玩笑！"

电脑上迅速出现一行字：博士，请不用担心。我能打字，说明我已经能够掌握一切。我想找出真相。

博士看了看凯洛尔。

屏幕上安娜又说：求您了，博士。

"好吧。小心。"博士说。

安娜打出最后一行小字后，站直了身体。进入电脑后，她一睁开眼睛，就发现自己坐在一间书房里。书房的摆设古老而又温馨，安娜想起来，这是祖父的书房。祖父去世后，整栋房子就卖掉了。那时候，她刚六岁。

看着书房里熟悉的物品，安娜暗暗感到惊讶。那是一段陈旧的记忆，她几乎都忘了。她离开书桌，转过身。在她面前，房间消失了，只有一扇门。

没有墙。没有屋顶。

只有，一扇门。

红色。造型极为简洁。没有装饰，没有雕刻，却让人更觉得这是一扇很重要的门。

书房里的温暖消失了，安娜被寒冷的北风包裹着。门的上方是浅灰色的阴郁天空，前后左右全是荒原积雪。白茫茫的大地平坦地向四周铺展。这扇红色的门，就像一件艺术品，孤绝地立在一片洁白晶莹剔透之中。

门开着。

安娜往前走了一步，穿过了门。然后，她忐忑不安地回头，看了看来时路。书房不见了，书桌倒是还在，但已经十分遥远。看过去，就是一个黑色的小点。小点周围，也全是白皑皑的雪地。

她再次转回头，心想这就是灵魂安居的世界了。天空不断有雪花飘落。片片雪花比她记忆中的大很多。它们像她的手掌那么大，仔细一看，却又不是雪花的形状。她伸出手，抓住一片，冰冰凉，看清是鹅毛的形状。她知道，雪花的存在已变为鹅毛表象，是她的意识在作祟。相从心生。

她继续往前走,寻找埃米的灵魂。然而,四野上下,除了看不到尽头的雪地,一无所有。

她轻轻叫了声,埃米。回声撞击在四周。这里看起来很大,但似乎又是一个很小的空间。她的回声像乒乓球一样,很快就撞到边缘,弹射回来。

安娜又呼唤了一声埃米,反弹的回声撞击着她头,阵阵生痛。就在安娜不知道该如何寻找的时候,忽然,雪地上出现了一行小脚印。

脚印太小了,几乎就是婴儿的脚印。

小脚印仿佛会生长一样,往前延伸,仿佛有个看不见的小孩在指路,引领着安娜往前走。

安娜感到奇怪,却又好奇。她跟着往前走,然后停下来,回头看看自己的来时路。更奇怪的是,来时路上只有婴儿的脚印,却没有她的。也许,这是因为她的灵魂真的只是在电脑里游弋,却没有被拷贝,所以不能留下并排行走的脚印的原因。

看见她停了下来,婴儿的脚印围着她转了一圈,空中发出小婴儿"咯咯咯"的稚嫩笑声。安娜一听就辨别出,那是埃米小时候的笑声。那么,这就是埃米的脚印?

安娜跟着脚印往前,又走出十多米。她抬头来,看到本来是一片无际雪域的地方,忽然出现了一座森林。林子遮天蔽日,黑暗恐怖。脚印蹦跳着,进入了森林……

要不要进去?安娜犹豫了……

林中传来埃米和一个女人的对话。

"妈妈,今年暑假我们做什么?"

"要不重新粉刷一下你的卧室?你不是说已经腻味了粉红色了吗?"

"好吧。那我要刷成黑色!多酷!"

"妈妈……"

"什么……"

安娜听出来，这是她和埃米的对话。埃米的记忆就在那片森林之中……她多么怀念埃米叫她"妈妈"。安娜深吸一口气，流下两行眼泪，带着恐惧和期待，走入那片未知森林……

试验室里，躺在试验椅上的安娜仍旧闭着眼睛，流下两行眼泪。

"她已经找到了埃米的灵魂。现在，我们就耐心等待吧。"卢约博士看看电脑数据，然后又看了看流泪的安娜说。

凯洛尔点点头，拿出一张纸巾，为安娜抹去眼泪。接着，她感到口袋里的手机在震动。她拿出来，是乔治发来了她要的资料。

安娜，曾经是幼儿园教师，结婚后辞职，生孩子，做义工，人生简单。

卢约博士却有着复杂的学历和工作简历。单身，为人不错。他除了研究方向有点离谱出众外，和大家相处融洽。根本没有犯罪记录，就连超速罚款单都没有。

不过，有一条内容引起了安娜的注意。卢约在去年曾经失踪五天，后来又突然出现。他说他去短途旅游了，没有带任何手机或者电脑。看见他没事，大家也就没有再追问。

凯洛尔看着卢约博士的背影，心想他这五天真的是去旅游了吗？

安娜一步步走入森林。雪地的寒冷随着她的前进一点点褪去。森林里充斥着清凉。暗绿色的青苔覆盖的树干上，白色的雾气像飘浮在空中的半透明薄纱，被看不见的风推送着，一荡一荡。她寻找着小孩的脚印。可是，脚印却消失了。这里遍地杂草，没有脚印。

"埃米。"安娜提心吊胆轻轻再唤一声。

没有反弹的回音。也没有回应。

这片森林给安娜的感觉极为不同。挺拔苍凉的树干，交替复错的树枝，并不坚硬。它们软绵绵的，仿佛随时可以吸纳一切。安娜的声音仿若就是一小滴水,落入了干涸了亿万年的沙漠,才发出喉咙,就被森林吸入。

忽然,一个影子从一棵树后飞速跑过。林子里光线墨绿昏暗,安娜没有看清影子的模样,只看见影子迅速消失在树后的长发。

埃米。她追了过去。

影子像玩捉迷藏似的,带着安娜在林子里奔跑。不知不觉中,安娜被带入了一个更加阴暗的区域,这里散发着一股浓郁的腐臭味。安娜抬起头,看到了满天星辰。在星星之下,是橘红色的天空。强烈的风将她的头发吹散。她一低头,这才发现,自己站在了一栋一百多层的高楼顶端,站在楼顶边缘。她的小半个脚尖已经悬空,仅靠脚后跟支撑身体,保持平衡。在她的脚下,城市像积木一样铺展,各式车辆如同穿行在管道中的弱小蚂蚁。她听不见车流噪音,只有风。

试验室里的安娜忽然全身激烈抖动起来。她的瞳孔在眼皮下迅速旋转,脸色发白,全身冒汗。要不是卢约博士提前用皮带将她固定在椅子上,她恐怕早就摔下来了。

"不好!这是中风的征兆。"卢约博士手忙脚乱地从另一张桌子上找到一管针剂,迅速注入安娜的手臂。

三秒后,安娜渐渐平缓下来,凯洛尔担忧地看看安娜,又看看博士。

博士抹一把额头上的汗水,"还好,针水注射及时,她没事。不过,我们这些设备的承载量有限。现在是安娜自己的灵魂在游弋,需要耗费大量能量。老天啊,可千万不能断电。如果能量补充不够,后果将不堪设想。"

安娜冷静下来。她意识到,这里是意识领域。她并没有站在高楼之上。

"妈妈。"

安娜侧过头,看到了埃米!埃米就并肩站在自己身边。她双眼望着前方,风将她的长发往后吹拂。在风中,安娜又闻到了淡淡的柠檬味,那是埃米常用的洗发水气味。她恋惜地望着埃米,心中一阵痛苦悸动:"埃米。"

"妈妈,你不应该进来。"

"没有什么可以阻止我。我要找到谋杀你的真正凶手。"

"但是,妈妈,这是一个禁锢的世界。灵魂在这里,无事可做,只能孤独游弋。妈妈,我真后悔,同意进行这个试验。"

"埃米,这都是我的错。我和你父亲的错。是我们破裂的婚姻,让你离家越来越远。"

"不是的,妈妈。请你不要责备自己。没有人能够保证美好的感情永远不会过期变质。"

安娜看着埃米,她觉得埃米忽然在一夜间长大了,成熟了。她就像从来就没有看过女儿似的,贪婪地细细记下女儿的每一个神态。一旦等她找到那份潜藏的记忆,她就得离开,就再也不能见到埃米。

"埃米,你记起什么了吗?"

"妈妈,这里就是我一直在找的潜藏记忆。是你引领我来到这里的。其实我早就知道这个地方了。它就存在于我的潜意识里,因为它们危险,未知,所以我一直不敢自己来。"埃米看着城市的夜空说。

听到埃米这么说,安娜知道灵魂深潜催眠有效了。她跟随埃米的目光望去,期望看到恐怖的东西。然而,那里除了被污染变红的天空,楼宇,还是什么线索也没有。她暗暗感到失望。

"妈妈,它们就是那些人要找的东西。"埃米指着那些高楼大厦说。

忽然,安娜看见钢筋水泥建筑的楼宇开始像海地水草一样扭动起来。天空不再有星辰……她们在瞬间后退,星辰凝聚,变成了银河系巨大的旋臂,旋臂缓慢旋转,埃米害怕得拉紧了安娜的手……

安娜从未看过这样的景象。即便是领略了电脑内部的埃米,也被眼前的景象惊呆了!它们怪异,新奇,而且破碎,带着极大的冲击力和感染力。

渐渐的,安娜看懂了。没有了肉体的牵绊,纯粹的灵魂让她的思维更加明锐。安娜把这一切联系起来,明白了。她不敢相信这真相,但这却是唯一的合理解释。

试验室里,凯洛尔看着卢约博士。而博士如同有第六感似的,也突然转过头来,看了看凯洛尔。然后他站起来,向凯洛尔走来。一边走一边说他必须去取一点针剂,等唤醒安娜的时候要用。他说他去去就来。

为了保证博士的安全,一名特工陪他一起离开。就在这时,屏幕上出现了一行字:凯洛尔,我看见博士离开了。我有要紧的事要单独对你说。

凯洛尔看了看电脑上的摄像头,知道安娜是通过摄像头看到的,急忙坐到电脑前,对着话筒说:"什么事?"

安娜打出一行字:我见到埃米了。她之所以被害,是因为她知道科尔·贾斯丁在哪里。

凯洛尔:"她怎么会知道?科尔·贾斯丁又在哪儿?"

安娜:埃米是在试验室里无意中发现的。因为她对整个事件毫无所知,所以就没有当回事,也就找不到相连的记忆。卢约博士就是科尔·贾斯丁。

凯洛尔看了看博士离开的方向,压低声音说:"你能确定?"

安娜:确定。有一天,埃米来接受试验的时候,灵魂意外进入到了电脑内部。那一次,拷贝还没有成功,但是她的灵魂在潜意识里读到了一些电脑数据。在这台电脑里,有一些算数公式。当时她没有在意。醒来回家后,觉得好玩,就在网络博客上写下了算式,公开询问这些算式的意思。

凯洛尔说:"我明白了,埃米在网络上公布了算式,立刻引起了塞塔的注意。他们以为埃米是从科尔·贾斯丁那里得到的公式,于是改组了肯特的 DNA,控制了他,让肯特质问埃米。但是,你为什么说卢约博士就是科尔·贾斯丁?"

安娜继续打出字幕:我们刚才还在电脑里发现了一些数据。这些数据证明,科尔·贾斯丁来过博士的试验室。时间是去年六月中旬。他……

这时,卢约博士拿着一瓶针剂走了过来。凯洛尔正想着该如何抹去电脑屏幕上的谈话内容,却看到所有谈话记录已经自动消失了。凯洛尔相信安娜的话。六月中旬,那正是博士忽然消失后来又出现,并说去旅游的时间!

"可有什么发现?"卢约博士看见凯洛尔坐在话筒前,就问。

凯洛尔十分镇定地站起来,手指轻轻触碰到电脑旁的上网连接开关。电脑本来是没有联网的。现在,凯洛尔打开了上网设备。"我刚刚询问了安娜,她说还没有找到任何线索。"

卢约博士皱了皱眉头,将针水放到桌子上:"这很有可能。我们需要再耐心等一等。"

凯洛尔的手机发出一声轻微"嘀"音。她拿出来,看到安娜已经会意,通过网络连上了她的手机。

安娜的灵魂:你很聪明。

凯洛尔:卢约博士看起来好像什么都不知道。他怎么会是科尔·贾斯丁?

卢约博士看见凯洛尔在发短信,就微微笑了笑,继续坐在电脑前,观察各种数据。试验椅上安娜的肉身还在沉睡状态,起伏均匀地呼吸着。

安娜的灵魂迅速打出数行字,字体出现的速度几乎和大脑思维的速度匹配:卢约博士虽然一直进行怪异研究,但是数年来成绩平平。我和埃米检查了他在电脑里的试验记录,他的突破与飞跃是从去年六月之后才开始的。以他个人的才智,做不到。

凯洛尔回复:是科尔·贾斯丁帮了他?

安娜:对。

凯洛尔:你说卢约博士就是科尔·贾斯丁?

安娜:对。科尔就寄生在卢约博士身体里。

凯洛尔看到安娜的回答,一身冷汗。她恐惧地看了看博士,急忙打出一行字:如何寄生?

安娜:在埃米的记忆中,这方面的信息数据只是一些零散碎片。

这时,博士转过头来,凯洛尔急忙对他微笑了一下。博士看到安娜的眼球在动,就站起来,检查安娜身上的传感器,几乎是自言自语地说:"奇怪了。她好像是在思考,却又不与我们联系?"

凯洛尔回答说:"再等等看。也许,安娜就要找到了。"凯洛尔一边说着,一边在手机上写:如果科尔就寄生在博士身体之内,电脑里怎么会有这些数据碎片?

安娜的灵魂回复:科尔在寄生进入到卢约博士身体的前期阶段,还不能完全掌控卢约博士。博士在抵抗中,把一些零散内容录入了电脑。也许,博士当时希望有一天,会有人发现这些内容,将他解救出来。因为博士当时已不全是自己,记录是在科尔无法控制他的间歇中完成的,所以,这些记录就支离破碎。

凯洛尔:这就像一个身体具备两种人格。一个需要控制另一个。

安娜:我想是吧。当科尔完成寄生之后,内容记录就终止了。

凯洛尔:科尔为什么要这样做?

安娜:不知道。埃米记忆里没有这方面的信息。

当安娜写到这里的时候,凯洛尔的手机响了。是乔治。

"凯洛尔,有进展吗?"乔治问。

凯洛尔看着博士,只能撒谎:"还没有。你那边呢?"

"现在距离塞塔提出的时间只有三十分钟了。你们一有进展,就马上通知我。"

"是。"凯洛尔说。

凯洛尔把手机放进口袋,走到卢约博士面前,"博士,有件事情要与你核实一下。"

"请说。"

"去年六月,你去哪里旅游了?"

"这个……"博士挠了挠头,生气地说,"你们每个人都问我。我去哪里,究竟有那么重要吗?"

"旅游本身也许看起来不重要。不过,奇怪的是,你试验的所有突破是在你旅行之后才发生的。难道,那趟旅行,让你得到了高人指点?"

"你!"卢约博士满脸通红,从椅子上站起来,"你这是什么意思?"

看到博士反应激烈,凯洛尔掏出枪,指向博士。旁边的特警看到事件急转直下,也跟随凯洛尔,把枪口指向博士。

"博士,你究竟是谁?"

"我就是我!还能是谁?"

凯洛尔的手机响了,又是乔治:"凯洛尔,我们收到了塞塔的最后通牒。他们控制了所有的地铁线路。"

"什么?"

"地铁里所有的人都失去了自主意识,被控制了。而且,我们查看了监控录像,每一次事故发生前,地铁车厢内部都发出一道了强光。"

"这!这怎么可能?!这些人的DNA究竟是什么时候被修改的呢?这道强光到底是什么?!"

"不知道!我还希望你和卢约博士能够找到答案。"

"答案倒是找到了一个,恐怕你无法相信。"

"是什么?"

"我们找到了科尔·贾斯丁。"

听到凯洛尔这么说,卢约博士的表情来了个360°大转变!他转身想跑,后背却被一名特警射中。他应声往前倒地。特警射出的是一枪麻醉针剂。

十一

在摇晃的国安局外勤车里,法医和检验专家又一次提取了卢约博士的血液样本。奇怪的是,检验结果和第一次一样,博士的 DNA 并没有被改组。不过,检验人员也没有找到其他物质,说明博士体内寄生进了新东西。检验员告诉凯洛尔,没有找到,并不代表没有。地球如此古老,人类并不知晓一切。

因为惧怕寄生在他体内的科尔·贾斯丁,卢约博士像一个标本一样,被全身绑住,装在一个透明隔离箱里。科尔是如何进入到他体内的?寄生是如何存在的?这些,都是疑问。

最大的疑问是,科尔·贾斯丁为什么要寄生在卢约博士体内?他有什么目的?塞塔又有什么目的?

刚才,就在特警麻醉卢约博士之后,乔治又打来电话。他说塞塔通知他们到海滨浴场交人。

国安局立刻疏散了浴场里的游客。

凯洛尔等人驱车赶到时,浴场里已是一片荒凉。没有游客,沙滩上是游客们匆忙离开后留下的混乱和狼藉。

塞塔要求将装有卢约博士的隔离箱放到沙滩边。如果国安局想耍花招,他们会让地铁里的"僵尸"乘客永远离开这个世界。

两名特警抬着完全封闭的隔离箱,仿佛抬着一具动物标本,走向沙滩边缘。直升飞机在天空盘旋。凯洛尔的耳机里传来汇报:"附近海域没有船只。天空没有其他飞行物。"

地面交通也被管制起来。除了警方车辆,再也没有其他车辆。

塞塔的人如何来领科尔呢?

特警将隔离箱放置在海滩上后,就接到乔治的命令离开了。

隔离箱陷在沙滩中。海水一浪接一浪地拍打着隔离箱。从水底走出两个身穿潜水服的蛙人。他们渐渐浮出水面。凯洛尔想去掏枪,可是手脚却像被黏住一般,动弹不得。她觉得思维就像一台旋转的机器,忽然有人在铰链里塞进一块木头,卡住了。

其他警察也是如此。警用直升机古怪地在天空绕着圈子。

凯洛尔和所有人,眼睁睁地看着那两个人抬走了隔离箱。他们将隔离箱一直抬进水中。足足又过了十分钟,所有的人才又恢复了神智。

塞塔成功劫走了科尔·贾斯丁。

没有枪战!没有火拼!不动声色!而凯洛尔警方,却连他们的目的都不知道。

整个行动彻底失败了。凯洛尔沮丧地走回外勤工作车。付出了那么多,居然还是让塞塔得手了。没有了卢约博士,困在电脑里的安娜的灵魂该怎么办?她坐下来,准备寻找最好的科学家解救安娜,却意外地在屏幕上看到了安娜带来的地图。

这些地图如果不重要,就不会和那些算式放在一起。也许,还有机会一搏!

凯洛尔仔细研究每一张梯度照片,忽然发现了一个秘密!

在每一幅地图上,都被圈有地点。这些地点一眼看上去是散乱的,全都被肯特在上面画了一个小叉。肯特一定是在找什么,找一个,排除一个。凯洛尔将肯特叉掉的地方一一排除,最后只剩下一个地方没有划叉——新落成的国贸大楼。

国贸大楼一共有一百五十层,是本市现在最高的建筑。如果法医的理论正确,有人在进行远程意念控制,那里就是最好的地点!凯洛尔他们已经找到了有人在修改 DNA,找到了接受介质,怎么就忽略了意念控制的发射端呢?

凯洛尔立刻向乔治汇报。

为了不打草惊蛇，一网打尽，乔治对外宣布行动结束，另外悄悄集结一小队特警，和凯洛尔一起赶往国贸大楼。

特警队员全部便装，进入国贸大楼。大楼里没有任何异常。凯洛尔带着两名特警进了电梯，直达顶层。乔治则和另外两名特警做后援。

电梯里，凯洛尔心里直打鼓。或许，这只是一个错误的猜测；又或许，她是对的……

凯洛尔看着电梯显示的楼层一点点变高，无法想象在电梯门打开后，会有什么在等着她？

当电子显示板上的数字变成150的时候，她抬起了枪……

电梯门缓缓打开……

水泥顶楼平台没有遮挡。风强势地吹打着一切。在顶楼的中心位置，站着两个人。其中一个，是卢约博士，或者说，是科尔。他站得很直，目光望向前方，一动不动。

另一个，听到电梯响声，转过头来。

一瞬间，当凯洛尔一看清这个人的长相，就完全呆住了。

那是她五年前因癌症去世的父亲。今天是父亲的祭日，本应去墓地的。

凯洛尔对着父亲举起了枪！她知道，这个人就是远程意念控制者。现在，他控制了自己的思维，让自己以为见到了父亲。

"父亲"看见凯洛尔举起了枪，微微一笑。凯洛尔觉得持枪的手根本不听使唤。她眼看着自己将枪口对准了自己的太阳穴。她用余光去看身边的两名特警。看到他们也将枪口指向了各自的太阳穴。

"嘭！""父亲"动了动嘴唇，凯洛尔左边的特警扣动了扳机，应声倒地。鲜血和脑浆溅在凯洛尔的脸上。

"不要！"凯洛尔想说话，却觉得舌头僵住了，根本发不出声音。

"父亲"抬起右手,只伸出食指,按在嘴唇上,很神秘地做出"嘘,小声点"的动作,然后又出其不意地说了一声"嘭",凯洛尔右边的特警扣动了扳机。凯洛尔听见耳机里的乔治在询问:"凯洛尔,你们到天顶了吗?请回答!请回答!"

"父亲"似乎也听到了。他是通过凯洛尔的意识听到的。他走过来,说:"今天,我也会杀死你。但是,我刚才扫描了你的思维,发现,你是一个很有好奇心的人。你的好奇心,超过了普通人。"

凯洛尔的嘴唇吃力地动了动。

"你想讲话?""父亲"说着,抬手看了看表,又看了看天空,"好吧。我们还有一分钟时间。我也想让这最后的时间过得质量高些。你看起来是个不错的谈话对手。"才说完,"父亲"就猛地扯掉凯洛尔的通话器和耳机。她和乔治彻底失去了联系。

同时,凯洛尔忽然觉得像魔法被解除了一样,她的舌头可以动了。但是,除此之外,她的身体还是不能动,枪口仍旧指着自己的太阳穴,手指还是按在扳机上。

"你究竟是谁?"凯洛尔说。

"你的父亲。"

"你不是我的父亲。你只是存在于我脑中的幻象。"

"哈哈哈,算是吧。"

"你和塞塔究竟要干什么?"

"父亲"不说话,微微一笑,棕黑色的瞳孔忽然一闪。

凯洛尔明白了:"塞塔的人也是由你控制的。"

"你很聪明。我就说,你会是一个不错的谈话对手。"

"无论你和科尔·贾斯丁有什么目的,都不会得逞的。"凯洛尔说。

"哈哈哈!"听了这话,"父亲"忽然仰天大笑起来,"凯洛尔,你很优秀,却也很无知。你就像一只蚂蚁,用你蚁眼的视野去看世界。而你这只蚂蚁,也只能看到你周围几平方米的地方。这就是你的世界。"

"难道,仅仅是因为科尔会寄生,你会远程意念控制,你们就比蚂蚁高级?!"

"呵呵。我想,我有资格认为我比蚂蚁高级。科尔·贾斯丁并不会寄生。他也是寄生物的牺牲品。"

"什么寄生物?"

"父亲"笑了笑,伸出右手,张开五指,伸向凯洛尔,然后他像魔术师一样,在凯洛尔眼前舞动手指。凯洛尔看见自己升了起来,身体悬浮在一片粉红色的太空之中。在她面前,出现了一个小点。小点不动,而她的视力却越来越好,看清了小点的构造。

那是一粒类似植物孢子的东西。

"这就是它了。它可以轻易进入人体,迅速进行光合作用,修改人体的DNA。"

"这是你研制的?"凯洛尔问。

"它并不是地球上的物种。它来自宇宙。"

"这么小的东西,它如何能够感染所有的人?"

"它就像地球上的植物细胞,会在光的作用下,迅速分裂,一变二,二变四……我通过地铁的空调设备输入这些孢子。强光可以让这些孢子加速生长。"

"你让韩翼东把光带进了车厢?"

"应该说,我让辛西娅把发光器藏在他的眼镜盒里。"

"你这么聪明,难道你也是科学家?"凯洛尔问。

"算是吧。"

"你和科尔什么关系?你为什么一定要找到他?难道因为他是一种催化剂?"

"他并不是催化剂。他是……"说到这里,"父亲"忽然打住了,"他是什么,你们是不会理解的。"

"反正你就要让我自杀了,不如说说看,试试我的智商?"凯洛尔说。

"呵呵,你还很幽默。好吧,我好久没有与人对话了。孢子最早是科尔发现的。作为一名国安局卧底,科尔在塞塔内部找到了不该找到的东西。那是一种宇宙中的古老物种。它在科尔发现的时候,就寄生进了科尔体内。它是母体,自身就可以控制被寄生的人,所以根本不需要修改对方的 DNA。我想把它逼出来,所以就给科尔下了毒。科尔为了配制解药,就找到了卢约博士的试验室。卢约博士的研究方向,为他提供了所有他想得到的化学试剂。不过,还是晚了,药性已经无法挽回,寄生物只好抛弃科尔,进入卢约博士的身体。"

"故事听起来不错。不过,我觉得,你并没有讲出全部真相。"凯洛尔说。

"呵呵,是的,我没有告诉所有真相。不过,凯洛尔,我会让你看到最后,再让你自杀。毕竟,你一路追来,很不容易,应该犒劳犒劳。"说到这里,"父亲"又抬手看了看表。

看到"父亲"如此留意时间,凯洛尔更加好奇,"你在等什么?"

"我要等的东西,就是你想知道的真相。至于真相是什么,要看你在自杀前能不能即时领悟了。""父亲"说着,转过身,走向科尔。

他拉起科尔的手,向天空举起。凯洛尔感到了风力加速了,大地在震颤。凯洛尔看到,在他们的身后,自己左前方的楼体边缘,爬上来了一名狙击手。他是从下一层爬上来的。也许是乔治在和她失去联络后,派出了这名狙击手。狙击手悬附在墙体边缘,将枪口对准"父亲"和科尔。

也许是"父亲"过于集中天空,并没有发现身后的狙击手。狙击手瞄准了他们。就在这时,一件不可思议的事情发生了。科尔的身体渐渐发蓝,由浅蓝变成深蓝,然后,蓝色像液体一样,通过科尔的指尖传入"父亲"的身体。与此同时,天空中云层汇聚又分开,像巨大的面团,被看不见的大手操控着,完全不受风向控制。

狙击手被这眼前惊得呆了一下，但很快想起自己的任务，打出了第一枪。

子弹穿透科尔的后脑勺，"父亲"转过身来，就在他要控制狙击手的意念之前，狙击手发射了第二枪。在狙击手的大脑内，他扣动的扳机的意念和"父亲"控制他的意念相撞。子弹是射出了，但是却打偏了，打在了"父亲"的前胸。"父亲"望向狙击手，狙击手惊恐地回望着他，扒紧楼顶边缘的手松开了，狙击手坠下大楼。

凯洛尔想动，但是仍旧被受伤的"父亲"控制着。

"父亲"松开拉住科尔的手，再次向凯洛尔走来。他捡起地上的耳机，吃力而痛苦地给凯洛尔戴上。耳机上全是从他的伤口上冒出的液体，蓝色的。凯洛尔听见耳机里传来乔治的声音："凯洛尔，到底发生了什么？地铁里的人正在依次死去。这究竟是怎么回事？！"

凯洛尔瞬间明白"父亲"此时除了面对她，还在做什么了。"父亲"只给她戴上了耳机，并没有戴上通话器。她没法和乔治联系。她能听见乔治说话，却不能求援。

此时，她明白了"父亲"的意图。凯洛尔对着这个满身蓝色液体的"父亲"说："我知道你的目的。你通过用意念杀死地铁里的人，无非就是要威胁我，为你做事。说吧，你要我怎么做？"

"父亲"笑了笑说："你果然是个能心领神会的人。我需要你的身体，完成我的工作。"

"你这是什么意思？什么工作？"

"我会将我的灵魂和意念转入你的身体。而这，"他指指天空中变幻的云层，"就是我要完成的事情。"

"你，没有电脑，如何做到？"

"哈哈，我说过你是在用蚂蚁的眼睛看世界，果然没错。"说到这里，"父亲"激烈地咳了起来。他捂住伤口，大声喘着气，"卢约博士通过电脑复制灵魂，那是不得已而为之。人的大脑，比电脑好用。你看，一旦我的灵魂进驻到你的身体里,和你并存,我就可以开阔你的眼界,让你变成另一个更完美的人,何乐而不为?"

"让你主宰我,这比死亡还要残酷,好像我没有选择,我只能同意。不过,我在临终前有个小小的请求。"

"什么请求?"

"我想通过手机,和电脑里的安娜说会儿话。我猜,你是不会让她的灵魂走出电脑的。为了灭口,你会毁了她和埃米的灵魂复制品。"

此时,"父亲"已经无法站稳,为了抢时间,他不得不同意凯洛尔的请求。由于忙于控制地铁中数人的思维,以及天空中云层后面的东西,加上受伤的身体,他再没有能力强迫凯洛尔。他只能同意。他笑笑说:"是的,事成之后,我会毁了她们。看来你的思维已经和我的同步了。好吧,给你三十秒。"

凯洛尔看到"父亲"让步了,就冒着危险,又问了一个问题:"在谈话之前,我有件事情不明白。"

"说吧。""父亲"有点无可奈何。

"既然卢约博士被寄生了,为什么他还要帮我们?"

"寄生物一直在躲着我。只要寄生物醒着,我就会找到它。我想,当它进入卢约博士的身体后,它就进行了类似冬眠的沉睡。"

"可是,卢约博士好像对此一无所知。"

"因为这个寄生物在沉睡前隐蔽了这段记忆。不过,我刚才扫描了卢约的大脑。寄生物的部分智慧在沉睡时溶入了卢约博士的思维,才让他完成了灵魂拷贝的研究。这一点,我原来倒也没有料到。""父亲"说着,催促道:"我已经说了很多了。你要和安娜的灵魂告别,就快点,别磨磨蹭蹭的。"

凯洛尔明白了,所以卢约博士才觉得自己是去旅游了,而对旅游的内容却又一无所知。她掏出手机,接着刚才和安娜的对话打出字幕:安娜,对不起了。

安娜在电脑里对外界的一切一无所知。她很快回复:找到真凶了?

凯洛尔:是的,找到了。可是,卢约博士死了。你的灵魂,可能永远也不能回归躯体了。

安娜:这也许是件好事。

凯洛尔:为什么?

安娜:其实,我也不想离开这里。肯特死了。埃米也不会复活,而她的灵魂却在这里。我想留在这里。我在小隔间里,发现了她的一幅画。我还没来得及告诉她那幅画很棒呢。凯洛尔,你就让我留下吧。等你抓住了真凶,一定给我一条信息。

眼泪顺着凯洛尔两腮流下。她无法抓住真凶。她已经对安娜宣判了死刑。

"父亲"感受到了凯洛尔的思维,知道她已经绝望放弃了,对她的意念监控放松了一些。凯洛尔抓住这个机会,向"父亲"扑去。这是她最后的机会,她用尽了全身力气,抱着"父亲",冲下楼顶边缘……

在他们跌落的时刻,庞大的城市,忽然完全停电。

天空中的云也渐渐消散……

地铁车厢里,在每一个被控制的人身上,忽然发出零散蓝光。这些蓝光一开始还很稀疏,到了后来,它们渐渐变得稠密,像一些从人体蒸发出来的水蒸气……

它们在地铁的黑暗里,像萤火虫一样闪烁着,在黑暗中交错,舞蹈,像一幅灵动的三维油画……忽然,"啪、啪啪",宛若小孩子吹出的肥皂泡,膨胀到一定程度后就会爆裂般,这些蓝光也一一熄灭,消失……整个过程祥和,充满浪漫和诗意……

新世贸大楼这边,坠落的凯洛尔先是感到了猛烈的风,很快,就什么也不知道了……

尾声

凯洛尔躺在重症病房里,尚未苏醒。医生说,她有可能随时醒来,也有可能长睡不醒。

乔治来看她,告诉昏睡的她,他们在跌下时,被从一百四十五层楼伸出的阳台接住了。当时全城大停电。停电时间长达十分钟。因为断电,安娜的灵魂完全被囚禁在电脑里,而因为她和埃米的过度使用,再加上断电短路的影响,电脑被毁。技术人员正在修复,但因为缺乏卢约博士的技术,找回两人灵魂的希望不大。而安娜的身体也变成了一个植物人。和凯洛尔一起跳下大楼的男子已经身亡。现在还在调查身份。地铁里的人,在断电后,全都恢复了神智。他们检查了所有人的DNA,奇怪的是,这些人的DNA又全都恢复了正常。

说完这一切,乔治看了看闭着眼睛的凯洛尔,关切地说:"希望你快点醒来,还有很多事情等着你去做。"

这时候,阳光从窗口射入,照耀在凯洛尔的脸上。乔治看到凯洛尔的瞳孔在眼皮下转动。他想,也许她能听到自己的话。乔治轻轻叹了口气,起身离开了。

是的,凯洛尔的确听到了乔治所有的话。她想醒来,却力不从心。坠入高楼的那一刻,仿佛磁盘刻录,深深地印在她的脑海。

那一刻,她感觉有千万条触须伸进了她的大脑。

那一刻,她明白了,"父亲"和原来寄生在科尔·贾斯丁体内的生物,可以合成一体,形成一个更强大的生物体。他们不是地球上的生物。他们来自宇宙,来自银河系旋臂的另一端。可是,他们在楼顶上召唤什么,为什么要按时召唤,凯洛尔却还没找到答案。这一切,超出了她能理解的能力。她想起"父亲"的话,你们是用蚂蚁的视角看世界。

此刻,在她的沉睡里,在她的瞳孔背后,是一个新的世界。

她感觉身陷在了四通八达的下水道里。没有光,只有下水道特有的潮湿与腐臭气味。她在孤独地寻找出路,可是却觉得自己不是一个人在走。她还听见另一个人的脚步声,就在脑海里,仿佛就是"父亲"的脚步声。

2015.06 初稿

死亡杀手

在这个故事里,主角的名字叫丹尼尔·弗林。

他自己也是这么认为的。

那么,为了方便叙述,我就亲切地叫他丹尼尔吧。

一

作为一名刺客,最重要的,是在执行任务的时候不带感情。

感情的种类很多,怜悯、仇恨、悲哀……简单地说,感情是实施任务的绊脚石,会误导刺客的判断,耽误时机。当一个刺客面对猎物时,最不愿意碰到的感情,一般有三种。如若碰上其中的任何一种,刺客的处境就不妙了,他不但会面临任务失败,更糟糕的是,有时候,刺客自己就成了猎物。

这三种感情一个是不必要的好奇,一个是恐惧,还有一个,是爱。

丹尼尔接到这单活的时候是星期一的早上。纽约西边财富大厦对面的咖啡厅里人满为患。街角大楼上的电子钟显示的时间是七点三十分,各个公司的白领都在争分夺秒买上一杯洛奇咖啡。这种咖啡比星巴克的香气馥郁,口感好,而且,似乎蕴含更多的咖啡因,喝上一口,精神大振,全身的血液像赛车发动机里的汽油一样,汩汩流动。

丹尼尔选择这个地点,这个时间,当然不是为了这杯咖啡,而是因为咖啡吸引了很多人。这里来往人多,每分钟都有十多名顾客进进出出。

他坐在靠窗位置的高脚凳上,面朝街对面高达一百三十层的财富大厦,面前摆着热气腾腾的咖啡。丹尼尔从窗户玻璃的反映里,看到了自己:黑皮肤,厚嘴唇,头发略卷,纯正非洲血统,眼睛有点发红,眼角发白,穿一件纯白上等质地衬衫,桌脚边搁放着一个黑色的公文包。

丹尼尔是在仔细观察之后才选择坐到这个位置的。这里既可以看到窗外的街面，也可以通过玻璃的反光将咖啡店内一览无遗。

最重要的一点，是坐在这里，店里的摄像头只能照到他的背影，还有他旁边的那把椅子，但绝对照不到他放手机的位置。

像大部分人一样，他的手机就放在右手旁边。那里刚好被一个悬吊在天花板上的天使装饰挡住了，是个盲点。监控录像摄下的，永远都是天使的屁股。丹尼尔戏称为屁股盲点。

他喝一口咖啡，看了一眼手腕上的表。就是这个时间了。他看到自己也长了一双非洲人的手。手指细长，骨节分明，指甲粉红发白，指甲上的月牙白得透亮。他抬起脸，通过玻璃反射，观察着身后的每一个人。他不知道，这次派来给自己下达任务的人会是谁？

丹尼尔的工作十分简单——暗杀。他算是单干，自己却从不联系客户。为他寻找客户的，是一个代号叫"鹰隼"的人。这个人比较隐蔽，丹尼尔从来没有见过他。有任务时，这人就会在一家快餐咨询网站上贴出一条大利通心粉的特价消息。一看到那条消息，丹尼尔就会在这个时候，坐到这个位置上。

"鹰隼"每次派达任务，都是通过不同的人。他们有男有女，来去匆匆。

七点三十三分三十秒，咖啡店里走进一名白领职业装束的女子。她的包有点沉，露出一些文件。不是她。

又过了十秒，一个四十多岁戴眼镜的男人经过他背后。那人的身上有一股隔夜宿醉的酒气。也不是他。

接头的人已经迟到了四十秒。不要小看这四十秒，对于刺客来说，往往事关成败。事情变得险恶难以驾驭，往往就在这分秒之间。

就在丹尼尔觉得行事蹊跷，正打算离开的时候，他闻到了一股特殊的气味，淡淡的。换个人，绝不会察觉到。他坐稳，侧过眼睛，看到了一个秃顶的男人。这人身材圆胖，两个腮帮红红地鼓起来，眼睛被肥肉涨得又小又圆,戴一副金丝边圆圈眼睛,圆上加圆。

也许是因为身体过重的原因吧,他喘着粗气在丹尼尔的右手边坐下,嘴里阵阵传出热烘烘的口臭。一个猥琐的老男人。

老男人放下咖啡,从口袋里掏出手机,先若有其事地翻看一下,然后摆在了自己咖啡杯的左手边。丹尼尔顿时感到咖啡馆里更热了。他知道,并不是咖啡馆里的温度被调高了,而是自己血液流动的速度加快了。在老男人的手机下,有一个很小的信封。手机和信封的位置正是那个天使的屁股盲点。

丹尼尔又看看表,露出要迟到微微着急的样子,拿起自己手机的同时,拿走了那个信封,一起放入口袋。然后,他左手端起还剩半杯的咖啡,右手拿起公文包,匆匆离开了咖啡馆。

在咖啡馆后面,有一条巷道。丹尼尔走进巷道,拐进一栋居民楼。一分钟后,等他再从居民楼的后门出来时,他已经换掉了白衬衫、西裤皮鞋,穿上了一套廉价运动衣,脚上是一双运动鞋,肩上还挎着一个巨大的旅行袋。换下的衣服都在里面。

刚才,在穿过居民楼的时候,他找到了事先藏在黑漆漆的楼道里的旅行袋,拿出运动衣换下,同时看了看信封里暗杀目标的名字和相片。看过后,他拿出打火机,将照片烧成灰烬。

看过照片,丹尼尔暗暗吃惊,因为对他来说,这可是一个不同寻常的暗杀对象。

离开居民楼后,他转乘了三次地铁,直至确定没有人跟踪,才快步穿过摄像头极少的公园,走过几个监控盲区,来到一个桥洞。他在桥洞里又换了一身装束后,才漫步来到附近的另一栋公寓楼。

在楼梯口,他碰到了一个戴老花镜的老女人,正要出门。丹尼尔侧身给她让了让路。老女人点头谢了谢。丹尼尔说了声不客气,再次确认没有被跟踪后,走进了公寓楼。

公寓楼相当破旧,年久失修,空气里积郁着腐潮的霉味,灯光灰暗,常年发出"嗡嗡"的电流声。有几处灯泡还接触不良,呼吸一样一闪一灭。

他来到顶楼五楼,走到最末尾的一间,掏出钥匙,开门走了进去。

房间家具摆设简单低廉。一张单人床,一张小方桌,一把椅子,全是用板材压出来的。他走到单人床边,弯下腰,手指摸到床板,撕下贴在那里的芯片,放入手机。在咖啡店里,他的手机一直是关机的。那只是做做样子。"鹰隼"并不知道他的电话号码。他走进卫生间。卫生间里本来是有窗户的,但是被厚厚的窗帘挡住了光。丹尼尔打开灯。

洗手池和浴缸边缘覆满了褐黄色的水垢,肮脏恶心。丹尼尔看着镜中的自己。一个彻头彻尾的黑人男子。他对着镜子,龇龇牙,微微一笑,取出嘴里的牙套,取下假发。

然后他拉开浴帘,洗澡。

十分钟后,从浴室走出了一个全身肌肉结实的白人男子。他留着短发,眼睛蛮大,眼角并没有那样白得吓人。

这才是真正的丹尼尔。在"鹰隼"派来的人眼里,无情杀手丹尼尔始终是个黑人。

丹尼尔虽然为"鹰隼"干活,但是他谁也不信任。在杀手的世界里,他只有一个快餐买家代号,根本没有丹尼尔这个人。在杀手的世界里,没有信任这回事。

丹尼尔穿上一件普通的白色纯棉T恤,一条法兰绒长裤,一双牛筋底布鞋,刚刚装束停当,手机就响了。

"丹尼尔,稿子写好了吗?"打来电话的是他的编辑玛利亚,供职于一家颇受欢迎的小型出版社。是的,丹尼尔的公开身份是一名作家,专门写魔幻题材的成人小说。

"快了,我最后再看一遍,过几天就可以交稿。"

"那太好了!这几天,我都不会来办公室上班,到时候你用电邮传给我吧。"丹尼尔能提前交稿,玛利亚有些吃惊。

"你要罢工?"丹尼尔开玩笑地说。

"不是。是约翰要来我们这里做签名售书,我得到各个书店打理一下。"

"哪个约翰?约翰·布朗吗?"

"对,就是他。"

"他可是我的偶像啊。"丹尼尔没有开玩笑。约翰·布朗是一名科幻作家。丹尼尔就是看了他写的书,才决定走上写作之路的,"我能不能见见他?"丹尼尔问。

"可以啊。到时候我安排你们俩一起吃个晚饭!"

"真的?!"

"真的。"玛利亚说完,传来一个响亮的飞吻。丹尼尔笑了笑,谢过玛利亚,切断了通话。

他的笑容很快在昏暗的房间里冷却下来。此时,他不是一般的想见到这位大名鼎鼎的作家,因为,"鹰隼"要让他暗杀的人,正是约翰·布朗。

对于约翰·布朗的近况,丹尼尔原来是一直在进行"跟踪"的。这种"跟踪"范围也只限于他又出了什么新作,可以让喜欢他的读者们大快朵颐。

在看到"鹰隼"送来的照片之前,丹尼尔就对约翰的模样也颇为熟悉。约翰·布朗六十多岁,下巴上胡须浓密,戴一副方框黑边眼镜,神态有些像大作家海明威老年时,不过又比海明威少了一些愁苦和威严,多了一些慈祥和平静,多少有几分待人亲切的老外公的气质。

不过,对于约翰·布朗的人品,丹尼尔知道的不是太多。"鹰隼"布置暗杀任务,从来不会无的放矢。难道,这个约翰·布朗还藏着什么不可告人的秘密?

作为一名杀手,丹尼尔在每次进行暗杀之前,都要把暗杀目标查个通透。对方的行为习惯,生活方式,喜好憎恶,都是他调查的重点。知己知彼,百战百胜。不过,对于这些人为什么要被杀掉,他从不过问。

这是杀手的冷酷,也是杀手必须具备的资质。

然而这次,因为目标是他崇拜的人,丹尼尔的心里不禁引发了一点好奇。他想知道,约翰·布朗到底惹了什么事,或者惹毛了什么人,竟然惹来杀身之祸?

丹尼尔换好衣装,离开了公寓房间。此时,他忘了,杀手最不能拥有的感情之一,就是对目标不应有的好奇。

公寓走廊上,每个拐弯处都黑得像一个无底的山洞。除了霉味之外,走廊里还飘荡着猫狗的尿臊味,住户呕吐留下的气味。这里败落、肮脏、阴暗,经常来这里的人都是无根的浮萍,有在逃的囚犯,有偷渡的女人,成了丹尼尔绝佳的更换伪装的地点。

丹尼尔选择这里,还有另一个原因,因为在这栋楼的后门,根本没有城市警方设置的监控摄像头。这个地方,只要一安装上摄像头,就会被人毁掉。警方经过数次尝试后,最终只好放弃。

丹尼尔走出公寓楼的时候,忽然反应过来,那个送信封的老男人身上发出的气味是什么了。

那是医用酒精的味道。

与此同时,在纽约城的另一处居所的卫生间里,也有一个人在换装——那个满嘴口气的老男人。

他对着镜子里的自己微微一笑,取下眼镜,还有嘴里的棉花球塞。球塞里被浸过某种无毒的化学试剂,会发出令人厌恶的口臭气味。取出球塞后,他的脸立刻消瘦下去。接着,他漱了漱口,一步步卸去伪装。十分钟后,从卫生间里走出一个年龄在三十岁出头的窈窕白人女子。

她赤裸着身体,走到沙发边,拿起一条黑色连衣裙。从背面看,她的腰间裹着纱布,纱布下的后腰处洇出一点血迹,微微散发出消毒酒精的气味。在她的窗外,是一片纽约寒冬过后春暖花开的柔和景色。

杀手的世界,没有信任,只有伪装。

二

离开那栋公寓后,丹尼尔找到自己的车,开车横穿整个纽约,最后停进了一栋高档住宅公寓的地下车库。停好车后,他走入电梯,来到位于十六层的公寓房间。这里才是他的家。他以作家的公开身份居住的家。

暗杀和写作是他的两个爱好。对于丹尼尔来说,这两个爱好相辅相成。刺客需要果断冷静,不施情感不留痕迹;而写作呢,却要充满爱恨情仇,从头到尾,写作者本人都要保持激情澎湃。这两样东西,如同冰和火,同时交织在他的体内。

然而,暗杀和写作也并不是丝毫没有相同之处,那就是——想象力。

写作,毋庸置疑,特别是丹尼尔从事的领域,魔幻小说,更是需要将想象力推到极致;而暗杀呢,其实也是一样——察言观色,随机应变,对于计划实施中发生的各种微小变故,都要保持高度警惕,设想它背后发生的原因,及时拿出对策。暗杀行动容不得半点疏忽和失误,稍有闪失,行动失败不说,还会搭上一条性命。

每次离开家,丹尼尔都会在门口留下一个记号——一根斜搭在门上的头发。头发只有三厘米长,一端夹在门内,关门时整根头发刚好卡在门缝间,从外面根本看不到,只有门被人打开时,头发才会掉下来。丹尼尔掏钥匙打开门,看到那根发丝像一个幽灵,悄悄地飘了下来。他微微一笑,用手接住。

忽然,他手腕上的手表发出轻微的震动,这是时间提醒功能。他关上门,快步走进卧室,拉开床头柜的抽屉,从里面拿出一瓶针水和一个一次性针管。他熟练地打开针水,把液体注入针管,然后拉开衣服,把针水注入腹部。

打完针后,他用棉球按住针口,待血液凝固后,才放下衣服。他把废弃的药水瓶和针头扔进厨房垃圾桶,从金属垃圾桶的反映里看到了自己的脸。他觉得有点好笑,像自己如此强壮的身体,怎么会得糖尿病呢。这个病是五年前体检时发现的。他已经每天按时为自己注射胰岛素五年了。

生活就是这样,从来不会十全十美。丹尼尔自嘲地笑了笑,合上垃圾桶盖,快步走向电脑,开始上网调查约翰·布朗。

去年冬天,赶在圣诞节前,约翰·布朗新出了一本书,名字叫《裂变》。该书一出,就受到书迷们的指责。约翰·布朗从事写作将近二十年,每次出书都是热销,算是地位稳固的职业作家,然而这次出书后,效果却出乎意料。带着极度好奇,丹尼尔立刻把书买了回来,连夜读完。

当清晨的第一缕曙光照耀进他宽达六十平米的巨大书房时,他极为震惊!这本书完全不像是约翰·布朗的风格。约翰·布朗的书向来是在科幻的基础上,充满了人文关怀,极富哲理性和前瞻性。他不属于硬科幻作家,更不是科幻小说里的朋克派。然而,这本《裂变》,不但是疯狂的朋克派,而且还加入了约翰·布朗自己一向都十分讨厌的小说元素——暴力和血腥。难怪此书一出,就被追随他多年的书迷指责。

为了增加《裂变》的销售额,出版社一如既往地举行了全国签名售书活动,网络上对此也早有宣传。当时丹尼尔忙着写书,还有一次"鹰隼"布置的暗杀活动,就没有跟进。在他看来,约翰·布朗无非是做了一件很多作家都会在不经意间做的事——换换口味。

网络上公布了约翰·布朗到达纽约各大书店的时间表,丹尼尔把时间表牢牢地记入脑海。强迫性速记是他作为一名优秀刺客的优势之一。他做计划,从来不写下来,不做笔记,不画图表,一切都在他的记忆之中。

经过实地考察,一个完美的暗杀计划在他脑海里成型。他对这个计划十分满意。同时,又为约翰·布朗即将到来的死亡感到惋惜。毕竟,这是一位他深深敬佩的作家。正是这位作家,在毫不知情的情况下,带领他走上了写作的道路。另外,丹尼尔还有一个小小的遗憾,那就是他没找到有人要杀掉约翰·布朗的动机。

然而,作为一名专业刺客,他不会想得太多。他只是想,在杀死约翰·布朗后,他会从杀手的身份调换回作家身份,会带着悲伤,参加约翰·布朗的葬礼。毕竟,作为一名读者,他曾经朴素地爱过这位作家和他的作品;即便是在杀死他后,他也会深深怀念他。丹尼尔对自己的冷血并不鄙夷。他只是搞不懂自己为什么会如此冷血。好像,这是天生的。

三

纽约的春天像一把忽然打开的伞,往往在不知不觉中轰然而至。树枝上的小花,窗台上突然冒出的绿叶芽,都在向步履匆匆的纽约人暗示着春的到来,只是纽约人天生就是忙碌的命,注意到的人不多。

约翰·布朗就是在这样一个下午从缅因州飞抵纽约的。丹尼尔再次化装成一名黑人男子,商人装束,坐在玛利亚为约翰·布朗订好的博尔赫斯大酒店的大堂里,看着报纸等待着。

前天,丹尼尔很轻易地就黑进了玛利亚的电脑,找到了她为布朗预定的酒店房号。博尔赫斯是一位充满了想象力的作家,让布朗入住用他的名字命名的酒店,再合适不过。

等了大约五分钟后,丹尼尔看见约翰·布朗和玛利亚一起走进了酒店。他们一边走,一边激烈交谈,似乎是在争吵。丹尼尔一看到他们就站起来,把报纸放到桌面上,提起脚边的公文包,用正常的速度向电梯走去。

他赶在玛利亚和布朗之前走到了电梯前。电梯门打开,丹尼尔先行一步走了进去,坦然地按下五十六层。那里有一家旋转咖啡厅,属于酒店的公共区域,大部分住在酒店的商人都去那里谈生意。

玛利亚在把约翰·布朗送入电梯后,并没有跟进来,而是表情怏怏地站在电梯门前,看着烫花的金属门徐徐关闭。在电梯门完全关闭前,玛利亚看了一眼站在布朗身后的黑人男子,目光有意无意,然后她又看向布朗,似乎是在乞求。布朗小声地说了一句:"不行。"

丹尼尔听见了布朗说的这句话。声音虽小,却很坚决。丹尼尔不知道两人是在吵什么。不过,这都与他无关。此时,他就是一只旷野中独行的狼,眼里只有猎物。

布朗在二十六层停下,走出电梯。丹尼尔没有跟出来,等待继续向上。就在电梯门即将完全关闭的一瞬,他用手挡住,一步跨出。电梯门安静地打开后,又安静地闭合,然后徐徐向着五十六层升去。

约翰·布朗此时已经在走廊上拐了弯,根本不会看到那个和他一起乘坐电梯的黑人男子也跟出了电梯。前天,在得知玛利亚为布朗定下的房号后,丹尼尔就来踩过点。他也去过布朗将签名售书的几家书店,却都觉得没有酒店好。酒店出入方便,不但易于暗杀,而且方便逃离。尽管这里到处布满了摄像头,但丹尼尔已经化了装,完全成了另一个人,就没有什么好顾忌的。

约翰·布朗身上挎着电脑包,拖着一个小巧的行李箱走在前面。他掏出门卡一刷,随着轻轻地一声"嘀",门开了。他跨入房间,刚要反身关门时,丹尼尔走了上去。

丹尼尔露出一个笑容,伸手过去,说道:"嘿,先生,你的东西掉了,被我捡到了。"

约翰·布朗刚要低头去看丹尼尔手里拿了什么,丹尼尔向前一步,步入房中,手刺向布朗,脚后跟一勾,关上了门。

他的手里藏有一把几乎是隐形的刀。刀藏在戒指中。使用的时候,用拇指一拔一按就会弹跳出来。刀刃极小,却染了剧毒。这是刺客使用的最古老的暗杀方式,也是最有效的。

约翰·布朗睁大了眼睛,像一摊正在融化的冰雕一样,靠着墙壁慢慢倒下去。

毒药会在两分钟内夺走他的生命。

约翰·布朗的眼睛充血,痛苦地扭动着身体。看着约翰·布朗如此痛苦,丹尼尔禁不住俯下了身。

忽然,约翰·布朗挣扎着抬起右手,用尽全部力气一把抓住丹尼尔戴着戒指的手,小声说:"我的新书很棒。"说完,他在变形的五官上挤出一个笑容,触电一般激烈地抖动几下,然后又在一瞬间,静止不动了。

四

大堂门童为丹尼尔推开了门。

门框金属的光泽在阳光的反射中猛然一闪,在丹尼尔的眼睛里滑过几道闪电般的弧线。酒店内部的各种声音,电梯声,人们的说话声,在丹尼尔的耳膜里模模糊糊的,他看着前方,眼角的余光习惯性地观察着周围,脑海里全是约翰·布朗在死亡前最后一刻说的话。

"我的新书很棒。"

约翰·布朗为什么会在临死前说这句话?难道是因为粉丝们对他的作品充满非议,他要在离开这个世界之前再为自己辩解一次?

不是。绝对不是!因为,约翰·布朗在说出这话的时候,抓住了丹尼尔的手,用手指在他的手心里画了一个圈。这个圈让丹尼尔特有的刺客神经警觉起来。丹尼尔的手心发烫。他在脑海里重新画了画那个圈,发现约翰·布朗在小圈的底部,还画了一条小尾巴。那不是圈,那是小写字母"a"。

约翰·布朗留下这个字母是什么意思？

丹尼尔拐过几条巷道，用反跟踪技巧不断检查身后，前方和周围。真正的跟踪不是紧跟其后，而是走在被跟踪者的前面。在确认无人跟踪后，他来到一家书店，推门而入。

约翰·布朗的新作《裂变》被摆成 DNA 的螺旋结构，放在书店一隅。丹尼尔还清晰记得这本书的内容。书里描写的是在未来，科学家们用化学药剂控制人类思维的故事。在被控制的人当中，出现了一个反抗领袖。这名领袖因为曾经被大火烧过，满脸全身大面积烧伤，没有指纹，也没有人知道他的模样。除去血腥和暴力外，全书阴暗绝望。

丹尼尔拿起其中一本。他记得，在书的末尾，有一篇大型科幻杂志《地球之外》对约翰·布朗的采访记录。丹尼尔不但记得在这段采访中，约翰·布朗就曾经说过"我的新书很棒"这句话，他还记得在这句话后面，约翰·布朗还说了另外一句话。丹尼尔翻开书，寻找这句话。翻动书页时，他的鼻翼动了动，捕捉到了一股微弱的气味。

不是油墨香，气味淡淡的。丹尼尔分辨出是医用酒精的味道，和"鹰隼"派来的那个老男人身上发出的气味一样。因为，在这种酒精的气味中，还蕴含着另一种气味。正是这第二种气味，才让丹尼尔觉得这股气味十分特别。

难道我被人跟踪了？

丹尼尔抬起头，借着安装在角落的防盗镜四处看了看，没人。

他低下头，一边保持着高度警觉，一边假装若无其事地翻到采访记录。

找到了！

在那一页上，约翰·布朗在说完"我的新书很棒"之后，又补充了一句话，"也许下一个就是你。"

如果根据采访的上下文来判断,约翰·布朗这么说,意思是在未来,意识控制也许会真的发生;那时候,也许,下一个被控制的人就是你。

丹尼尔合上书页,后背一身冷汗。约翰·布朗死前,挣扎着在他的手心里画了一个圈,一边画一边说了这句话。这句话是对他说的。也许约翰·布朗是在告诉他,他就是下一个被暗杀的人。

约翰·布朗为什么要这样说?他为什么不直说?难道,除了自己,还有人在监视着他?

丹尼尔拿着书,走到付款柜台前,用现金付款。交钱时,他告诉店员,他还要买约翰·布朗的另一本早期作品,却找不到。年轻的店员微微一笑,请他稍等,便离开了付款柜台。柜台的角落上放着监控录像机。丹尼尔往前一俯身,抽出了里面的存储卡。

两分钟后,店员跨着轻松的步子走了回来,手里拿着丹尼尔要的书。丹尼尔一并付了款,离开了书店。走过两个街区后,他把这两本书送给了一个蹲坐在街边抽烟的逃学少年。少年是个白种人。他拿着书,耸耸肩,看着这个黑人男子远去。当丹尼尔的身影隐没在一栋红砖房墙角后的时候,少年已经翻开了书。

丹尼尔走着,手里拿着存储卡,心里想着在书店里闻到的那股气味。

五

换回白人身躯的丹尼尔坐在公寓里,把存储卡插进电脑。屏幕上出现了书店内部的情景。丹尼尔快进,很快找到自己进店的那一段。他看见一个大块头的黑人男子走进书店。接着,当他走向约翰·布朗的书时,一个中年妇女也走进了书店。书店此时没有别人。中年妇女径直从他身后经过,走向少儿图书书架,仿佛要给自己的小孩选书。

看到这里,丹尼尔暗暗吃惊!在刺客的世界里,他算是佼佼者。但是,当这个中年妇女从他身后经过时,他却丝毫没有发现。

接着,丹尼尔看见录像中,自己抬起了头,寻找那股气味的来源。如果不是那股气味,他永远也不会知道身后有人。此时,中年妇女如同有第六感似的,也不回头看他,却径直走到了他的视线盲点里。他惊讶地发现,这名中年女子的躲藏十分巧妙,在那里,自己根本看不到她,而她却可以通过书架的金属边框观察他。

他被跟踪了!跟踪他的是一个高手!

接着,他看见当自己走向付款柜台的时候,中年妇女已经离开了书店。那是她第二次从自己身后经过,而自己却一无所知。

丹尼尔拔出存储器,一身冷汗。他在电脑上熟练地操作着,很快黑进了政府设置的城市监控网络。

自从反恐成为重中之重之后,监控成了城府保证市民安全的有效手段。丹尼尔找到书店附近的摄像头,看见那个中年妇女在离开书店后往东走。他敲击键盘,监控画面跟踪着这个女人走过街口,走进一家花店。很快,女人离开花店,手里拿着一大束白色的菊花。

女人的步态有中年女子的疲惫,但是,丹尼尔已经看出了那是伪装。女人的身高和咖啡店里的老男人的身高一样,再加上她身上的气味,让丹尼尔确定她和那个猥琐的老男人是同一个人。

"伪装的技巧不错。"丹尼尔的嘴角不由地带着欣赏微微一翘。

女人捧着花,走进了一条主街。一边走,好像很热一样,一边脱下了外衣。和他一样,女人把外衣施舍给了一个路边乞讨的乞丐。在外衣下,女人穿了一件宽大的白色体恤。然后,女人走入主街。

丹尼尔调换监控摄像头,跟踪女人走进主街。

主街上的监控摄像头更多。她要干什么?凭经验,这个女人不会无缘无故这样做。丹尼尔屏住了呼吸。

果然,就在这时,一件让丹尼尔始料不及的事情发生了。

女人忽然站住,转过身,对着安置在街面上的摄像头,抬起右手放在下巴下,噘起嘴唇,眼睛眯出雾里看花的迷蒙,身体微微前倾,让体态呈现出一种迷人的曲线,模仿电影巨星玛丽莲·梦露的经典动作,抛来一个媚气四射的飞吻。

就在她吻过之后,街面上忽然挤满了人,都是女人。她们穿着白衬衫,手里拿着白菊花,举着标语。标语上写着反战,写着和平。丹尼尔忽然想起来了,这是一次由母亲们聚集起来举行的示威游行,是为了纪念因为战争而死亡的孩子。女人融入巨大的游行队伍,很快,如同一朵浪花跃入大海一样,在数十个监控摄像头里消失了。

丹尼尔退出网络,紧张地从沙发上站了起来。

这个女人太厉害了!是丹尼尔进入刺客这一行来,碰到的最强对手。

她在消失前抛出的飞吻分明就是针对自己的。看来,她对自己的举动了如指掌。如果这个女人就是"鹰隼"派来咖啡店的那个猥琐男人,那么"鹰隼"为什么要监视他?难道她是在监视他暗杀的全过程?"鹰隼"从来不监视自己行动,这次究竟有何目的?

丹尼尔觉得脊背上有无数小虫在爬。他无法确定这个女人是否跟踪他回到了公寓。如果是这样,他数年来精心构筑的作家身份就彻底暴露了。丹尼尔迅速走入卫生间,开始新的伪装。

对着镜子化装的时候,一种新的感觉像一圈小小的涟漪一样,激荡在他的心头。这是新的好奇,对任务背后隐藏的真实目的的好奇,还有对那个女人的好奇。这个好奇是阴暗的,充满了未知,有点发痒,像被蚊子在心头叮了一小口,让你抓挠不到。同时它也带着喜悦,是丹尼尔很久都没有体会到的、找到对手的喜悦,就像一个下棋高手,长久地高处不胜寒后,终于遇到了可以在棋盘对面坐稳的人。

两分钟后,卫生间里走出一个长了一圈胡子,头发黑亮的墨西哥男子。他手里拿一个旅行包,匆匆离开了公寓。这里,丹尼尔不能再待了。

一边走,丹尼尔一边不停地观察着四周,这是他有生以来第一次说不准是否被跟踪了。

经过一家电器商店的时候,丹尼尔不经意地看到橱窗里用来展示的电视机正在播放新闻。新闻背景正是博尔赫斯大酒店。女记者站在镜头前,紧张地说:"今天,在博尔赫斯酒店里,同时发生了两起凶杀案。"

两起?!

丹尼尔心里一惊!难道除了约翰·布朗,还有别人也被暗杀了?!

他的脚步慢下来,继续观察着周围,耳朵捕捉着女记者说的每一个字。

女记者说:"一起暗杀的被害人是著名科幻作家约翰·布朗。另一起,死者身份未知。这是死者照片。如果观众中有人认识死者,请尽快和警方联系。"

丹尼尔把目光转向电视屏幕,看到了死者的脸。

他认识他!

死者有一张肥胖的脸,可绝对不是伪装。他也是一名刺客,外号G。但他和丹尼尔又有不同。丹尼尔不属于任何组织,是一个独行侠,而G的身后有一个强大的间谍组织,那就是所有国家间谍机构里的佼佼者——以色列情报组织——摩萨德。

在世界发展的和平外衣下,间谍战从来没有停止过。G在酒店被害不是巧合。丹尼尔从不相信巧合。如果G被卷了进来,那么整个事件,就不止是刺杀约翰·布朗那么简单。

丹尼尔加快脚步,脑子里全是疑问。暗杀约翰·布朗的原因到底是什么?是什么人要杀他?G为什么会在酒店身亡?G又是被谁杀死的?为什么?

六

走过一个街区后,丹尼尔乘坐了公交,地铁,在百分之百确认没有被跟踪后,他用假证件住进了一家贫民区的旅馆。

旅馆里隔音相当糟糕,住满了亚洲人和墨西哥人。他入住的时候,前台穿褪色汗衫的老板,叼着烟,正在阅读一本内容低俗的杂志,一眼都没有多看他。

丹尼尔快步进屋,迅速检查了房间,然后拉上窗帘。在合上窗帘前,他又观察了一眼窗外的状况,没有发现任何可疑的人。他叹口气,双手枕在脑后,躺在床上。床下的弹簧已经很旧了,在身体的重压下完全失衡,发出"咯吱咯吱"的声响。

他看着天花板,心里揣摩着约翰·布朗临死前在他手心里画的那个符号"a"。约翰·布朗的本意是不是要写一个完整的单词?用字母"a"开头的单词很多,会是哪一个呢?

丹尼尔回忆着当时的情形,最后确定约翰·布朗并不是要写单词。因为,在他写完这个字母后,他还紧紧地握了一下丹尼尔的手。如果他要想写一个单词,就绝不会把剩下的力气用来握他的手。约翰·布朗的意思是警示他,提醒他查一查这个"a"。

难道约翰·布朗已经知道谁会来暗杀他?

"a"是个组织?还是某人的代号?

都有可能。

如果,不仅仅把它看做一个小写字母呢?

所有的想法像爆炸的星云一样,在丹尼尔的脑海里旋转碰撞。忽然,他灵光一闪,想起在约翰·布朗的早期作品中,有一个不太为人知晓的短篇。发表这个短篇的时候,约翰·布朗还不算有名,但因为丹尼尔喜欢他,几乎读过他的所有作品,包括这个短篇。

故事讲述的是人类大肆生产核武器,在自己酿造的大毁灭发生时,人类只好把所有的、关于人类自身的信息输入一艘代号为"阿尔法"的宇宙飞船,飞入太空,开始了它没有目的地的流浪。人类当时的想法就是希望这艘飞船,能够把关于人类的信息传承下去。"阿尔法"就是"α"。

这是小说,是虚构,但是在约翰·布朗成名后,丹尼尔读过他的一篇专访。他说他的很多故事中场景元素都是取自生活,然后再加以加工创造。比如说阿尔法飞船,飞船中的古怪构造,实际上就是取自他外婆家老屋的地下室。他说自己的外婆是个性格古怪的人,地下室的结构也设计得十分怪异。

想到这里,丹尼尔兴奋起来!就是它了!约翰·布朗的老家就是缅因州。他小时候就是在缅因州的外婆家长大的。

丹尼尔长舒一口气。事情终于有了一点眉目。他坐起来,站到窗边望望窗外。夜色尚未降临,街面上一切正常。他决定再等一等,天黑后再行动,黑暗是他最好的掩护。丹尼尔重新躺下,看着天花板,竖起耳朵听着门外的动静。然而,不知为何,隔壁的噪音居然有了催眠的效果,他变得迷迷糊糊,滑入睡眠……

一声婴儿啼哭将丹尼尔从睡梦中惊醒。他一个激灵坐起来,为自己居然睡着了感到惭愧。这是一名刺客在面临危险时最不该犯的错误。作为一名职业刺客,他受过专门的耐力极限训练,可以在追杀和反追杀中三天三夜不睡觉,仍然保持高度的警觉性,保持敏锐的判断力和迅疾的反应能力。

他摸摸头,微微有点疼。他想,自己之所以会睡着,是不是病了?

他再次走到窗边,拉开窗帘,看到外面天已黑透。他来不及多想自己睡着的原因,拎起行李包,快步走出旅店。

夜晚的空气微微发凉,丹尼尔隐隐约约记得刚才自己睡着后,还做了几个相互交缠的怪梦。他现在只能回想起一些梦的碎片,却记不真切。

作为一名魔幻作家,丹尼尔经常做梦。各式各样的怪梦。他有时候甚至想,是梦境成就了他的写作。各种诡异的梦境让他贫瘠的想象土壤开出奇特的花。丹尼尔回忆着刚才的梦,觉得如果还能返回作家的生活,这些碎片还真是些可以发展的好情节。

一想到写作,他不由得又叹了一口气。这次任务,很有可能已经暴露了他公开的身份。等一切查清之后,他再也不能写作了。这已经不是一起一手交钱一手交货的暗杀行动。他被跟踪,摩萨德卷入,让这次暗杀变得极为复杂。如果能活着把一切查清楚,自己就已经很幸运了。

丹尼尔望了望看不到星辰的天空,一边走,一边掏出行李包里的一次性手机。接着,他又掏出一个火柴盒大小的东西。那东西上有一个按钮。丹尼尔先按下按钮,然后再打开手机,拨通了一个电话。火柴盒是一个干扰器,即便是有人在远距离跟踪窃听,也听不到他的谈话。现在,丹尼尔对一切都启动了一级防备。

"喂?"电话铃才响了一声,对方就接听起来,接听电话的是个男子。

"是我。"丹尼尔说。

"有什么事?"对方从不拖泥带水。他也知道,丹尼尔给他打电话,也绝不是为了聊聊家常煲煲电话粥。

"今天在博尔赫斯酒店,发生了两起凶杀案。"丹尼尔说。

"知道。你在纽约?"对方问。

"记得吗,你还欠我个人情。"丹尼尔避而不答。

对方的喉结好像滚了一下,发出一声紧凑的"咯噔",好像是声笑,"我欠你很多人情,只要不让咱们见面,你要我做什么都行。"

"放心,我不会和你见面的。"丹尼尔笑了笑,接着说,"两名死者中,一个是约翰·布朗。"

"他是你杀的?"

"不是。"丹尼尔撒了谎。就算是对方可以提供信息,也不能完全信任他这个人。对什么都不信任,是丹尼尔活下来的信条。丹尼尔说:"另一个是G。"

"我知道。"对方说。

"他们是否知道?"丹尼尔问。他这个问题含义很多。"他们"是指美国中情局。他打电话求助的这个神秘朋友,曾经是中情局的得力干将。不知什么原因,这个朋友在几年前离开了中情局。不过,即便是离开了,他仍和中情局有着千丝万缕的关系。丹尼尔帮过他不少忙,不但曾经间接地帮中情局收拾过不少烂摊子,还救过他的命。两人的确没有见过对方,就算是丹尼尔救了他的那一次,也是阴错阳差地没有碰上面。

"他们也是才知道。"对方说。

"G的死是否和他们有关?"

"没有。G一直处于隐蔽状态。他突然死亡,他们也很吃惊。"

丹尼尔相信他的话。如果是中情局干的,新闻记者绝不可能有机会将死者的照片公布出来,让全民协助警方辨认。G是一名摩萨德特工。他在美国死亡,他的死从一开始就是一个两国政府可以协商的筹码。

"你需要G的多少信息?"对方问。

"关于他的所有信息。"丹尼尔说。

"你的胃口有点大。"

"你不想给也行。不过,你要再想还我人情,就只有来见我这一条路了。"

"呃。"对方故意传来一声干呕,"你的模样,我还是不见为妙。你要的东西有点多,给我一点时间。"

"好。还有一件事。"

"什么事?"

"我会发个监控编号给你,你查查上面的女人是从哪里出发的?"
"怎么?恋爱了?"
"什么时候查得出结果?"丹尼尔忽然严肃起来。
对方没有说话,在手机壳上敲了两声,挂上了电话。丹尼尔明白,这是在说,下次见面时使用二号联络方式。丹尼尔随即在手机上输入一串数字,发给对方。这是他黑客城市监控摄像记录时记下的编号。在这个编号的画面上,那名中年妇女正对着摄像头抛出一吻。短信发出后,他抽出电话卡,扔进了下水道。
对于女人的外表,丹尼尔知道,那肯定也是伪装,所以,他没有必要去浪费朋友的时间。他要找的是女人一开始出发的地点。要查到女人的出处,其实并不难。只要像看电影倒片一样,将女人的跟踪轨迹倒着往回走一遍,就能发现女人出发的地方。只是,丹尼尔不能黑客国家安全监视系统太长时间,否则,他就会被发现。
扔掉芯片后,丹尼尔一直步行。他在一栋建筑物的拐角处一闪,就消失不见了,只留下地上的影子。紧接着,建筑物的墙后仿佛长出了一双手,拽着他的影子。影子变得像一层贴着地面滑动的蛇皮,被手迅速拽入墙后的黑暗之中。

七

与此同时,编辑玛利亚靠在床上,穿着睡衣,把一个存储盘插进了手提电脑。她的手有点抖。一只黑猫蜷缩在她身边,看到主人又要玩电脑,就很无聊地打了个呵欠,跳下床,前爪抓住地毯,拉长身子,透彻地伸个懒腰,迈着模特步走开了。
玛利亚看了一眼猫,目光很快转回到电脑屏幕上。
今天,在接到约翰·布朗被害的消息后,她第一时间赶到了现场。

整个博尔赫斯酒店已经乱成一团。

直到现在,玛利亚的脑海里还充满了约翰·布朗被害时的样子。他躺在进入房间的过道上,还穿着下飞机时的外衣。在门口,两名警探拦住了她。在她的几次恳求下,她才拿到了约翰·布朗放在电脑包里的存储盘。在把盘交给她之前,警方检查过。上面全是约翰·布朗的稿件,没有侦破价值。

但是对于她,这个盘价值非凡。

玛利亚打开存储盘,很快找到了那份东西。她有些欣喜若狂。像为了庆祝胜利一样,她先下床给自己倒了一杯平时都舍不得喝的红葡萄酒,狠狠地喝上一口,然后又斟满,端着酒,走进卧室,重新回到床上,把酒放到床头柜上,身体靠着高高的枕头,给自己找到一个舒服的姿势后,一行行在电脑屏幕上阅读起来。

读着读着,她的眉头皱了起来……

八

在熙熙攘攘的机场中,出现了一个背个古怪盒子的黑人男子。现在是半夜,但是纽约的机场永远都没有安静的时候。一架架客机仿佛一只只巨鸟,一溜边地排着队,等待起飞。引擎发出的巨响在机场窗外呼啸着。

黑人男子步伐疲惫地走到售票柜台,用现金买了票。他目光忧郁,脸色苍白,头发长到肩膀。在经过机场安检时,工作人员打开了他的盒子。盒子是金属骨架外包装绷了牛皮的,里面垫了一层高档黑色金丝绒布。在盒子里,摆着一把萨克斯。

"你是音乐家?"工作人员合上盒盖。

男子点了点头。

"出过碟吗?"

男子摇了摇头。

工作人员请男子打开随身的行李包,找出一些针头和药水。男子出示了医生证明,证明这些是他每天都需要注射的药物。

工作人员用怜悯的目光微微点了点头,摆手让他进去。他想,这是一个落魄的音乐天才,不但落魄,还得了糖尿病。

丹尼尔背着乐器盒,走上飞机,找到自己的座位。乐器盒里,那把萨克斯可以被拆卸成各个部件。这些部件,都是丹尼尔"旅行"时的必备之物。

二十分钟后,飞机起飞,向着缅因州飞去。

缅因州,以树林山脉众多著称。丹尼尔用假名字和现金,租了一辆车,向着乌尔小镇驶去。在缅因州机场,他用机场网络黑客进了政府保险数据库,查到了约翰·布朗外婆家的地址。

接近中午的时候,他已经到达了小镇。

才进入小镇主街,他就爱上了这里。要不是惹上了麻烦,丹尼尔还真是愿意留下来多住几天。小镇基本上都还是平房,路上的居民都认识,相互打着招呼,一团和气的样子。

这里有一种安宁,一种安全,一种与世无争。

约翰·布朗的外婆家在小镇的后山山顶上。丹尼尔特意选择了一辆车玻璃不透明的车,他摇上车窗,尽情感受着,慢慢开过小镇。

直到开出小镇,驶上山道,他才摇下了车窗。清凉的山风吹拂着他。他感觉自己并不是在追踪暗杀隐情,更像是在采风。望着一排排葱翠的树木向身后滑去,他怎么也不相信,自己会同时喜欢杀手和作家两份职业。这个问题就像旧疾,时不时地会跳出来刺他一下。

柏油路面渐渐变成狭窄的土路,崎岖颠簸。可能因为很少有人开车通过,两边的树枝就长得极为茂盛,不时伸过来拍打车窗玻璃。又往上开了半公里后,土路变得像羊道一样狭窄。丹尼尔好不容易才在路边找到一小片空地,停下车。

他跳下车,拿起车上的琴盒,步行而上。很久没有这样在山间走一走了。阳光,新鲜的空气,没有人追踪,没有危险,自己就是一个地地道道的、爱登山的步行者。丹尼尔几乎期望这就是一个梦,一个他永远不会醒来的美梦。

然而这个梦并没有持续多久,就被打断了。

在小路尽头的山顶上,出现了一座小木屋。木屋有两层,门前有一个面积挺大的阳台门廊。门廊上放着一把摇椅。风吹过,摇椅以远山为背景,轻轻摇动,发出"咯吱咯吱"的声响。门廊上还挂着一个风铃,掉了不少铃铛,剩下不多的几个发出带锈的铃声,和摇椅应和着。丹尼尔不禁一身冷汗,毛发倒竖。

他没有敲门,直接用铁丝一撬,推门而入。政府网络里的保险数据显示,约翰·布朗的外婆早在二十年前就去世了。

房间里散发出一股灰味。客厅的壁橱里积满了灰尘。壁橱上方悬挂着一个巨大的鹿头。在木地板和地毯上每走一步,都会腾起一小团灰尘。在客厅的咖啡桌上,丹尼尔发现了一个塑料的矿泉水瓶。他拿起瓶子,看到上面印有的出厂日期是两个月前的。看来,约翰·布朗曾经在两个月前来过。

他放下矿泉水瓶,走向厨房。厨房的窗户面向远处的山峰。厨房里有一个咖啡机,操作台上还有不少速装食品。丹尼尔打开冰箱,冰箱里也有一些速冻食品。他检查了一下那些食品的生产日期,都是近期的。约翰·布朗不仅在两个月前来过,还住了一段时间。直觉告诉他,他找对了地方。他关上冰箱,转身径直走向地窖。

通往地窖的木板楼梯在丹尼尔的脚下一耸一耸,头顶瓦数极低的灯泡仿佛被地板带出的震动影响了一样,暗藏杀机毫无止境地摇晃着。

走到楼梯底端,丹尼尔在墙壁上找到一根灯线,拉亮。虽然已经读过约翰·布朗的小说,了解阿尔法飞船的构造,但是地窖的布局还是让他大吃一惊!

地窖被开凿成一个椭圆形,像一个横摆着的鸡蛋壳。蛋壳里用顶天立地的储物架分隔开。架子上摆着各式各样的旧物。有数十年前使用的留声机,有最早的老相机,旧式纯铜台灯,旧书,旧水罐,林林总总一大堆。其中有一台浅黄色的东西,看起来像一台老式打印机,只是键盘上不是字母,而是数字。那是一台早期发明的计算器。

丹尼尔走过一排排储物架,仿佛走过了一道又一道时光,回到了过去。这里,就像一个大型的博物馆。每一件器物都积满了灰尘,每一件东西都充满了故事。丹尼尔作家的耳朵听见它们用细碎的声音吵闹地说:来写我吧!写我吧……

丹尼尔在瞬间明白,这里是约翰·布朗写作的灵感源泉之一。不知不觉间,丹尼尔走到了房子的底端。那里另有十层向下的楼梯吸引了他的注意。他走下楼梯,又发现了一片新天地。

楼梯底部的墙体上开了一扇圆窗,豁然明亮。窗口放着一张橡木书桌。书桌上有一盏台灯,摞着大堆的资料和书籍。丹尼尔走过去,透过圆窗,看到了整个山谷和群山在脚下绵延。

约翰·布朗外婆的木屋是在山顶上,地窖一直延伸到木屋后的悬崖边。她在崖边开了一个洞口。这个房间是悬吊在洞口之外的。它像一个鸽笼,挂在高高的悬崖峭壁之上。无边铺展的山脉是它的花园,鸟儿从它下面飞过。

这样的书房创意让丹尼尔微微感到震惊。在这里写作,就算是能领略山川的潇洒,也是要悬着心的。

丹尼尔收回目光,检查起书桌上的资料。跟储物架上的东西一样,这些资料也是五花八门。丹尼尔仔细翻看了一个小时,一点有价值的信息也没有找到。他往椅子上一靠,叹了一口气,心想也许是自己猜错了。就在这声叹息消逝时,他不经意瞟过书桌。实木书桌的表面上蒙了一层皮面,相当古旧。丹尼尔脑海里忽然灵光一闪:有些书桌可能是有暗格的。

垂头丧气的他又忙活起来。很快,他在右边抽屉的底层,发现了一个暗格。他往暗格里一掏,掏出一个厚厚的 A4 信封。

丹尼尔听到自己的心跳在寂静的地窖里"嘭嘭"作响。信封上缠着棉线。时间长了,棉线发黑发黄。丹尼尔拆开棉线,抽出了里面的资料。

资料来源各异。有的来自报纸剪贴,有的是复印件。它们有一个特点,就是关于"人"。

资料收集了各式各样的人,不过如果是属于同一个人的资料,就用一个文件夹理好,毫不混乱。

一份资料是一个女人。她是一名女教师。资料里有她上课获奖的照片。她死于 1985 年 11 月,在瑞士滑雪时身亡,死后尸体未被找到。

一份资料是一个男子,生前曾经是一名医生,死于 1986 年 10 月,也是去欧洲某处度假滑雪时身亡,搜索者也没有找到尸体。

还有一个中年男子,生前是一名司机。他于 1985 年 3 月去西班牙度假游泳时在大海里失踪,警方推测他已葬身鱼腹。

厚厚的资料一共有二十六个人,身份年龄各不相同,都是美国人,结局都一样——因为各种事故死于境外;而且,他们死后,人们都没能找到他们的尸体。

难道,这些事故都是提前设计好的?他们全都死于暗杀?

一个更令丹尼尔吃惊的想法跃入他脑海:难道,约翰·布朗也是一个以作家身份为掩护的杀手?

丹尼尔放下卷宗,看向窗外转念一想,不像。约翰·布朗在酒店时的反跟踪能力太差了,而且在他开门后对丹尼尔的反应里,一点杀手的潜质和特征都没有。看来,约翰·布朗一定是在收集写作资料的时候,发现了什么不该发现的东西,才导致了杀身之祸。

接着丹尼尔在这些资料下又发现了一样东西,让他再次大吃一惊。

那是一张照片。

是一个男子的半身证件照,虽然脸被马赛克蒙住了,但丹尼尔还是觉得这张照片有点眼熟。就在他使劲儿回忆的时候,一段记忆忽然毫无来由地跳入脑海:他走进了一个明亮的房间,坐到一把早已放好的椅子上,正对一台照相机。他记得当时照相机旁除了摄影师还有另一个人,他还挥挥手对着那人笑了笑。他还想记起那人的模样,脑海里忽然闪光灯一闪,随着按下镜头的"咔嚓"一声,回忆像被剪刀剪去一样,猛然中断了。

丹尼尔回过神来,看见约翰·布朗用黑笔在盖满马赛克的头部画了一个圈。在圈的旁边,他还打了一个大大的问号。

丹尼尔看不到那张脸,但却有一种强烈的预感,照片上的男子就是自己。他把照片翻过来,看到上面写了一个名字:乔。只是一个单名,没有姓。

"这不是我的名字。"丹尼尔皱了皱眉头,"我这是怎么了,胡思乱想的。"

他下意识地用手指去擦那些马赛克,仿佛那些马赛克就是用铅笔画上去的,而他的手指就是橡皮。

随着指尖毫无效果地在照片表面滑动,又一丝回忆滑过他的心头。他觉得那张照片应该是在新西兰拍的,他还在那里玩了蹦极。凡是敢于蹦极的人,都会得到一张有自己照片的证书。

丹尼尔似乎是因为看到了这张照片,才想起这件事。奇怪的是,他清清楚楚地记得,他的家里根本没有什么蹦极证书,就连一张去新西兰旅行的照片都没有。

他把照片凑近窗户的光亮,看到在前胸浅蓝色的 T 恤上,有一滩淡淡的污迹。接着,他又想起来,那天早上,在去蹦极之前,他在蹦极处的餐厅喝咖啡的时候,有个人走得很快,撞到了他,把咖啡洒在了他的身上。当时没有衣服可换,就在卫生间里处理了一下。

这些记忆太真实了!这分明就是自己的照片!丹尼尔努力去想蹦极的地点,时间,却毫无头绪。

约翰·布朗到底发现了什么?他为什么要特别保留这张照片?这张照片究竟有什么特殊意义?这件事究竟和自己有多少关联?

丹尼尔把所有资料收入信封,带着满肚子的疑惑快步离开了地下室。

开车下山的时候,他渐渐回忆起来,自己在拍照的时候,是对着谁笑了。那是一个女人。一个很美丽的女人。奇怪的是,丹尼尔想不起来她是谁,也想不起来自己为什么要对着她笑。

丹尼尔觉得蹊跷万分。他想,暗杀约翰·布朗的行动是"鹰隼"安排的,要查清楚这一切,就必须找到这个一直没有见过面的幕后人。

九

回到纽约。

晚上八点才过二十,纽约这座城市就已经被灯光装点得流光溢彩。纽约人的生活各有各的规律,不受钟点控制,就算是晚上,公园里锻炼的,跑步的,还是随处可见,跟早晨没什么两样。

丹尼尔左手一份晚报右手一份外卖,来到公园的一个长椅前安然坐下。虽然他心里连连打鼓,外表却极度保持镇静。一个二十多岁的男子从他面前小跑而过,连头都没有侧过来看他一眼。一切正常。他放下晚报,打开外卖,悠缓地吃起来。

吃完后,他拿起纸巾擦了擦嘴。一不小心,纸巾掉在了地上。他只好弯下腰,捡起纸巾。这时候,在他的晚报里,多了一张纸条。纸条原来就藏在椅子下,丹尼尔趁捡纸巾的时候拿了起来,先是夹在手指间,然后又夹进报中。他打开报纸,借着长椅后的路灯看清了纸条上的黑点。接着,他收拾了一下吃剩的外卖,拿起晚报,走向附近的垃圾桶,将外卖包装扔进了垃圾桶。

他手拿报纸,走进一条黑暗的巷道。黑暗中,他将纸条再次藏在报纸中悄悄撕成两份,都揉成小团。他把一个扔进下水道井盖的小眼,另一个扔进了一家中餐馆放在门后油腻的垃圾桶,而报纸呢,则被他扔进了巷道里的另一个垃圾桶。

纸条上的黑点代表的是一个电话号码。那正是他和神秘朋友的第二种联络方式。

站在巷道的阴影里,他用老办法拨通了电话。

电话还是只响了一声,对方就接了。

"约翰·布朗是被暗杀的。法医在他的身体里找到了残留的化学毒剂成分。"对方劈头就说。

"G呢?"丹尼尔问。

"G不是中情局干的。这一点可以确定。不过,G从半个月前用伪装身份入境后,中情局就一直在跟踪他。"

"中情局是想用他钓条大鱼?"

"没错。G是摩萨德的得力干将。他突然来美国,一定是要办很重要的事情。不过,中情局的人在G被害前跟丢了他,这才让媒体抢了先,曝光了他的死亡照片。"

"那么,中情局在跟踪他的那段时间里,有没有什么发现?"

"他们发现G一直在跟踪科幻作家约翰·布朗。"

"为什么一个间谍要跟踪一名作家?难道约翰·布朗也有双重身份?"丹尼尔问。在他的心里,似乎有些散乱的线条已经开始找到头尾,连接起来了。

"我们调查过约翰·布朗,他就是一个普普通通的作家。至于摩萨德为什么对他感兴趣,我们也觉得奇怪。现在,我们还没有查出原因。"

"那个女人呢?"

"我找朋友按照你发来的编号做了反向调查。她一直在跟踪一个黑人男子。这个黑人男子曾经去过博尔赫斯酒店。是他暗杀了约翰·布朗。"

"在跟踪黑人男子之前,她是从哪里出发的?"

"梧桐街二十五号。那里是一个私人住宅。房子注册名字是麦克·金。就这些了。"

"谢了。看来,咱们暂时不用见面了,你就放心吧。"丹尼尔说完,挂上了电话。

挂上电话,丹尼尔处理了芯片,走过几个街区,再次确定没有人跟踪后来到一家网络咖啡店。店里此时有几个青年人在上网。进店的时候,丹尼尔目光一扫,就已经把店内监控摄像头的位置看了个清清楚楚。

他要了一杯黑咖啡,走到一台电脑前坐下。从这里,摄像头可以看到他的脸,却看不到他的电脑屏幕。

他进入美食天地,然后直接进入一家意大利通心粉网页。网页最新更新是在数天前,也就是"鹰隼"通知他有任务的那天。他从手提包里拿出一个存储盘插入电脑。

一切就绪后,他针对一款意大利面输入了咨询信息。这是他和"鹰隼"接头的方式。输入信息后,他喝了一口咖啡,耐心等待。

两分钟后,"鹰隼"仍旧没有回复。

丹尼尔感到事情有些不妙。电脑一侧存储盘上的灯开始闪烁。丹尼尔敲打键盘,进入存储盘。他在那个存储盘上安装了网络追踪软件。

这款追踪软件是半年前一个俄罗斯朋友送给他的。据他的朋友介绍,这是俄罗斯情报组织侦查技术局开发的软件。利用这个软件,他可以在一分钟内追踪到任何经过高度隐蔽的网络上线地址。

　　他本可以一拿到这个软件就查出"鹰隼"的,但是他没查。虽然不信任任何人,但丹尼尔行事还是有一个限度。他必须给别人留下余地和后路。另外,在刺客这一行里,还有一个不成文的规矩:不该知道的不问。

　　现在,情况已经完全不同了。

　　屏幕上,网址追踪已经有了结果。

　　丹尼尔下线,拔下存储盘,匆匆离开了咖啡馆。

　　那个地址是:梧桐街二十五号。

十

　　不出所料,"鹰隼"死了。

　　这是丹尼尔第一次见"鹰隼"。他是一个中年男子,身体微胖,面朝下平躺在房间中间,像一个中文的"大"字。凶器就是"鹰隼"的领带,紧紧地勒在了他的脖子上。杀手干得干净利落。从尸体腐烂的程度看,"鹰隼"被害的时候,丹尼尔刚好在酒店暗杀约翰·布朗。

　　梧桐街二十五号独门独院,是典型美国居家住宅。住宅四周都是花园,树木高大,灌木浓密,很有隐蔽性。房间门窗关得严严实实,窗帘也是拉上的,所以就一直没人发现屋子里的尸体。

　　丹尼尔检查了房间,没有找到"鹰隼"的手提电脑。电脑已经被杀手带走了。

　　离开"鹰隼"家后,丹尼尔尽量走在黑暗中,感觉事态越来越严重了。"鹰隼"被杀,难道他就是下一个?难道,自己真的成了被追杀的猎物?

忽然,一个更糟糕的念头涌上他的心头:女人跟踪他而不杀他,有人杀死了"鹰隼"而不杀他,说明他不是猎物。他,还算不上是猎物。他,实际上还只是一个诱饵。

以色列摩萨德派 G 来,美国中情局袖手旁观、守株待兔,就是要让 G 钓出点东西来。G 要找的东西,就是摩萨德和中情局都要找到的东西。丹尼尔心里一阵拔凉,就连他的神秘朋友,那个和中情局同穿一条裤子的人,也没有对自己说真话。不是中情局骗了这个朋友,就是这个朋友骗了自己。或者,他和中情局联手,骗了自己。

大家都在找什么?

丹尼尔的手表发出轻微震动,打针的时间又到了。他找到一个小角落,拿出包里的针管和药水,给自己打了一针。这是最后一针了。打完这针后,他就用完了所有的备用胰岛素。以往,每次用完了药水,他都是到自己的医生那里拿。现在,他不能再去医生那儿了。

不过对此,丹尼尔毫不担心。他走过两条街,找到一家彻夜开门的药店。他有两个处方。即便是追踪他的人知道了他的真名,他还有另一个用假名字开的处方。那个名字,没有人知道。凡事做到狡兔三窟,才让他能够活到今天。

丹尼尔走进药店,用处方买了他需要的药物。一共三盒,每盒有十管药水,足够他用到查出真相了。

中午时分,丹尼尔找到一家监控松散的酒店,用假名字入住后,用那里的网络和自己的电脑,黑入了多家航空公司数据库。他在查照片上的"乔"到底有没有去过新西兰?如果去过,是哪一年去的?他认为约翰·布朗不会无缘无故被他杀掉;约翰·布朗不会无缘无故有他的照片;约翰·布朗不会无缘无故暗示他,"你就是下一个。"现在,要查出真相,他只有必须先查自己。

大部分航空公司都被他查遍了,却没有任何头绪,要查出这几年用

"乔"这个名字去新西兰的人,那简直是大海捞针。

窗外时不时传来警笛。警笛声永远都是纽约这座大都市的另一个特征。他的手表再次震动起来。这一天过得真快,又到了打针时间。他拿出药水针管,十分熟练地给自己打了一针后,继续上网查询。

这次,他不查航班了,而是直接黑进新西兰各个蹦极公司的记录。他想也许从这些记录里可以尽快找到线索。

时间在一分一秒地流逝。他时而坐在床上,时而坐在地板上,一家一家寻找。在将近半夜十二点的时候,他终于找到了一条就连他自己也不能接受的信息。

他在一家蹦极公司里找到了一份证书记录。证书上的名字是乔·盖曼。证书发布的时间是十年前的九月。证书照片上的男子有另一张脸。一张和丹尼尔此时完全不同的脸。

他是根据证书上的照片找的证书的,线索就是那件有污迹的T恤。

原来看到那件T恤的时候,丹尼尔还不太确信自己的记忆。现在,照片赫然就在眼前,他完全相信那些记忆是真的!

看来,自己十年前果真去过新西兰。不但去过,还是带着任务去的,乔·盖曼就是他用来伪装的假名字。难道那个任务和现在发生的一切有关?

丹尼尔揉揉头,微微有点痛。去新西兰具体是执行什么任务,他一点也想不起来。

丹尼尔的心里阵阵发毛。他的记忆从来都是完美无缺,不可能忘掉执行任务这样重大的事情。他再次把"乔·盖曼"输入进十年前的航班记录。虽然时间间隔太久,正常记录都被删除了,但他还是找到了。

这个名字没有出现在航班记录里。名字列在事故死亡清单里。

十年前的九月二十号,一架由新西兰飞回美国的客机在海上坠落,乘客无一生还。就连客机残骸都没找到,更不要提尸体了。

自己死了!

自己为什么还活着?!

难道当时任务出现了变故?

很有可能。丹尼尔确信当时一定发生了什么事情,自己在登记电脑记录上做了手脚,假装上了飞机,却没有登机,逃过了一劫。类似的事情,他做过不少次。

丹尼尔努力回忆那趟行程。在他的脑海里,新西兰之行虽然没有细节,但给他的潜意识印象却是十分浪漫美好,一点暗杀的迹象都没有。

丹尼尔忽然觉得口干舌燥,有些恶心。他跑进卫生间,用玻璃杯在水龙头上接了一杯水,猛地灌下。然后,他抬起头,看着镜中的脸,脑海里忽然闪过另一个画面。

画面里是黑夜。黑得不透,泛着深蓝色和深紫色。他看见石墙和墙顶一扇安着栏杆的小窗。丹尼尔一个冷噤反应过来——是监狱!

他看着镜子,根本想不起来自己进过监狱。

接着,又一个画面闪了进来——牢房外传来脚步声,由小变大,由远至近。两个彪形大汉出现在牢房门口。其中一个拿出钥匙,打开了牢房的门。牢房外传来暴乱的声音。有人在大喊,有人在开枪。一种感觉忽然活灵活现地出现在丹尼尔的脑海。那是恐惧。杀手不应该有的恐惧。紧接着,大汉向他走来……

丹尼尔还想往下想,回忆却在这一刻中断了,情况和回忆拍照时一样。他撕扯头发,用疼痛来引发回忆。后来呢? 后来发生了什么? 自己是如何逃出监狱的? 然而,记忆之河仿佛被一座巨大的山峰阻隔了,完全停滞。

这究竟是怎么回事? 丹尼尔又接一杯水劈头盖脸浇下。他盯住镜中湿漉漉的自己,理不出头绪。这些忽然生发又忽然消失的点滴记忆,侵扰他,攻击他,令他思维混乱,神志不清。他的心里忽地生出一股怒气,将手里的水杯狠狠砸在玻璃镜中自己的影像上。随着一声剧烈的破碎声,他脑子里顿时一片清净。

一片玻璃碴刺进了他的手掌,冒出一股鲜血。丹尼尔把手放在水龙头下,洗干净后发现伤口还有点大,还在不断流血。为了避免感染发炎,丹尼尔在酒店配备的急救包里找到一些碘酒和纱布,将伤口简单地包扎起来。

事后,他躺到了床上,还想再回忆起一些东西来,却什么也想不起来。急躁再次袭来。丹尼尔关上电脑,从包里拿出手枪,放在旁边。现在,他明白那个女人为何跟踪他而不杀了他了。她了解他的背景,比他自己了解得还多。她暂时还不想杀他。时候不到。

这件事,已经不是暗杀那么简单。

渐渐地,他进入了睡梦。

这天晚上,他做了杂乱无章的梦。

在梦里,他看见一个穿着丝绸睡袍的女子,为他端来早餐。他看不清女子的脸,却能感到女子的眼中充满爱意。卧室窗外,是新西兰的景色;他转回头望向女子,觉得自己的每一次心跳,每一次呼吸都在爱着她……

忽然,梦中画面一闪,他看见自己仓皇地奔跑在巷道中。身边还跑着一个女子。身后有人在追他们,而且逼得很紧。其中一个人开了一枪,击中了他身边的女子。女子往后一倒,他一把抱住她,女子的生命在他的怀中一点点消失,他感到心都碎了。

也就是在这瞬间,他的梦境又转到了一个美丽的花园,穿睡袍的女子手里拿着一束玫瑰,笑盈盈地向他走来;接着,梦境又换到阴暗的小巷,追踪的人跟上了他。他看着死去的爱人,觉得万念俱灰,不想再跑了,束手就擒……

两个场景相互交替,在梦中折磨着他。清晨,他一醒来就觉得恶心得要命,就像宿醉了一场。他坐起来,按时间给自己打了一针胰岛素,脑子里还萦绕着那些梦境,模模糊糊意识到,梦里的两个女人,不是同一个人,但他两个都爱。

胃里又泛上一阵恶心,丹尼尔冲进卫生间,一通大吐之后,冲了一个冷水澡。在凉水的刺激下,他越来越觉得,昨晚梦中所见不像是梦幻,更像是现实。

洗完澡,他换掉手上伤口的纱布,刚穿好衣服在后腰处藏好枪,就在穿衣镜的反光里看到了一点亮光。也就是这一闪,救了他的命。他蹲下就地一滚,一颗子弹打碎玻璃,射了进来……

还好丹尼尔随时都做好了出逃的准备,他掏出刚刚藏在后腰的手枪,另一只手抓起床边的包,躬腰躲着,来到窗口。

地面上布满了玻璃碎片。他拿起一块,找到刚才对方射击的角度,对准一闪。也就在同时,他冒头,射击,动作连贯干净利落,对方应声倒地。

他干掉了杀手!

借此机会,丹尼尔猫腰冲出了房间。

走廊上没有人。在距离他房间右手边不远的地方,有一个烟火疏散报警装置,他一把拉响了警笛,酒店顿时一片混乱。

两分钟后,在酒店还没搞清火源的时候,丹尼尔已经远远离开了酒店。

十一

纽约机场又迎来一个老年白人。他微微驼着背,神情涣散地过了安检。在登机大厅的墙壁上,一台巨大的电视正在无声地播放着新闻。新闻字幕说,在某个酒店发生了火灾的假报警,引起酒店巨大的混乱和恐慌,幸好没有人员伤亡。

新闻里没有报道那个前来暗杀丹尼尔却被他杀掉的杀手。看来,那个人已经被"处理"了。到底是谁要杀自己?

两个小时前,丹尼尔找到了一个在纽约从不联系的朋友。这个人曾经也是一名杀手,金盆洗手后一直隐姓埋名,只有丹尼尔知道他的踪迹。

两人见面没有太多的寒暄,一个杀手知道另一个杀手需要什么。对方帮他重新弄了这身伪装。在朋友那里,他打开电脑,开始调查十年前的坠机事件。他觉得飞机坠机和自己的新西兰之行一定有关系。还是那句老话,他不相信巧合。他不相信飞机坠机后毫无踪迹。就连一两片残骸也没有打捞上来,实在是说不过去。

丹尼尔查了网络。根据新闻媒体报道,飞机是因为碰上海上风暴才坠机的。当时风暴肆虐,所以搜寻人员就没有找到飞机残骸。报道还说,机上人员全部遇难,一共有一百二十七人。

看到这个数字,丹尼尔内心隐隐作痛。他知道,那只是他作为作家的一半在疼痛;作为刺客的那一半,此时只想挖出真相。到底是一个什么样的任务,让整整一百二十七人丧命,毁掉了一百二十七个家庭。这已经不是一次暗杀,而是一场屠杀。

对于那次坠机事件,各大媒体都进行了强力跟踪。丹尼尔飞速浏览着网页,发现了一个由遇难者家属共同发起的网站。他知道乔·盖曼是他实施任务时用的假名字,也许并没有什么家属为他哀悼,不过,抱着一丝侥幸,他还是在那个网页上输入了这个名字。

网页上居然出现了遇难者"乔·盖曼"一栏!

网页上留下了一句话:你们永远是我的天使。

看到这句简单的话,丹尼尔的心忽然一阵抽搐。他想哭。难道又是作为作家的一半在作祟?不对啊,作为刺客的自己也在悲伤。他看了一眼在旁边为他煮咖啡的朋友,偷偷擦去眼角的湿润,暗想:天哪,我这是怎么了?以前在任务中,暗杀就是暗杀,从来没有多愁善感过,我这究竟是怎么了?

网页上贴着一张乔和他的妻子的照片。一眼看到照片,丹尼尔就蒙了。乔的妻子正是在他梦中出现的、那个穿睡袍的女人。又一股悲伤带着一种浓浓的情感涌上心头。丹尼尔能够分辨出那是爱,是对这个女人的爱。

网页照片下写着:乔和苏珊。

丹尼尔检查了遇难者名单,立刻查到了另一个名字:苏珊·盖曼。

乔和苏珊双双遇难。

这究竟是怎么回事?

丹尼尔通过网络反向追踪,很快找到了上传这张照片的网址:新泽西。他还查到了网址登记地址的座机电话,两样东西都让丹尼尔感到似曾相识。

他进入社会保险数据库,找到了乔的保险号,苏珊的保险号。他们登记的地址都在新泽西。

一瞬间,他的脑海里出现了巷道里被子弹射中倒在他怀中的女人。另一个女人。他能感到自己对她也充满了爱意。

丹尼尔糊涂了:我怎么会同时爱上两个女人? 我到底爱谁? 我的婚姻出轨了吗? 我背叛了谁?

丹尼尔离开朋友家时变成了一个老年男子。他用公共电话拨打了新泽西的座机。一个年老的女人接起了电话。丹尼尔谎称是政府民意调查员,说要对政府正在规划的医疗改革措施进行民意调查。

接电话的女人仿佛孤单了很久,正希望能有个人聊聊天,谈起话来毫不设防。她和丹尼尔聊了几句医疗改革后,就告诉丹尼尔,她叫玛丽·盖曼。她的丈夫三年前病故了,心脏病死在医院。她原来还有一个儿子和儿媳,两人在十年前的一场空难中遇难了。现在,她就是孤苦伶仃一个人。她的儿媳叫苏珊,儿子叫乔。

一听这话,丹尼尔觉得五雷轰顶。

直觉告诉他,这个老女人是一个骗局。追杀他的人料到他会查到这个网页,于是设下局,等他来钻。可是,另一个直觉又告诉他,这个女人的声音多么熟悉,就像自己的母亲。

无论是不是圈套,丹尼尔都决定去新泽西看一看。

十二

一走出新泽西机场,丹尼尔就觉得万分熟悉。阳光,风,机场角落的咖啡店和热狗店,仿佛昨日重现一般出现在他的面前。他好像曾经在这里生活了一辈子,只是出去远行了一趟,刚刚回到家乡。

他像一匹识途之马,熟门熟道地走进了一家机场租车行。他没有刻意去看广告牌或者路标,所有的线路是那样熟稔,就像很自然地拉开了一个长久未碰的旧抽屉。

这样的感觉十分奇特,让丹尼尔不禁慌恐。

租车行老板是个上了年纪的男人,把一辆雪弗莱的钥匙交给丹尼尔。

丹尼尔接过钥匙,付了钱,说了声:"谢谢你,汤姆。"

老板说"不客气",多看了他一眼,表情完全是在掩盖认不出老顾客的尴尬。

这边,丹尼尔也暗暗吃惊。在他现在的记忆里,他没有来过这里,可他怎么会知道租车行老板的名字?

开车出了机场,丹尼尔更加惶惑。这里的每一栋楼,每一条街,都在告诉他:你来过,你来过,你来过……他驶进城市,街口开了五六十年的老牌糖果店,拐弯处游人不知的、口味绝佳的小饭馆,湖边倒塌的纪念碑……每一件小东西都在提醒他,自己不但来过,还在新泽西居住过。这些记忆是如此详细无误,如此活灵活现。丹尼尔甚至带着侥幸怀疑,会不会是那次新西兰任务之后,发生了什么事情,让他失去了那段记忆。

车窗开着,风一吹,丹尼尔闻到了一股腐烂的气味。他朝着气味传来的方向闻了闻,发现臭味是从受伤的手上发出的。丹尼尔靠边停车,打开纱布,看到伤口发黄发黑。他又开了一段路,找到一家药店,买了纱布和碘酒,重新清洗了伤口,包扎起来。碘酒倾倒在伤口上的时候,他感到一阵麻酥,不过,这种麻酥感很快就消失了,一点不痛。他看了一眼碘酒的酒精成分,发现含量很少。

丹尼尔没有时间重新再买一瓶碘酒。他匆匆上路,来到了玛丽·盖曼的家门口。接下来发生的一切,让丹尼尔终身难忘。

首先闯入丹尼尔眼帘的,是一片猩红。

在看到那片猩红之前,他潜意识里就已有所准备,似乎他就是凭空知道,玛丽·盖曼是个喜欢养花的人,特别喜欢玫瑰。这样想着,丹尼尔的脑海里就出现了一个上了年纪的女人,拿着剪子,在花园里修枝剪叶。她转过来,身穿一件绣有鸭子游水的淡蓝色围裙,面部慈祥,眼角有一颗痣。

自己的脑海里怎么会出现这样细致的画面?

丹尼尔甩甩头。大概是作为作家的那一半又来干扰了,所以才会对玛丽·盖曼的想象才会如此栩栩如生。

然而,当他远远地看到玛丽家门前的那一片玫瑰时,还是一惊!

丹尼尔停下车,走过那些血一般的玫瑰丛,觉得自己成了漫游仙境的爱丽丝,正走向一个陌生的、充满了冒险的世界。

他敲了敲门。很快,门开了。丹尼尔一看开门人,心跳就加快。他介绍了自己,然后跟着这个女人走进了真正的噩梦。

开门的女人已经老态龙钟,满头银发。她虽然没有穿绣有鸭子游水的围裙,但眼角有一颗痣。

丹尼尔此时虽然还是伪装的老者模样,但已经不像在机场那样疲惫驼背,他换了一身笔挺的西装,站得笔直。他介绍自己是政府民意调查小组的,并且出示了提前做好的证件。玛丽点点头,说记得你们来过电话。

进门前,丹尼尔小心看了一眼门外,没有跟踪。

玛丽给丹尼尔端来了咖啡,两人聊了一会儿后,丹尼尔装作无意,拿起来了沙发边摆放的照片。照片里有一男一女,头挨着头。他们穿着婚礼的装束,站在一座教堂前。女子的婚纱白得像雪,手里捧着猩红的玫瑰。一个念头闯进他的脑海,是他在早上摘采了这些玫瑰。男子便是乔,女子是他的妻子苏珊。丹尼尔假装不经意地问,他们是谁。

玛丽长长地叹了一口气,眼睛湿润了,说这是他的儿子和儿媳,在飞机事故里同时丧生。因为刚才丹尼尔和玛丽很谈得来,玛丽这时的话匣子也就打开了。她说乔是一名报社编辑,一心想做一名作家。

丹尼尔内心深处隐隐一动,说了声:"哦?他想写什么?"

"都是些古里古怪的东西。"玛丽说着站起来,走进里屋,回来的时候手里多了一个厚厚的信封。她把信封递给丹尼尔,说到:"这些是他写的手稿。没有发表过。"

丹尼尔心里一沉,打开信封,拿出里面的东西。

信封里有些是细碎的纸条便签,上面满写着构思。看得出来,那是乔在灵感来袭时匆匆随手抓张纸记下的。有些是提纲,有些是构思好的小段落。看着这些东西,丹尼尔的手像触电一样,抖动起来。

玛丽关心地问:"你怎么了?"

丹尼尔看着玛丽,眼泪几乎就要夺出眼眶。他镇定住,说:"没什么,老毛病了。人上了年纪,总会有些毛病,坐一坐就好。"

这些创作灵感丹尼尔都写过。他把它们写成了魔幻小说,都陆续出版了。但是,丹尼尔绝对清楚,他在构思那些小说的时候,从未见过这些纸页。

玛丽体贴地为丹尼尔拿来了一床薄毛毯，盖在他的膝盖上。丹尼尔看到了毯子上的图案，闻到了上面柔顺剂的气味，一切都是那么熟悉。玛丽又讲了很多关于乔和苏珊的事情。每一件事，丹尼尔都仿佛亲身经历过，可他又想不起所有的细节。他一边听玛丽叙述，一边在心里责问自己，事情怎么会这样？

丹尼尔平静下来后，他又像拉家常一样，问起乔的事情。玛丽说乔是个快乐的人，喜欢打球和看书。他和苏珊是中学同学。两人结婚后，去新西兰度的蜜月。

玛丽所说的那些事情，在丹尼尔的脑海里越来越鲜活。它们生动无比，充满了力量。他忍不住拿出自己真正的驾驶证，上面有他未经伪装的照片，他真正的模样。他说照片上的人准备参加下一轮竞选，请玛丽多多支持。

丹尼尔纯粹瞎编，但是玛丽却没有多心。她戴起老花镜，仔细看了照片，问这个人叫什么名字？

丹尼尔说现在电视上全是他，难道您不看电视吗？玛丽说看啊，只不过一看到和政治有关的她就转台。玛丽的回答极其自然，看来，玛丽从没有见过丹尼尔这个人。

离开玛丽的家，丹尼尔糊涂极了。他觉得玛丽就是自己的母亲。他真想好好拥抱她。他开着车，觉得自己就是乔。

乔到底是谁？

自己又是谁？

十三

接下来的夜晚让丹尼尔更加恐惧。

他只买到第二天返回纽约的机票，只好找到一家汽车旅馆暂时住下。这家旅店只认钱,不要证件,靠停车场一溜边六个房间,全都空着。他是唯一的客人,安全。

丹尼尔躺在床上,细细梳理事情的前前后后。

一切变故都是从刺杀约翰·布朗开始的。以色列情报组织摩萨德在监视约翰·布朗。中情局在监视摩萨德。如此监视,说明中情局和摩萨德对这件事也只是知道个皮毛。

暗杀后发生的每一件事,都让丹尼尔觉得自己才是事件的核心。而且,凭着杀手的直觉,丹尼尔判断这件事情还不止是查出自己是谁那么简单。他只是深潭表面的涟漪。

丹尼尔想,自己去查"鹰隼",寻找幕后雇佣者时,"鹰隼"就被人害死了。现在看来,要查出幕后真相,还是得返回原来的步骤,先查出到底是谁雇佣了"鹰隼"。

像所有的杀手中间商一样,"鹰隼"每接一个活,都会先收取百分之五十的佣金。事成后,收取剩下的百分之五十。"鹰隼"付钱给丹尼尔,也是如此,通过电脑汇款。

丹尼尔拿出电脑,找到他和"鹰隼"接洽的秘密账号。

他反向追踪"鹰隼"的账号,发现账号来自瑞士。丹尼尔试图黑入"鹰隼"在瑞士的账户,一连试了几次都不成功。这是一条死胡同。丹尼尔想,即便是自己黑入了"鹰隼"在瑞士的账户,那又怎样?万一雇主付的是现金呢?

现金!对!

丹尼尔知道"鹰隼"的习惯。他会在接到任务的二十四小时之内联系自己。如果对方付的是现金,两人必须接头。

丹尼尔又黑入纽约城市监控网络。这一次,他豁出去了。他寻找到他接到"鹰隼"任务的头一天,然后从"鹰隼"的住址梧桐街二十五号开始。

丹尼尔迅速浏览着画面。他知道,监控网络的安全装置每六十秒就会自动检查一次。他在手机上设定好时间,每五十八秒他就下线。然后再上线。时间一分钟一分钟流逝,画面上终于出现了丹尼尔想要的东西。

那时已是傍晚,"鹰隼"离开了家。他没有开车,而是步行,手里提一个普通黑包。走过一段路后,他坐上了地铁。奇怪的是,"鹰隼"只坐了三个站,就下了地铁。接着,他乘坐反向地铁,回了家。此后,"鹰隼"一直待在家里,直到第二天通过网络联系上丹尼尔,都再没有出过家门。

丹尼尔快进到"鹰隼"被害的那天。他发现在那个跟踪自己的"中年妇女"进入"鹰隼"家之前,摩萨德的G和另一个男子也进过"鹰隼"的房间。男子经过了伪装,戴着墨镜和帽子,每一步都将脸避开了监控摄像头。丹尼尔判断,不是那个男子杀死了"鹰隼",就是那个女人。

丹尼尔又反复检查"鹰隼"出门后的录像,发现"鹰隼"在整个来回途中,都没有和任何人交谈接触过。

这样一来,事情就简单多了。"鹰隼"是在地铁内部接的头。地铁内部布满了摄像头。丹尼尔不费吹灰之力,就调出监控录像。经过一帧帧鉴别后,丹尼尔发现"鹰隼"一直是站在车门口,当一个男子挤过他的身边下车时,他们交换了包。

就这么简单。

丹尼尔转而跟踪那名男子。男子离开地铁站后,坐上了一辆一直等在路边的车。丹尼尔记下车牌号。

他刚下线,就觉得一阵眩晕。原来,自己过于专注,错过了打针时间。他拿出胰岛素,迅速给自己打了一针。然而,就在这时,回忆像是忽然袭击的炸弹,再次闯入他的脑海。

不同的是,这次的回忆和乔无关。

回忆中,他拿着枪,潜入了一个房间。这是一个极为豪华的房间。他看到在自己的手上有血。他低下头,身上也有血。看来,这又是一次被自己遗忘掉的暗杀行动。

丹尼尔捂住头,坐到床边。更多的回忆潮水一样涌入他的脑海。他顺着走廊潜行,然后来到了卧室,卧室里一共有两张床,每张床上分别睡着一个人。丹尼尔悄悄走近,用安装了消声器的手枪连开两枪。

汽车旅馆里的丹尼尔猛地睁开眼睛。他意识到,自己开枪杀死的,竟然是两个小孩。

丹尼尔觉得不可思议。这绝不可能!自己即便是个冷酷杀手,却也有原则。他从不接暗杀小孩的活!

丹尼尔觉得恶心。他再次冲进了厕所,跪在地面上,对着马桶大吐起来,更多回忆涌上心头,仿佛有人向他大脑里扔了一颗威力极强的原子弹,把他储存记忆的大脑回沟炸了个底朝天。那些一直被深埋在底部的肮脏往事,全都被炸了出来。

他想起来,自己在杀死两个小孩后经过了一间主卧室。主卧室的门敞开着。地上趴着一个女人,全身是血。她在努力往小孩的卧室爬。她要去保护自己的孩子。看来,他动手不够利落。丹尼尔走了过去,对着她抬起的头又补了一枪。为了确定床上的父亲也死了,丹尼尔再次走进卧室,对着床上的男子连开两枪。开完枪后,他转过身。也就在这一瞬,他看了一眼卧室大床旁边的化妆台。

化妆台上有一面镜子——他在镜子里,看到了自己的脸!

那不是乔的脸!

也不是现在丹尼尔自己的脸!

更不是任何他记忆中伪装过的脸!

这简直是一个噩梦!

丹尼尔冲出卫生间,在网络上疯狂搜索起来。

因为,他居然认出了那张脸!

十四

那是迪恩·钱德勒的脸。

电脑网络上到处都有和钱德勒有关的新闻。

十二年前,一名刺客暗杀了一对议员夫妇和他们的两个孩子。刺客在逃。不少网站都有案发现场的照片,场景和丹尼尔脑海中的一样。三个月后,警方经过严密调查和部署,终于在一条巷道里抓到了暗杀者钱德勒。

在新闻旁边,还有图片。那是一条笔直的巷道。当时是深夜,只有警灯照明。钱德勒被抓后低着头,头发遮住了脸,双手反剪在背后,带着手铐。他的左右两边,分别走着两名警官。

看着照片,丹尼尔觉得熟悉照片里的每一个细节,简直是身临其境。他还想起其中一名警官对另一名说:"嘿,终于抓到这个屠夫了。"

"是啊。可惜,让他的女人跑了。"

"我听说,那个女人不是也被打中了吗?"

"打中了,但是还没有死,在救护车上跑掉的。"

丹尼尔翻到网页的第二面,看到了警方公布的照片。迪恩·钱德勒的脸,正是他在化妆镜中看到的那张脸。

半年后,经过审讯,迪恩·钱德勒被判死刑。但是,在执行前期,监狱发生暴乱,钱德勒在镇压中身中数枪,当场毙命。

难道,钱德勒没有死,只是用暴乱作掩护,金蝉脱壳?

难道自己是钱德勒?

那么乔又是谁?

我究竟是钱德勒还是乔?还是丹尼尔?

丹尼尔站起来,走到卫生间镜子面前,双手撑在洗手池边,身体往前,紧紧盯住了镜中的自己。他凝视着镜中的自己,不敢相认。

丹尼尔回忆着那两名警察的话,他们提到钱德勒还有一个女人。丹尼尔回忆起那天晚上的梦境。梦里就是这条钱德勒被抓的小巷。看来,那不是梦。那个倒在他怀中的女人,跑掉了。丹尼尔忽然觉得一阵欣喜,弗吉妮娅还活着!

弗吉妮娅!她的名字叫弗吉妮娅!

丹尼尔抓挠着头发,糊涂而又愤怒地想,我怎么会知道她的名字?!

看来,那天晚上在梦中看到的两个女人,苏珊和弗吉妮娅都是自己的爱人!

忽然,丹尼尔的耳边响起欢快的圣诞音乐。他看见自己搂着苏珊,推开了母亲玛丽的家门。门上的圣诞花圈下写着2001;紧接着,门开了,玛丽在门后微笑着,在玛丽的身后,有一条漆黑的走廊。他闻到了自己嘴里的酒气,走廊两边的墙上,挂满了各式枪支。远处有一扇门,门后有光。他侧头看了一眼,怀里搂住的女人不是略微内向保守的苏珊,而是奔放火热的弗吉妮娅。她对他抛来一个媚眼,推开了门。门内是另类的圣诞装饰,每一件装饰品都是武器。弗吉妮娅转过身,微笑着说:"2001,圣诞快乐!"

这究竟是怎么回事呢?即便自己伪装了乔和钱德勒的生活,爱上了两个不同的女人,也不可能在同一时间分身两地啊!

丹尼尔放下手,看到指缝间塞满了头发。不知为何,他开始脱发了。

他看着镜中的自己,因为那些混乱的回忆,他的脸色比刚才还要苍白,几乎有些发黑。眼圈下挂着两个黑色眼袋,嘴唇也开始发黑。他有点害怕镜中的这个影像。这,完全就不是个好兆头。

丹尼尔走出卫生间,记下和"鹰隼"接头的人的车牌号。经过检查,那是一个假牌号。又是一条死胡同。丹尼尔愤怒极了,暴烈地抓起桌上的水杯向墙上砸去。

水杯破碎的声音再次让丹尼尔稍稍冷静下来。他重新调出那辆车,将车辆定格,放大,再放大。接着,他看到了司机的脸。

这又是一张丹尼尔熟悉的脸。有线索了!丹尼尔带着一丝欣喜兴奋起来。他无法用语言来描绘此时的情感,是迷惑?愤怒?恐惧还是喜悦?五味杂陈全都有。

司机名叫文森特。他也是一名杀手。他也姓钱德勒。

他,是迪恩·钱德勒的亲弟弟。

十五

自古以来,这个世界总有一些不为人知的秘密。它们是特权阶级掌握权力的垫脚石。下层人一旦被卷入其中,生命往往变得如同蝼蚁。

甚至还比不上蝼蚁。

丹尼尔推开野火酒吧大门的时候,几乎被迎面扑来的酒气和热气撞倒。此时才是初春,天气还未完全转暖,酒吧里却已热气腾腾,充满了音乐声,笑声和尖叫声。在酒吧正中间,摆放着四张台球桌。墙上挂着八张台球大师的照片。

在最右边的台球桌旁,迪恩·钱德勒的弟弟文森特,正准备击球。丹尼尔径直向他走去。

酒吧的灯光照在文森特的后脑勺上,丹尼尔看得出来,他也开始谢顶了。在文森特的后脑勺的下方,接近脖颈的位置,有一条刀疤。那是有一次打架时,文森特为了救哥哥迪恩,替他挡了一刀。那一次,文森特差点丧命。

自从想起迪恩·钱德勒后,更多的记忆大海回潮,一阵又一阵不由分说地涌上他的心头。不过,这些回忆都十分混乱。有些是乔的,有些是迪恩的。它们像两股不同颜色的线,在丹尼尔大脑内的这台织布机上,错搭着,编织着。在这些记忆里,丹尼尔记得文森特就是喜欢来这家酒吧打台球。

丹尼尔走到文森特身边,拿起了一支台球杆。文森特嘴里叼着雪茄,抬眼看了一眼他说:"一杆一百。"

丹尼尔点点头。一个推销啤酒的女孩走过来,重新摆好了球。丹尼尔在她的上衣里塞了一张钱,又拍了拍女子的屁股,拿了两瓶啤酒。丹尼尔的这个动作赢得了文森特的好感,他笑了一下。

文森特开球,丹尼尔跟上。

"我从会走路的时候起,就爱打台球。"丹尼尔打出漂亮的一杆,斜瞟着球桌说。

文森特皱了一下眉,斜睨了一眼丹尼尔。

还是丹尼尔打,他弯下腰,扭了扭屁股,又打出很漂亮的一杆,却故作不满地说:"妈的,今晚手气太差了!"

文森特这时眯起了眼睛,露出疑惑,放下球杆,快步向他走了过来。

当文森特走近丹尼尔的时候,他的手里多了一支枪。文森特用枪顶住丹尼尔,低声说:"你是谁?"

"你看我像谁?"丹尼尔挑衅反问。他刚才说的那两句话,还有那些动作,都是迪恩·钱德勒生前爱说爱做的。

文森特一把揪起丹尼尔的衣领,枪口紧紧地顶住丹尼尔的腰,低声说道:"咱们出去说。"

酒吧后面是荒凉的巷道,灯光昏暗,充斥着垃圾臭味。一走出酒吧,文森特就用枪顶住丹尼尔的脑门,把他逼到角落里,后背贴墙。

"你认识我哥哥?"文森特说话了。

丹尼尔不回答,只是借着微弱的光线,观察着文森特的表情变化。

文森特持枪的手用了力,"说,你是不是和他一个监狱的?"

"你哥哥还活着。"丹尼尔决定开始套文森特的话。

"不可能!"

"你有没有见过他的尸体？"

"监狱暴动后,警方公布了击毙者的名单。"

"你有没有见过他的尸体？"丹尼尔又问。他知道,以文森特的身份,他绝对不敢去警察局看哥哥的尸体。

文森特摇了摇头,目光好像有些犹豫。

"你哥哥让我告诉你,不要跟他们干了。"丹尼尔说。

"我哥哥在哪儿？"

"现在,还不方便说。不过,他一直在调查约翰·布朗。"丹尼尔想,只要他把迪恩和约翰·布朗扯在一起,很有可能从文森特的嘴里套出真相。

"我哥哥真是这么说的？"文森特问。

丹尼尔一听,有门,接着说:"迪恩说,他们是在利用你。"

文森特的眼睛里闪过一丝慌乱。看得出来,他是在判断到底要不要相信面前的这个陌生人。他扭头吐了一口吐沫,说:"我怎么知道你真是我哥哥派来的？"

"你哥说,如果你不相信,就说衡蓓山。"在丹尼尔的记忆里,衡蓓山的山坡上埋着一具尸首。那是迪恩和文森特的继父。他们在年少的时候,杀死了继父,开始了流浪生涯。这是一个没有人知道的秘密,是兄弟两发誓永远守住的秘密。

文森特的眼睛一亮,"他还说了什么？"

丹尼尔看到文森特相信了,决定再往前多试探一下,"他说让你跟我走,去见他。"

文森特突然哈哈大笑起来,他的枪口往下一挪,停在了丹尼尔的胸口上。他收住笑容,用枪口点了点丹尼尔的前胸,说:"你是谁,我不管。你说的一切,都是谎言。你在撒谎。我哥死的时候,我就在场。为了救他,我设计了那场监狱暴动,混进了监狱。我亲眼看见警察把他打成了一个马蜂窝。他的心脏上,连中数枪,绝对没法抢救。他死了,死翘翘了。你不是摩萨德的人,就是中情局的人。不管你是谁,都是我的敌人。我今晚,不会让你活着走出这条小巷。"

文森特刚说完,不等丹尼尔说话,就扣动了扳机。

丹尼尔听见了两声枪响,他下意识地摸了摸胸口,摸到一片温热。接着,他看见文森特拿着枪,在自己眼前滑了下去。

刚才,文森特朝他开了枪。

有人又在文森特的身后开了枪。

丹尼尔双腿发软,靠着墙身体慢慢滑落。眼前的景物在丹尼尔面前倒塌。他看见一个影子从黑暗中走了出来。影子身上穿着一件很长的风衣,戴着帽兜,蹲下来。影子的脸向丹尼尔接近。丹尼尔在闭上眼睛的最后一秒,看到了帽兜里的脸。没有皮肤,没有血肉。

那是一张骷髅的脸。

十六

丹尼尔醒了,发现自己躺在一张金属床上,没有床垫,手、脚全都用皮带固定住,动弹不得。这是梦吗?他咬了咬牙齿,不是梦,是真的。

他看见身边放着一把高背木椅。椅子上坐着一个身穿长袍的人。袍子看起来有点像中世纪的僧袍,宽大的粗布遮住了他的全部身体,他的手上戴着黑色手套,脸上戴着一个骷髅面具。丹尼尔又闻到了那股熟悉的气味——淡淡的酒精味,里面还夹杂着另一种奇怪的气味。这个气味,和那个给他送信的,和那个跟踪他的女人身上的气味一样。

"你醒了。"骷髅面具说。面具很显然戴了混声器,发出的声音是模糊的,不辨男女。

"我这是在哪里?"丹尼尔想微微抬起头看一眼胸口的伤口,无奈脑袋也被固定住,动弹不得。

"你可知道自己是谁?"骷髅面具说。

丹尼尔冷笑了一下,不回答。他在心里暗自算着昏迷的时间。从胸口中枪到手术,再到醒来,怎么说至少也过去了一天一夜。"今天几号?"丹尼尔问。

骷髅面具说出了日期。丹尼尔在心里一算,感到奇怪,怎么还是去酒吧找文森特的那天?

"你的伤,并不严重,并没有昏迷多长时间。"骷髅面具说着,拉过一个金属支架。支架像一根落地电灯的灯杆,只不过,在应该安装灯罩的地方,安了一面镜子。骷髅面具拉下镜子,倒悬在丹尼尔的胸前。然后,他伸出手,拉开了丹尼尔的衣裳。

在镜子里,丹尼尔看到伤口被缝了针,像一只难看的眼睛。

"子弹呢?"丹尼尔问。

"呵呵。"骷髅面具冷笑两声,"你是真不知道还是假不知道?"

"你什么意思?"

骷髅面具站起来,从桌上拿起一把刀。刀刃锋利。骷髅面具举起刀,猛地向丹尼尔中枪的伤口刺去。丹尼尔感到冰凉的刀直插心脏,他大叫一声,但是,大叫过后,却没有感到疼痛。他从镜子里看到,原来缝好的伤口被刀撕裂了,露出里面的肌肉。

"这,这是怎么回事?"丹尼尔问。

"你早就已经死了。"骷髅面具用淡淡的语气说。

"你说什么?难道,这是地狱?"

"哈哈!你很幽默。你的确死了,不过很遗憾,你还没有离开这个邪恶的世界,去往美好的地狱。"骷髅面具收起刀,学着医生的腔调说,"这几天,你可有什么不良反应?"

"没有什么不良反应。"

"我一直在跟踪你。我跟着你去了缅因州,去了新泽西,最后去了野火酒吧。"

"你为什么跟踪我?"丹尼尔后背飕飕发凉。这个带骷髅面具的人真是厉害。除了书店那次,这几趟出门,他是小心了又小心,却根本没有发现自己又被跟踪了。

骷髅面具站起来,俯下身,用空洞的眼睛望着丹尼尔说:"你是不是觉得最近大脑涨得不行,充满了很多记忆。而且,那些记忆都很混杂,不像是你的?"

"你怎么知道?你,究竟是谁?这到底是怎么回事?"丹尼尔咆哮起来。

对于丹尼尔的迷惘,骷髅面具似乎感到十分同情。他仍旧弯着腰,紧紧盯住了丹尼尔,伸出手,慢慢摘掉了脸上的面具。面具之下,是一张年轻女人的脸。女人最多三十出头,既不是苏珊,也不是弗吉妮娅。

"你是谁?"

"对于你这个问题,我还真不好回答。因为,我和你一样,"女人的声音温柔起来,"也不知道自己是谁。"

女人直起身,坐回椅子上,缓缓地说:"我,只知道自己也是一名杀手。我并没有像你一样用来掩盖的公开身份,就是一名单纯的刺客。两周前,我在一艘渡轮上实施任务,没想到事情发生了变故,我掉进了大海。我在海里漂流了一天一夜。我是有糖尿病的人。在那段时间里,我没办法打胰岛素。谁知道,我不但没有死,反而还发生了奇怪的事情。"

"你开始有了奇怪的记忆。"丹尼尔说。他忽然明白了,他的那些混杂的记忆,也全都是在打完了原来的药水,重新换了药水后才陆续出现的。

"对。我开始想起了很多和我无关的东西。那些东西,大到场景,小到细节,都无比鲜活。后来,一艘过路的渡轮救下了我。上岸后,更多的记忆回溯而来。我悄悄去找给我开药的医生,但是发现,他已经消失了。所有和他有关,和我有关的档案都消失了。我感到事情不妙。

为了查清真相,我隐蔽起来。后来,我发现,除了我在调查我的医生外,还有另一个人也在调查他。"

"谁?"

"摩萨德的间谍 G。"

"所以你跟踪了 G,然后你杀死了他。"

"你错了。我是跟踪了 G。不过,G 不是我杀的,他是被其他人杀死的。"

"谁杀的?"

"文森特。迪恩·钱德勒的弟弟,文森特·钱德勒。"

"你怎么知道是他杀死了 G?"丹尼尔问。

"我在 G 的房间里安装了一个监控摄像头。在你暗杀约翰·布朗的那天,我看到文森特走进了 G 在博尔赫斯酒店定的房间。是他杀死了 G。"

"因为 G 和我都在跟踪约翰·布朗,而你在跟踪 G,所以你发现了我?"

"是这样。我发现是你暗杀了约翰·布朗,所以我当即决定不再跟踪文森特,取而代之跟踪你。当时我想,你一定比 G 知道更多秘密,所以我决定调查你。"

"那你又是怎么知道我会去看监控录像的?"丹尼尔想起了女人在录像里的那个飞吻。

"我看见你偷走了书店的监控录像,料定你会反向侦查我,于是就放弃对你的跟踪,一路顺着监控器走,把你引向了大游行。"

"但是,我发现,你那天是从'鹰隼'的家出发的。你没有杀死 G,你却杀死了'鹰隼'。"丹尼尔说。

"你又错了。我是在跟踪 G 的时候去了'鹰隼'的家。我看见在 G 离开后,中情局的人进入了'鹰隼'的家,这个人只待了几分钟就离开了。我等他走远后,悄悄进入了'鹰隼'的家。那时候,'鹰隼'刚刚被杀。不是 G 杀了'鹰隼',就是中情局的人杀了'鹰隼'。"

丹尼尔终于清楚,他那个神秘朋友并没有完全说真话。中情局就像一条隐形鲨鱼,一直游荡在这件事的周围。

"既然你调查了你的医生,为什么不去调查我的医生?"

"我调查过了。在你谋杀约翰·布朗的那天,我就查到了你的医生的地址。"

"他也消失了。"

"是的。和我的医生一样,所有关于你的资料,也全都消失了。"

这时候,丹尼尔从镜中看见,他的伤口像花朵合拢一般,愈合了。"怎么会这样?"丹尼尔侧过头,去看自己被玻璃碎片划破的右手,发现纱布已经被女人取下了,手掌上的疤痕也已经愈合。

女人摇了摇头,拿起刚才刺向丹尼尔的那把刀,伸出右手,取下手套,在掌心狠狠划下。一股鲜血顺着伤口流出。不能说是鲜血,因为血液是黑色的,稠得就像糖浆。也就在一瞬间,血液停止了流动。

"这是怎么回事?"丹尼尔问。

"我们都死了。"

"你说什么?"

"我们虽然有感情,但是没有脉搏,没有心跳。我们只比僵尸好一点点。"女人的脸上露出一个很苦的笑容。

"你是说,我们是会思考的尸体?"

女人点点头,"不但会思考,而且还会杀人。"

"那么,那些记忆又是怎么回事?死人怎么还会动?死人怎么还会有记忆?那些记忆到底是不是我们自己的?我,到底是乔,还是迪恩·钱德勒?"丹尼尔听到了自己的声音在黑暗的房间里回响,像个被人愚弄的小丑在嚎叫。他觉得这个问题是多么滑稽:自己就是个死人!即便是死尸一具也不知道自己是谁?!

"你还是好好看看自己吧!"女人又把镜子往丹尼尔的眼前凑了凑。

在镜中,丹尼尔再次看到自己一张脸。这张脸,他曾经是那么熟悉,而此时又是那么陌生。丹尼尔绝望了,用近乎于喃喃自语的声音说:"我不是乔,不是钱德勒,也不是丹尼尔。"

这一瞬间,他忽然明白,自己为什么能够把暗杀和写作完美地结合起来,把火和冰绑在了一起。他在不是乔也不是钱德勒的同时,既是乔,也是钱德勒。

"这还不是最精彩的。"女人说。

"你说什么?"丹尼尔绝望地望向女人,心里想,难到,这还不够吗?

女人把左手伸到丹尼尔面前,缓缓取下黑手套。

丹尼尔再一次惊呆了!

女人的左手,已经没有了皮肉,只剩下了惨惨白骨。

"这……?"丹尼尔说不出话了。和酒精混在一起的气味,就是腐烂被过度清洗后,留下的气味。

"我的腰上也有这样腐烂伤口。"女人说,"我们一直使用的药水并不是胰岛素,而是防止身体腐烂的特殊药剂。换了药水后,我先有的反应是记忆回溯,然后就是伤口的快速愈合。这一切看起来仿佛就是永生。只可惜,在快速愈合之后,接着,就是腐烂。这不是永生。我们是在一边找回自己,一边腐烂。"女人的嘴角又露出一个苦笑。

"难道我们是玛丽·雪莱笔下的弗兰克斯坦?现代派的?"丹尼尔嘴上开着玩笑,心却结了冰。

"亲爱的弗兰克斯坦,你想不想在完全彻底腐烂之前,查出自己究竟是谁吗?"女人问。

"当然想。告诉我,现在应该怎么做。"

"你在酒吧里和文森特周旋时,我去查了他的车,在车里找到了一个证件。"女人说着,拿起了一个塑料牌。牌子上只有条形码,没有任何字迹。

"看起来像把进门的钥匙牌。"丹尼尔说。

"你想想,什么地方需要这样隐蔽的钥匙牌?"

"你查到什么了?"

"在你受伤'昏迷'的这段时间里,我检查了这个条形码。它的制作商在条形码里留下了自己的公司名称。我黑进了制作商的公司电脑,找到了业务记录,查到了是谁订做了这些钥匙牌。"

"谁?"

"现在还不能告诉你,不过,我可以带你去。我们必须赶在中情局和摩萨德前面。"

丹尼尔点点头,他明白,如果让这两个组织先查出真相,那么他和这个女人很有可能会成为他们永远的研究对象。而且,丹尼尔自嘲地想,他们的身体正在腐烂,自己剩下的时间也不多了。

丹尼尔说:"不过,我看,你得先把我解开才能带我去。"

女人没有笑,表情依旧十分严肃,"你保证不会在我解开你后杀了我。"

"我保证。再说,杀死你已没有什么意义,你已经死了。"

女人笑了,解开了捆绑在丹尼尔身上的扣带。然后,她转过身,走到房间的尽头,猛地拉开了窗帘。窗外,已是清晨。整个纽约城就铺展在他们脚下,浸泡在蛋黄色的阳光中。第一缕曙光正覆盖在自由女神的头冠上。

"即便你不知道自己究竟是谁,你也总该暂时有个名字吧?"丹尼尔站在女人身后问。阳光把女人正在腐烂的身体围出一道优美的轮廓。

"我也不知道我自己究竟是谁。你干脆就叫我桑珊吧。"

(注:桑珊是英文单词"sunshine"的中文谐音,意为"阳光"。)

十七

出发前,丹尼尔借用桑珊的电脑上网,看到编辑玛利亚发来一份电邮。玛利亚先是声讨他的行踪和稿件,然后说了约翰·布朗的死讯。

对于约翰·布朗的死,她说她难过极了。接着,她在电邮里说,她拿到了约翰·布朗在完成《裂变》后写的新书。新书看起来还像是尚未修改的第一稿,有点乱。玛利亚把书稿发给了丹尼尔。她说丹尼尔是约翰·布朗的书迷,本身又是作家,完全有能力修改布朗的手稿,也最有资格。她想请丹尼尔尽快按照约翰·布朗的笔风完成修改,趁大家都在沉痛怀念约翰·布朗的时候,出版这本新书。

坐在桑珊家的沙发上,丹尼尔读完信,回想起那天在博尔赫斯酒店大堂电梯门口看到的一幕。他想,当时玛利亚一定是在跟约翰·布朗要稿件,遭到了回绝。

这时,丹尼尔体内作为作家的那一半又发作了。他问桑珊何时出发,桑珊说了句"到时候自然会通知你"就离开了公寓。丹尼尔在等待桑珊的时候,迫不及待地读起了约翰·布朗的新小说。

半夜十一点,桑珊忽然进门,让丹尼尔马上跟她走。

整个出发前的准备工作,桑珊都不让丹尼尔插手,做得十分保密。丹尼尔理解桑珊的顾虑。他们连自己是谁都不知道,更不要提信任对方了。真相之后藏满了变数。谁也不能确定,在查出他们自己的真实身份后,两人不知是敌是友,是否还能容纳对方。

这样的合作有点怪异微妙,话不多,基本上没有交谈,却直截了当、十分高效。信任只限于查出真相之前。丹尼尔跟着桑珊坐进一辆直升飞机。开飞机的人不说话,径直升空,朝前。

三个小时后,他们来到一片水域。丹尼尔判断,这里已是公海。

直升机降低高度,桑珊和丹尼尔身穿潜水服跳入水中。直升机在海面盘旋一圈后离开了。在两人的装备上,都安有小型助力马达。他们利用马达,在漆黑的海面上潜游前行。半个小时后,丹尼尔在海平面的末端看到一点起伏亮光。

黑色的天幕星辰密布。它们遥遥闪烁,如同闪亮钻石。那一点亮光,很容易就淹没在和星辰齐高的海平面中。丹尼尔和桑珊像两条深海之鱼,一点点接近那点光。渐渐的,丹尼尔看清,亮光来自一艘巨大的军舰。从军舰的外观上看,是一艘前苏联建造的军舰。

难道这件事和俄国人有关?

浮在水面上,桑珊告诉丹尼尔,钥匙卡注册的公司叫"卡罗",是一家专门研制开发新型药品的国际大公司。她开玩笑地说,她在丹尼尔忙着查看电邮的时候,就用那张钥匙卡进入过卡罗公司,查到了这艘船。

这艘船的确是前苏联的军舰,后来退役了。船最后是在巴拿马注册的,但一直在公海上,从不靠近任何国家的水域。桑珊认为真相就在船上,所以才被藏得这么隐蔽。

听到桑珊这么说,丹尼尔暗暗吃惊。在约翰·布朗的新小说中,描述了一名医生,因为知晓某些不该知道的事情而被追杀。走投无路时,他想起了一位值得信任的作家朋友,便将事件内幕写信托付给他,希望能借对方的笔,把真相公之于众。小说里,有人悄悄用人体做实验,地点就在一艘潜伏公海的苏联退役军舰上。

丹尼尔看着那艘船,跟着桑珊向前游去。小说内容开始和他面临的事实吻合。他望着桑珊在海水中起伏,不禁怀疑,小说里究竟有多少叙述是真的?因为在那部小说中,还有两个主角:一男,一女,他们曾经是恋人。

桑珊和丹尼尔熟练地爬上海船,脱下装备。船上有人持枪放哨。这是一个好征兆,说明他们找对了地方。桑珊轻轻弯腰朝前,接近那人的后背,一把拧断了他的脖子,动作安静利落。可她刚站起来,转过身,就看见一个黑影向她扑来。她正要打出一拳,黑影就自己倒了下去。原来黑影发现了桑珊,要伏击她,被躲在一旁的丹尼尔除掉了。丹尼尔和桑珊捡起两个守卫的枪,继续向前。

除了海浪微微拍打船体的声音,四周一片寂静。海,天空,辽阔的宇宙,在军舰边扩展出无边的深蓝与墨黑。丹尼尔和桑珊没有惊动更多的人,直接向船舱入口走去。

门是关上的。就在丹尼尔寻思怎么把门弄开时,门开了。一个身穿白大褂的人走了出来。他抬头看看天,从口袋里掏出打火机和香烟。趁他低头挡风点烟的时候,丹尼尔从后面蹿了上去,用枪抵住他的后腰,小声说道:"别出声。"

男子吓了一跳,打火机和尚未点燃的香烟掉在甲板上。

丹尼尔和桑珊押着男子走到甲板的隐蔽处,低声问他,这艘船是干什么的。

黑暗中,男子害怕地说,这是一艘实验船。

"什么实验?"丹尼尔问。

"动物实验。"

"你少废话!"桑珊一拳打在了男子脸上。

男子害怕了,实话实说:"人体实验。"

"死人还是活人?"桑珊问。

男子看见这两个黑影已经了解了那么多,为了求生,便将这艘船的秘密全盘托出,"这艘船在做一项伟大的实验。我们可以将一个死者的记忆下载植入到另一个死者的大脑中。"男子纯粹是个书呆子,在丹尼尔的枪口下讲起实验来还挺自豪。

丹尼尔拿枪的手微微一颤。这又和约翰的新小说吻合了。因为能够移植和传承记忆,死去的人就可以在另外的躯壳里继续生存。小说名字也被约翰暂时定名为《复活》。小说中的那对恋人认为这有悖人性,决心毁掉这个实验,却失败了。他们被实验者抓住后当做实验品,抹掉了自己的记忆,身体成了承载他人记忆的皮囊。

"实验室在哪里?"桑珊问。

"船舱下第二层。"男子犹豫了一下,忽然问道,"你是 P48 号?"

"你说什么?"桑珊刚说完,船上发出凄厉的警笛。有人已经发现了少了两名警卫。

男子正要回答桑珊,一颗子弹射中了他的额头。紧接着,又一颗打在了他们身边的铁杆上。

丹尼尔一把推开倒在他身上的男子,和桑珊躲避着枪弹,向船舱入口跑去。

在船舱里和警卫交战,简直就像巷战。丹尼尔和桑珊的配合十分默契,两人一路向前,每一次掩护和攻击都像在跳激情四射的双人桑巴。旋转,腾挪,桑珊倒地射击,他把桑珊一拉,桑珊起身,和他背靠背掩护射击……每一个动作,都尽善尽美,毫无破绽。丹尼尔居然想到了一个形容词:浪漫。他甚至好几次,都有了要吻一吻桑珊的冲动。

两人进入到第二层,桑珊按下保险防弹门,暂时把火力阻挡在外面。

忽然间,整个世界安静了。

他们如同来到了一个未来的世界。

在他们面前,延伸出一条细长的走廊。如果要描述得更确切一些的话,那是一条闪闪发光的隧道。走廊的顶端和侧面全是白光,走廊地面上,发出寂寞的蓝光。在走廊尽头,有一道圆门。

真相就在圆门之后。

他们一直走向那扇门。桑珊看了一眼丹尼尔,打开了门。

门后,并没有他们想象的,泡着尸体的巨型玻璃水缸。

门后是一个巨大而空旷的房间。在房间的中间,悬浮着两把金属椅子。椅子旁边有一台电脑。电脑放在一个金属架上,需要站着才能操作。电脑的后部伸出很多连线,分别连接着那两把椅子。

"难道,这里就是实验室?"桑珊说着和丹尼尔一起走向电脑。

电脑屏幕也闪烁着深蓝色的幽光。

"你想起什么了吗?"桑珊问丹尼尔。

丹尼尔摇了摇头,"你呢?"

桑珊也摇摇头。面对自己曾经被当做小白鼠一样做实验的地方,他们什么也想不起来。

桑珊要去操作电脑,被丹尼尔一把拦住,"我来。"

"怎么,你以为你的黑客技术比我强?"桑珊有些不高兴了。

"不是。我只是有一种感觉,我知道这台电脑的操作方式。也许,在我的大脑里,还留着一些和这台电脑有关的记忆。只要我开始操作,它们就会被激活回溯。"

桑珊点头让开。丹尼尔走到电脑前。他撒谎了。他并没有一种感觉,也没有会被激活的记忆,但是,他知道怎么操作电脑。在约翰·布朗的新作里,也有这样一间实验室和一台电脑,那个被追杀的医生把密码告诉了作家。

丹尼尔触碰电脑屏幕,激活了屏幕。屏幕上露出一个空白的密码方块。丹尼尔侧头看了一眼桑珊,输入密码。

屏幕闪烁,很快跃出无数档案,全是实验记录。丹尼尔细细查看,发现最早的档案可以回到三十年前。

在约翰·布朗的新书里,医生说过这个实验的最初目的。在科幻小说的世界里,有一种休眠装置,可以让人在里面睡上几百年,甚至几千年。当他们被唤醒的时候,他们还和入睡前一样年轻。这样,人类就可以跨越时光,享受未来。医生说,他们当时一开始搞研究时,就是想制造这种装置。

医生还说,在研究时,他们无意间发明了一种试剂。这种试剂可以让伤口快速愈合。而且,在研发出这种试剂后不久,实验室里发生了一次事故。一名实验人员接错了导线,被试验的两个人先是死了,但是在死后十分钟后又神奇复活了。

紧接着,这名实验人员还有了更大的发现。他发现被接错导线的两名死者交换了记忆。

实验人员对这个发现绝口不提。科学家的好奇心让他继续悄悄进行实验,最终探索出了下载意识和记忆的更多秘密。不过,在早期实验中,接纳记忆的载体不能是活人,必须是刚刚死去的人。只有"新鲜"的死者才能被删除掉原来的记忆,就像一个存储器,要先被格式化清零后才能用来存储新的记忆。

这个实验员,就是这名被追杀的医生。

他被追杀的原因,是因为他不愿意将这个秘密完全告诉公司。他觉得这是一个邪恶的实验。而且,最后让他决心出逃的,是公司的一项新决定。公司要把这项技术卖给出价最高的情报组织。

培养一名情报人员,需要花费大量的人力物力和时间。实施一项任务,常常会经历很多失败,死去很多人。但是,只要有了这项技术,人体就只是一个碳水化合物的躯壳,一个记忆和意识的承载器,情报人员可以不断地死亡,然后,他们的记忆又会被栽植到新的躯体里,继续工作。

在书里,约翰·布朗已经把在逃医生的话写得很清楚。医生在后续的研究里,把乔·盖曼的记忆下载到了一具新到的尸体里。尸体复活后忘记了自己原来的身份,承认自己就是乔·盖曼。接着,为了验证这个步骤,医生又把一名杀人犯迪恩·钱德勒的记忆也下载到了那具复活的尸体里。

这些信息,现在就展现在电脑屏幕上,把桑珊看得目瞪口呆。

现在,丹尼尔虽然知道了自己体内的确下载了乔和迪恩的记忆,但仍旧不知道自己最初的"本身"究竟是谁。对于这具被用来承载记忆的新鲜尸体的身份,电脑里没有记录。它就像一个实验器具,一个烧杯,一个酒精灯,不需要提及。然而小说的医生倒是说,这具躯体就是情侣中的男子。

自己的"本身"到底是谁呢？

他想知道。

丹尼尔输入乔·盖曼。

更多的信息随着浮现。那架失踪的飞机并非出了事故。它是被卡罗公司雇佣的人劫持的。劫持者让飞机消失在大海上，并且带走了机上所有的人。他们成了实验品。

丹尼尔恐惧地想，劫机还真是一个采集实验品的"绝妙"方法。这些实验品有男有女，有老有少，这就满足了实验需要的多样性。但是，实验其中的一步是需要让新鲜尸体复活。最为残暴的一幕也就随之发生了——卡罗公司先按照实验步骤杀死这些人，然后再让尸体复活。

这就是惨绝人寰的屠杀。

更令丹尼尔惊讶的是，劫持飞机的人正是迪恩·钱德勒。

原来，卡罗公司在最初开始试验时，是通过向医院或者监狱购买没有人领取的尸体。迪恩·钱德勒在监狱暴乱中丧生，他的弟弟文森特·钱德勒就请公司出面，买回了哥哥的尸体。那时候，运用复活尸体执行任务的技术已经初步成型。在劫持飞机的时候，迪恩·钱德勒已经是一具会动会思考的尸体。当时，他就藏在飞机行李仓中。丹尼尔恍然大悟，当他在酒吧外面想要用迪恩的记忆套文森特的话时，文森特就早已识破了他。

在乔·盖曼下方的这些信息里，还是没有丹尼尔"本身"的信息。丹尼尔输入了迪恩·钱德勒，也没有。

桑珊一起看完这些信息，忽然意识到丹尼尔并不是靠记忆回溯在查找。她举枪对准丹尼尔，问道："丹尼尔，难道你有什么事瞒着我？"

丹尼尔便把约翰·布朗的新书内容告诉了她，而且说他推断后来约翰·布朗在收到医生的来信后便开始了调查，查到乔·盖曼时，被卡伦公司发现。"鹰隼"也是卡伦公司的人。丹尼尔是卡伦公司的"产品"。"鹰隼"在公司的授意下,让丹尼尔刺杀约翰·布朗。在这一切发生的同时,摩萨德和中情局都嗅到了气味,开始了调查。

桑珊听丹尼尔说完这一切后,收回枪,惊讶极了,过了许久,才冒出一句话:"那你能查出我的'本身'是谁吗?"

门外传来"嘭嘭"的声响。警卫已经开始摧毁最后一扇门了。他们的时间不多了。

"当你在大海里漂流的时候,你获得了谁的记忆?"丹尼尔问。

"一个叫梅·马丁的女人。"

丹尼尔输入这个名字,梅·马丁。她也是失踪飞机上的乘客。电脑里有梅·马丁的照片,旁边有个序号:P48,和面前的桑珊完全是两个人。但是,关于桑珊"本身"的来历,电脑中还是没有记载。

"轰",一声轰然巨响,门被炸开了。整个实验室里闪烁起了红色和金黄色的警示灯,电脑屏幕忽然开始闪烁雪花一样的亮斑,走廊上传来了快速奔跑的脚步声。丹尼尔发现,这台电脑还连着整艘船的监控系统。他告诉桑珊,他要查一查在这艘船上,是否还关着向他们一样的"实验品"。桑珊点头,一手拿着自己的枪,一手拿着丹尼尔的枪,冲到了走廊的入口。很快,她和闯入的警卫,展开了一场枪战。

听着激烈的枪声,丹尼尔知道桑珊一个人能够抵抗的时间不长。他迅速检查着电脑屏幕,敲击着键盘,很快,他发现了那个恶心的、盛放"实验品"的仓库。无数的人体被分别泡在盛有淡蓝色液体的玻璃缸中。丹尼尔看清楚了他们的脸。他们有的就是那趟失踪客机的乘客。他们曾经都是活生生的人,有爱有痛,有亲人,有家庭,但如今,他们成了一具具实验品,一个个烧杯,一个个酒精灯,一个个用来盛载他人记忆的皮囊。

怒火在丹尼尔内心熊熊燃烧。他看着这些实验品,忽然意识到这项实验进步了、改善了。它已经不再需要新鲜尸体了,只要尚未腐烂的尸体都能用。

丹尼尔从自己身上看到了这些实验品的未来。他们会复活,然后带着他人的记忆实施谋杀。他们将永远活在被他人操纵的躯壳里。这些"工具"在复活后,必须按时注入维持身体新鲜的药水,否则就会腐烂,走向死亡。

丹尼尔看着自己的手指。指尖的肌肉正变得松软。他开始腐烂了。他转头看了一眼正在射击的桑珊,心里突然不由升起阵阵暖意。他想起了书中的那对情侣。他不能确定,他和桑珊就是那对情侣。他还怀疑,这段爱情,究竟是源自医生的信件,还是约翰·布朗的虚构。

不过他想,他和她之间就算是有爱,他们也是最不该留在这个世界上的两个人。这项技术不应该出现在世上。如果真有造物主的话,那么,造物主应该是吝啬的人。他会精明算计宇宙间所有的事物,包括时间,空间,生命和永恒。不该出现的东西,就不该被留住。

电脑闪烁着。丹尼尔看到了电脑上有一个自动爆炸销毁系统。他伸手设定,指尖的肌肉脱离了骨头,露出下面惨白的指骨。没有疼痛。与此同时,在丹尼尔脑海里,对桑珊的爱意快速涌来,更加凶猛。这也许就是药水中断后记忆回溯的最后部分。

最后的部分,往往是最强大的。它像海啸一样,蔓延着他早已不会跳动的心脏。

他又看了一眼桑珊。尽管他仍不知道自己是谁,不知道这个女人究竟是谁,但他能感受到这爱意是真实的。他深爱着这个女人。他能确定书里写到的爱情,不是虚构,而是事实。

桑珊这时也回过头来。她的表情好像也是在说,她最猛烈的记忆回溯也开始了。她想起了她和他,曾经是一对海枯石烂的恋人。

丹尼尔看着桑珊笑了。作为作家的那一部分又来作祟,让他充满了激情,充满了爱;然而,他作为杀手的另一半让他冷静,告诉他,如果他们还有机会相见的话,他们应该是在天堂,或者是在地狱。

丹尼尔用手指剩下的骨节按下自动销毁系统。整艘船里忽然出现一个电脑女音:轮船进入自动销毁状态。倒计时开始:十,九,……

  警卫听到警示,停止射击,开始撤退逃亡。然而,时间只有十秒。

  这十秒,还不够这些警卫逃上甲板。

  这十秒,除了无用的逃生,还可以用来做什么?

  听到自毁警示,桑珊停止了射击,转身望向丹尼尔。

  丹尼尔向她走去。

  他拥住桑珊。

  桑珊搂住他,搂得很紧很紧。轮船开始爆炸!整艘船都在震动。

  八,七……

  他们看着对方,紧紧相拥。他的嘴唇碰到了她的。这是一种奇妙的感觉。尽管他们没有时间继续搜索记忆,找出自己的真实身份,但是,他们知道,他们是属于对方的,此时此刻,他们不能再失去彼此了。

  更多的爆炸在他们身后像祝福的礼花一样炸开……

  这十秒,不够逃生,但是用来存储一份爱,已经足够。

2014.08 初稿

藏　天

> 人类对自身的认识和对宇宙的认识一样渺小,一样知之甚少。
> ——林凛《捕梦者》

一

　　女探员关青这段时间睡眠一直很差，即便是睡着了也会做些奇奇怪怪的噩梦，随之马上惊醒。她知道，这和她办理的上一个案件有关。那是一个关于记忆的案子。一个野心家试图用纳米机器人控制人们的记忆。她破了案，却被凶手删去了一部分记忆。

　　在此之前，她一直认为记忆应该是像液体，各种回忆如不同颜色的水，汇入大脑后是会混合在一起的。然而当她失去了部分记忆之后，她才发现不同的记忆之间居然存在清晰的界限。那些和该案件无关的记忆，她一点都没有丢失。

　　她试图找回那段记忆，反复不断地阅读上个案件的卷宗，还试过物理治疗，试过心理医生，却都毫无效果。失眠也接踵而来，因为有一个暗示像一枚戴着善意伪装的炸弹，深深地藏在她的内心深处——只要不睡觉，就能找回记忆。

　　在又一夜失眠之后，关青来到了警署。她的桌子上放着一封刚送来的信，这让她很奇怪。

　　搭档沈志也是刚走进办公室，打趣说："一定是情书。现在只有情书还坚持手写。"

　　关青打开那封突如其来的信，从里面抽出一张照片。

　　很普通却很漂亮的一张照片，画面中间是一座教堂。夕阳下，教堂淡黄色的尖顶映衬在淡蓝色的天空下，有一种神圣安详的超然之态。这是一座众人皆知的教堂，位于米兰区的圣约翰大教堂。

　　"这是什么意思？"沈志很奇怪。照片背面没有文字，信封里也没有夹带其他纸页。"难道是暗示你去教堂结婚？"沈志说着把外衣挂在椅子靠背上，还未坐下，就看到自己的办公桌上也放着一个同模同样的信封。

"也是封情书?"关青笑着说。

"难道是某一个人同时爱上了我们这个两个未婚男女不成?"沈志撕开信封,也从里面掉出一张照片。照片上有一个美丽的山坡。坡顶有一幢很漂亮的别墅。也是只有照片,没有文字。"这照片太煽情了。寄信人是什么意思嘛?"沈志耸耸肩,把照片扔到桌上。

从工作惯例上来讲,两位探员同时收到两张含义不明的照片,一定是会送到技术科检查一番的。但是,还未等关青和沈志行动,他们的队长聂文海就走了进来,手里拿着一个小拇指指甲大小的光盘。聂文海是个思维严谨很少言笑的人,因为这样的性格,致使他不喜欢探员们在工作时说笑。

办公室的气氛随着聂文海的出现瞬间转变,鸦雀无声。

聂文海把光盘插入一台电脑,把录像投影到朝北的一面墙壁上。

"这是今天一早从公园的监视摄像头上提取的资料。"聂文海的声音冷淡严峻,语气尖锐锋利仿若刚从北极深海中打捞上来的不锈钢匕首。

大家的注意力都集中到了视频上。一开始,画面中出现两个匆匆走过的路人。路人的离开,仿佛拉开了舞台的大幕,露出此戏真正的主角,一名坐在公园长椅上的男子。

男子大约五十多岁的年纪,衣裳褴褛,身旁放着一个明显是从超市偷来的小推车。

透过小推车的铁网格,关青他们可以看到车里堆着废旧报纸,玻璃瓶塑料瓶,一把断骨的破伞,一个很旧的老式收音机,还有一个被烟火熏烤得很黑的铝制茶缸。看来,这名男子是一个被这座城市抛弃和忽略了的流浪汉,这个小推车就是他的全部家当。

公园的早晨宁静极了。流浪汉表情安详。除了他,大家都在为生活疲于奔命,还有谁能享受这清晨的悠闲呢?关青有一瞬间,忽然羡慕起这个流浪汉来。

就在这时,流浪汉仿佛刚刚逃离一个梦魇般猛地睁开了眼睛,表情万分惊恐。紧接着,他头疼欲裂似的抱住了头部,在长椅上前后猛烈地摇摆身体。他的身体此时好像已经不是血肉之躯,而是一部加速器,剧烈摇摆的速度之快,让他的身体动作在视频中形成一片模糊的明亮光团。与此同时,一只鸽子从他身后的蓝天上缓缓飞过,速度正常,羽毛的纹路和脚爪弯曲的性状在阳光下清晰可辨。这与流浪汉模糊成团的身体形成了强烈对比。

就在大家无比惊讶的时候,屏幕中发出一声试图挣脱地狱般的惨叫,然后,应该是流浪汉的身体位置像一枚燃烧弹般爆发出熊熊火焰,紧接着是一声爆炸,尖叫声戛然而止,空气中弥漫飞溅着人体组织和鲜血。

"人体自燃?"沈志在震惊中不由自主地脱口而出。

"不仅如此。"聂文海冷静地说,"技术科人员发现,这个流浪汉身体摇摆的速度是光速的四十万分之一,这简直就是奇迹。"

"光速的四十万分之一?"关青非常惊讶。光在真空中行进的速度是每秒三十万千米。也就是说,这个流浪汉身体摇晃的速度是每秒七十五米,每小时二百七十公里。"这是不可能的!"关青不敢相信。

"他们把这段视频做了技术处理,这是调慢后的图像。"聂文海说着,调出下一个文档。

由于速度超慢,屏幕上的背景,包括那只扇动翅膀飞翔的鸽子,都变成了静止不动的画面。流浪汉的眼睛喷射出恐惧,身体开始燃烧。他的脑袋在冒烟的同时,仿佛成了一个被无数只手向无数个方向拉扯的面团,看起来完全就像一个长满了尖钉的河豚。这些被拉扯出来的尖钉不停伸缩着,不停地变换着长度,仿若这是一个非常有趣的游戏,令那些无形的手十分欢喜投入。然后,流浪汉的脑袋和身体同时炸裂。

"这,不仅是身体自燃。"聂文海从屏幕中收回视线,郑重地看着关青和沈志，接着说："公园里只有这名流浪汉出事了，其他人都安然无恙。而且，在他头部发生的情况十分特殊，好像有多个外力在同时拉他的头。"

"或者，有多个内力要从他的脑袋里冲出来。"关青说。

"电脑怎么说？"沈志打趣。沈志这样说，不是没有原因的。自从警署使用破案软件以来，这个软件的高效性和准确性都让"原生态探员"们自愧不如。探员们只要把案情细节输入电脑，电脑就会做出判断，立刻做出下一步侦查指示。探员们再按照指示去调查，然后再把调查结果输入电脑，电脑又会进行分析，做出下一步指示，如此前进，最后就会得出破案结果，而且很少出错。这让自嘲为"原生态探员"的警员们很不爽。人脑算什么？！他们都成给电脑跑腿的了。

听到沈志的提问，聂文海的脸上露出一个难得的狡黠笑容。这个笑容把他的内心世界暴露无遗——他也对探员被电脑软件控制非常不满。意识到自己在下属面前展露过多，聂文海很快收起了笑容，说道："电脑说这个案件不成立。"

"嚯！"办公室里爆发出一阵嘲笑。嘲笑中又含着人类的释然，解脱和自豪。电脑总是这样，一碰上新奇的案件就只会说"案件不成立"，唬谁啊？！一时间，很多探员都跃跃欲试，很想在这个案子上和电脑一比高低。

聂文海的眼睛在办公室里扫了一圈，仿佛在思索这场比试的最佳人选。最后，他在大伙的急迫等待中说："这个案子就交给关青和沈志了。其他探员配合。"

聂文海说这话的时候，眼睛早已停留在关青脸上。这是关青失去记忆后接手的第一起大案。虽然警署的心理医生在对关青进行了治疗后，已经确定她能够返回工作岗位，可聂文海的目光中，还是暗存着些许怀疑和担心。他怀疑关青在记忆受创后的反应能力和判断能力，担心关青还会不会再出事。然而仅有担心是不行的，聂文海不得不让关青走上战场,否则,他的担心永远只会是无用的担心,关青永远也只会就此停步不前。

关青从聂文海的眼中读懂了所有内容。她点点头,动作镇定而自信。

二

流浪汉燃烧爆炸后四射的躯体已经被警员们收集起来,送到了解剖室。

解剖室的四面墙本来是水泥的。法医鲁强有一晚做了一个怪梦,梦中人建议他把解剖室的四面墙全都换成玻璃墙,在玻璃内部装上调节灯,就能让四季不知昼夜不分的地下封闭解剖室带有落地窗的光线效果。自此梦后,鲁强执着地和聂文海纠缠,终于弄到了一笔资金,重新装修了四面墙。效果还真出来了。鲁强可以随心所欲地把解剖室在任何时刻改成冬天的清晨或者夏天的夜晚。所以,每次探员们去解剖室,都不知道会遭遇什么时间。

这次,关青和沈志也不例外。他们是早上十点半接到任务后进入解剖室的,却遭遇了一个晚霞炽烈的傍晚。整个解剖室在墙壁灯光的映衬下,一片火红。

"你们放心,我在解剖时是使用白色光源的。而且,墙上的这些灯都是冷光源,不会毁坏任何证据。"鲁强看到关青的脸色,立刻解释。

关青笑了笑,询问流浪汉的解剖情况。鲁强拉开遮盖在一张解剖床上的盖单,关青和沈志立即看到一个由黑炭和小状颗粒组成的人体图案。"这就是。"鲁强像主持人讲完开场白一样,右手捂胸,向关青鞠了一个躬,接着说:"高速摇晃产生的温度让他的身体全都燃烧了。"

"身份?"沈志问。

"无法确定。"鲁强回答。

"什么?"沈志和关青异口同声。他们如此惊讶,是因为这几乎是不可能的。全球有一个联网的 DNA 识别系统,记录每一个人的 DNA。DNA 识别系统早已代替了身份证和护照,而且早已攻破了双胞胎和多胞胎 DNA 的识别方法,人们通过自己的 DNA 使用信用卡,购物,上餐馆,住旅馆……就连看电影买票,也要经过 DNA 识别付钱订座。如果这个人脱离了 DNA 识别系统,就说明他根本不可能有任何社会行为,甚至连乘坐公交车也不行。

"难道他是一个生活在社会之外的人?"沈志说。

"在这座城市,若是脱离 DNA 识别系统,那简直是寸步难行。"说话的是一个女孩,个子挺高。她叫安敏,是鲁强的助手。

"也许,这正是他被害的原因之一。没有人能生活在社会之外。也许他在躲避什么,结果,却被谋杀了。"关青分析。

沈志点了点头。这起案件至今为止只是一个谜。如果没有足够的证据证明这是一场谋杀,那么,最接近的解释就是,流浪汉死于人类尚未遭遇过的物理现象。

"还有其他发现吗?"沈志问。

鲁强摇摇头,接着补充说:"不过,我正在用电脑合成他脑袋爆炸的过程,也许我能从中找到一点线索。"

关青在离开解剖室时,发现安敏的脸色很不好,便低声问她怎么啦。安敏和关青素来处得不错,就小声告诉她:"还不是鲁强的那四面墙,弄得我的时间错乱,生物钟彻底紊乱。"

关青一听,只好同情地笑了笑,"想不想调走呢?"

安敏立刻摇头,"绝对不想。"

"为什么?"关青问。

"鲁强是我所知最好的法医。"安敏说。

三

从地下解剖室的黄昏中出来,突然出现在警署外停车场的上午阳光之中,让关青有些不适应。这一刻,她切身体会到安敏生物钟紊乱的苦衷了。

在开车赶往公园的途中,关青接到了技术科警员黄桦的电话。因为在去解剖室之前,关青和沈志把早上收到的两张照片连同信封交给了黄桦,请他检查一下。关青把电话的扩音装置打开,这样坐在副驾驶座上的沈志也可以参与通话。

黄桦说:"关青,你知道吗,在这两个信封上发现的指纹只有你,探员沈志和邮递员的。"因为 DNA 识别系统中包含指纹档案,黄桦很快就能查出所有指纹的主人。

"难道没有寄信者的指纹?"关青问。

"没有。另外,我们还有一个小小的发现。"黄桦说。

"什么发现?"沈志问。

"这两张照片是三维的。"

"什么?照片明明是平面二维的嘛?"沈志问。

"我们在照片的表面发现一层薄薄的类似透明薄膜的表层。揭下来后,我们发现这层薄膜并不平滑,而是凸凸凹凹的。这些凸凹是一种解码,可以把二维平面事物转换成三维立体的。"

"结果呢?有何新发现?"关青问。

"电脑还在解码过程之中,也许还要一段时间。一有进展,我们就立刻通知你们。"黄桦挂掉了电话。

公园内用警戒线隔离出了一大片区域,比以往的案发现场要大得多。那是以流浪汉头部爆炸后的喷射范围为基准的。几名警员正在做第二次吸扫。吸扫就是用一种专用的生物识别吸尘器,把流浪汉的身体从其他异物中加以区分后收集起来。所幸的是,流浪汉所坐的长椅周围除了草坪外,没有灌木或者树木,不会有身体部分挂上去,这让工作的准确性提高了不少。

在警戒线的四个角上,放置了反摄像装置。这种装置放射出一种波,可以抵抗好事者从外面拍照和摄像。如果他们硬要拍,也只会拍到一片白茫茫。当然,研发这种装置主要是为了对付那些无孔不入的记者。在关青和沈志通过警方严守的警戒线的时候,还是有几名于心不甘的记者簇拥了上来。关青和沈志像在泥浆中游泳一样,扒开记者,进入警戒隔离区。

空气中还残余着肉体被烧焦的煳味。流浪汉曾经坐过的长椅上,有一圈被烧黑的洞。小推车还在旁边。在二次吸扫结束后,小推车才会被送到警署。这样做主要是为了防止里面还会存有流浪汉的部分身体或者大脑。关青翻看了一下小推车里的东西,眉头一皱,问沈志:"你看,这里面少了什么?"

沈志仔细看看,确定地说:"收音机。"

关青立刻打电话请警署将事发后十分钟内的录像传送到她的"烟盒"上。烟盒是探员们随身携带的小型电脑的别称,因为它的体积只有烟盒大小。

警署负责监控录像的警员在电话里遗憾地说:"在流浪汉爆炸后,他附近的所有监控摄像头都被干扰了三分钟,没有录到任何内容。三分钟后,警方已经赶到了现场。"

"这就是说,有人在事发后故意干扰监控,拿走了收音机。"沈志说。

"这也说明,这完全不是意外,而是一场有预谋的谋杀。"关青说。

"可是,凶手是如何让流浪汉的身体如此高速摇摆,脑袋出现那样奇怪的变化并且爆炸了的呢？还有，凶手为什么要在事发后拿走收音机呢？这个收音机为什么那么重要？"

对于沈志的问题，关青此时也没有答案。她心中还有另一个问题：凶手究竟是谁？

在长椅后面的警戒线外端，关青发现有一块地面看起来十分奇怪。那里本来应该是一片绿油油的草坪，但是有一小块地方上面的青草好像是提前到了冬天，枯萎了。

关青钻出警戒线，凑近了仔细看。

那里的草确实枯萎了。干枯的草叶向中心倒伏后形成了一个显而易见的形状——一双鞋的形状。曾经有人站在这里。可是，在什么样的情况下，这个人才能使脚下的青草枯萎从而留下鞋印的形状呢？

而且，鞋印看起来太小了，简直是小孩子的鞋！关青掏出烟盒，调出今早流浪汉身亡的场景。在那份超慢镜头的档案中，关青发现在录像一开始，当那两个路人从流浪汉面前经过的时候，流浪汉身后不远处，也就是脚印出现的位置，有一个头在画面中一闪就不见了。时间大概还不足半秒。

关青将这个头部画面放大，然后锐化，看到了大半个小孩的头。那是一个小男孩，因为个子矮，所以只在流浪汉身后露出了半个头。

就在这时，关青看到不远处有一个人影一闪，躲进了灌木丛。直觉让关青冲过去。她从草丛中抓出了一个五十多岁的女人。女人衣衫褴褛，身体散发着常年不洗澡的怪味。她的眼睛红红的，好像哭过。

"你认识这个流浪汉？"关青敏感地察觉出这个女人和流浪汉之间的关系很不一般。

女人摇了摇头，眼泪开始"刷刷"地流，嘴里发出"嗯嗯，啊啊"的声音。女人张开嘴，关青看到在她嘴里没有舌头。

关青拿出随身的笔记本和笔，要女人写。女人又摇摇头，被关青抓住的手忽然反抓过来,拽住她就跑。

女人踉踉跄跄地把关青带到公园内的一个小桥洞下面。桥洞下的流水很浅,露出大片大片光秃秃的河岸。关青看到岸上一个很小很破旧的帐篷。

女人牵着关青的手来到帐篷边,眼神鼓励她进去瞧一瞧。关青弯下腰,钻了帐篷。帐篷里有一张不知是从哪里捡来的席梦思,一口破锅,床头摆着一个旧相框,里面压着一幅素描。

关青拿起素描,看到素描里画了两个人,一个是面前的女人,另一个就是流浪汉。

"你们是夫妻?"关青关切地问。

女人又摇头又点头,打起了手势。关青请她停下来,然后掏出烟盒,接通警署通晓哑语的警员,请她通过视频和这个女人谈话。

几分钟后,这名懂哑语的同事告诉关青,这个女人叫苏芬逸,她也是一个无家可归的人,一直就住在这座桥下,住了有十五年了。三个月前的一个雨夜,一个流浪汉闯入了她的帐篷。流浪汉当时发着高烧,满嘴胡话。她收留了他,并且治好了他的病。后来,她发现这个流浪汉的神智有时候清晰,有时候却又十分混乱。在他神智清晰的时候,他十分可爱,善良聪慧,好像什么都懂似的。神智混乱的时候,什么都不知道。他们是一个星期前结婚的。流浪汉画了这张素描,作为结婚照。

"那么,这个流浪汉有没有告诉她他的名字?"关青问。

在同事和苏芬逸一番安静的交谈后,关青了解到,这个流浪汉即使是在神志清醒时,也绝口不提自己是从哪里来,原来是干什么的,叫什么名字。流浪汉来的时候,身上除了一个小型收音机,什么都没有。今天早上,流浪汉本来打算出去刨刨垃圾,拣点东西,没想到就出现了这样的惨剧。

"不过,"同事说,"苏芬逸说在替流浪汉洗衣服的时候,她在衣服口袋里找到一张用过的火车站的站台票,时间是三月十五号,刚好是流浪汉闯入苏芬逸帐篷的前两天。"

"站台票呢?"关青问。

苏芬逸很失望地摇了摇头。

"我可以带走这张素描吗?"关青问。看见苏芬逸十分犹豫,关青立刻说:"我只是借用一下,找到凶手后立刻还给你。"

苏芬逸将信将疑地点了点头。关青没有想到,也根本没有料到,这竟然是她最后一次面对这个善良的哑女。

四

关青请沈志调来三月十五号火车站的监控资料和售票记录。他们分工合作,沈志检查监控录像,关青检查售票记录。

没多久,沈志就有了发现,大叫:"关青,快过来看!"

关青快步走到沈志桌前,看到电脑屏幕上出现了一段视频。视频中,流浪汉出现在火车站,递交了站台票,走上站台。他好像是在等人。不一会儿,站台上来了一个抱着洋娃娃的小女孩。小女孩高高地扎着羊角辫,模样大约七岁左右。小女孩向流浪汉走来。流浪汉没有注意到她,目光还在向四周搜索。小女孩一路走来,因为她的可爱,身边的人不停地向她投来微笑。

小女孩走到流浪汉的面前,扯了扯他的衣角。流浪汉低头,当他看见是一个小女孩的时候,却不像其他人那样露出微笑,而是露出惊恐的表情。

小女孩招招手,流浪汉弯下了腰;小女孩踮起脚尖,小声对流浪汉说了几句话,流浪汉的脸顿时僵住了。接着,流浪汉牵着小女孩的手走出了月台。

沈志紧跟着调出月台外的监控录像,发现小女孩和流浪孩钻入了一辆小轿车。沈志立刻查询了车牌,结果发现牌照号是假的。

沈志和关青面面相觑,这个小女孩是谁?她把流浪汉带到了哪里?

按理说,流浪汉必须依靠DNA系统才有资格买票。依据流浪汉在电脑中刷站台票的时间,关青在电脑里找到了这张票的记录,发现那是用一个叫"徐多"的身份上网购买的。

紧接着,关青从资料库里调出徐多的资料,发现这个徐多,在买票后不到三分钟的时间,因为脑溢血身亡了。徐多的家人后来发现有人盗用了他的身份,购买了一张三月十五号中午的火车票和一张当晚飞往非洲的机票,立刻报了案。

关青又查出徐多的主治医生,并且和他通了电话。医生告诉他,这个徐多有八十岁了,下身瘫痪多年,身故前一直住在医院。

看来,流浪汉一直在盗用别人的身份生活,但为什么他从不被人发现呢?

关青的脑海里出现一个猜测。她在电脑搜索引擎上输入两条搜寻信息。第一条:身份盗用;第二条,身份被盗用者的死亡时间。

三秒钟不到,电脑屏幕上出现了长长的名单。

关青为了缩小范围,在搜索引擎上输入:身份的主人在身份被盗用后在短时间内死亡。一秒后,关青立刻得到了一张不算太长的名单。关青找出地图,根据资料,把所有的身份盗用地点用一个红色圆点标出来,很快,这些红点在地图上勾勒出了一个范围。

"很有可能,这就是流浪汉的活动范围。"关青指着地图对沈志说。

然而,这个范围仍旧还十分模糊。

而且,这个流浪汉到底是谁?

更让关青感到不安的是那个出现在站台上的小女孩和那个公园里的小男孩。他们和这个案件有何关系?他们是谁家的小孩?!难道是有人绑架了小孩,利用他们来作案?这些犯罪分子也太过狡猾、心狠手辣了,因为即使警方抓到小孩,也难以定罪。更糟糕的是,这些小孩子才六七岁,要从他们嘴里查线索,简直是难上加难。无奈中,关青上网查找儿童绑架案的资料。不看不知道,一看吓一跳,儿童绑架案的档案长达百页!

技术科的黄桦忽然打来电话,声音惊讶:"关青,你们的照片有了新发现!快过来看!"

才走进技术科,关青就发现几名骨干的脸上都洋溢着兴奋。

"有什么发现?"沈志好奇地问。

"我们发现,"黄桦眯着眼微笑着说,"这两张照片的表层并不单把照片解码成三维。"

"哦,还有什么?!"沈志好奇地问。

"而是……"黄桦伸出四个指头,"四维。长、宽、高是三维,加上时间,那就是四维。也就是说,这些照片变成了连续性的图像,也就是录像。"

"这不算太稀奇嘛。"沈志对这个结果还不满意。

"还是你们自己看吧。我先放这张关于教堂的。"黄桦把自己的手提电脑的屏幕往后按,屏幕朝上,直到和桌面一样平行才住手。

"你这是干什么?"关青不解地问。

黄桦回答说:"这是三维立体的,只能这样看。"

电脑屏幕上先出现了一张教堂照片。然后,画面如同有生命一般,像一棵拱出泥土的小草丫,从电脑屏幕上站了起来,教堂竖立在关青和沈志面前。两人站到不同的角度,分别看到了教堂的不同侧面。然后,教堂内部发出一道刺眼的亮光。光线一闪就消失了。教堂外有一条公路,几辆车从公路上驶过。

"我们已经检查过了,这不是三维动画,而是实地场景拍摄。"黄桦解释说。他故意停顿了一会儿,然后试探性地问,"两位高级探员,有没有发现什么?"

"这段录像拍摄的内容不是过去。"关青回答。

"那是什么?"黄桦咬住不放。

"是未来。"关青说,"有人拍摄到了未来。"

原来,教堂外驶过的车辆中其中有好几款都是现在还没有的车型。关青眼尖,首先就发现了。

黄桦说:"我们一开始还存有怀疑,就打电话给这几辆汽车的厂家。他们都很惊讶,以为是商业间谍盗用了他们的信息。因为这几辆车都还在图纸的设计过程之中,更谈不上被制造出来并且上市了。还有……"黄桦敲击着电脑键盘,把教堂建筑部分的录像放大,说:"你们看看里面。"

关青和沈志透过教堂的窗户,看到里面的一面墙上有一个电子时钟,时间是明年六月一日十五点整。这足以说明这段录像录制的是未来。

"那么,另一张照片呢?"关青问。

黄桦敲击着键盘,屏幕上出现一个平面的别墅。和上一张照片一样,别墅从屏幕上像一个逐渐隆起的沙丘一样直立饱满起来。与上一张照片不同的是,这次镜头是以别墅为起点,往远处拉,越过山丘,进入城市,来到中心公园。一个流浪汉坐在公园的长椅上。接下来的一幕就和早上聂文海拿来的视频一样了。

技术科的人最喜欢看见别人对科学造成的结果产生惊讶,所以当黄桦看见关青和沈志吃惊的表情,得意极了,好像这些照片是他拍摄的一样。他自豪地说:"你们说照片是在今早送来的。我查过警署邮递员送信的登记时间,和流浪汉身体爆炸的时间一致。"

"也就是说,这张四维照片是在谋杀发生之前就拍摄好的?"沈志早已明知大家对这个事实早已知晓,却还是忍不住要亲口说一遍,仿佛如果不说,他就无法相信眼前的事实。

黄桦对沈志的惊讶十分受用,很滋润地配合着点头。

"可是,这怎么可能呢？以现在的科技,我们根本不可能看到未来。"沈志说完后死死地盯住黄桦问,"你是搞科学的,你说,以我们现在的技术水平,是否有能力造出时光隧道?!"

黄桦脸上的自豪消失了,伴随而来的是深深的遗憾和长长的叹息。他摇着头说:"以我们现在的水平,连建造时光隧道的一块砖都造不出来。时间实际上是一种顺序,就像一种由'起因'和'结果'编成的链条,是随着事物发展而单向向前延续的。"

"那么爱因斯坦的'相对论'呢？他不是说时间是有变化的吗?"

"这,爱老虽然是这么说的。"黄桦喜欢把爱因斯坦称作"爱老",以此显出他对爱因斯坦和科学的亲切之情,"爱老有一个广义的相对论。他认为如果在一个地方积聚了足够的质量,它的引力场会使周围的时间和空间产生翘曲。有些科学家就借此推想,在这些翘曲褶皱里,就可以产生类似时光隧道或者时光蠕虫洞之类的东西,人们可以回到过去或者进入未来。但是,要产生翘曲需要的质量是很大的,我们人类还远远没有达到这样的技术水平。"

"什么是翘曲？"关青问。

"爱因斯坦认为空间和时间是分不开的。它们一起形成长——宽——高——时间的四维连续区。爱老称这个连续区为'时空'。由于时间是相对的,那么时空也是相对的。相对的就是有弹性的。这连续区在没有边界的宇宙中伸展收缩。每个宇宙中的物体都作用于时空本身的形状,使它变形成为复杂的四维翘曲。"

"简而言之,就是足够大的质量产生的引力能改变和扭曲时空?"关青问。

"是这样。"黄桦点头,然后充满希望地说,"如果你们找到拍摄这两段未来的人,一定要让我见一见。"

五

夜色低垂。失去阳光的世界露出了另一副面孔。

关青和沈志把车停在一个隐蔽的位置。车内没有开灯。透过车窗,他们可以清楚地看到教堂的大门。

这里正是圣约翰大教堂。此时,教堂里的灯光是昏暗的。圣约翰大教堂只有在庆祝节日或者有活动的时候才点亮所有的灯。

今夜,教堂寂静无声。关青和沈志已经蹲点半个多小时了,还没有见到任何人进出。

关青借此机会把自己关于罪犯利用小孩实施犯罪的猜想告诉了沈志,并且问他:"你说,这个教堂会不会是一个掩护,地下室里全关着小孩子?"

沈志看了看表,果断地说:"那要进去看看才知道了。"

关青和沈志当然不会走大门。那样,他们什么也不会查到。他们翻过篱笆,绕到了教堂的后面。

后面有一扇小门。

隐蔽在后方的小门通常都是通往秘密的入口。

周围忽然间静得吓人。关青觉得时间在这一瞬间不但走慢了,甚至停滞了。她定了定神,隐约听到远处传来隐隐约约的电子音乐。教堂位于一个生活小区附近,音乐就是从小区的方向传来的。

沈志在这时候已经打开了紧锁着的小门。让他们出乎意料的是,在小门的后面,并没有像往常的建筑设施那样出现一条通道或者玄关,而是出现了一道向下的楼梯。

两人前后着走下楼梯,很快就发现这也不是一道普通的笔直楼梯。楼梯像海螺内部的花纹一般旋转向下。在拐过第二个弯的时候,从下面的黑暗中传来小孩的说话声。声音很低,仿佛是人们在梦中听到过的那种喃喃低语。他们警觉地掏出了枪。

在拐过第三道弯时,关青估计自己已经在地下六米左右的位置。小孩的声音比刚才清晰一些,但他们还是听不清楚这些小孩在说些什么。此时,在楼梯的上方,第一次有了一盏点亮的灯。沈志朝前,他的肩膀一碰到灯光,四周就立刻响起了刺耳的警铃!他们不经意地触碰了报警机关!

两人一不做二不休,迅速向楼梯底部冲去。等两人到达最底层时,不约而同大吃一惊!那里并没有什么小孩,只有一个空荡荡的大厅。大厅底端悬挂着一盏光线昏暗的小灯,灯光投射在一座一人多高的雕像上。这里,除了他俩下来的入口之外,再没有别的其他出口。

他们借着灯光,手托着枪,枪口指向前方,把这个大厅的角角落落都看了一遍。结果发现,除了那座雕像以外,整个大厅内部再没有其他东西。

那么,刚才的那些小孩的说话声是从哪里传来的?

这时候,一个身穿教士服装的人出现在楼梯口。他一眼看见关青和沈志手里举着枪,就举起了手投降。

关青一手举枪,用另一只手拿出警官证。

教士看清楚后,挥了挥手,教堂里刺耳的报警铃声就此停住。让人无法演绎的寂静又一次统治了整座教堂。

在短暂的沉默之后,教士对着关青和沈志的枪口说:"二位警官有何贵干?"

关青和沈志收起了枪。她心里明白因为没有搜查令就闯入教堂,这已经犯了法。关青立刻找了一个借口:"我们收到线报,说这里窝藏有被绑架的小孩。"

"主啊,"教士在前胸画了一个十字,然后说,"这可是教堂。你们找到小孩了吗？"

"如果这只是一座普通的教堂，你们为什么要如此小心翼翼地安装报警器？"关青反问。

"这位警官，请你看看你身后的这座雕像。"教士说。

关青侧过身，一边观察雕像，一边用余光注视着教士的行动。关青这时才注意到，这座雕像很特别。他并不像一般的教堂那样，或者选用耶稣的造型，或者选用《圣经》故事中的其他人物进行塑像。这座雕像，通体洁白，没有面部五官，没有衣着，头部、脖颈和躯干连接成一个模糊的人体，头部向天空扬起，两手高举，两腿稍稍分开站立。雕像的身体结合了男性和女性的性别特征。

教士接着说："这座雕塑很奇特，很抽象，对吧？这座雕像已经有四千年的历史了。比《圣经》中耶稣诞生的时间还要早。教堂里存有这么珍贵的东西，我们不得不严加防范。"

"这座雕像代表什么意思呢？"关青问。

"我们也不太明白。这座雕像是在一百年前修建这座教堂的时候，从此处地下挖出的。"

"哦，那么，您见过这个人吗？"关青拿出烟盒，调出流浪汉的照片。

教士很仔细地看了一看，摇了摇头说："我们有时候会救助一些需要帮助的人，但是我从未见过这个人。两位，如果没有其他事情，还是请你们尽快离开吧。"教士发出了逐客令。

关青和沈志没有其他办法，只能离开。教士像驱赶两只绵羊一样，跟在他们身后走上了旋梯。

这时候，在他们身后昏暗的灯光中，缓慢浮现出一些淡淡的人影，仿佛从空气中渐渐凸显脱离出来浮雕。这些人影笔直地站立着，表情僵硬。他们全是一些六七岁的小孩，有男孩，也有女孩。

六

从教堂回来后的这一夜,关青睡得很不好。她先是和往常一样,在床上翻来覆去,难以入眠。最后,她不得不起来,吃了两片大剂量的安眠药之后,才借助药力的作用,浑浑噩噩地睡去。

在睡梦中,她走进了一个很大很大的房间。房间里的灯光幽蓝幽蓝的,不停地闪烁。灯管"嗞嗞"地发出电流声。房间像一个足球场那么大。里面一排排整齐地摆满了铁床。每张铁床上都躺着一个全身赤裸的人。有男人也有女人。一条条导管从天花板上垂下来,连接在这些人的脑部和身体上。她正要往前走,却被一阵刺耳之声惊醒。

关青睁开眼睛,一看床头的闹铃,发现自己才睡了两个小时,但是,对于她可怜的睡眠来说,这两个小时已经是安眠药赐予的最大恩惠了。

是她的手机在响,来电显示是沈志。关青接起来,得知苏芬逸已经被杀死。凶手使用了手枪,一枪正中脑门。

在赶往公园的路上,关青十分清楚自己刚才经历的梦境。那不是梦,那是她破解的上一个案件的记忆碎片。在上个案件中,关青发现了一个用人体做记忆实验的地下室。根据警署后来拍摄的资料,实验室中的场景就和她刚才的梦境一样。

难道说,那些记忆正在一点点恢复?

苏芬逸死得很惨。身体仰面倒在席梦思旁边的地上,还是睡觉时的姿势。

关青奇怪,为什么杀死流浪汉的方式和杀死苏芬逸的方式不一样?苏芬逸已经把知道的一切告诉了警方,凶手为什么还要杀死她?

苏芬逸的帐篷里虽然原本就十分凌乱,但关青还是看到了明显的翻找痕迹。苏芬逸的枕头、被褥和席梦思都被匕首划开。凶手杀死她就是为了寻找一样东西？什么东西？

"沈志，你说凶手在找什么？"关青问。

沈志摇了摇头。

关青回答说："当苏芬逸被害时，唯一不在这个帐篷里的东西就是那幅素描！凶手在找那张素描！"

七

技术科警员黄桦接过素描，皱起了眉头，不相信地问："这是一条重要线索？"

"很有挑战性，对吧？"关青看黄桦对此毫无兴趣，便想以此话燃起他的斗志。

黄桦却说："谁知道呢？或许什么挑战性都没有，就是一张破素描。"

"你看看，这素描表层会不会有什么什么神奇的薄膜？凶手就是为了这张素描杀死了一个善良的无辜女人。"关青说。

"噢。"这句话引起了黄桦的重视，他把素描放进一台外观类似扫描仪的机器，盖上盖子。盖子下顺着纸张长度的方向扫过一片紫色光芒。黄桦看了看电脑上显示的结果，摇了摇头说："这就是一张素描。难道，里面没有隐藏任何哑谜？"

关青拿起素描，背对着灯光，仔细地看，忽然说："黄桦，放大，朝死里放大！"

黄桦不明白关青所说的"朝死里"放大是个什么标准，不过他仍旧使出了全身解数，将照片放大。很快，照片上已经看不出流浪汉和苏芬逸的脸型，整个屏幕被交叉的线条占满。如果单用肉眼看，这些线条是紧密挤挨在一起的,中间没有缝隙。但是几经放大,线条与线条之间就出现了空隙。在这些空隙中,隐藏着无数的,肉眼根本看不到的符号。这些符号有些是英文字母,有些是数字,有些是图形。它们四散在线条之间极小的空隙中,倾斜着,倒立着,仿佛是飘浮在无限大的宇宙中的无限尘埃。

"这是什么?"黄桦自言自语地问。

"密码。"关青说。

现在,困扰关青的问题是:流浪汉如何在苏芬逸那破旧的帐篷中,仅凭肉眼把这些密码藏到如此细微的空隙之中?

关青去问法医鲁强。鲁强的回答是"这根本不可能"。忽然,他冲向墙壁灯光遥控器,不停地按动遥控器,变换墙上的时间和季节,神态仿若一个发疯的狂想者。

关青满脸迷惑,听到安敏在旁边小声说:"每个人都有触发自己灵感源泉的开关。有的人用音乐,有的人用气味。墙壁的时光变化可以帮助鲁强思考。"

在快速经历了一场春夏秋冬之后,鲁强转过身,说:"我彻底想过了,但还是不太明白流浪汉是如何把这些符号画进素描的。我找不到科学的解释。不过,有一个人,他应该知道。"

鲁强说完,一把抓过关青的手,在她的手掌上写下一个地址,然后一再嘱托,不停地补充强调:"千万不要告诉他,是我让你们去找他的。"

八

写在关青手掌上的名字叫"鲁峰",是鲁强的父亲。其实,父子关系一直以来就是人类关系中比较微妙的一种。它外形强悍如钢,内质却温柔似水。简单的说,大部分父亲都望子成龙,恨铁不成钢,对儿子的管束越严厉,儿子就越反抗。父亲和儿子之间,便以仇人的表像相互体贴关爱。关青看到鲁强如此害怕自己的父亲,猜测他们的关系大概属于这一种。

这次来找鲁峰,关青一个人来。沈志去查三月十五号出现在月台上的那个小姑娘的资料。

关青原本以为鲁强的父亲会在什么高端科技单位工作,没想到手掌上的地址竟然是一所小学。

看门人一看是警察,便带着羡慕的表情十分殷勤地把关青带到一间教室门口,小声说"还未下课呢。"关青看看表,距离下课还有五分钟,就耐心等待。她听见里面传来一个老者洪亮的说话声,好像是在教授学生们 $1+1=2,1+2=3$。关青的心里产生了一丝小小的怀疑,一个教授小学数学的人是否能解答她带来的问题。

下课铃声一响,教室内涌出一大群叽叽喳喳的小孩,像激流一般。关青被他们推搡着,逆流而上,走进教室。

教室里,一个外表普通,头发花白的男人正在擦黑板。

"请问,您可是鲁峰老师?"关青犹犹豫豫开了口。

男人擦黑板的手停在半空,转过脸,向关青看过来,点点头。

关青看到了一双与常人不同的眼睛。关青生性敏感。她觉得自己有时候完全就像一个性格探测器,特别善于在与人第一次见面的时候,仅通过观察眼睛,就能把对方的个性猜个八分准。可是,面对这双眼睛,关青却迷惑了。这是一双让人难以揣摩的眼睛。因为它们根本不带有任何眼神,不带有任何感情色彩,简直就像一双玻璃制造的假眼,让关青无法从中刺探出关于主人的任何信息。

然而,这双眼睛又是活的。它们把关青从上到下打量了一遍。

关青立刻说明了来意。

鲁峰听后大笑。他的笑容让关青感到十分尴尬。好像用了最大的克制力一样,鲁峰终于停住了笑,客气地对关青说:"我明白你的来意了。不过,很抱歉,你看,像我这样一个小学一年级的数学老师,何德何能解决你的问题。你们恐怕是找错人了吧。"

其实,也不用他过多解释,关青早在他下课前就打退堂鼓了。她友好地笑笑说:"也许是吧。不好意思,耽误您时间了。"

从学校出来,关青感到有些难以理解。她了解鲁强这个人,他不会随随便便向她介绍自己的父亲。她打开烟盒,调出鲁峰的资料,发现他在退休前是在军队工作,然而他的身份又不是服役。鲁峰在军队的工作一栏里填写的是:信息员。

"信息员"是一个和宇宙黑洞一样神秘的工作,既可以是普通的信息收集员,也可以是高端技术的研究者。遗憾的是,鲁峰的个人资料到此为止了。关青要想多了解鲁峰,就得去查军队资料库。然而,军队永远都是一个独立的天地,要想从他们内部调寻资料简直是火中取冰。

忽然,关青想起了罗丹,他退休前是关青的搭档。罗丹从警多年,不但是老资格,而且手里还握着很多关系。关青快步离开学校,坐进自己的车,拨通了罗丹的电话。

"你睡眠还好吗?"这是他问她的第一句话。罗丹在退休前和她办理的最后一个案件,正是那个关于记忆的案件。

关青一直睡得不好,嘴里却强说不错。她急忙转移话题,说起手里的案子和鲁峰,请罗丹帮忙查查这个人。

罗丹在电话那头沉吟了一会儿。经验和直觉告诉他,关青的睡眠很不好,她是故意在同事面前装出没事的样子,她是在硬撑。

"请你一定帮我。"关青语气恳切。

"好吧。"虽然罗丹不太想和军队的人打交道,但看到关青撑得那么辛苦,就同意了。

二十分钟后,罗丹打来电话,告诉关青,鲁峰在军队一共工作了四十二年,从二十岁一直干到六十二岁。鲁峰是个天才,二十岁时就拿了五个博士学位,专业分别是生物化学,天文,物理,数学和医学。他从军队出来时,和军方签订了保密协议。

"你看看你附近有没有行踪可疑的人?"罗丹说完立刻问关青。

关青这才四处望了望,也这才注意到有一个男人在她刚到小学的时候就站在一家报刊亭前,现在还在那里。"有。难道鲁峰被跟踪了?"

"既是跟踪,也是保护。鲁峰的大脑属于特级国宝。"

"那么他是不会帮我了?"

"也不一定。我已经通过军队和他联系上了,只要不涉及军队的保密内容,他就可以帮你。"

正说着,关青看到鲁峰一脸怒容地从学校出来,快步向她的小车走来。

"他来了。罗丹,谢谢你。"关青说。

"别客气。还有,你不要太为难自己。"罗丹在挂上电话时嘱托道。

听到罗丹这么说,关青内心涌起一阵暖流。她记得她对罗丹有一种特殊的情感,但是那个记忆之案彻底抹去了那部分记忆。她有些怀疑自己是否曾经悄悄爱过这个搭档,可罗丹一直以老师和同事的角色和她相处,这一点,又让她怀疑自己是在胡思乱想。这时候,鲁峰拉开门,一屁股坐进来,很不满地说:"你具体是哪个警局的,有这么大本事?"

关青说出了自己的警署编号。鲁峰的眼睛忽然温和了许多。关青明白,他一定是把这件事和儿子鲁强联系在了一起。但是在返回警局的途中,在关青向他介绍案情的间隙,鲁峰始终没有问及儿子。这对父子之间,真有什么难以表述的深仇大恨?

回到警署,关青直接把鲁峰带到了黄桦的办公室。鲁峰看完所有的录像和资料后,先是一言不发,沉默几分钟后,他忽然转身,告诉关青,他要自己一个人待着,请他们都出去。关青点点头,离开房间后,在走廊转弯处遇到了躲躲闪闪的鲁强。

"你不进去看看你父亲?"关青抓住他问。

鲁强摇了摇头,叹口气说:"我从出生到现在,和他就只见过三次面。第一次是在我三岁生日的时候,他头一次回家;第二次是在我七岁时,他回来和母亲吵架;第三次是在五年前,他病得很重,我赶去看他。哦,如果这次也算,这是第四次。"

关青明白了,军队的研究工作生生地把这对父子分开了。鲁峰和鲁强之间,并没有仇人表像下的关爱,他们之间根本就没有感情,陌生可怜得连仇恨都没有。

"请你把这份资料给他。"鲁强递给关青一叠照片。

"这是什么?"关青看到资料里夹杂着很多流浪汉在大脑出现异常前的放大照片。

"请他看看流浪汉的右耳上方。"鲁强说完,转身走了。他的背影此时看起来脆弱孤单,像一个迷路的、找不到父母的小孩。

鲁峰接到鲁强送来的资料后,眼神一闪,迸发出一丝火花。资料中有什么东西触动了他,让他在黄桦的办公室里来回踱步,神情紧张。黄桦几次想上前和他谈谈,都被他冷漠地拒之于千里之外。

过了很久,他才安定下来。他闭目躺在沙发上,关青还以为他睡着了,正要给他盖条毯子,谁知,他忽然坐起来,问他们对人脑知道多少。

黄桦很上道,立刻像开学术研讨会一样,滔滔不绝地说起大脑来。黄桦的高谈随即被鲁峰打断。鲁峰低声问关青:"你呢?你知道多少?"

关青微微皱了一下眉头,"不多。我们现在的人脑实际上只开发了百分之十左右,还有大量的脑部资源被人类闲置。"

"哈哈哈!"听到关青的回答,鲁峰像刚才在教室里那样爆发出大笑。就在关青以为鲁峰是在嘲笑她的无知时,听到鲁峰说:"说得好!说到了点子上!"

鲁峰反复搓着手掌,激动地说:"人脑的秘密和宇宙的秘密一样宏大,一样耐人寻味。人脑,比得上我们的另一个宇宙,另一个天空。你们有没有设想过,如果把我们的大脑完全开发,人类会出现什么样的状况?"

鲁峰看见关青和黄桦都无法回答,就接着说:"你们又有没有猜想过,在现在的文明之前,人类曾经有过更高层次的文明?因为人脑的全面开发和使用,古人类曾经达到过让我们现代人无法想象的科技水平?玛雅人,古印度人,古埃及人,古中国人,他们都给我们留下了无数的,和高科技文明紧密相关的难解之谜。他们是怎么做到的?还有,我们奉行的是优胜劣汰的自然进化论,如果大脑曾经被全面开发使用过,为什么要把自己的功能从百分之百'进化'到百分之十?这倒底是进化还是退化?大脑这样做,无非只有一个目的⋯⋯"鲁峰说着,伸出一个手指。

"什么目的?"

"保护人类。"鲁峰说,"大脑经过这种貌似'退化'的行为,把我们的天分藏起来,目的就是为了保护我们人类。"

关青立刻追问:"你的意思是说,我们人脑那些百分之九十的功能还在,只是在人类的某个发展阶段,被大脑自己关闭了。"

鲁峰很赞赏地说:"对。这正是我的猜想。你看,在这张照片里,流浪汉的右耳上方被剃掉了一抹头发。他这里有一个刀疤。而且,这不是普通的刀疤。"

"这个疤痕看上去像新的,可是在这条疤痕上下,还有几道旧疤痕。"关青说。

"有人在用他的大脑不停地做实验,而且,看来,这个人还成功了。他启动了大脑内部某种被封锁的功能,让这个流浪汉在没有外力的作用下,产生了超速摇摆的能力,从而引发了人体的自燃。然而,他的实验失控了,流浪汉的脑部无法实施这样大负荷的运作,很快就爆炸了。"

鲁峰说。

"这也说明,流浪汉为什么能够仅凭肉眼就能在素描中隐藏进那些密码。"黄桦说。

"密码?对,还有密码。流浪汉在写那些密码的时候,一定没有用眼睛。"

"那是用什么?"黄桦和关青齐声问。

"我想,他用的是心灵。大脑开发并不是增加了他的视力,而是增加了他的感知能力。即使流浪汉是个近视眼,他也能在线条空隙中写下密码。对了,你们是否已经破译出了那些密码?"

关青摇了摇头,说:"如果鲁教授的推断正确,那么实验者就是凶手。还有一件奇怪的事,凶手在流浪汉死亡之后蓄意干扰了监控录像,拿走了流浪汉的收音机。这是为什么?"

"收音机?!什么样的收音机?"鲁峰追问。

关青伸出两只手,比出一个半本普通小说那么大的长方形,"这么大的一个黑色物体。你看……"关青从电脑中调出流浪汉出事前一秒的画面,指着购物车中一个黑色的长方体给鲁峰看。长方体侧面有个旋钮,看起来像是用来调整波段的。

鲁峰看后连连唏嘘,"我刚才怎么就没看见呢?我刚才怎么就那么不谨慎呢?是不是因为我老了呢?"

"你不老。"关青安慰着他,"只是这个收音机很不起眼。"

"这不是收音机。"鲁峰果断地说。

"那是什么?"

"接收器。这个接收器和流浪汉的脑部相连,控制流浪汉脑部的某些功能。离开了这个接收器,流浪汉的大脑可能就会完全瘫痪。我在军队的时候,曾经研究过这个项目。当时是为了用于拷问。后来,因为这个研究有违人性就被终止了。不过,这表明无论是谁,对于流浪汉大脑的开发还没有做到得心应手的地步,还是需要一个外在的启动器,才能启动大脑隐蔽的功能。"

"鲁教授,你看,我们在流浪汉坐过的长椅后面还发现了一对脚印。脚印下面的青草全都被烧焦了。"关青把脚印的照片展示给鲁峰看。

鲁峰看后,惊讶无比,"这个脚印的主人正是开启启动器的人。这个人的大脑也已经被开发了,此人只要使用自己的脑力,无需外力连接接收器,就能将其遥控操纵。此人开启了流浪汉大脑中的某项功能,才让流浪汉产生了极速摇晃。只是,这个人在使用脑力的时候,需要耗尽体内的大量能量,能量在被消耗时会散发出热量,所以就把这个人脚下的青草给烤焦了。这个人是谁?你们找到了吗?"

"没有。"关青说:"不过,我们拍到了他的半个脑袋。"关青又调出一张照片,露出一个小男孩的半个脑袋。

"还是个孩子!"鲁峰失声。

关青接着问道:"如此说来,给我们寄来那两张四维照片的人,他或者她的大脑也获得了开发,所以能看到未来。可是,这个人又是如何把未来记录下来的呢?"

鲁峰回答说:"有些科学家认为,在我们的宇宙之外,还存在着数个宇宙。他们称这些宇宙为'平行宇宙'。在那些宇宙之中,还有无数个你,无数个我,或者无数个黄桦。这些科学家猜测,我们有时候会误入时空之门,进入到某个平行宇宙,于是,我们就可能会回到过去或者看到未来。不过,我曾经有一种与他们不一致的猜想,那就是我们的大脑会根据事情的发展产生相应的意识和判断。如果,某人的大脑在这方面获得了开发,产生意识的功能部位被完全得以开启,这个人很可能会根据现在事物的发展而做出判断。'时间'被认为是一种'因果关系',那么这个人,就会用自己的意识,判断不同的'因'之后产生的'果',从而看到未来。"

"但是……"鲁峰话锋一转,在纸面上画下一棵树,"这个因果链并不是'唯一性'的。也就是说,一个初始的'因',因为在外界环境等各种因素的影响下,会产生不同的'果'。不同的'果',又是下一链的不同的'因'。所有的'因果'都有上万种不同的可能性。因果关系就像这棵树一样,会朝不同的方向发展。普通人是不可能同时看清楚所有因果可能性的。看透因果的万般可能,就是看见了未来。"

"如果你这样的推断是对的,这个人已经具备了这样的能力。那么,这个人又如何把这个判断拍摄成活生生的录像呢?"关青问。

鲁峰笑了笑,"这就是你的工作了,找到这个人,亲自问问。不过,把大脑里的图像转换成录像,这项技术并不是天方夜谭。"

鲁峰说完,重新从电脑中调出那幅被放大的素描和那两张四维照片反复观看。他干得很投入,好像整个办公室里只有他一个人,关青和黄桦都不存在一样。

在寂静中,沈志给关青打来了电话,告诉她,他追踪到小女孩把流浪汉从火车站带走后的公路监控录像,找到了他们的目的地。

"哪里?"关青问。

"小女孩把流浪汉带到了米兰区。"

关青一想,打了一个冷噤,"米兰区?圣约翰大教堂所在的街区?"

"对。猜猜还有呢?"沈志问。

"还有什么?"

"经过仔细检查,我发现,教堂外面公路上的监视器已经被人做了手脚,上传的监控内容全是假的。我调用了军方的卫星监控装置,发现在小女孩把流浪汉带进大教堂后的第二天晚上,流浪汉逃出了教堂。"

九

又一次借着夜色的掩护,关青和沈志来到了圣约翰大教堂。和他们同来的还有数名特警,鲁峰也跟着来了。因为这次抓捕任务与众不同,警方面对的是高科技犯罪,需要他在现场。鲁峰身穿防弹衣,坐在防弹车中。

今夜的教堂和昨天晚上的一样鸦雀无声。如果这里就是大脑实验者的大本营,那么他们是以讽刺的方式选择了这个地点。人类各种族的无数传说表明,宇宙和世界是由某个神创造的,比如中国的夸父,比如西方的宙斯。万物由神而起。人类的精神世界也充满了被"神"化了的人物,比如东方的释迦牟尼,比如西方的耶稣。这群大脑实验者选择了教堂,就是对自然之谜被"神话"了的嘲讽,就是对人类领袖被"神化"了的讥笑。关青不敢想象,在闯入这座教堂之后,她会面对什么样的一群人。

特警队员全副武装,精神抖擞上阵。领头的队员悄悄撬开教堂后面的小门。由于有了上次不小心引发报警器的教训,另一组特警已经从窗户进入,找到报警线路,切断了报警装置。

特警队员顺着螺旋楼梯向下,像影子般进入地下室。关青和沈志也在其中。那里还和往常一样,只有一束灯光打在那座奇怪的雕像上,四周空空如也。

"扑了个空。"队长通过报话机对全体人员说。

就在队长做出手势让大伙撤离的时候,关青忽然说:"关灯。用夜视镜。"

一名特警队员关掉了室内那唯一的一盏灯。

在一瞬间,在黑暗中,枪声四起。

原来,当关青和其他警员一起使用夜视镜之后,他们通过人体热能探测装备,看到这个房间靠墙站满了人。就在他们还来不及做出下一步反应的时候,其中一个人向他们开了枪。

这是一场激烈的交战。

与此同时,地面教堂内的那名传教士,也听到了枪声。就在他拔出藏在黑袍下的手枪准备逃跑的时候,一支黑黝黝的枪管对准了他的后脑勺。他慢慢转过头一看,拿枪的人是一名特警队员。

教士被特警队员带出教堂。同时被捕的,还有另外三名传教士。

为了避免这四个人串供,特警队员在对他们搜身之后,分别把这四个人押入四辆警车。

在地下室的交战中,关青忽然看到对方其中一人推动了雕像,就一把扯掉夜视镜,发现雕像的脑部一闪一闪。直觉让关青大喊一声:"炸弹,快撤!"

所有的队员立刻向上撤离。他们刚跑到门外,身后产生了巨大的爆炸,热浪把无数警员推向前方,推向空中。

关青坠入一片黑暗。

黑暗里,她看到一张很年轻的脸。这是一张男人的脸。关青辨别出来,那是自己的父亲。在关青的记忆里,父亲苍老,体弱多病。关青在父亲的逝世的那天,心情沮丧得不敢去医院面对皮包骨头的父亲。

然而,面前的这张脸,是如此年轻,充满活力。

父亲伸出右手,轻轻抚摸着关青的脸庞,充满慈爱地说:"回去吧。"

就在这一瞬间,关青忽然醒来。她发现自己趴在教堂外的草地上,身后的教堂烈火熊熊。消防车的声音,警车的声音,以及警员们奔跑呼叫联络的声音,在她脑海里响成一片。刚才昏厥时看到的一幕,是她的记忆在她脑部造成的幻象。

她勉强支撑着站起来。

她的手机响了。黄桦打来的电话。他在电话中兴奋地说,他从那两张四维照片中找出了新的秘密,并且破解了素描中隐藏的密码。

关青接完电话后,向鲁峰坐着的轿车走去。她要把这个消息告诉鲁峰。这时候,鲁峰已经从车里出来。她看见,在鲁峰身旁的四辆警车内,那四个教士的身体开始前后迅速摆动,和昨天上午发生在流浪汉身上的情况一样。

关青正要叫出"小心"时,四名教士的身体燃烧爆炸,引发警车爆炸。爆炸把鲁峰抛向天空……

十

重病监护室里,被严重炸伤的鲁峰奄奄一息。鲁强一直站在外面,隔着玻璃看着这个从生理血缘上可以被称作"父亲"的男人。他不知道,在父亲的弥留之际,他应不应该进去?他不知道,这个男人是否希望他进去?

黄桦的新发现震惊了关青。

在关青和特警队员们去教堂执行任务的时候,黄桦把那两张照片的四维录像放大,在放大画面的过程中,黄桦听到画面背景中有一个微弱的,不断重复的旋律。他加大旋律的音量,听到了一首美丽的曲子。

"音乐?"关青问。

"在人类历史上,有一位画家叫杰弗瑞·赫德森(Goefrrey·Hodson),他在1930年左右曾经做过一项实验,实验的名称是'音乐演奏对超物理学世界的相邻物质产生的不同影响'。他不只是听音乐,而且还'看'音乐。按照音阶长短和音符高低,每一首音乐可以产生不同的精神形状或者图示。在他的研究中,他把巴赫的《升C小调前奏曲》转换成眼睛可视的画面,这首乐曲就呈现出了树的形状。我借用他的理论,把这两张照片的背景音乐转换成可视画面,你猜猜我得到了什么?"

"大脑?"关青问。

"不。我得到了这个。"电脑在黄桦的敲几下,出现一系列的符号。黄桦很自豪地说:"这些符号,就是解开素描密码的钥匙。它们是解开密码的密码。"

"那么,那份素描中的密码解开了吗?"

"解开了。"黄桦从桌上拿起一张早已打印好的资料,交给关青,"全在这里。"

素描中的密码陈述了整个案件的真相。

流浪汉还在幼年的时候就被一个叫"宇宙子宫"的组织收养,所以他不知道自己的名字,父母是谁,来自何方。这也说明为什么全球的DNA系统里没有他的信息。流浪汉在这个组织中的名字叫"98705"号。他,只是一个代码,一个实验品。

宇宙子宫是一个专门研究人体大脑的组织。组织用活人做实验。后来,流浪汉长大后,一直寻找逃脱的机会。

流浪汉的大脑在某个部分获得开发之后,忽然可以接受到某个很奇怪的信息。这个信息像通讯短波一样,源源不断地传到他的大脑。原来,在他之前,就有一些被实验者逃离了这个组织。这些人就隐蔽在社会中,他们也成立了一个反抗"宇宙子宫"的组织,取名为"藏天"。流浪汉收到的神秘信息就是"藏天"发出的。

在藏天组织的帮助下,流浪汉成功逃离了宇宙子宫。流浪汉的大脑已经具备了一定的预示未来的能力,所以他预见到瘫痪病人徐多即将死亡,就盗用了他的DNA身份购买了火车票和飞机票。

然而,宇宙子宫的力量非常强大,他们很快就发现了流浪汉。在流浪汉还未来得及逃到非洲时,宇宙子宫就找到了他,并把他带到了圣约翰大教堂。流浪汉想方设法逃出教堂,逃到了公园。然而,流浪汉知道宇宙子宫很快又会找到他,就把真相藏入了素描之中。

关青看完,和沈志一分析,推断在公园里的那个小男孩和月台站上的那个小女孩都是宇宙子宫的成员。关青全身阵阵发寒。他们都还是孩子！然而，他们的大本营，圣约翰大教堂，已经被他们自己以自杀性的方式完全炸毁了。

"可是……"关青还有一个疑问，"沈志，你还记得那两张照片吗？它们是谁寄来的？"

"我想大概是藏天。他们在寻求警方的介入和帮助。"

"可在发给我的那张关于教堂的照片里，教堂里的时间是明年六月一日十五点。藏天为什么要对我们展示这样一个未来？"

"鲁峰不是说过吗，因为现实的客观因素，未来会有无限可能性。也许，看到这段未来的人做出了错误的因果推断，找到了未来之树上的另一根枝桠。"沈志说。

"也许吧。"关青说，但关青在心里问自己，藏天真是看到了错误的未来了吗？

找出真相后，关青赶往鲁峰所在的医院。她看见鲁强站在门犹豫不定。

"你不想进去吗？"关青问他。

鲁强摇了摇头，"我和他终归没有感情，我不知道到底该不该进去？"

鲁峰好像听到了他们在外面的谈话似的，身边的监护仪忽然发出报警声。一名医生和几名护士听到报警，赶进病房，开始抢救。

十分钟后，鲁峰的身体症状渐渐平稳。医生走出来后，看看关青和鲁强，问道："你俩谁是家属？"

关青看了一眼鲁强。鲁强被迫点点头。医生遗憾地说："病人可能熬不过今晚了。"

听到医生说这是父亲的最后一晚，再想到也是因为自己，父亲才被牵扯到了这个案件之中，鲁强带着一种极其复杂的心情走进急救室。也许，他可以陪伴这个陌生人一晚，给他最后的安慰。

半夜时分,鲁峰醒了过来,脸色回光返照一般泛起一点点红润。他看见床边坐着一个年轻的陌生男子。他从儿子的脸上看到自己年轻时的眉眼,用微弱的口气问:"你是我的儿子,鲁强?"

鲁强看着他,不说话。他不知道该如何回答这个陌生父亲的问题。

关青还守在旁边。她低声说:"他就是鲁强。"

鲁峰的眼睛里再一次露出让人难以琢磨的内容。他两眼盯住鲁强,吃力地喘着气,抬起一只手,指了指胸口。

鲁强解开他胸口的纽扣,看见在他前胸挂着一个小玻璃瓶。鲁峰笑了笑,笑容出其不意地慈祥,说:"你把瓶子解下来。"

鲁强照做了。他解下瓶子,递到鲁峰手中。

鲁峰说了一声好孩子,虚弱的身体忽然爆发出一股力量,迅速打开瓶子,把瓶中的液体倒入口中。一瞬间,身旁监护仪再一次发出警报。

医生第一时间冲了进来,一番迅速检查后,转身说:"他需要换血。可他的血型很稀有。"

"换我的!"鲁强撸起了袖子。

医生经过检查之后,确定鲁强和鲁峰血型相配,便把一根长长的导管把这两个有血缘无亲情的陌生人联系了起来。

然而,就在一切看起来就绪的时候,鲁强忽然感到身体十分不适。他感到,并不是他的血液在流向父亲,而是父亲的血液在流入他的体内。当鲁强正要喊医生的时候,父亲忽然睁开眼睛,按住了他的手臂,小声说:"这是我送给你的唯一的,也是最后的礼物。"

"这是什么?你在干什么?"鲁强感到十分惊恐不安。

鲁峰说:"你不是不了解我吗?其实,当我在军队的时候,也做过关于人体大脑的实验。人的大脑不但可以储藏记忆,还可以将记忆打包传给别人。这瓶药是启动我的大脑记忆功能的开关。我现在,就把我一生的记忆全都打包给你。"

鲁强不想要!根本不想要!他从未爱过这个"父亲",他不想无端地接受这个男人的记忆,不想拥有他的思想,他的喜怒哀乐。然而,在鲁强把针头拔出来的一刻,他两眼一黑,晕了过去。鲁峰看着儿子昏迷,微笑着说了一句"传输完成"后,闭上了眼睛,心脏也停止了跳动。

鲁强醒来后,第一眼见到的是关青。刚才的一幕,关青都看到了。鲁强请她一定对此事保密,因为,他还不能确定,是否要打开父亲在离去时强加给他的包裹。

关青答应了。

看着鲁强,关青同时也想到了自己。她也曾失去过一段记忆。她能体会鲁强的苦衷。

离开鲁强的病房时,关青不由想起以前看过一本叫《捕梦者》的小说,小说中有这样一句话:人类对自身的认识和对宇宙的认识一样渺小,一样知之甚少。难道,古人就是为了避开今人的烦恼,避开像鲁强此时正在遭遇的烦恼,才在进化的过程中"封锁"了大脑的功能?自然界的每一步进化,都有它自己的原因。或许,人类的大脑——这另一个神秘的宇宙,并不应该被完全开启。

2010年12月初稿

劫　波

引子

据说,这是世界上最短的小说。全文如下:
全世界只剩下了最后一个人,这时候,这人听到了敲门声……

一、子宫与生产线

空荡荡的中心广场的深蓝色长方形时钟高八十米,宽一百米,钟面透亮,反射着太阳的光华,看起来很有玻璃质感。有风吹过,时钟随风摆动了一下,上面显示的时间也随着摆动了一下:10:35。在时间顶端闪烁着日期:4,319,999,999 年 12 月 27 日。

一个十多岁模样的小女孩,头戴白色护头盔,身裹淡黄色 T 恤和短裙,脚登粉红色旱冰鞋,头微向前倾,双手倒背在身后,娴熟地从钟面正中间穿过。在她穿过的一刻,时间正好是十点三十五分。女孩淡黄的衣服和蓝色钟面重叠,变成惹人爱的橄榄绿。

寂静的广场上传来女孩的旱冰鞋与大地摩擦的声音,"唰,唰唰"。单调中透出祥和。然而,这种宁静很快就被阵阵喧闹的人声冲断了。

广场拐角处扬起一面火红的旗帜,随即,一辆红色大卡车,满载着身穿红衣红裤、举着高音喇叭的人,从拐角后渐渐探出了头。含混的噪音瞬间变得清晰,小女孩听到那些人在叫喊:"拒绝机器人!抵抗机器人!"

老生常谈!小女孩叹了一口气。她从一出生,就习惯了人们举行这样的游行。孤儿院食堂的老奶奶曾经告诉她,这个口号已经被喊了几千年啦。人类一直在坚持反对使用机器人,可是现在,机器人已经无所不在。他们的外表和内部系统已经和人相差无几。他们会流泪,被刀扎过的伤口也会流血。真正的血,也分 A,B,AB 和 O 型。社会上也因此出现了新的歧视观,有很多人看不起和人类外表一样的机器人。他们认为机器人是低等阶级,纯人类才是高等的。

"那么,机器人和人类到底有什么不同?"小女孩问老奶奶。

老奶奶想了想,说:"人类是从母亲的子宫中孕育出来的;而机器人,是从生产线上下来的。"

"那我的母亲又在哪里呢?她为什么把我从子宫里孕育出来又不要我?我还不如生产线上的机器人呢。"小女孩说,乌黑的大眼睛里闪动着北极光般的泪光。

"可怜的孩子。"老奶奶抚摸着她的头说。

小女孩加把脚力,试图避开这场游行。她不能撞上这件事,因为今天她是偷跑出来玩的。她刚要拐弯,忽然听到一声枪响,眼前的漆黑忽然变成了一片跳跃的火红。能看到那片红,她的心里惊喜得天崩地裂。我的世界一直只有黑色,怎么可能看见红色呢?未待小女孩接受这一瞬间的喜悦,她立刻感到脑袋一阵疼痛,一股热乎乎的液体从头盔里流出。她两脚发软,整个身体像一堆散沙似的倒下去。

在她倒下的这一秒的时间里,她忽然想起上个周末孤儿院带她坐飞船去距离此地十亿光年的哈瓦星球度假。在那里,她第一次遇到了哈瓦甲壳虫。同行的小女孩都说那虫子好大,像卡车一样大。然后,她眼中的红色就消失了。

二、鹰和恐高症

警探海浩盘旋在空中。他戴着黑色头盔,身上穿着外形类似防弹背心的飞行器,双手握住前胸两根门把手一样的操纵杆,像一只鹰一般翱翔。他的外形看起来潇洒优雅,胃里却翻江倒海,早餐几次冲到了食道门口。他得忍住,不能在高空呕吐,因为熙熙攘攘的城市就在他的下方。

警察海浩讨厌飞行。他有恐高症。警局里很少使用警车出现场了。那些车都在车库里长期存放着。大家都喜欢飞着去,又快又方便。海浩很怀念那些风驰电掣的警车,给他警察出现场的庄严感。现在飞着去,给他一种不伦不类的去度假的感觉。

海浩松开一只手,按了一下头盔,防风镜上出现一行数字:高度:三百米。

够呛。海浩此时就飞行在三百米高空。在他身边,出现了更多戴黑色头盔的"鹰",他们是海浩的同事。他们头顶上方六百米高空处,两驾雪茄状救护车飞过,赶往中心广场。那里,刚刚发生了枪杀事件。

头盔侧面突然发出一阵轻微的震动,轻轻地敲击在海浩的耳廓上,让害恐高症的海浩又一阵头晕。这样的震动是表示有人给海浩传来了短信。海浩拍拍头盔侧面的一个绿色小按钮,防风镜的视频上显示出一条信息:

我去出差。发信人:海波。

海波是海浩的亲妹妹。他们兄妹间的关系从海波打耳洞戴耳环的那天起一路下滑,越来越糟糕。至于什么原因挑起的,海浩已经记不清了。妹妹海波的职业是宇宙地质勘探。如果发现了新星球,都是海波带上一组人马先去勘查。有时候,一走就是一年半载。作为警察的海浩工作也没有定时。两人彼此以忙为借口,很少碰面。

海浩想想,最近就见过两次面。一次是他的婚礼,妹妹出现了三分钟;第二次是他妻子的葬礼,妹妹海波在妻子下葬的那天出现了十分钟。海浩的妻子在他们举行婚礼后三个月去世了,死于子宫癌。海浩就是在得知妻子患上绝症后坚持举行婚礼的。在妻子接受治疗的那段时间,海浩对子宫癌的信息特别关注。他发现一个惊人的数据,世界上有百分之五十的成年女性都患有子宫癌。

不过,他记得今天还是妹妹的生日。他给她准备了一份生日礼物。是在海波五年前过生日的时候买的。五年了,海浩一直没有机会送给她。今年看来又泡汤了。海浩想,那就明年再送吧,但愿到时候这份生日礼物不会太过时。

"鹰"们在广场上空盘旋,观看现场,他们真像长出了双翼般灵活机动,时而低飞,时而倒飞,不停地交错穿过广场上巨大的时钟。时钟上显示:10:48。

为了减少飞行,海浩提前降落。

广场上的人群早已散了。那辆卡车被遗弃在一边。海浩好久没见过这样的古董车了。很显然,示威者出现了资金困难。(注:卡车早已被淘汰,属于废品,"古董车"只是个称号,并不值钱。)

海浩走近卡车,看到一只手从卡车后部边缘低垂下来。他走过去,看到一个男人,仰面倒在卡车上,眉心间有个弹孔,汩汩地冒着鲜血,和他的衣服一个颜色。

"海浩,这边!"海浩的耳机里传来同事闵滴的说话声。

"哪里?"海浩问,随即他的手表上传来"突突"的声响。他抬起手腕,看到表面上出现一幅地图,是广场的地图,在广场边缘一角,有一个绿点在闪烁。这是闵滴传来的信息,告诉他具体位置。

海浩没有飞,而是背着很重的飞行器,步行来到广场边缘。走到的时候,他已满身大汗。在那里,在一个接近拐弯的路口,他看到闵滴蹲在地上,身边躺着一个穿旱冰鞋的小女孩,脑袋下方一摊血迹。

闵滴摸了摸她的脉搏,惊喜地说:"还活着!"

三、刺青与DNA

警局刑侦科的会议室建立在海洋深处。由于地球人口膨胀,地面已经拥挤不堪。政府最后决定把所有的政府机关都挪到海底,把阳光让给市民。所以,在海浩他们的窗外,看不到绿叶在光影中婆娑,看到的是湛蓝色的海水,每年定期漂流穿越大海的海龟,还有偶尔造访的海豚。

警员们此时都围坐在一张办公桌模样的仪器前。刑侦科科长司关宇按下遥控器的启动键,仪器上方出现了一个三维立体画面:

死者从卡车上站起来,眉心间带着弹孔。

"死者名叫唐祎,今年四十五岁,他是这次示威游行的组织者。这次示威游行的规模很小,只有五十人,动用一辆老式柴油皮卡。这辆车属于唐祎家。这次示威游行从规模、主题到参加人数以及路线都经过了政府审批,是合法的。对于这次枪杀,至今为止还没有任何组织声称和此事有关。"司关宇说完,把遥控器抛给法医吕岩雪。

吕岩雪是个高个儿女孩,她操纵着遥控器,镜头聚焦在三维画面上的死者头部,说道:"死者的头部未被射穿。子弹应该仍留在唐祎的脑颅之内。但是,我们并没有在死者的大脑里找到子弹。"

众警员听到这里一片哗然。他们都想到了同一个原因。

吕岩雪点点头说:"对,是颗冰弹,孔径为4毫米。已经完全融化,无法查出任何痕迹。但是……"吕岩雪调出一个新画面,迅速覆盖唐祎,是个小女孩,"她是另一个受害人,叫宇飞飞,是孤儿院的小孩。医院已经实施了抢救,还处在昏迷之中。很遗憾,据医生说,小女孩就算经过危险期,子弹伤及其脑叶,她也可能成为植物人。射入她头部的子弹也是一颗冰弹。"

"真可怜,可能是误伤。"有人说。

又有人问道:"现场录像呢？广场周围有十多个监控摄像头,难道没有一个摄下凶手的行踪？"

法医吕岩雪把遥控器抛给另一个瘦高的警员,那个警员按下另一个开关说道:"这就是我们在广场上搜集到的所有监控录像。"

随着他的话音落地,屏幕上先是出现一片闪动的黑色,然后像雪片一样,依次出现一条条式样各异的女式内裤。这些内裤像一张张小丑上翘的嘴,嘲笑着面前的观众。男警员无奈地说道:"有人黑了监控系统。无法查出来源。"

"记者呢？媒体呢？他们会不会有线索？"闪滴一追到底。

还是那个警员,耸了耸肩说:"这是不幸中的最不幸。对于这次游行,没有任何一家媒体前来采访。'抵制机器人'是个老掉牙的游行主题,还不如商场降价促销的新闻吸引媒体。所以,唐祎这次的游行是失败的,还为此丢失了性命。"

这个警员正说着,眼光不觉被窗外吸引,不由张大了嘴巴。众警员一起随着他的目光一望,看到窗外的海洋里出现一片血红。这血红像一场蔓延的雾,雾气中出现一条浑身是伤的海豚。忽然,海豚的身后出现一张牙齿锋利的大嘴,一条鲨鱼向海豚扑了过来,一口咬在海豚的肚腹上,更多的鲜血弥漫在海水中。

"弱肉强食。"有个警员说。在水下办公,警员们经常会看到各种生物相互残杀的场面。但这些场面比起人类的弱肉强食来,干脆直接得多。人类,总是被各种贪欲包裹着。

当大家都被鲨鱼捕食海豚这一幕惊呆了的时候,会议室里出现一个男低音。"这是什么？"说话人是海浩。

就在大家关注鲨鱼的时候,海浩把唐祎的尸体从解剖室里推进了办公室。他把尸体翻过来,露出后脑勺上的刺青。上面是些奇怪的符号:

"œں ～‴ ں ～÷÷‴ ↗∴↗•……"

"啊!"法医吕岩雪惊讶地叫了一声,"我做解剖的时候,还没有这些刺青图案的。"

"你是说这些刺青是在你解剖后才出现的?"海浩问。海浩原来以为只是法医吕岩雪忽略了这刺青。

吕岩雪说:"对。我在做尸检的时候,只看到他的脑后有一排模模糊糊的蓝色痕迹,并没有这样清晰的图案。"

"这些图案是什么意思?"闵滴忍不住问。

"不知道。可能是某种古老的文字或者某个星球的语言。或者纯粹就是些无聊的图案。"海浩说。

"你,你怎么会知道唐祎的脑后会有刺青?"吕岩雪问海浩。

"这要从唐炜的情况说起。"海浩说:"我查了一下受害人的资料,唐祎和他的父母十年前驱车出行,在一个十字路口遭遇车祸。他的父母当场丧生,而他却侥幸活了下来。我把他的DNA输入电脑系统,却出乎意料调出了两个人的资料。一个是唐祎的,另一个叫杜凡生。这个杜凡生和唐祎拥有同样的DNA。有趣的是,你们猜猜,那场车祸是如何发生的?"

"如果是发生在十字路口,必然是两车相撞的可能性较大。"闵滴说。

海浩点了点头,接着说:"当时驾车撞上唐祎一家人的正是这个杜凡生。"

"难道,他们是双胞胎? 只有双胞胎才会有同样的DNA。"一个警员问道。

"我还没见过这样的双胞胎呢。"海浩说着打开三维屏幕。屏幕上出现一个满脸皱纹的男子,看上去至少六十岁了。而死者唐祎,正值壮年。

"难道有人非法克隆?"另一个警员神色惊异地问。世界各国早已订下和约,禁止克隆人类。但是,正和秃子头上的虱子一样明显,人类历史上曾经有过禁止核武器扩散的条约,执行起来却举步维艰。所以,非法克隆并不会绝对不存在。只是,克隆人类需要地点,需要大量的资金和技术力量,一般人不可能做到。如果真是一起克隆案,那么幕后涉嫌的内容就复杂了。

海浩继续说:"杜凡生并不住在这座城市。他居住的 S 城距离此地一千多公里。更为奇怪的是,杜凡生死前曾经在一家机器人维修机构工作。他在一个上午突然从公司请假出走,假期结束了也没有返回公司。杜凡生没有亲人。他的妻子早几年患子宫癌去世了。公司里的同事后来向警方报了案。经过调查,警方发现杜凡生在离开公司后立刻租用了一辆时速每小时八百公里的轿车,驱车一千多公里来到本市,在下午三点整,赶到一个空旷的十字路口与唐祎一家人的车相撞。"

"好奇怪。"大伙都禁不住这么想。

"杜凡生在车祸前和唐祎有没有联络过?他们之间认识吗?"司关宇问。

海浩答道:"两人各在不同的城市生活,互不相识,也从来没有联系过,生活中没有交集。据杜凡生公司同事讲,他待人和气,性情开朗,根本没有任何精神上的疾病。"

"海浩,你还没有回答我的问题。"闵滴提醒道,"你怎么知道唐祎的后脑勺上有刺青?"

"杜凡生上了年纪,开始秃顶,头发基本上掉光了。我调出了他的立体照片。"海浩说着,三维视频上出现杜凡生车祸后的照片。死去的杜凡生站立在视频中间,像一个玩偶一般徐徐转动,他的后脑勺上出现一片模模糊糊的淡蓝色。

海浩说:"当时,我看到这片淡蓝色就觉得有些奇怪。经过电脑锐化后,淡蓝色变成了刺青。杜凡生的刺青颜色不如唐祎的清晰,不注意看,很难辨别出那些图案。因为看到杜凡生有刺青,他和唐炜又拥有一样的 DNA,也是好奇,我才检查了唐炜。现在,我还有另一个疑惑。"海浩说。

"讲。"案情到此已经相当扑朔迷离了,司关宇急于知道海浩还有何新发现。

"另一个中枪的女孩,宇飞飞,今年十二岁。案件发生时,她正在广场上溜冰。她和这场无人问津的游行毫无关系。她被射中的地点在广场的东北角,而唐祎被射击的地点是广场的西南角。两个案发地点刚好在对角线上,相距八百米。她为什么会被枪击中?两场枪杀之间到底有什么联系?难道只是误伤?我根据两人的伤口复制了射击路线。"海浩调整遥控器,三维画面上立刻出现广场当时的模拟图,"这两个红点代表受害人。从红点上发射出的黄线是子弹被射出后的运行轨道,轨道从受害人出发,最终到达的黄点就代表射击者。"

模拟图上立刻出现了一个黄点。射击者站在唐祎和宇飞飞之间。射击者向左射中唐祎,转身向右射中宇飞飞。枪杀路线明晰了,但是,大家在一瞬间又迷惑了。因为,这表明宇飞飞并不是因为挡住了唐祎而被误伤。

"难道是宇飞飞看见了凶手,因此凶手才杀人灭口?"有人问。

"宇飞飞是盲女。"海浩说道。

"盲女?!盲女还能滑旱冰?!"有人脱口而出。

"你不知道现在的头盔有多先进。"海浩夸张地拍拍脑袋,想起了他飞行器上的黑色头盔,"宇飞飞滑旱冰的头盔里有一套雷达导向系统。它会提示宇飞飞前进的路线。盲人是否能开车已经被提交政府讨论了。现在开车,都是车子自行驾驶,大家在座的,又有几个是手动驾驶的呢?"海浩这么说,更加怀念以前手动驾车的日子来。

"是啊,是啊,我们几乎都忘了怎么开车了。"有人感叹。

"只是好像盲人越来越少了。"不知是谁在角落里轻声说了一句。

四、葵花与冰弹

案情分析会议结束后,海浩走进电梯。他听到水花击打着电梯顶部,发出沉闷的轰鸣。随着电梯门徐徐敞开,一个灯光敞亮的大厅出现在他面前。他已经从水底来到了地面。大厅外早已华灯初上。

这个案子有太多的难解之处。首先是动机。杜凡生驱车和唐祎一家相撞的动机?凶手射杀唐祎的动机?射杀小女孩的动机?

呼吸着潮湿而新鲜的陆面空气,海浩步行在棕榈树下。他抬起头,看到夜空浩瀚,无数星星闪烁。那些星球,有的已成为人类的旅游之地。其中有好几颗,海浩相当熟悉。海浩曾经多次去过那些星球,并不是为了旅游,只是为了办案。

海浩穿过主街和几条僻静的小巷,来到一条叫做葵花巷的地方。巷口更像一个部落的寨门,上方有断裂的青石门楣,两株缺乏清水滋润和照料的葵花分别栽种在巷口两边。巷道入口里面黑黢黢的。一股股人和动物的尿臊味萦绕在四周。海浩站在巷子口,点燃了一支香烟,深深吸了几口,然后扔到脚下踩灭。

他最不喜欢来葵花巷。每次来,都是不得已而为之。

城里的"正经人"都不来葵花巷。因为这里聚集着小偷,毒贩,娼妓,逃犯,无家可归的人,落魄的人,绝望的人,醉生梦死的人……

这个星球的每一个历史时期,每一座城市,都有一条和葵花巷一样的地方。只是名字不同罢了。

踩灭香烟后,海浩踏入葵花巷。巷口窄仄,但是只要耐心地在黑暗中前行几米后,便会遇到一个大拐弯。拐过弯,一片人声鼎沸的热闹非凡便会像梦魇一样从天而降。身穿便装的海浩从吵闹的人群中走过,奔向他的目的地——魔方点。

魔方点是个光线昏暗的小平房。左边是大麻烟室。吸食大麻处于合法非法之间的灰色状态,人类还在为此争论不休。右边是个喧哗的体验舞厅。居于中间的魔方点看上去有点形影孤单。魔方点里只有一个女人,隐蔽了真名,十分招摇地自己取名叫葵花。

女人葵花看上去三十多岁,以看手相为生。别看人类科技如此发达,对自己命运的神秘性还是无法做出解释,十分敬畏。算命变成一种传统娱乐。海浩掀起了魔方点的门帘,葵花一见是他,起身就跑。葵花的小屋在东南西北四面墙上都有门。海浩没有直接追,而是从小屋出来,拐进大麻室,从那些吸食大麻的人身上越过,严严实实地把葵花堵个正着儿。大麻室的老板靠墙站着,津津有味地欣赏着这一幕。在葵花巷,就算是遇到杀人,也不会有人会伸出援手。

女人葵花从海浩的手中挣脱出来,整整发髻和衣襟,一偏头斜眼睨视海浩说:"警察先生,这次又要算什么命?"

海浩在她耳边轻轻吐出两个字,"冰弹。"葵花脸上一片惊讶。

两人重返魔方点后,葵花关上了门,摇摇头说:"我一个看手相的,怎么会知道那玩意儿。"

葵花当然不敢说真话。冰弹是被官方禁止的,用冰制作一颗子弹很容易,小孩子都会。关键是让冰弹能够从枪筒内高速射出,达到七百米以上射程,具有金属子弹的杀伤力。这个,就需要特殊的手枪。因为,冰弹射出的时候还只是松散的水分子,这些水分子中掺加了凝固剂,然后在被射出后的行进过程中和空气作用,汇集凝固形成子弹。所以,一颗冰弹的产生,还需要生产特殊的凝固剂。冰弹射入物体后会融化得不留痕迹,因此受到政府的全面禁止。如果被查获,判刑相当重:终生监禁。

"葵花,"海浩一边欣赏着魔方点里的水晶球和塔罗牌,一边说,"我们不是第一次打交道了。我对你的老底很清楚。你不止算命。你这里,完全就是一个非法物资地下交通站。"

葵花哼了一声。

"葵花,"海浩还是用同样的腔调说,"上个星期,有个十岁的小男孩,从战乱的四盟星球非法进入我们星球。是你给了她一个在此地继续生存的假身份。鉴于你是好心,我没有将这件事情上报。"

葵花又哼了一声。只要海浩找不到小男孩,他就拿她没办法,所以,海浩的这个威胁没有用。

海浩笑了笑说:"我还没说完呢。你隔壁大麻室的大麻有一部分也是通过你进货的吧?这个,我已经掌握了证据。"说着,海浩拿出一张纸,递给葵花。纸上记录着葵花进货的联络人姓名。葵花一看,脸色不好看了。"咱们弄僵了,我就不好再袒护你了。"海浩的手指在那张名单上轻轻地点了点。

"吸食大麻还没有被定为非法行为。"葵花争辩。

"进口大麻是由官方控制的,所以私运大麻绝对非法。再说,我如果抓了名单上的这些人审问,事情传出去,你以后还怎么混?"

葵花犹豫了一下,不得不妥协说:"好吧,我可以告诉你哪里可以买到发射冰弹的枪支。但是我有个条件。"

"说吧。葵花做事不提条件,还真不是葵花了。"

"放过我私下贩运大麻的事,然后给那个小男孩一个真实身份。"葵花说。

海浩微微一笑,说:"这可是两个条件。"说完,他从裤兜里掏出一个信封,交给葵花。葵花打开一看,里面是小男孩的合法身份证和社会保险号码。

"你?"

"我说过,我对你了如指掌。说吧,在哪里可以买到冰弹枪?"

葵花说出了联络地点和方式后,目送海浩离开。她的直觉告诉她,就算是今天她不提条件,这个叫海浩的警官也会帮她。她还知道,海浩早已明白她也是从四盟星球偷渡过来的,那个小男孩正是她的亲生儿子。她疑惑的是海浩帮她的动机,难道仅仅是为了获取冰弹的情报?私运大麻已足以构成要挟条件了。

为什么?

答案只有海浩知道。他在葵花身上看到一种神秘气息。那气息像秋天的溪水,清凉通透,从葵花的身上散发出来。他死去的妻子也有这股清凉之气。海浩对葵花,并没有产生男女之间的爱情。他怀念那股清凉通透。

五、一劫与三天

根据葵花的指引,海浩来到一所市内公园。公园中绿树成荫。海浩才进入公园,就被一个印度装扮的耍蛇人缠上了。他要海浩给他的眼镜蛇一些施舍。海浩急于摆脱他,掏给他一些零钱。耍蛇人千恩万谢,从衣兜里拿出一条栩栩如生的塑料小蛇和一张宣传单,作为回赠。

在一条长椅上等待接头的来人时,海浩打开了那张宣传单。上面用质量很低劣的油墨印着一串话:

人类一生一灭为一劫。一劫等于四十三亿二千万年。我们还剩三天。

"什么乱七八糟的东西。"海浩把纸条揉成一团,扔进了旁边的垃圾桶。垃圾桶里有一份被人遗弃的当天的报纸,日期是:4,319,999,999年12月28日。

这时候,一个穿风衣的人出现在海浩的视线之中。海浩把左腿放到右腿上,跷起了二郎腿。穿风衣的人在他身边坐下。海浩拿出了打火机,放在手掌心把玩,不时地开关几下。那人侧过脸来,海浩看到一张十分年轻的脸,最多不过十二岁,还是孩子。海浩的心里一凉,作案年龄越来越年轻。

小男孩很老到地问:"叔叔,没烟抽了吧?"

海浩点点头。

小男孩把头一偏,意思是"你跟我来"。

海浩跟着他出了公园,来到背街处,那里停着一辆很旧的小车,从里面钻出另一个也是十二岁左右的男孩。他手里拿着一本小册子,上面全是冰弹枪的款式。他们要海浩挑一款。然后,他们开始谈价格。几番讨价还价之后,双方终于达成协议。男孩打开了后备箱,从里面拿出一支冰弹枪。

海浩付钱的时候说:"那么小就出来混啦?"

小男孩不理他。

海浩耸耸肩说:"如果我要买得多,跟谁联系?"这两个男孩决不是主犯。

"我们。"小男孩数着钱,面无表情地说。他的声音还很细嫩,连变声期都没有到。

海浩很心痛。他突然想起了那条印度人送他的小蛇。他从口袋里掏出小蛇,送给小男孩。另一个把风的小孩也被吸引了过来。他们俩接过蛇,脸上露出一个笑容。那个笑容更让海浩辛酸。那是属于小孩子的笑容。

用来付款的钞票里安装了极其微小肉眼无法识别的跟踪器和窃听器。用不了多久,谁是贩卖冰弹枪的主犯,就会一清二楚。但是,谁是购买者?谁射杀了唐裼?为什么?

等两个小孩子开车离开之后,海浩走出僻静处,钻进一辆修理电子线路的面包车。车内全是跟踪设备和监视系统。除了一个工作人员外,那个耍蛇人也坐在里面。他正在用纸巾擦拭脸上的黑色油彩。

海浩笑了笑说:"你伪装得蛮不错的嘛。小蛇也很到位,就是那张传单有点过火。什么意思嘛?"

"传单上的内容是我从网站上下载的。这叫全方位伪装。"化装成

303

印度人的警员开着玩笑说。

这时,面包车启动,跟随那辆小车一直开到了郊区一座独立的二层小楼前。一路上,监听器里不断传来小孩的争论,讨论哪种蛇最毒,丝毫不谈冰弹的事情,好像他们刚从动物园回来,而不是刚刚结束了一场非法的武器交易。

海浩等人在车内按兵不动。他们听到小男孩们停了车,进了屋,然后说:"哥,给你钱。"

一个成熟的男性声音说:"你们俩没私吞吧?"

传来小男孩的童音:"哥,我们哪敢?不要命了。"

忽然,窃听器里传来一声巴掌响,那个被称作"哥"的男人大叫说:"收拾东西,快走!"

"怎么了,哥?"

"这钱里有东西!"

海浩他们立刻下车,接近小楼,把三个人堵在了门口。这次,海浩等警员不仅破获了一个冰弹枪的贩卖团伙,还让三个人从人口资料库里指认了买家。

被三个人指认的买家很多,居然大多数都是外表普通的小职员。其中一个,引起了海浩的注意。海浩把那人的照片打印出来,分别放到三个人面前,让他们再次确认。他们都一一点头。

照片上的人正是多年前出车祸死去的杜凡生。

六、线索与绝境

在海浩负责与冰弹贩子接头的时候,闵滴带领一组警员搜查了唐祎的住处。除了查到一些宣传资料外,没有任何有利于破案的线索。唐祎没有结婚,没有女朋友。在本城没有其他亲戚。

闵滴也见过了小女孩宇飞飞所在孤儿院的老师。也许是因为眼睛的关系,宇飞飞被遗弃在孤儿院的大门前。也是因为她眼睛的关系,没有任何一个家庭愿意领养她。孤儿院养大了她。老师们都说宇飞飞虽然眼盲,可是心里亮堂,活泼开朗。闵滴也没有查出其他线索。

为了尽快破案,警局安排了充足的警力,调查其他参加游行的人。所有的结果汇总后,得出了一个一致的结论:他们先听到一声枪响,然后听到唐祎大叫:"大家小心!"然后是一阵混乱,所有的人从车上跳下来,逃窜躲避,接着又听到了三声枪响。他们起初还以为是警方前来拘捕了呢。

"也就是说,在大家逃命的时候,唐祎还活着?"闵滴放下手中的报告问。

"对。"海浩回答。

"那么,大家听见的第一声枪响不是射中唐祎的,而是射向小女孩,然后唐祎才被击中。这么说,小女孩才是目标。"闵滴越发疑惑,"可是,谁会暗杀一个溜冰的小女孩?"

"是啊,杀死女孩宇飞飞的动机是什么? 一个孤儿,还是盲女。谁会有杀她的动机?"海浩也十分不解地说。

"这个案件太让人匪夷所思了。"闵滴摇头叹气,"到处都是线索,可相互又都对不上号。"

七、百合花与消毒水

监护室里的监护仪传出干燥摩擦的机械声,表明床上的病人还有呼吸,还有心跳。宇飞飞的主治医生告诉海浩,小女孩基本上度过了危险期,但还需要继续观察。有一点可以肯定,小女孩已是植物人了。

病房里摆满了孤儿院孩子摘来的大朵白色百合。那是宇飞飞最喜爱的花。充满生机的百合香气如白色雾气一般,和病房消毒水淡蓝色的气味混合在一起,弥漫着已成植物人的宇飞飞。

宇飞飞头上包着纱布,红色血迹从纱布中浸染出来,好似一朵朵即将落山的红霞。一个年轻的护士正在给宇飞飞擦脸,不时地在她干涩的嘴唇上抹一点点水。

海浩站在监护室看着宇飞飞,他没有进屋。无法破案,令他惭愧。

8.4,319,999,999 年 12 月 31 日上午

今天是这一年的最后一天,明天就是四十三亿两千万年,人类第四百三十二万个千禧年,一个值得庆贺的年份。

海浩一早起来,刮胡子,选衬衫,和去相亲一样拾掇自己。工作一直繁忙,他好久没有如此这般收拾收拾自己了。他先去了葵花巷,在葵花的屋门前悄悄放下一盒礼物:一个拇指大小的葵花胸针和一辆遥控玩具车。十点多,葵花开门的时候看到了礼物。虽然礼物没有留名,葵花却立刻知道是谁。她往巷口张望了片刻,在心里默默祝福海浩新年吉顺。

离开葵花巷后,海浩又和闵滴碰面,买了礼物,去看宇飞飞。

宇飞飞还是住在重症病房。病房走廊上静悄悄的。今天是假期,只有少数值班医生和护士。海浩和闵滴走到病房门口时,看到里面有个人影晃动了一下。直觉让海浩拉住了闵滴。他们透过百叶窗上尚未拉严的缝隙向内望去,看到一个人影正拿起一个枕头,向宇飞飞的头上按去。两人见状,一起冲进了病房。

手中举着枕头的人长相怪异,左半边是人体,右半边是金属,是一个低等的混合型机器人。机器人一见海浩,立刻扑了过来。海浩掏出枪,连发三枪,射中他的头颅。

有人要继续谋杀植物人宇飞飞?这是为什么?

一瞬间,海浩似乎抓到了线索油滑的尾巴。海浩立刻把宇飞飞转

移到另一家医院,留下警员作专门保护。

元旦即将来临,局里放了假,人很少。海水中的办公室更加安静。海浩和闵滴决定重新阅读这个案件的所有卷宗。他读着读着,听到肚子咕咕叫,就打算去自动贩卖机上买点饼干。

当海浩掏出钱往外走的时候,他摸到钱币上一小片突起。那是一些黑点,是盲文,显示钱币的面值。摸着盲文,海浩恍然大悟。

海浩带着闵滴来到资料室,找到一份人类在公元两千年左右使用的电脑 Word 软件备份。他把软件输入电脑。接着,海浩按捺住内心的激动,重新开启 Word 文档,输入了那个神秘图案:

☏ ～″ ♋ ≒♊ ″ ✍∴✒……

"这些符号实际上是一句很明显的话。"海浩说。

"什么话?"闵滴还是不了解。

海浩指着文档右上角说:"文字有很多字体,这种字体叫'bookshelf symble 7',使用时间是公元两千年左右,距离我们现在有上亿年的历史了,难怪我们的电脑不认识。"海浩接着把字体用光标涂黑,然后不断点击"字体"一栏里的选项。多次试验后,屏幕上出现一行英文:

"We are all robots(我们都是机器人)。"

看着这行字,海浩愣了一下。忽然,他从抽屉里找出一把剪刀,递给闵滴,说:"快,给我剃头!全剃光!"

闵滴莫名其妙。

"快!要不来不及了!"

手起刀落,海浩的后脑勺上露出和唐祎,和杜凡生头部相同的刺青图案。海浩镇定地告诉闵滴,他从未刺过任何纹身。

说完,海浩的脸上露出古怪的表情,是一种很苦很苦的笑。

看着这种笑,闵滴语无伦次:"这不可能!难道……?"

闪滴无法把话说完。沉默紧张地横亘在他们两人之间。片刻之后,闪滴终于鼓起勇气,让海浩也给她剃头,但是她的后脑勺上却没有这一行字。

"这个刺青,是个标记,相当于出厂记号。这说明,我们当中,有很多机器人。就连我们机器人自己都不知道自己就是机器人。"海浩苦涩地说。

海浩是机器人,而闪滴却不是。

大街上,行人甲是机器人,而行人乙却不是。公园里,抛球的那个人可能是机器人,荡秋千的那个小男孩可能不是,可他们对此都一无所知。

机器人的外表和内部已经和人一模一样。他们会流泪,会流血,真正的血,也分 A、B、AB 和 O 型,有五脏六腑,而且最关键的是:他们不知道自己的身份。

上帝如果存在的话,他到底要愚弄谁?

9. 4,319,999,999 年 12 月 31 日下午至凌晨

自己是机器人的真相如同晴天霹雳,让海浩寝食难安。他想到了妹妹海波。如果自己是从冰冷的生产线上下来的,而非来自母亲温暖的子宫,那么海波也一样。是谁跟他开了个如此残酷的玩笑?

母亲是谁?母亲又是从哪里来的?

海浩要找到这条生产线。

他调出所有的机器人工厂档案,和闪滴一起,经过数小时的阅读排查后,终于找到了一点蛛丝马迹。

在堆积如山的机器人工厂资料中,有一个工厂,厂标也用了同样的符号""╱∴╱",翻译成英语就是"robot(机器人)",是最早的机器人生产线。它的位置是荒凉沙漠,一般人很少去。

档案中说,这个工厂一共使用了二十年,因为气候恶劣所以迁走了。档案里并没有登记新厂址。

海浩驾驶着超音速两翼机,带着闪滴,三十分钟后降落在这片几乎无人涉足的沙海之中。下午的阳光刺眼尖锐,像一支支锋利的箭簇,射中他们的每一寸肌肤。

走下飞机,首先映入两人眼帘的是无人看管的工厂大门。黄色和白色相间的沙丘堆积到了厂门一半高。没有人值班。厂里有东西被风吹动,发出生锈金属撞击的哐噹声响。

进大门后,眼前的景象让两人都大吃一惊。黄沙的淹埋下,露出被烈火熏黑烧毁的厂房。整个工厂,像一个被遗弃的爆炸现场。海浩在灰烬遗迹中找到一块弹片,立刻便认出墨绿色弹壳上的残缺标记:B3590－183。这是军用特殊炸弹。

政府军方摧毁了这个工厂。

金属撞击的声音中,混杂着一个嘎嘎声。这个声音乍一听和其他声音混在一起,实际上却有着不同的特质。其他声音是混乱无序无目的的,而这个声音是干净利落的。

闪滴像野兔一样竖起耳朵,寻找声音的来源。她在一块十分隐蔽的被烧黑的水泥立柱上,看到一个只有小孩拳头那么大小的摄像头。摄像头随着两人的行踪而摆动,摆动时就会发出这种缺少润滑的嘎嘎声。

闪滴把这个发现小声地告诉海浩。海浩会意,两人悄悄退出工厂。就在他们准备登上两翼机的时候,才拉开门,一个黑黝黝的枪孔就对准了他们。

持枪者的长相与众不同。

持枪者的左眼是肉眼,右眼是金属的,脑壳和盆腔部分是金属的,其余部分都是肉体。没有头发,没有喉结,没有人类拥有的第二性特征。也就是说,无法辨别性别。

持枪者搜走了他们身上的武器,挟持海浩和闵滴来到一座沙丘旁,沙丘像演戏的幕帘般向两边拉开,露出一个入口。沙漠的太阳此时正在西下,金黄灿烂,天地间一片混沌辉煌。

海浩和闵滴披着金属般质地的阳光被迫走下入口。在那里,他们看到了一个匪夷所思的世界。

这是一个不应该存在的世界,但是它却活生生地存在着。

沙漠之下居然修建了四通八达的地道与洞穴。每个洞穴内都居住着和持枪者一样的"物种"。面貌相似,难分性别,只能从身上金属部分和肉体部分的不同分布来区别彼此。这些物种向他们投来的眼光里充满了鄙夷和愤怒。

洞穴中的东西和用品也非常奇怪,好像是从不同的历史时期收集来,不得已而坚持使用到了现在。更为奇怪的是,这些地下物种整整齐齐地坐着,很少走动,秩序井然,好像摆设品一般。

持枪者把他们关进了一间阴暗的牢房,让他们脱掉全身衣物,换上一件像麻袋一般的袍子。袍子肮脏,散发着令人作呕的臭味。

黑暗中传来歌声。那不是一个人在唱,而是所有的人一起唱。声音在隧道里回荡,因为人数众多却又声音低沉而显得神秘诡异,庄严肃穆。

过了很长的时间,持枪者才再次出现,把两人带到一个庞大的洞穴。洞穴里插着蜡烛,放着桌椅,一个驼背老人孤独地坐在桌旁。石壁上挂着一个巨大的时钟。再过半个小时便是午夜。

"你们到了。"老人说着,转过身来,站在光线昏暗的地方。他挥挥手,叫持枪者退下。持枪者犹豫了一下,走出洞穴,站到外面的隧道里。

海浩和闵滴看到,老人和其他人不一样,他的身上没有丝毫金属的痕迹,彻头彻尾的一个上了年纪的人类男性模样。

"这是什么地方?"海浩问。

"冥城。"老人笑了笑,"你看看这里的居民,不人不鬼的模样,生不如死的生活环境,难道不配叫'冥城'?"

"你是谁?"闵滴问。

"我也是他们的一员。"老人淡然地说。

"可你和他们看起来很不一样。"闵滴说。

老人在昏暗中发出一声低笑,走到烛光明亮的地方。烛光照亮了他的面容。

"你是杜凡生?!"海浩和闵滴同时脱口而出。

杜凡生?!那个数年前驱车与唐祎一家相撞,在车祸中死去的人?!他和唐祎之间到底有什么关系?!死而复生?!

"难道你是克隆人?!"海浩追问。

"怎么说呢,克隆人是个初级概念,是人类复制物种最原始的技术。这种技术早已被超越了。"杜凡生解释说。

"什么意思?"闵滴问。

"我们已经能成功地把克隆人和机器人两样东西混合起来,或者说'杂交',然后进化机器人,达到和人类一模一样的程度。这项工程,在数十年前就尽善尽美了。"

"尽善尽美?我们早已知道机器人的内部结构已经和人类相差无几,而且也会流血,流泪,也有血型……"闵滴忍不住说。

"女警员,你没有听懂我刚才说的话。一模一样。不需要生产线了,女性机器人也有子宫,她们的子宫也同样可以孕育机器人。"

"啊!"闵滴倒吸一口凉气。

"人类设计了机器人,给了他们自我思考的能力。两千年前,有一批机器人逃离了人的控制,因为他们羡慕人类,决定进行自我改良。经过了两千年的实验,他们成功进化了子宫,但却没有尽善尽美。你想想,为什么会有那么多的子宫癌？那是她们的子宫还没有达到完善,所以才会患上子宫癌。"

海浩忽然明白了妻子的死,还有百分之五十的成熟女人为什么患有子宫癌的原因。妻子原来也是个改良后却没有到达最后完善的机器人！

杜凡生接着说:"自从新的机器人从子宫诞生,也就不再需要生产线了。于是,相关的工厂就被炸毁了。而这个地穴中的物种,是'杂交'实验中逃出来的废品。"

"废品？"闵滴问。

"这项'杂交'的实验是残酷的,实验完全是在克隆生物进化,因此出现了很多杂交失败的机器人。这些机器人被叫做'废品'。他们本应该像废品一样被处理掉,但是他们已经有了自己的心智,死里逃生,一直躲藏在地下。有的已经在这里生活了上千年。"

"上千年？难道他们不会死吗？"闵滴很奇怪。

"当然不会。"老人的喉咙里发出几声奇怪笑声,混着无奈和自嘲,"这些'废品'终归还是机器人。机器人是永生的。不过,这项实验的终极目标是制造和人一模一样的机器人,所以在这些机器人的程序中,也包含了情绪和人格。他们也懂得'尊严'和'死亡'。然而,人类却从来没有给予他们尊重。他们就只是实验品,残次品。他们一直活下来,就是为了等待死亡。不能获得尊重,但要得到死亡。他们的等待,就是他们给予自己的尊严,唯一尊严。幸运的是,大家不用等太久了,这个'死亡'不远了,它终于来了。"

"不远了？你的意思是他们马上就会死去了？你不是说机器人是永生的吗？"闵滴问。

杜凡生没有直接回答,而是话锋一转,"你听过一个关于'劫波'的传说吗？"

"没有。"闵滴回答。

"在这些'废品'中,流传着一个故事。传说,在人类最早开始设计机器人的时候,就在所有的机器人身上设定了一个名为'劫波'的软件。这个软件实际上是一个设定好的死亡时间。当这个时间来到的时候,所有的机器人,包括杂交的,改良的,最后的完美品,都会同时启动身上的自杀系统,全体同时死亡。如果有一天,人类被机器人征服,这个软件就是人类最后战胜机器人的撒手锏。设定这个'劫波'软件,显示了人类的先见之明,也显示了人性的残酷。"

"难道这个死亡时间是'四十三亿两千万年'。也就是半个小时之后。"沉默许久的海浩忽然插话说。

"你怎么知道?"杜凡生扭过头来转向他,惊讶极了。

"所谓'劫',是一个时间概念,是指四十三亿二千万年。"海浩想起了化装成印度耍蛇人的同事给他的宣传单,"现在距离四十三亿两千万年只有三十分钟了。刚才在牢房里,我听到了歌声。我原来以为是你们的仪式,现在明白了,那是一种庄严的,赴死的歌声。"

"难怪我们进来时,看到那些人都安安静静地坐着,很少走动,原来他们都是在等待死亡。"闵滴插话说。

"对。新年钟声一响,这个星球上的所有改良机器人,外出到其他星球的所有改良机器人,都会同时死去。接纳死亡后,这些人也就解脱了。再过半个小时,就是世界末日。"老人说完,转过头来,他脑后写有"我们都是机器人"的刺青十分清晰。"这个刺青是所有机器人的标志。越接近死亡时间,这个刺青会越清晰。你的也一样。"

闵滴向海浩的脑后望了一眼,看到那个刺青像火焰一样鲜红。她说:"我的头上没有这个刺青。这么说我不是机器人,我是纯人类?纯人类会活下来?"

"哈哈,"杜凡生冷笑了几声,"我已经说过,这个世界上早已没有了人类。机器人已经和人一模一样了。你,"杜凡生凝视闵滴,"也是机器人。"

"不可能!"闵滴说。

"你再看看你的后脑勺。"

海浩往闵滴的后脑一看,心中一阵凉气。闵滴的后脑勺上也出现了红色的刺青文字:我们都是机器人。

杜凡生说:"机器人的批号不同,所以刺青显现的时间也会有所不同。"

闵滴和海浩相互对望了一眼,这也解释了为什么唐祎的刺青在死后才逐渐清晰的原因。

闵滴眯起了眼睛,问道:"既然大家都要死了,你也不需要再保守秘密了。告诉我们,你为什么要驱车去撞唐祎?唐祎最后的死和你有没有关系?还有那个小女孩是你杀死的吗?为什么?"

"自从把机器人完全转变成人的试验成功后不久,这个世界出现了一场战争。机器人演化的人类和纯人类之间的战争。只不过,这不是一场真枪实弹的战争,而是渗透的战争。特务机器人在人类外表的掩护下,渗透进政府,机关,军队……纯人类被悄悄灭绝了,机器人获胜。为了掩盖真相,由机器人掌控的政府轰炸了世界上的所有工厂,把这个秘密掩埋起来。只有少数高层人员知道这个秘密,而其他机器人,都以为自己是人类。"

"这和你杀死唐祎有什么关系?"闵滴问。

"我来替你回答吧。"海浩说。

"哦?请讲。"杜凡生看向海浩,语气里露出少有的好奇和兴奋。

海浩说:"你的目标不是唐祎,而是宇飞飞。宇飞飞身上有某种东西,是不应该存在的。"

杜凡生点头说:"被你说对了。她是我们这颗星球上最后一个纯人类。政府试图寻找对抗'劫波'的方法,寻找一剂解药,但是他们都一一失败了。所谓解药,实际上就是纯人类真正的骨髓。只要植入宇飞飞骨髓,就可以撤销所有机器人同时死亡的密码,拯救我们。"

"你决定杀死宇飞飞,难道你是要阻止解码,要大家同归于尽?"闵滴追问。

"是的。"杜凡生挑了挑眉毛,用胜利者的姿态说,"我原来的工作身份对外是机器人保养和维修,实际上我一直在从事机器人进化研究。遗憾的是,在发现真相之前,我也一直以为我是个纯人类。在研究中,我发现'劫波'并不是一个传说,而是一个真实的隐藏在所有机器人体内的深层睡眠软件。我开始了进一步调查,继而发现我居然是个机器人,接着我查出了和拥有我一样DNA的唐祎。唐祎和我是同一型号的机器人,分享同样的DNA。为了证实这个发现,我才向公司请了假,开车去找唐祎。但是我的举动已经被政府发现了,他们为了隐藏这个秘密,设计了那场车祸。我们早就不自己动手开车了,车辆行驶都靠车里的自动驾驶系统。他们在我和唐祎的导航系统上做了手脚,让我们在一个空旷的十字路口相撞。"

"那你怎么还活着?"闵滴问。

"我被击中后,被他们,也就是这些'废品'地穴人救活了。你想不到,除了我之外,地面上还有很多人和这些人有联系。当时检测我的法医也是其中之一。这名法医写下了死亡诊断书,并且用别人的尸体代替了我。"

"这些地穴人为什么救你?"闵滴问。

"我原来的同事中早已有人和这些人联系。这个同事知道我的研究,希望得知最后真相。我把关于'劫波'确实存在的事情告诉了他们。实际上,我在出事之前就已经发现了解除'劫波'的方法,但这是一个秘密,只有我一个人知道。我没有向上级报告。我一直以为我是人类,是高于机器人的人类。谁知道,我也是个下等的机器人。我要大家和我一起毁灭。纯人类是自然进化的高尚物种,而机器人,无论它和纯人类再怎么相近,也是机器。再说,这些'洞穴人'也躲够了,既然他们不能像'人'一样生存,那么他们就要像'人'一样死去。"杜凡生忽然变得绝望疯狂。

"既然你决定毁灭宇飞飞这唯一的'解药',那么唐祎呢?你为什么要杀死他?"闵滴问。

"那是因为当你射击宇飞飞的时候,没想到被唐祎看到了,因此你向他开了枪。"海浩说。

杜凡生仰天长叹:"这就是命运的安排。即使我们都是机器人,也逃不脱命运的嘲弄和掌控。"

隧道里的歌声更猛烈了,仿佛一场海啸的前奏。黑色的,充满绝望而又满怀希望的歌声。任何生物,只有在渴求死亡的时候才会出现这样的歌声。

时钟发出一声轻轻的"嘀"音,像是个提示音。杜凡生、海浩和闵滴同时抬起头来,去看时钟上的时间,距离新年只有最后一分钟了。

如果人类在一开始设计机器人的时候,就埋下这个自动销毁的时间,那么,世界上的人类将会在这一刻同时消失。

因为,我们都是机器人。

如果真是这样,是不是原来的人类早为现在的"人类"设定了"命运"?

海浩扑向杜凡生。尽管他也讨厌刚刚听到的这个事实,他还是要抓住最后的机会,设法把宇飞飞就是解救之法的消息转递出去。然而,他忽然感到手脚没有了力气,整个人像个木头玩偶一样滑向地面。他看到闵滴和杜凡生都像他一样,身体无力倒下了。

难道"劫波"软件启动了?

海浩想起了妻子。他觉得在妻子去世时,他对死亡的看法是那么可笑。原来,死亡并没有那么神秘。死亡,只是一个程序。他想起了远在一个陌生星球上搞地质勘探的妹妹,她会在一无所知的情况下死去。他还想起了葵花,不知道如果她知道了真相,熟稔"命运"一词的她,又会作何感想?他想起同事化装成印度僧人的时候,装模作样地给过他一张纸条,上面写:人类一生一灭为一劫。一劫等于四十三亿二千万年。难道佛语既是偈语?

他还想起了一句话:事实真相比小说情节更离奇。

时钟发出轻微的"当当"声响,不大,但有力。海浩刚要张口,却忽然觉得无法说出声音。他想起了那份送给妹妹的生日礼物,她永远也拿不到了。也许,他也就不需要为礼物是否为过时而操心了。他听见"嗞嗞"的声音在耳膜里回响,无数的画面出现在他脑海。那是小时候的他,他的父母亲人朋友,他和妹妹海波斗嘴,他的新婚,妻子死亡。这些画面好像影片回放,海浩想停留住其中任何一张,却无法控制自己的思维,好像他大脑的遥控器在别人的手里。然后,"啪"的一声,遥控关闭,一片黑暗。

海浩,杜凡生和闵滴三个人分别捏紧的手指松散了。

隧道里也没有了歌声。

地面上城市里,行走的路人突然倒地死亡。学骑自行车的小孩忽然失控,滚到一边。高楼上擦玻璃的清洁工像一片薄纸一样垂挂在那里。行使着的轿车飞船越轨出事,空中巡逻的警察如树叶般坠落……然后是撞击,事故,爆炸,更多的爆炸连接着爆炸!

"劫波"不但在这个星球上,也发生在其他星球。只要有"人类"涉足的地方,这场终结都能到达。所有的人,都死亡了!

因为:我们都是机器人!

世界好像重新回到了最初的混沌时期一样,回到了人类创建的"还原点",一片寂静。

植物人宇飞飞,最后侥幸活下来的人类,纯人类,躺在床上,听到守护自己的警员倒了下去。

六天后,脱水大小便弄得满床都是臭气熏天的她,听到了敲门声……

备注：

　　这个故事是从一个古老而神秘的羊皮卷上整理出来的。羊皮卷中对敲门人有记载，翻译成现代汉语后如下：
　　敲门人是个刚刚从一颗发现的新星球上返回的女勘探队员。她和她的同事降落的时候，看到的是一片被死亡统治、尸横遍野的家园。她无法找到亲人，更无法找到答案。她用生命探测仪在一间病房内找到了整个星球唯一的活人：一个植物人。但是女孩因为长期脱水，当晚就死亡了。
　　女勘探队员和她的同事们，在极度绝望和悲伤的情况下，重整家园。
　　太多的尸体等待他们火化。她和她的团队总共只有五个人，他们无法处理整个星球的庞大人口。来不及处理的尸体发出恶臭。恶臭像一条黑厚的毯子包裹着整个星球。无数的野兽闻到了腐尸的气息，纷纷走出丛林。勘探队员们在处理尸体的时候还要对付野兽。
　　尽管他们尽力了，却还有成亿的尸体在腐烂。最后，体力不支的他们不得不暂时放弃这颗星球，他们决定前往他们刚刚探测过的星球。为了纪念这颗被死亡统治的星球，他们把那颗星球也取名叫"地球"。他们期望等一切过去之后，再回来。
　　因为多日的痛苦和劳累，勘探队员们的头发肮脏打结，手上的老茧不断被磨破，出血又长出新茧。因为无法梳理头发，他们只好作出了剃头的选择。每个人的头上都出现了一行古怪的文字：
　　ॐ ‿ ∼‴ ‿ ∼⇌⇌ ‴ ↗ ∴ ↗ ▪ ⋯⋯
　　他们却无法明白其中的含义。
　　这个羊皮卷就是在地球上一个叫楼兰的神秘古城遗址挖掘出来

的。楼兰属于该星球一个叫中国的国家,位于该国罗布泊西北岸,孔雀河下游。羊皮卷的著者已无从考证。卷中也没有对他们如何逃过这一劫做出解释。也许,当劫波来临时,他们正在探测的"地球"上,而地球上存在着某种未知的特殊元素,让这五个勘探队员逃过了一劫。

在羊皮卷的末尾,有这样的警示,等到下一个四十三亿两千万年,"劫波"会再次降临。

如果羊皮卷上内容属实的话,我们可以推断出一个真相:我们都是机器人。也许有"人"不相信,但请别忘了:

事实真相比小说情节更离奇。

2011年1月初稿

你是你的神

这是一个天大的秘密。你看完后,一定要封进心底,千万不要告诉任何人。

千万,不要。

一

"嘀哒!"挺清亮的一个声音,掉在老约翰的耳朵里。他厌烦地伸出小指,掏了掏耳朵。耳朵里什么也没有。这声音很像雨滴,那种春天刚刚来到时,悄悄下了一夜后从屋檐滴水兽的嘴巴里滴落的雨滴。

老约翰放下工具箱,走到窗口,看了看天。是个好天!瓦蓝的天空,一丝云都没有。那就真是怪了!滴雨的声音是从今天早上开始的。那时,也是万里无云。

老约翰身旁的窗口是圆形的,镶着玻璃。玻璃有红黄蓝三种颜色,在窗户中间,拼接出一个太阳的形状,细长的线条顺着太阳的中心发散出去,光芒万丈。窗外,是人口约两百万的索梅尔城。窗户距离地面大约十五米高,老约翰的视线刚好能看到对面的小旅馆,还有旅馆旁边的花店以及咖啡店。

窗户外部下方有一只滴水兽,长着蝙蝠般尖嘴獠牙的脸,毛茸茸带爪的双脚半蹲着,弯曲的大腿和老虎的一样强健有力,仿佛随时都会一跃而起。它的后半身穿过墙壁,修筑进了老约翰站立的房间。滴水兽的后半身长着一条长而有力的狮尾,盘卷在老约翰的脚下,尾巴尖微微上翘。

本地人都说,滴水兽会在夜晚复活,在城市上空飞翔,摄食刚刚死去却还来不及升入天堂或者降入地狱的灵魂,如果有天堂和地狱的话。滴水兽的双翅往后张开,托起窗户正上方的更为一个巨大的圆形物体——一面钟。这座城市最古老的钟。

老人们经常这样告诉小孩,在有这座城市之前就有这口钟了。是钟声敲响的声音吸引了第一批流浪荒野的人前来定居。钟的表面是一幅十分精致的木雕画，日月的浸洗让它失去了本来的颜色，露出了朴实的木纹。秒针、分针和时针在尖部做成滴水兽尾巴的形状，远远看去，钟下的滴水兽仿佛长出了三条尾巴，作为秒针的那一条永远在转动。索梅尔城的旅游手册上说，在这图案设计里一共有十三个太阳。很多人都来找，最多的，却只找到了十二个。

老约翰的鼻孔轻轻哼出一声，这些都是凭空捏造的传闻，因为他知道事情的真相。他就是护钟人，也只有他，才有打开这座钟楼大门的钥匙。他是整座城市里，唯一可以不需要官方允许就能进入这座钟楼的人。毕竟，钟楼是这座城市的古董，被当做镇城之宝。他还知晓，在钟的背面，在滴水兽尾巴尖和钟面交接的下方，雕刻着一个时间：43 AD（公元43年）。前面的两个数字已经被凿掉了。可能是1143，也可能是1243。谁管他呢？老约翰想，无论是什么数字，反正都是在耶稣降临之后。只是，这个时间有力地证明了，这座钟并不是在建立城市之前就有的。"AD（公元后）"和"BC（公元前）"早已把两个时间段分得清清白白。

"嘀哒！"又是一声，清脆地落在老约翰的耳朵里。

还真是怪了？！这雨声到底是从哪里来的？

老约翰忽然想起什么似的，看看表，小声说一句"糟糕"，急忙从工具箱里拿出一个小小的方盒。方盒表面用木头雕刻出繁琐的钩花图案，圆圈和线条相互纠缠，令人眼花缭乱。老约翰的手指习惯性地滑过盒盖，盖子因为他长期的摩挲变得滑润。阳光穿过玻璃时被染了色，斜斜地洒在盒盖上，拢出一团柔和的，中世纪的油画里常有的光晕。他打开了盖子，里面露出淡蓝色的屏幕界面，上面有一个闪烁的数字：09：58：01。数字随着时间的流逝而有节奏地变换。

这个盒子是一台和卫星对接的电脑。在地球外的太空中，此时，正有三十多颗卫星在对时间定位。老约翰手里的这个微型电脑，就是卫星定位后获得的最准确的时间。

这座城市的人,有一个传统,每天早上十点,都必须放下手里的活,对一对时间。这个习惯已经流传很久了,从何时开始的已经没人能够说得清,不过,大家都喜欢这么做,好像也没有什么特别的原因。

　　老约翰打开大钟背面的门,开始调对时间。他的耳朵里忽然又传出一声"嘀哒",如同水珠滴在青石板上,既干脆又湿漉漉的。

　　与此同时,在钟楼街对面的咖啡店里,一个满头金发的女招待正在给一个六十多岁的老人倒咖啡。这位老人每天都来这里吃早餐,顺便对对时间。桌椅摆在街面上,可以晒到太阳,也可以一抬头就看到对面的钟。

　　女招待和这个老人已经很熟了,她一边倒咖啡,眼睛盯住了咖啡冒出的热气,一边问老人:"怪了,今天早上我一直都听到'嘀哒'声,就像下雨的声音。"

　　"我也听到了!一开始,我还以为是家里的水管漏水了呢。"老人说。

　　这时候,坐在旁边的一个中年男子也收起手里的报纸,抬起头说:"真怪!我今早一醒来也听到了!这是怎么回事啊?"

　　不等女招待接话,老人就抬起手里的表,郑重地说:"我们待会儿再聊,该对时间了。"

　　三个人都放下手里的东西,抬起头,一起把目光投向了钟面。

　　三五个经过路边的行人也都停下了脚步,有的抬起手腕,有的拿出手机,抬头看着钟面,准备对时。一辆运牛奶的卡车刚好路过,司机也靠边停稳,手放在车载时钟的按键上,等待着。

　　钟楼里,老约翰看着微型电脑的屏幕,手里拿着大扳手,准备调动时间。这个钟太老了,每天都会慢个一两分钟。

　　忽然,老约翰耳朵里那奇怪的声音变快了:"嘀哒……嘀哒嘀

哒……嘀哒嘀哒嘀哒……"这是怎么回事？同时，老约翰感到心脏传来一阵剧烈的疼痛，一晃就消失了。他皱皱眉，看到微型电脑上的时间已经是 09:59:08，他开始在手腕上使力。一般来说，老约翰需要五十二秒把秒针、分针和时针准确地调到 10:00:00。此时，他有的是时间。

"嘀哒嘀哒……嘀哒嘀哒嘀哒……嘀哒嘀哒嘀哒嘀哒……"又一阵绞痛从心脏处传来，耳朵里水滴的声音也更快了，简直就像倾盆大雨打在玻璃窗上。老约翰一手捂住心脏，另一只手仍在扳手上使劲。豆大的汗珠像不断冒出的雨点一样布满了他的整个额头。他开始担心调钟的时间不够了。

钟楼下，几乎所有的人，咖啡店里的人，街道上的人，还有牛奶车里的司机，都听到雨滴加速，接着，一股类似电流的刺痛顺着头顶传到心脏，他们都不约而同地捂住了胸口。

水滴的声音越来越快，越来越急促，来自心脏的疼痛也越来剧烈，越来越难以承受，站着的人不得不蹲到了地上，坐着的人也弯下了腰……随着心痛而来的是头疼，仿佛有一台电钻，往脑子里无情地钻……老约翰压紧牙关，用尽全身的力量，扳动了钟。

钟面上，当分针和秒针同时指向十二，时针指向十的时候，老约翰倒下了，咖啡馆里的人，街道上的人，包括那名司机，也倒下了。

隔壁一个街区的人也都倒了。

整座城市的人，休息的，才起床的，开车的，赶路的，写字楼里打电脑的，坐地铁的，男的，女的，老的，少的，无论他们是否在对时间，无论他们在干什么，都倒下了。

全城两百多万的人，在时间到达十点的时候，一起心痛，头痛，同时停止了呼吸。

城里安静极了。死亡的寂静。

只有阳光安静地照耀着。

忽然，老约翰的脸变得惨白，仿佛患了黑死病的人死去后被人抹了一层厚厚的石膏。血管在他的皮肤下膨胀起来,青蓝色的,一条又一条,好像胀满了多余的血液,脖子上的也是,全身都是,越胀越满,皮肤就快撑不住了……

"嘣!"地一声巨响,老约翰体内的全部血管撑破皮肤,爆裂了!

全城所有的人,血管都在同一时间,撑破皮肤,爆裂了!

所有的爆裂声汇成了太阳下一声整齐的巨响,又沉又闷,空气中立刻飘荡起一股血腥的气味。

然后,是寂静。无限的寂静。

整座城市,全都毫无声息。

只有阳光安静地照耀着……

二

卓雅·安猛地从梦里醒来,满头大汗坐在床上。她做了一个梦,梦中见到了死去多年的女儿珍妮弗。如果珍妮弗还活着,今年应该十岁了。在梦里,女儿站在蔚蓝清澈的湖水边,黑色的头发已经长得很长,瀑布般垂到了腰际。卓雅的父母都是印第安人,因此她和女儿都继承了印第安人的血统特点,黑头发,略黄的肌肤,一颗崇尚敬畏大自然的心灵。

女儿背对着她,让她看不到脸,但是,卓雅坚定地相信,那就是珍妮弗。

女儿长大了,是十岁小孩的个头。卓雅大喊了一声:"珍妮弗。"女儿好像听见了,慢慢转过身来,怀里抱着她最喜欢的棕色泰迪熊。卓雅向着女儿跑去。可是,她和女儿之间的距离,那片长着毛茸茸青草的湖岸,却在她的奔跑中越拉越长。女儿身后升起了一团清冷雾气,雾气很快包裹了她,接着,她就不见了。

梦终归是梦,就连安慰都做不到,只会揭开旧伤疤,平添悲伤。尽管如此,卓雅还是"喜欢"这样的梦。它们是她心灵的抚慰剂,奢侈品。因为,它们有珍妮弗。

泪水在卓雅的眼眶里打转。她站起来,走到浴室的莲蓬头下,放出冷水,冰凉的水和滚烫的泪水混合在一起,顺着脸颊滑落,顺着她前胸的项链滑落。项链的末端,有一颗特别的小玻璃石。它不是水晶,却有些透明。它和女儿分不开。作为对女儿的纪念,她永远都不会取下这条项链。随着冷水的安抚,她渐渐从梦赐予的痛苦里剥离出来。对于女儿的死,卓雅永远不会原谅自己。

洗漱完毕之后,卓雅开车来到了郊区墓园。墓园在一小块山坡上,火红的太阳刚刚从坡下纽约的高楼后缓缓爬出。珍妮弗的墓碑很小,只有成人的一半大。卓雅在她的墓碑前放下了一个小小的泰迪熊。她的手透过薄薄的衬衫,摩挲着脖颈上的项链,包里的手机响了。

"你在哪里?"是上司汤姆。

"在家里吃早餐。"卓雅撒了一个谎。她不能让同事们认为她软弱,一直沉湎于失去女儿的悲痛中,无法自拔。

"昨天,索梅尔城发生了一件怪事。"汤姆说。

"什么怪事?"

"城里通向外界的所有通信全部中断,电话也打不进去。我们通过卫星照片看到,城里发生了大量的车祸和火灾。还有这个,你看一下,我发到了你的手机上。"

卓雅打开,看见了几张图像略微模糊的照片。她隐约看见,好像是些人体,但是身体的皮肤上却有无数裂口,像被充了气,炸开了。

"这几张照片,也是从卫星截图中照到的。我们和当地的政府军队联系,却也毫无音信。"

"最后一次联系是什么时候?"

"怪就怪在这个地方。我们查了索梅尔全城的电话记录,最后打出的电话是在昨天上午九点五十九分五十九秒。那一时刻,一共有三十多万个电话正在通话。但是,一过十点,所有的电话都中断了。"

"也就是说,无论发生了什么,都是在上午九点的最后一秒发生的?"

"对。"

"难道是生化武器?索梅尔城受到了恐怖分子的袭击?"卓雅问。

"很不好说。至今为止,也没有任何组织出来发表声明。我们已经用卫星扫描过,整座城市里没有任何人走动。政府今早派出第一批调查组,名单里有你。"

卓雅明白了。她的职业对外是疫情研究,实际上主要的研究对象是生化武器。在这个领域,她算是最高权威。一丝不安滑过她的心头,其中,还伴随着一丝疑惑。如果是生化武器,她即将面对的就不只是调查那么简单。但是,如果不是生化武器,那什么样的疫情会在如此短的时间里杀死整整一座城市的人呢?

"你迅速赶到机场,什么也不用带,全都准备好了。"汤姆说完,不等卓雅回答,挂上了电话。

在开车赶往机场的途中,卓雅用车载电脑查询了一番,各大电台都在报道索梅尔城忽然沉默的消息,但是没有提及任何人员伤亡,只是说,怀疑在这座城市中发生了严重的传染病,已经全部封锁。看来,政府先一步控制了新闻。

卓雅的车刚刚驶入机场专线,就被一辆尾随而来的警车截住了。卓雅靠边停下,从警车上下来一名警察。他手里拿着一个文件夹,走到卓雅面前,把她的脸和文件上的照片对了对,问:"你就是医生卓雅·安?"

卓雅点了点头。

警察说了句"请跟我来"后,重新返回了自己的警车。他把车开到前面,让卓雅跟上。警车没有走普通旅客的正常通行线路,而是带着卓雅走了一条她从不知道的辅道,远离停机坪,开进了一间巨大的飞机维修间。维修间里空荡荡的,只在中间停了一辆黑色轿车。警车停了下来,卓雅也刹住了车。为什么是在这里?小组的其他人呢?

黑色轿车里走下一个男子,大概三十多岁,身穿一套黑色西装,身上暗暗散发着一股寒气。卓雅有一种预感,这个人为政府工作。

他提着一个电脑包,走过来,拉开卓雅的车门,坐了进来。男子脸上的肌肉硬邦邦的,没有笑容。卓雅趁机朝车外看一眼,只看见那名警察和另一个从车里下来的黑衣人一起走到维修间的大门前,小心地看着四周,似乎是在警卫。

"你是谁?要干什么?"卓雅收回目光,警惕地问。

"我是政府官员。"

"CIA?还是FBI?"

"你就权当我是CIA的人吧。"男子说着,拿出一个证件,上面写的确实是中情局。

"中情局的人和这事有什么关系?"

"你想知道?"

"你这么鬼鬼祟祟地联系我,不就是想告诉我这事吗?"

男子尴尬地微微一笑,从电脑包里拿出一页纸,"这是保密协议,只有你签了它,我才能告诉你为什么。"

卓雅接过来,迅速阅读了一遍,签上了名字,"说吧。"

男子点点头,从电脑中调出一个男人的头像,"他叫皮特·亨特,他也参加了你们这次的调查行动。我们怀疑,他就是这次事件的始作俑者。"男子重新从电脑中调出几张照片,一张照片里,皮特站在一座平房前斜低着头打电话,另一张照片里,皮特在和一个阿拉伯模样的人握手,第三张照片中,他和这个阿拉伯人一同走向一辆汽车。

男子继续说:"皮特是中情局负责调查国际武器贩卖的特工。这个阿拉伯人,名叫阿尔索,他的公开身份是石油大亨。但是,我们有证据表明,他的商业资金大部分都用于武器走私。"

"你怀疑你们中情局的人和恐怖势力有联系?皮特出售武器给他们?"

"你再看这张照片。"男子没有回答,而是又调出一张照片。照片里的背景像是在一个实验室里,地板上躺着一具尸体,死亡特征和索梅尔城内的尸体一模一样。"这是某大学专攻细菌研究的教授布莱恩·奈特。一周前,有人在他的实验室里发现了他的尸体。我们在调查中发现,他所有的工作记录都被盗走了。不过,据他的助手讲,奈特教授最近几年对时间的研究着了迷。他认为时间可以杀人。"

"我们对时间的掌控最多只是当做个量度来用,怎么可能用它来杀人?"卓雅说。

男子点了一下头,"我们调取了奈特教授的网络通讯记录,发现他一直和一个自称叫'时光巫师'的人联系。我们悄悄从后门黑进了'时光巫师'的网络通讯,发现他同时也联系了阿拉伯石油大亨阿尔索,'时光巫师'在邮件里说,有好东西要卖给他。"

"这事和你们中情局的皮特有什么关系?"

"这封电邮是在奈特教授出事后发出的,接着,索梅尔城就出事了,再接着,也就是在昨天,我们发现皮特在瑞士的账户上,出现了一笔近乎天文数字的收入。那个账户,我们已经暗中监视很久了。我们怀疑,皮特就是'时光巫师',他杀死了奈特教授,拿走了东西,卖给了阿尔索,阿尔索用索梅尔城全城两百万人口做了实验。但是,对于瑞士银行账户的调查,我们是通过非法渠道进行的,不能作为证据,而且,账户的名字是假的。皮特把自己的踪迹掩盖得严严实实,我们对他毫无办法。昨天晚上,我们的电脑专家发现'时光巫师'又向另一个代号为'Σ'的人发出电邮,准备把东西卖给他。他们下一次联系时间是在今晚。皮特是负责搞武器调查的,我们这次故意派了他参加你们的调查小组,让他能在第一时间获得第一手资料。我们的目的是……"

"让皮特身置最需要的环境,给他最大的机会,看他是否会露出蛛丝马迹。"卓雅接上了话。

"对,你很聪明。这是我们最后的办法。尽管效果微乎其微,我们还是愿意试一试。我们希望你能监视皮特,看能不能证明他就是'时光巫师',并且找出谁是'Σ'。"

"我只是个搞研究的,我不一定能够……"

"你能的。如果这种武器落入更多的恐怖分子手中,后果不堪设想。把你的手机给我。"

"什么?"

"把你的手机给我。"

卓雅拿出手机,递给他。男子迅速在她的手机键盘上按下了一串数字,然后把手机还给卓雅,并且说,"我已经把你的手机和我们专门的卫星连在一起了,你只要按984,就可以拨通我们的专线。这条线,绝对安全。"

"你叫什么?打通电话后,我怎么找你?"卓雅接过手机问。

"在任何时候,接听这个电话的人永远只会是我。你干脆叫我……"男子的眼睛瞟了一眼卓雅的路虎车,就说:"你干脆叫我路虎好了。"

开过维修间,警车把卓雅带到了停机坪。那里全然是另一番景象。一架军用飞机停在前面,引擎已经启动,发出轰然巨响。在军用飞机后面,整整齐齐地排列着数十架飞机,也都准备起飞。在飞机周围,布满了士兵,约有上千人,有的拿着枪,有的背着背包,隆隆声中,整个场面,紧张有序,仿若即将投入一场你死我活的战斗。

一个男子一看见卓雅,就大步走了过来。他穿军装,看军衔是上将,自我介绍叫基恩·史密斯,是这次行动的组长。

"为什么有那么多军人?他们也是去索梅尔城吗?"卓雅问。

基恩一边带着卓雅走上飞机,一边说:"所有的人都到齐了,就等你了。对,这些人都跟我们走。全城死了那么多人,他们负责善后。"

卓雅点点头。必须及时处理尸体,否则,便会爆发更大的疫情。

在机舱里,基恩向卓雅介绍了小组成员:玛莎·西尔,疾控专家;乔治·柯尔特,环境研究专家;还有一个亚洲人,李峰,联合国派来的行动观察员。最后介绍的是皮特·亨特。卓雅装作不经意,多看了一眼皮特。他比照片上还要瘦,眼神阴翳。他只和卓雅淡淡地握了握手,就把目光扭向了窗外。

坐定后,卓雅反复斟酌路虎特工的话。如果皮特就是"时光巫师"的话,她要怎样才能抓到证据呢?难道时间也可以被当做武器,用来瞬间杀人?就现在的物理理论,无论如何,人类根本无法掌控时间,更不用说运用它来杀人了。

或者,凶手能够驾驭时间,返回时间的某个点进行谋杀?

卓雅很快就否定了这个想法。根据爱因斯坦在1916年提出的广义相对论,时间、空间和物质之间是会产生相互作用的。时间和空间交织在一起,如果一个天体质量很大,就会扭曲它附近的时间,越靠近一个有质量的物体,时间就越走得慢。珠穆朗玛峰上的一天就会比海平面上的一天短大约十万分之三秒。要驾驭时间,穿越时光,地球上没有任何物体有如此大的质量能够做到。

要在同一时刻杀死所有的生命,最有可能的是生化武器,如果是生化武器,这样大的攻击范围,最有可能的是利用空气传播,实施大屠杀。

卓雅拿出手机,趁着飞机尚未起飞,匆匆调出刚才发给她的照片。在一具尸体的旁边,她看见了一条向上翘的尾巴。看起来像是狗的尾巴。难道,这是一条还活着的狗?

如果,索梅尔城的动物还都活着,就不会是生化武器,也不会是空气传播。这两者都不可能只选择人类而放过动物。

卓雅合上手机,关闭电源,转过头,看见皮特正闭着眼睛休息。刚才,当特工路虎出示皮特和阿拉伯人阿索尔握手的照片时,卓雅一眼就认出了他们身后的背景。她当时没有吱声。他们身后是一片山崖,山崖上的岩体结构是红色。一眼认出那座山的时候,卓雅简直不敢相信自己的眼睛。那座山的肚腹和地底已经被挖空,建筑了巨大先进的实验室。知晓内情的人都把那里叫做6X区,一个神秘的地方。卓雅有幸曾在那里参加过一项生化武器的研究,了解6X区的真实身份。

6X区才是真正的五十一区。那里的研究涉及各种不同寻常的领域,包括外星生物、飞碟等等。五十一区是它用来转移大众视线的伪装。特工路虎故意掩藏了自己的身份,皮特的照片却恰恰暴露了他。难道,特工路虎来自6X区,那么说,利用时间瞬间杀人也就不是假想……

随着失重感,飞机起飞了,带着卓雅和她一脑袋的胡思乱想向着索梅尔城飞去。

在他们的机身后,数十架飞机依次起飞,轰鸣声掠过天空,像迅速移动的风暴。蔚蓝的天幕中,突然增多了一串串银灿灿的光亮,朝着一切难以预料的未知迅速挪近……

三

飞机还在降落,卓雅就看见整座索梅尔城上空弥漫着的黑色烟雾,像一个被遗弃的战场。走出机舱后,一种奇怪的感觉立刻将她包围。一开始她说不清是什么,只觉得怪怪的,让她毛骨悚然。打了个冷颤后,她意识到那是寂静,无法描述的寂静。

当一座城市所有的生命都已死去,所有的活动都消失的时候,就是这样令人恐怖的寂静。寂静中,夹杂着一些建筑物倒塌的声音,忽然一声"轰",搞得人心惊胆战。

卓雅和小组成员,在飞机上就穿好了白色防护服,戴好了头盔,背好氧气筒,走下飞机。根本没有车来接他们。在索梅尔机场,三架正要起飞的飞机和一架降落的飞机全都撞在了一起,发生了巨大的爆炸。善后的飞机几经周折,才找到地方安全降落。组长基恩动作麻利,让组员原地等待,他到停车场去找车。

站在一片狼藉的停机坪上,卓雅看到散落于各处的尸体。在她附近,就躺着几位身穿空勤制服的人,她走向最近的一具。隔着头盔面罩,卓雅看到这人不但血管破裂,血液还黏稠得像固体。一种白色的物体从他的鼻孔里涌出来,像中国的豆腐,应该是脑浆,状态也是凝固了的。她直起身,接着又检查了其他几具尸体,发现都有相同症状。

疑惑中,基恩找到了一辆大巴车,在远处按响了喇叭。

进城沿途的景象更是惨不忍睹,四处尸横遍野,症状全都是血管爆炸。

军队一落地,立刻开始行动,收集尸体,打扫消毒。坐在车里,卓雅一直看着车窗外,死尸和军人的影像反射在她的头盔玻璃上,尸体绽放着恐惧的颜色,军人们都穿着生化战争需要的防护服,身后背着重重的氧气筒,姿态笨拙诡异。

在路上,卓雅还看到了狗和猫。一些狗围聚在尸体旁边,开始了它们的大餐。这进一步证实了卓雅的猜测:动物都还活着,不会是生化武器,也不像空气传播。

组长基恩把车子直接开进城市的疾控中心,那里有设备完善的实验室。

进入疾控中心后,大家马上开始分头工作。尽管看到猫和狗还活着,卓雅和玛莎还是收集了样本,经过检测后,证明无论是什么,绝对不会通过空气传播。大家这才都放了心,取下了头盔和氧气装置。卓雅才取下头盔,一股恶臭立刻钻入鼻孔。她暗暗紧张。如果病毒不是通过空气传播,那么,它又是如何传播的呢?

基恩调来两个小队,迅速将三层楼高的疾控中心打扫出来。一共清理出四十五具尸体。根据电脑中人员工作表,疾控中心一共有五十名工作人员。两人请假,三人出差在外,幸免于难。

　　卓雅和玛莎抓紧时间解剖尸体。环境专家乔治和中情局的皮特在城里调查,联合国观察员李峰和组长基恩也离开了疾控中心,在城中进行全方位的调查。

　　为了争取时间,卓雅和玛莎一共连续解剖了六具尸体,直至深夜才疲惫地离开解剖室。两人得出一个共同的结论:死者都是死于同一时间,而且死亡时间都是昨天上午十点左右。死者的身体里出现了一种很奇怪的现象,所有体液,包括血液,脑浆都变成了固体。最重要也是最糟糕的是,她们没有在任何一具尸体上找到致命的病毒。

　　难道,的确是时间在杀人?

　　"这些人究竟是怎么死的呢"玛莎恐惧地问卓雅。卓雅无力地摇了摇头。连续数小时的解剖,令她全身酸痛,口干舌燥,她让玛莎先休息一下,自己去拿点水。

　　刚才,玛莎就检查了水源,水源十分干净,没有被污染。但是,为了保证绝对安全,组长基恩还是要求大家饮用从纽约空运来的矿泉水。水就集中摆放在在一楼的咖啡厅里。

　　卓雅来到咖啡厅,拿了两瓶,给玛莎带一瓶。她刚离开咖啡厅走进走廊,就听见有人在走廊的拐弯后面说话,声音很小,几乎是在窃窃私语。卓雅还是听清了话音:"为什么给我打电话?我会按照约定上网和你联系的。"

　　她听出来,说话的人正是皮特。皮特的嗓音十分低沉,带着与众不同的磁性,所以卓雅一听就认出是他。她停下脚步,屏住了呼吸,又听见皮特说:"我现在没法下手,杀不了。"

　　"杀不了?!"卓雅心里暗暗打了个咯噔,皮特要杀谁?

随即,卓雅听见皮特挂断电话走远了。她偷偷探出头,看见一个身影没入走廊尽头的黑暗中。

走廊里安静下来,只有卓雅紧张的呼吸。一只手忽然在她的肩膀拍了拍,她"腾"地一转身,没有人,只是天花板空调里的一滴水,滴在了肩膀上。

半夜,卓雅是在玛莎惊恐的梦话中醒来的。玛莎也算是参加过各种疫情防治,见过无数尸体的医生了,但还是被这大规模的死亡吓坏了。两百多万人,瞬间死去,简直就是一场不动声色没有碰撞的大屠杀。玛莎在入睡前,眼睛一直盯住天花板,不断地自言自语:"两百多万具尸体,塞满了这座城市。太可怕了,太可怕了。"忽然,她转过脸,看着卓雅,问:"卓雅,你相信灵魂吗?"

卓雅点点头,"我的专业让我不要相信灵魂,但是,我们印第安人相信,每一个生物都是有灵魂的。我尊重这个想法。"

"太可怕了。卓雅,你想想,如果真有灵魂的话,两百多万人忽然惨死,那么今晚,会有多少冤魂在街上游荡?"

对于玛莎的话,卓雅不敢想。她现在脑子里全是那个皮特。他要杀谁?不管他要杀谁,这个人就在这座充满死尸的城市里。"睡吧。明天还有很多事要做呢。"卓雅说着,灭了灯。

然而,才睡了不到两个小时,卓雅就被玛莎在梦中的喊叫惊醒了。她从睡袋里爬起来,轻轻地走到玛莎身边,像母亲一般温柔地拍了拍玛莎的肩膀,小声说:"不怕,一切都会好起来的。不怕。"这时候,一个闪念滑过她的心头,她感觉自己就真是一位母亲,正在安慰做噩梦的女儿珍妮弗。玛莎渐渐安静下去,呼吸也逐渐均匀起来。就在这时,卓雅看见门外有个身影一闪,小小的,像个小孩。

怎么?! 难道还有人活着?!

卓雅立刻站起来,跟了出去。

月光从窗户里照进来,卓雅刚好看见那个小孩转过了走廊拐角。

她喊了一声"等一等",没有回音,她紧跟了上去。

走廊拐角出敞开着一扇铁门,门外是作为紧急出口使用的铁梯。卓雅走到梯子前,看到那个小小的影子刚好下到了地面。

"你是谁?"卓雅又喊了一声。

影子停了停,抬起头来,看了卓雅一眼。尽管月色十分明亮,但卓雅还是没法看清影子的脸。不过,她能看出,那是一个小女孩,穿了一条浅色的裙子。女孩转过身,向着街道走去。

这身影!太熟悉了!简直,简直就是昨晚梦境里见到的女儿珍妮弗。

卓雅快步跑下铁梯,跟着女孩上了街。

街道上冷冷清清,没有灯。恐惧迅速蔓延卓雅全身。她想,如果真有灵魂的话,此刻,这些灵魂一定就在身边同行。忽然,她看见女孩在前方停下了脚步,好像在等她。

"珍妮弗。"卓雅喊了出来。

女孩缓缓转过身来。月光照在了她的脸上。是珍妮弗的眉眼。女孩看着卓雅,摇了摇头。

卓雅跑上去抱住了女孩。女孩抬起手,把一样东西放到卓雅的手里,刚要开口说话,一束白光照到了女孩的脸上。女孩抬起手,挡住光,卓雅也随之侧过头,看见是玛莎拿着手电在照。

"卓雅,醒一醒!"玛莎大叫。

卓雅低下头,惊恐地看到自己手里哪有什么女孩,只有一具成年人的尸体。

"卓雅,你梦游了。"玛莎说着跑过来,拉开卓雅手里的尸体,抱住了她,"卓雅,我跟了你很久了。"

一身冷汗瞬间遍及卓雅全身。刚才做噩梦的明明是玛莎啊?!卓雅刚要申辩,就看见乔治小跑着过来了,他上气不接下气地说:"你们在干什么?"

"卓雅梦游了。"玛莎说。

"快,快跟我来,出事了。"乔治说。

"出了什么事?"卓雅问。

"皮特,皮特被杀了。"

卓雅跟着玛莎和乔治返回大楼,感到手里凭空多了一件东西。进入大楼后,在有灯的地方,她偷偷看了看。

这一看,把她暗暗吓了一跳!

那是一颗小小的、玫瑰色的玻璃石。

玻璃石被雕刻成一朵尚未盛开的玫瑰花苞的形状,在玻璃石的中心,有一个像井一样的开口,开口内部,围绕着玻璃石的形状,用很精致的工艺雕刻一个图案。

这是她在珍妮弗五岁生日时,送给她的礼物。生日刚过不久,珍妮弗就住进了医院。珍妮弗把玫瑰石带到医院,后来不小心给弄丢了,一直没有找到。在那块玻璃石的下面,还刻着一个"J",字母的弯钩处有一个小小的裂痕。

"J"是卓雅母亲的姓名缩写。她的母亲叫"简丝敏"。玻璃石是卓雅小时候,母亲给她的,她又给了女儿珍妮弗。她们三个人,没有刻意取名,却冥冥中,名字的开头都是"J"。

卓雅记得母亲简丝敏曾经告诉她,这块玻璃石来自古老的东方,来自中国。中国人有一种特殊的绘画工艺,能用反笔在很小的玻璃瓶和鼻烟壶的内部雕刻。母亲说,艺人就是通过玻璃上这个井状的开口,把笔放进去作画的。

如果,这块石头确实是珍妮弗丢失的那一块,那么,自己刚才遇到的小女孩,就不会是梦境了。如果不是梦境,那又是什么?

难道世界上有两块都雕着"J"的石头?

卓雅紧紧跟着乔治和玛莎的步伐,在走廊灯下,悄悄翻过石头底座,赫然看见,那里刻着字母"J",弯钩处还有一个小小的裂痕。

四

皮特是中枪而死,一颗子弹在他胸口开了花。他躺在一楼一间办公室的地板上,身旁放着一台已经启动的办公室电脑。

乔治说因为习惯性失眠睡不着,就想四处走走,刚走到楼梯口就听到了枪声。等他顺着枪声赶过来,皮特已经死了。接着,他听见窗外有人大喊:"卓雅,醒一醒。"他往窗外一看,立刻看见了玛莎。

三个人正说着,组长基恩和观察员李峰也赶来了。

"这是怎么回事?"基恩劈头就问。

乔治把事情经过详细地说了一遍。卓雅注意到乔治讲述的时候,李峰一直在盯着她看。眼光充满怀疑。李峰的怀疑玛莎也看出来了,她为卓雅辩解道:"卓雅是在梦游。我从房里就一直跟着她。梦游的人最怕被无端喊醒,所以我不敢喊醒她,直到看见她抱起了一具尸体,我才再也忍不住了。"

听了玛莎的话,李峰的表情才有所松懈。他没有再多说什么,而是问乔治:"你当时再没有看见其他人?"

乔治斩钉截铁地摇了摇头。

"怪了,"李峰说,"皮特是中情局的人,有谁会想杀他?"

基恩摊开了双手,"现在,在这座城市里,有一千多人携带武器,到处都可以藏身,很难找到凶手。我看,我们应该立刻汇报,让中情局派人来查。"

李峰点点头,弯下腰,仔细检查了皮特的尸体后,取下了皮特腰间的配枪。他打量着枪说:"皮特是中情局的人,应该接受过专门的防范训练。他根本没有去拔枪就被杀死了,看来他对凶手毫无防范。"说完,他从桌上的纸巾盒里抽出一张纸,手臂伸到皮特身后,用纸巾垫着手指捡起了一粒子弹,说:"子弹居然射穿了。我先保留这颗子弹和配枪,等中情局的人来再交给他们。"

"尸体怎么办?"基恩问,"要不要现在就解剖?"

李峰摇了摇头,"在中情局的人到达之前,我不能排除凶手就在我们当中。我们谁也无权解剖尸体。我看,我们应该暂时把尸体存入地下室的冷库,一切等第三方到了再说。"

基恩点头表示同意。随后他指了指电脑,"看起来,皮特在被害前,一直在使用这台电脑。他在干什么?"

李峰有些不解,"如果是要上网,皮特自己就带着手提电脑,没有必要用办公室的电脑。"

"也许,他在查找疾控中心的资料。"基恩说着,敲击起了键盘,几分钟后,他失望地摇了摇头,"使用记录已经被删除了。"

李峰点点头,"如果不是皮特删除的……"

基恩接上了话,"……就是凶手删除的。"

基恩和乔治找到一个担架,抬着皮特的尸体离开了办公室。所有的人跟着他俩一起离开了。作为案发现场,李峰封锁了这间办公室,然后,他给中情局打了个电话,请他们派人来调查。

两小时后,在一番折腾之后,疾控中心再次陷入寂静。卓雅确定玛莎已经睡熟后,便悄悄爬起来。她踮着脚尖走到屋外,拨响了特工路虎的特别号码。听完卓雅的汇报后,路虎要求她继续观察,皮特的死,证明"时光巫师"的背后还另有其人。他要卓雅协助他们找到凶手,只有找到凶手,才能察明索梅尔城全城人集体死亡的真相。

而卓雅此时的心境,已经完全陷入了整个诡异的事件中。现在,除了找出凶手外,她还有了私心,她确信自己刚才并没有梦游。从小到大,自己从来没有梦游过。她的调查已经不止是找出凶手那么简单。

在对特工路虎的汇报中,她没有提及玻璃石的事。

路虎让她先不要回房间,暂时再等一下,他可以立刻进入疾控中心的网络调查,看皮特在被害前用电脑做什么。

二十分钟后,路虎打回了电话,他告诉卓雅,皮特上网联系了"Σ",但是联络时间只有三秒就断了,估计是凶手出现了,杀死了皮特,删除了记录。

"你不是说皮特今天下午打过一个奇怪的电话吗?"路虎问。

卓雅明白是指她在走廊上偷听到的那个电话。有人要皮特去杀一个人,而皮特却被杀了。也许,那个和皮特打电话的人就是凶手,或许,皮特准备去杀人,反而被对方杀害。

"难道你们查到了那个号码?"卓雅问。

"皮特的手机联络经过了特殊的屏蔽,我们现在还在申请进行调查,至少需要二十四小时,不过,只要你……"

"只要我找到皮特的手机,回拨过去,你们就能确定对方的位置。"

"对。"

卓雅忽然说:"你到底是谁?你不是中情局的人。"

"你为什么这么问?"

"呵,"卓雅在电话里冷笑了一声,"你要我替你们做事,就必须对我说实话。如果你是中情局的人,申请监察皮特的通话不会需要二十四小时。你是另一个单位的人。还有,在你给我看的照片里,皮特的身后是6X区。"

对方沉默了一秒,"你说对了,我的确不是中情局的人。我是6X区的人。"

"被杀死的布莱恩教授也是你们6X区的?"

"对,布莱恩教授的实验室就在6X区。"

"他研究的对象是时间?"

"没错。"

卓雅皱起了眉头,她和玛莎没有在尸体身上找到致命病毒,也没有找到传播途径,被害的布莱恩教授研究的又是时间,难道,时间真的可以被当做凶器,用来杀人?卓雅开始有点相信了。

"对不起,卓雅,这事事关重大,牵涉到很多无辜的生命,希望你能继续帮助我们。"

"继续帮你没问题,只是,如果要继续合作,请你以后不要再对我有所隐瞒。"卓雅说完挂掉电话,蹑手蹑脚走向地下室冷库。她打开存放皮特的冷冻柜,搜索了他所有的衣袋,却没有找到手机。

手机呢?难道被凶手拿走了?会不会掉在皮特被杀的办公室了?带着一丝侥幸,卓雅小跑着返回一楼,用发卡撬开了办公室的门。她借着自己手机的光源,在地上找了一圈,终于,她在办公桌的后面,找到了皮特的手机。她找到了下午接通的电话,号码已被屏蔽。卓雅用自己的手机联系了路虎,告诉他,她现在就用皮特的手机回拨这个号码,让路虎在那边负责搜寻。

按下回拨键后,手机里传出电话铃声,然后有人接起了电话。但是,对方却一言不发。

"喂?"卓雅颤颤地问了一声。

对方还是没有声音。卓雅能听见话筒里有喘气的声音,过了两秒,对方忽然用沙哑的声音问:"你,可是卓雅?"

听到这个询问,卓雅仿佛被电击中一般,定在了地上。她刚要问"你是谁?"对方就挂上了电话。

卓雅再次回拨,对方已经关机。

卓雅急忙拿起自己的手机,问路虎是否追踪到了,路虎说差一点点,不过,可以确定的是,这个号码就在索梅尔城内,大致范围是登蓝格路。

"登蓝格路?听起来很耳熟。那里有什么?"卓雅问。

"你们疾控中心。"路虎说。

五

剩下的两个小时,卓雅毫无睡意。凶手就在疾控中心里。而现在,疾控中心里只有她自己、基恩、乔治、玛莎和李峰五个人。凶手就在这四个人中。每个人都有机会杀死皮特。卓雅觉得自己才翻了几个身,天就亮了。

大家刚起床,基恩就收到了部队发过来的消息:昨天晚上,有一个连的人全部死亡,症状和索梅尔城的人一样。士兵的食物和水都是空运过来的,没有人饮用过当地的水,吃过当地的东西。

听到这条消息,所有人的第一个反应是:死因的确会传染。

但是传染途径是什么?不是空气,不是水,那是什么?

中情局也接到了消息。他们给李峰打了电话,说暂时不会派人来调查皮特的死因,让他们保留好尸体。中情局的人不敢来了。

出事的是十五连。昨天,他们和十六连搭伙,一起对西区进行清理。十五连到过的地方,十六连也到过,十五连接触过的东西,十六连也接触过。两个连一起干活,一起吃饭喝水,就连睡觉也是在同一栋楼里。然而,今天早上,十六连的人完好无损地醒过来了。醒来的士兵发现,睡在他们旁边的士兵,已经血管爆裂死亡。

一股不祥之气立刻笼罩着所有前来善后的官兵,引起了大面积的恐慌。很明显,这已经不再是突发性的疾病。

如果是疾病,不会有如此明确的针对性。这样的针对性十分奇怪,它没有按血型,病史,人种发生,而是按照军队建制发生。它只杀死了十五连的人。

如果,这是一种新型武器,如果,把它用在战场上,如果它落到了恐怖分子手里,后果不堪设想!

一收到消息,基恩立刻带着调查小组赶到了西区。出事的地点在一座旅馆内部。军队利用旅馆的房间住宿。门外站岗的士兵一脸恐慌。

经过检查,卓雅确定,十五连的士兵全都死于清晨即将苏醒时。

卓雅在检查尸体的时候,无意间抬头看见了对面的钟楼,上面的时间指着十点。

这一天,仍旧是个好天,阳光不会因为这里发生了古怪的死亡谜案而吝啬自己。光线柔和地照耀在钟面上,令卓雅一眼就看见了钟面雕刻的图案。

那些由线条和圆圈组成的太阳!

不可能!绝不可能!

卓雅"哗"地站起来,颤抖地从口袋里掏出那块玻璃石。她把玻璃石放到眼前,和目光里的钟面并排……

这图案,和玻璃石内部的图案一模一样。

一个雕刻于东方的图案,怎么会出现在美国索梅尔城的钟楼上呢?!

她站起来,被灵魂附身一般,径直向钟楼走去。

钟楼的门没有锁,一推就打开了。

门推开后,阳光从卓雅身后涌进来,在她面前的青砖路面上铺开,像一层温暖厚实的金色地毯。她走了上去。

钟楼里静悄悄的。没有齿轮转动的声音,也没有指针奔跑的声响。时间在这座城市里停止了,停在了前天上午十点整。

卓雅抬头,看见在身边的墙壁上,画满了壁画。壁画只有黑色、棕色和绿色。壁画中有一些挽着发髻的人,嘴唇上留着弯曲的小胡子,敞着胸,穿着长裙,在跳一种看似很不协调的舞蹈。

这样的画面,卓雅太熟悉了。数年前,当卓雅还在攻读博士后的时候,她借用假期的机会,去过一趟中国西部的敦煌。她在那里欣赏到了绝妙无比的石窟壁画。钟楼墙壁上跳舞的人，就是敦煌壁画里的飞天。

飞天是天使，是神的侍者。他们在神的周围奏乐，舞蹈，发散花朵，取悦众神。卓雅轻轻摸了摸画的表层，摸到一层厚厚的灰尘。她凝视着这些姿态各异的天使，感觉到了时光的飞转流逝。画面之所以只有这几个颜色，那是因为画工在作画时，使用了天然的颜料，随着月转星移，一些颜色褪去了，只剩下了这几个颜色。时光若没有数百年的功力，不会留下这样的手笔。

可是，索梅尔城的钟楼里，怎么会有丝绸之路上的飞天壁画？

飞天们的舞蹈一直从大门两边的墙壁向着楼梯延伸。在楼梯的墙面上，一些飞天要么手持琵琶竖笛等乐器，即兴奏乐，要么围绕着一个全身长满细长毛发的人舞蹈。

带着狐疑，卓雅走上楼梯，凑近了看，却仍旧看不出那个全身长毛的人是个什么样的神。

她没有见过这样的神。

二楼四面各有一面圆形窗户。窗户玻璃都是彩色拼接，拼出一些混乱的几何图案。在窗户与窗户之间的墙面上，也有壁画。这些画虽然也是用自然的原料绘制的，现在只剩下了黑、棕、绿三种颜色，但是风格却和楼下的非常不同。

卓雅看得仔细，渐渐看出点门道来。

东面画中人的装束很像古埃及的风格，腰间围着白布，身体和手脚细长，眼睛像狐狸，眼珠又大又黑，眼眶里留出很多眼白。他们虔诚地低着头，向头上顶着一个圆圈的神敬献神兽和器皿。那个圆圈，应该是代表太阳。

西面的画是玛雅人的祭祀场面。在玛雅人的文明中，太阳至高无上。

在南面，是一幅有名的画作。画里是手拿尺和规的中国神话人物伏羲、女娲。在他俩中间，有一个圆圆的太阳。太阳里，站着一只黑鸟。

如果再看得仔细些,那只鸟和普通的鸟十分不同,长了三条腿。那是中国古代住在太阳里的"三足乌",又叫"踆乌"。

在北面,和楼梯口相对的墙壁上,画了一个头长了兽角的瘦骨嶙峋的老人,坐在一块断裂的人体躯干上。他的背部长着一对巨大的天鹅翅膀。在老人侧面,竖立着一个宽大的画板。他左手拿着一把细长的镰刀,右手拿着一个烟斗,嘴里和鼻孔里喷出的烟雾落在了画板上,变成了一个太阳。老人的左脚,踩着一个颅骨。老人全身赤裸,身体上的肌肉并没有因为衰老而下坠,反而十分强健。这是谁?卓雅没认出来。她从镰刀的形状估计,这是死神的变体。难道,死神也在供奉太阳?

卓雅渐渐明白,钟楼里的画全和太阳有关。

一楼那个飞天们簇拥的神,也是太阳神。他身体上的毛发,应该是代表太阳的光芒。索梅尔城的吉祥物是太阳。这座城市的人,喜欢经常核对时间。古人确定时间,从来离不开太阳。

如果凶器真是时间,难道正是因为这座城市对太阳的热爱,它才成了时间武器的最佳实验点?

卓雅开始感到害怕了,这个猜测即轻率而又不着边际。她不由自主地扶住了楼梯,手指摸到一层凸凹。她低头一看,原来楼梯上也刻满了画。她对那些画太熟悉了。那是印第安人对太阳进行朝拜的场面。她记得小时候,跟着祖母回过家乡,参加过这样的仪式。

卓雅跌跌撞撞地向三楼奔去。

三楼,在钟面后面的地板上,躺着一个白发老人。爆裂的血管在他的皮肤上留下溪流般的斑纹。在他身旁,一个扳手卡在齿轮上,让钟面永远地停在了十点。看来,老人死去的时候,正在调整时间。

卓雅搜寻了老人的衣兜,找到了一个身份证件。老人名叫约翰·斯莱特,是这里的护钟人。在老人身边,还有一个装在木盒里的时间微型定位电脑。

老人的眼睛还睁着。卓雅试着为他合上,却怎么也做不到。他的眼皮仿佛被胶水粘住一般,牢牢地撑开,眼珠暴突,看着天花板,眼角还有凝固的血迹。

看着老人变形的脸,卓雅暗自问,约翰,你们前天到底发生了什么?

卓雅抬起头来,看到了钟面背后滴水兽尾部指着的时间:43 AD(公元43年)。数字"43"前面有些模糊,似乎原来还有数字,却已经被人凿掉了。

卓雅拿出那颗玻璃石,放在阳光下,看见在石头内部的右下角,也刻着一个时间:1843。玻璃石上有两个数字和钟面的数字相符。这难道是巧合?也就在这时,她在这块玻璃石上又看到了自己从未见到过的东西。

阳光通过钟面下方的玻璃窗射进来,因为卓雅一直蹲在老人身边,阳光就刚好投射在了玻璃石上。在石头的底部,出现了两个奇怪的圆形小图案。它们上下排列,字母"J"从两个图案的中心穿过,像一根木棍挑起了两个珠子。

卓雅把玻璃石从被窗玻璃滤过的阳光下移开,移到普通的阳光下,这两颗"珠子"就不见了。她移回来,"珠子"又出现了。原来,只有当这扇彩色窗户滤下的光和玫瑰色的玻璃石重叠时,这两个"珠子"才会出现。难怪,自己这么多年来就从未发现这个秘密。

卓雅辨别出这两个"珠子"是两个被写圆了的汉字。可惜,自己不懂中文。她拿出手机,拨通了路虎的电话。她把图案传过去,谎称是在钟楼看见的,请路虎查一查。

很快,路虎打回了电话。他告诉卓雅,他们咨询了一名汉文化专家,得知这两个汉字是"瘦叟"。"瘦叟"是中国历史上的一个怪人。

"为什么叫他怪人?"卓雅问。

路虎说:"他本名张千章,号瘦叟,善于雕刻和作画。只因为他的创意十分古怪,被认为是疯子画作,因此一生不得认可,最终穷困潦倒而死。"

"我见过一些中国画,中国人喜欢画面留白的写意山水,看上去十分单调。"

"这个瘦叟的作品,你绝然想不到。"路虎说,"我已把图片传到了你手机上,你看看就知道了。我们只能找到一张画作。虽然只有一张,但已很有代表性。"

卓雅打开,看到画面是白纸黑笔,上面有一匹正在飞跃的白马。马的身体被画成了剖面图,似乎是瘦叟为了观察马的内部结构,用一把锋利的刀,竖着把马一切为二。但是,卓雅看见,瘦叟并没有在马的身体里画上内脏,而是画满了齿轮和杠杆,密密麻麻。马头的上方,还有一个太阳。画面使用的手法是中国工笔画,线条细腻,细节清晰。

这不是一幅画,而是一副机械构造图。

手机里继续传来特工的声音:"这幅画的右下角有落款和时间,创作于1842年。瘦叟死于1843年冬。史书上说是暴病身亡,死时面色苍白,血管爆裂。"

"症状和索梅尔城的居民一样。"卓雅一手拿着手机,另一只手则紧紧攥住了那颗玻璃石。迷惑和恐惧仿若一群黑色蝙蝠,张着尖尖的嘴,露出红色的喉咙,全身毛茸茸的,扑棱着翅膀,将她包围。那些翅膀如此清晰,以至于卓雅都可以看见支撑的骨骼。她感到一阵眩晕,耳朵里出现了"嘀哒"一声响,像雨滴。

"卓雅,你在钟楼的什么地方看到的这两个字?"路虎问。

"啊,"卓雅急忙撒谎,"在窗户玻璃上。瘦叟画的那匹马,为什么那样古怪?就像……"卓雅说着,目光落在了敞开着钟背上,"……就像钟的内部构造。"

"实际上,被谋杀的布莱恩·奈特教授一开始也有这个想法。他研究过这幅画,根据画中的机械构造,复制了一匹木马。一开始,没有什么作用。后来,他在马的心脏位置,放进了电池……"

"马动了?"

"不。应该说这些齿轮转动了,并且发出一种十分古怪的声音。它不是齿轮和杠杆转动的噪声,是高频,很有规律,需要使用特殊的机器才能被探测到。一开始,教授有些失望。但是,一个发现让他无比震惊。在教授的实验室里,有一盆行将枯萎的茉莉,就在教授用这个东西做完实验后,茉莉花复活一般,褐黄的叶子全都重新变成绿色,即将掉落的花苞也重新开放。这一切,是在五分钟的时间内完成的。"

"你是说,一个十九世纪的中国人,不但发明了需要二十世纪才有的电池启动的木马,还发明了能够起死回生的机器?"

"事实就是如此。因为昨晚十五连的死亡,现在军队对索梅尔城实行了特级管制,不再允许其他人进城,我们提出派人来,都被拒绝了。卓雅,现在全靠你了。你再好好看一看,说不定你能在钟楼里发现更多的东西。"

通话结束后,一股悲伤涌上心头。她想起了女儿珍妮弗的死。

出事前,珍妮弗一直身体健康。但是,也就是在一夜之间,她忽然失去了心智。一个五岁的女孩,一夜间发疯,实在是少见。卓雅把珍妮弗送进医院后,医生们发现珍妮弗的身体指标一切正常,也查不出个头绪。

珍妮弗在医院里痛苦地住了两周,每天时醒时睡,睡时噩梦连连,醒时就不停地哭泣咆哮。有一天早上,她在一阵突然大叫之后,生命像忽然急速蒸发的水蒸气一般,离开了她。

卓雅忍着巨大的悲痛,亲手解剖女儿。她下手的每一刀,都像割在自己的心上。

最后,她有了发现,但是,尽管卓雅是疫情和生化武器方面的专家,她也无法解释这个发现。这个发现,即便说出来,也不会有人相信,大家只会认为失去女儿的心灵创伤击倒了她。为了不让人怀疑她也丧失了心智,她一直把那个发现悄悄地埋在心底,守口如瓶。

她在打开珍妮弗的颅腔时,发现她的大脑组织下有一块玻璃状的东西,像石头,又像水晶。玫瑰色的。

玫瑰色!卓雅看着手里的玫瑰色的玻璃石,从衣领里掏出项链,露出项链末端那颗指甲盖大小、玫瑰色的小石头。

卓雅把两块石头放在一起对比,两者的色泽一模一样!

她从未想过把项链上的小石头和这块曾经遗失的玻璃石联系起来!

它们不但颜色相同,质地看起来也相差无几。如果这块刻着"J"的石头和项链上的小石头来源相似,那么它又会来自"谁"?昨晚的那个神秘小孩究竟是谁?

珍妮弗啊,你到底遇到了什么?

卓雅再也控制不住,眼泪才夺眶而出,口袋里就传来刺耳的手机铃声。

六

街道上,楼宇里,士兵们戴着防护面罩,有的搬运尸体,有的到处喷撒防疫粉,仍旧像蚂蚁一样忙碌。天空四面八方,盘旋着实施高空监控的直升机。忙碌中一片死气沉沉。在这充满尸臭和药剂气味的死气沉沉里,荡漾着无言的恐慌。谁,会是下一个死去的人?

给卓雅打来电话的人是组长基恩,他让卓雅速速赶回疾控中心。隔着加固的玻璃,卓雅看到了隔离室里的玛莎。玛莎头发蓬乱,一会儿大笑,一会儿胡言乱语。

"她怎么会这样?"卓雅问。

基恩回答说:"玛莎跟着一辆车往疾控中心运送她需要解剖的尸体。根据同车的士兵说,她在尸体旁边坐着坐着,忽然就发疯了。"

正说着,"嘭"的一声,玛莎扑到了玻璃上。她微笑着,嘴唇被自己咬得满是血痕,声音凶狠地指着基恩说:"你,你是下一个!"说完,她的脑袋开始往后转动,转动,扭过了肩膀,扭转的弧度已经超过了正常人向后看的限度。这样的情景,卓雅只在电影《驱魔人》里见过。难道,玛莎被魔鬼附身了?!

"玛莎,不要!"卓雅大喊一声。可是太晚了。玛莎喊了一句:"痛啊!"彻底扭断了脖子,紧接着,她的脸一片惨白,血管猛然膨胀直至爆裂……

解剖台上放着玛莎,持刀的人是卓雅。

这一切,太不可思议了,已经超出了卓雅的理解能力。她一直坚信,科学是在观察之后,用实践不断地修正猜想和推测。科学是一种用实践证明的推理。然而,此时,卓雅发现自己对科学的所知,已经达到了极限。

玛莎忽然发疯,这一点太像珍妮弗了。

卓雅犹豫片刻,打开了玛莎的脑颅。

在同一位置,在大脑的下顶叶处,有一块小小的东西,在解剖室的灯光下闪闪发亮。玫瑰色的。这个位置,和珍妮弗脑体石块的位置一样。卓雅用镊子,将其小心翼翼地取了出来。

卓雅洗干净小石子,悄悄藏入口袋。

接下来,卓雅在玛莎的耳垂中,在她小时候接种疫苗的伤疤里,摸到一个硬硬的小点。卓雅划开疤痕,小心翼翼取出小点,清洗干净后发现那是一个很小的金属片。

卓雅把金属片放到显微镜下,看清那是一片芯片。她立刻上网查寻玛莎·西尔,然而网页上的信息不多,只介绍她出过的几本关于疾病控制的书籍。

卓雅拨通了路虎的电话,请他查一查玛莎的简历。很快,路虎把文件传到了卓雅的手机上。

文件里详细记载了玛莎·西尔的工作记录。她的工作领域一直都是疾病控制,也曾经参与了好几起重大疫情防治。档案十分完整,对哪一年,玛莎在哪里工作,甚至是休假去向,都有记录,十分详尽。不过,卓雅发现一九九八年九月到十二月,玛莎的简历里是一片空白。卓雅核对了其他记录,就算是病假或者休假,都记载得十分详实。那么,这三个月,为什么是一片空白呢?玛莎在一九九八年九月到十二月之间做了什么?卓雅正看着,李峰开门走了进来。卓雅看的太专心了,居然没有听到开门声。她把手机屏幕翻过来,要去藏桌上的芯片,但是为时已晚,李峰已经看见了。

"这是什么?你在哪里找到的?"李峰问。

"玛莎的耳朵里。"

李峰用镊子拿起芯片,目光里充满了惊异,"这是一块电脑芯片,怎么会在玛莎的耳朵里。"

"你懂这玩意儿?"卓雅问。

"见过。"

"你不是搞……?"

"搞政治的?"李峰抬起眼睛,看着卓雅,"不过,在我成为观察员之前,我是一个电脑工程师。你等我一下。"李峰说着放下芯片,走出了解剖室。

几分钟后,他返回解剖室,手里拿着几件工具。他熟练地拆掉了解剖室里的电脑外壳,把芯片插在了电脑主板上,屏幕立刻变蓝,一组组数据像从地面拔起的雨丝,从屏幕底端向上方迅速飘去。

"解开这些数据,还需要一点时间。"李峰说着,脱下外衣,全神贯注地坐在了电脑前。

面对李峰的背影,卓雅重新检查昨天解剖的六具尸体的大脑组织。

在同一个位置,她都发现了比米粒还要小得多的玫瑰色的玻璃石。

卓雅立刻给基恩打电话,让他马上运送几具十五连死亡士兵的尸体来。一个小时后,卓雅连续打开了三名士兵的头颅,也都找到了同样的玻璃石。

要把生物组织迅速瞬间结晶,需要多高的温度?

将全城两百多万人的脑体同时结晶,什么样的武器才能做到?

难道,当某样东西超过时间的速度时,会产生极高的能量,进行结晶?

为什么只是这一部分大脑被结晶了,而其他部分还是原状?如何控制?

这一切太匪夷所思了,卓雅想不通。要是吉姆还活着就好了,她可以问问他。吉姆是一名高级物理学家,曾经在美国国家航天局工作,一次事故夺取了他的生命。

他是卓雅丈夫。

吉姆出事的时候,珍妮弗才一岁。每当珍妮弗问起父亲,卓雅都说吉姆去了月亮,说只要你长大了,就能去月亮上找爸爸。可惜,珍妮弗再也长不大,吉姆也不在月亮上。

卓雅把数颗玫瑰色的结晶体,并排摆在面前。她忽然想起母亲的职业,打了个冷颤。母亲曾是病毒研究领域的权威。现在看来,母亲当年特意把这块结晶体传给她,不是随意而为之。结晶体里的反笔画,是母亲留下的暗示。那块结晶体,究竟来自谁的大脑?

卓雅走出解剖室,站在走廊尽头,打电话联系特工路虎,把这个发现告诉了他。卓雅要路虎查一查自己的母亲。她才挂上电话转过身,赫然看见李峰站在自己身后。卓雅吓了一跳,听到耳朵里传出一声"嘀哒",像水滴坠落。

"你,有了发现?"卓雅问。

李峰点点头,"你快跟我来。"说完,他大步向解剖室走去。

看来,他没有听到自己和路虎的电话。卓雅跟在后面,几乎是小跑才能跟上他,"你发现了什么?"

李峰不说话,推开了门。在解剖室的空地上,用白色的油漆画了一个圆圈。卓雅这时才注意到,在李峰的手上,有好几块白色的斑迹。

在圆圈边上,放着一桶汽油。

"你这是……?"

李峰在圆圈外站住,转过身来,脸上露出极为痛苦的表情。他看了看圆圈和汽油桶,好像不明白是谁放的,用了很大劲儿,想了半天才吃力地说:"那块芯片,是一九九八年植入玛莎体内的。芯片上除了记录了植入的时间,还,还有……"说着,李峰的口齿模糊起来,他捂住了心脏,疼得弯下了腰……

"还有什么?"卓雅想走上前去扶住他,却看见他使劲抬起手,摇了摇。李峰的动作十分僵硬,似乎是在忍受着极大的痛苦,每一个小动作都会让他痛不欲生。

"还……还有……一些记录。记录中……有时间和波浪状的峰值……"李峰的脸痛苦地扭曲着,在变形的表情中,以鼻子为圆心,一点点荡漾出一个新表情来——那是一个微笑。

从如此痛苦的胚胎里托生出这样一个诡异黑暗的微笑,卓雅不由害怕得后退了两步。

李峰微笑着,使劲儿一咬,对着卓雅吐出一样东西。那是一截红色的舌头,鲜血淋淋。咬断舌头后,李峰的表情更加怪异,想说话,却又说不出,像一座冰山,下面是看不到底的痛苦,表面飘浮的却是——不变的微笑。

卓雅害怕极了,顺手抓起了旁边办公桌上的台灯,扯断了插线。她紧紧地盯住李峰的一举一动,只要他扑过来,她就把台灯对着他的脑袋砸过去……

李峰困难地向着卓雅走了一步,脚步艰难,小腿仿佛绑了沙袋,走在齐腰深的雪地中。接着,他的目光一闪,转过身,走进了圆圈。

他弯下腰,拿起圈外的汽油桶,拧开盖子,举到头顶,对着脑门倾泻而下,瞬间将他淋得浸湿。汽油浸入他的眼睛,他也不管,只是大大地睁着,盯着卓雅。

卓雅惊呆了,她明亮漆黑的眼眸充满了恐惧。李峰这是要干什么?!在卓雅的眼珠表层,映射出了李峰此时的动作。他从衣兜里摸出一个打火机,点燃。两个燃烧的人体,分别竖立在卓雅的左眼和右眼之中。它们畅快地熊熊燃烧着,一动不动。卓雅听见燃烧的李峰发出了一些怪异的声音,像是在哼一段音乐,但是很快,他就没了声音。

这突然的变故让卓雅一时不知所措。忽然,她想绕过李峰,挽救那台电脑和芯片,可是,李峰仿佛早已预料到了卓雅的想法,猛地一转身,扑向了电脑,爆炸接踵而至,卓雅转身冲出了办公室……

爆炸声震耳欲聋。

卓雅趴在地上,脑海里不时闪现出李峰将汽油倾倒在身上的情景。此时,她慢慢看懂了李峰当时的眼神:救我。

事情越来越诡异!我该怎么办?

卓雅深吸一口气,站起来动动四肢,上下检查。

自己没有受伤。

她从口袋里拿出手机,仔细检查,还好,手机也没坏。也就在这时,特工路虎打来电话,传过来两条消息。

它们让卓雅更为震惊!

第一条:卓雅的母亲在卓雅出生前,曾在索梅尔城的疾控中心工作过!

第二条:路虎找到了玛莎的前夫。她前夫在路虎的审问下,不得不说出了一九九八年九月到十二月玛莎的行踪。那三个月,玛莎跟一个男人私奔了。他们的婚姻就此告终。这是一个家庭丑闻,所以他们都守口如瓶。"

"不过，"路虎说，"我们并不相信私奔的借口。我们重新调查了那段时间所有的售票记录……"

"等等，你们至今还保留着售票记录？"卓雅问。

"是的，所有的资料都在中情局的电脑里，永远不会被销毁。我们发现玛莎在九月二号，购买了从纽约飞往索梅尔城的机票。卓雅，我们需要你找出疾控中心以前的资料……"

卓雅接过了路虎的话，"你是要我查出我的母亲和玛莎都在这栋楼里做了什么？"

"一查到什么，你就立刻联系我。"

"好。"卓雅说完正要挂上电话，又听见路虎说："等等，我刚刚接到一条消息，'时光巫师'又在网络上和'Σ'接头了。我们完全截获了他们的网络对话。"

"他们说什么？"

"'时光巫师'说，最后的障碍已经清除，他将在一个小时后和'Σ'见面。"

"见面地点？"

"'时光巫师'将在最后时刻通知'Σ'。"

"皮特死了，李峰死了，玛莎死了，剩下的嫌疑人选择不多了。我应该去会会他。"

"我们一监听到见面地点就通知你。卓雅，你要小心。"路虎担心地嘱托。

七

等待路虎寻找见面地点的时候，卓雅找到了疾控中的资料室。资料室前端并列摆放着数台电脑，卓雅打开，很容易就进入了电脑数据库。经过一番搜寻,她发现母亲当年的确在这里工作过。不过,那一段工作只记录了时间,而与工作有关的细节,都没有存入电脑。档案是按照项目和时间分类的。母亲工作的时间是一九六九年,项目代号是"S"。

"S",一个再也简单不过的项目名称。

卓雅站起来,离开电脑桌,在资料室末端找到一扇门。门的上半部分是玻璃,透过玻璃和房间里的光,她隐约看到门后整齐地排列着一排排铁架。架子上全是纸质档案。

她打开了门,打开灯,走进去。

房间里充斥着资料室特有的气味,灰尘加时光的气味。资料全都按照字母顺序排列,她一直找下去,找到"S"的位置,发现那里是空缺的。应该摆放资料的地方,一点灰尘都没有,只是在相应的铁架上方插了一张写有"S"的小卡片,标明了顺序。

卓雅心里一惊!

没有灰尘,表明这里原来放有资料!已经有人来过了!就在刚刚!

卓雅抽出"S",看到卡片后面写着——实验对象:玛莎·西尔。

卓雅抬手看了看时间,距离"时光巫师"和"Σ"见面的时间只剩五分钟了,可是路虎还没有打来电话。谁是"时光巫师"?从皮特被害那时起,卓雅就怀疑"时光巫师"是小组中的一员。现在,除了她,还活着的人就只有基恩和乔治。是基恩还是乔治?谁又是"Σ"?全城那么多官兵,谁都可能是"Σ"。

卓雅感到十分害怕,她想要一支枪。军队对枪支管理很严,十五连士兵的枪支一出事就被收走了。忽然,她想起来,这栋楼里还有一把没人看管的枪。她跑回李峰睡觉的房间,在他的公文包里,找出了皮特的配枪。

路虎终于打来了电话。他告诉卓雅,"时光巫师"和"Σ"联系的地点在拉尔广场。拉尔广场距离卓雅现在的位置有十五个街区。

卓雅冲出了疾控中心,看见路边斜停着一辆轿车,车里沾满血迹,死去的司机已经被抬走了,钥匙还在车上。卓雅顾不上了,坐进汽车,坐在那摊血上,急速驶往拉尔广场。

"时光巫师"极其狡猾。拉尔广场在索梅尔城东面,是今天清理的重点。

由于无法知晓死亡的原因,恐慌让军队不分昼夜,二十四小时连续作战,官兵们希望尽快完成任务,在还活着的时候,离开这个地方。现在,拉尔广场集中了大约五百多名官兵。

她一边开车,一边分别给基恩和乔治打了电话,两人的回答一致,他们此时都在拉尔广场。

接近拉尔广场的时候,卓雅看到路边有一个救援后勤小队,负责分发水和食物。在水箱旁边,还有一大摞新的防护服,都是用来让士兵需要时更换的。

卓雅停下车,走过去,出示证件后拿到了一套。她坐回车里,穿上防护服,戴上头盔,继续驱车赶到广场。下车后,她借着防护服的掩护,很快就淹没在庞大的士兵群中。

拉法尔广场的面积大约有一平方公里,点亮了所有的灯,光芒交错,就像一个巨大的中国围棋棋盘,而尸体就像散落的棋子,躺在四面八方。士兵们有的抬,有的拖,场面好似地狱。

"时光巫师"真是狡猾,这么多人,去哪里找?

卓雅联系路虎,告诉他自己已经到位,但是找不到任何"时光巫师"的踪迹。

路虎说,"'时光巫师'和'Σ'的网络还在开通状态。奇怪的是,我们追踪了这两个人现在用来联网的手机,注册身份是基恩和乔治。我们定位了卫星,已经找到了他俩的位置。"

"在哪儿?"

"他们在移动。卓雅,你的手机也接通了网络,我们现在就能定位你的位置。天哪,他俩正朝着你走来。"

卓雅紧张极了,拔出枪,紧紧握住。她将目光一遍遍扫过四周。走动的士兵太多了,都穿着统一的防护服,一个挡住另一个,卓雅根本就看不到谁正向她走近。

"他们离你越来越近了!"路虎说。

卓雅忽然感到后背悚凉,一转身,看见身后站着两个人。

透过两人的头盔面罩,卓雅看到了两个陌生人,一高一矮,既不是基恩,也不是乔治。两人同时抬起手来。在他们的掌心里,分别各放着一部手机。

"基恩和乔治的手机?"卓雅问。

其中一个点点头。

"他们人呢?"卓雅问。

陌生人没有回答。卓雅明白了,基恩和乔治已经死了。这两个人用他们的手机联系。

"你们谁是'时光巫师'?"

两人都同时指了指自己。

"你们谁是'Σ'?"

两人还是指了指他们自己。

卓雅糊涂了。

其中那个高个儿往前走了半步,说:"卓雅,我们没有想到,居然是你。"

"这件事,和我有什么关系?你们究竟是谁?"卓雅问。

"我们,"矮个儿说,声音十分低沉,一字一锤,"是你的神。"

忽然间,卓雅的眼前一片黑暗,也就在同一秒之内,她所在的位置,全都变了。死尸遍地的广场,瞬间变成了一个深蓝色的湖泊。卓雅站在湖边,暗蓝的天幕远远低垂,湖边长着青矮的绿草。

一切都是那样熟悉。这完全就是自己前天晚上的梦境。

没有月光,也没有星光,只有一层朦朦胧胧的光亮,均匀地分布在四周,仿佛是从每一颗空气分子的内部发散出来。尽管每一个光源都很弱小,但汇聚起来,也足以能让卓雅看清楚眼前的一切。她努力地看,寻找昨夜梦中的珍妮弗。

岸边果然站着一个人。卓雅奔了过去。

从身形看,那是一个女人,可个头要比珍妮弗高出许多。是一个成年女人。卓雅的心再次悬了起来。

岸边的女人听见了卓雅的奔跑声,缓缓转过身来。她有些苍老,脸上布满皱纹。

"母亲?!"卓雅站住了。

这难道是另一个梦?

"卓雅。"母亲微笑着,伸出了手,展开一个怀抱,"对不起,用这种方式和你见面。"

卓雅怀念母亲的拥抱。怀念极了。可是,她不敢过去。这女人到底是谁?她和那两个自称"我们是你的神"的人是什么关系?我在哪里?我是不是疯了?!

卓雅往后倒退了一步。一种奇怪的感觉油然而起,不是恐惧,而是——温暖。理智要卓雅感到害怕,要卓雅逃跑,可是直觉却告诉她留下来。

留下来吧,投入母亲的怀抱。

女人的手臂仍然张开着,"卓雅,我知道你的怀疑。对不起,隐瞒了你那么久,今天,终于可以告诉你真相了。"

"你是谁?"卓雅问。

"你还记得你小时候害怕一个人在黑暗中睡觉吗?我让你把一片

阳光存入玻璃瓶,放在床头,即便是夜晚,你也不会有黑暗了。"

"其实,哪里有什么阳光,那是你买的床头夜灯,样子像个瓶子,每天晚上,你都为我悄悄按下开关。"卓雅想起来了。这件事,母女俩都知道,只是彼此从来没有说穿过。

"卓雅,我的时间不多了,我必须告诉你真相,只有你才能阻止一切。"这个自称是母亲的女人说。在听这个女人说话时,卓雅看到她身后的天幕在涌动,有一个声音要从天幕后面冲进来。它的声波爆发出巨大能量,即将撕破她们身后弯曲的苍穹,冲到卓雅和这个女人的空间里来。

女人匆匆看了一眼自己身后,急忙说:"卓雅,你相信神吗?"

"神?不信。"卓雅想起了钟楼里的那些壁画。她不相信眼前的这个女人会是自己的母亲。卓雅抬起枪口,指着女人,同时也指向女人身后的着天幕。只要一有变故,她随时都会开枪。

"这座城市的人却都信仰一个神。"女人说。

"太阳神。"卓雅说。

"对,太阳神!"女人听到卓雅这么说,声音里流露出几分欣喜,"其实,不但是索梅尔城里的人,包括整个人类,从远古的时期开始,都在敬奉太阳,信仰太阳的威力。不同的人类文化,赋予了太阳神不同的名字,比如古希腊神话中的阿波罗,埃及的拉……太阳神的名字很多很多,没有太阳,万物不会生长。我们的世界,离不开太阳。"

"可惜太阳不是神,"卓雅打断了女人的话,"远古时期,因为人们不了解太阳这个巨大的火球,所以才认为太阳是至高无上的神。"

忽然,天幕后的声音仿佛听到了他们的谈话一样,用埋在口袋里的那种沉闷声音说:"我们,是你的神。"

"是什么在说话?"卓雅用枪口指了指天幕。

"是他们。"

"他们?"

"卓雅,你是搞科研的,应该有一颗开放的心灵。对于未知的东西,我们永远不能用局限的'已知'去衡量。"

"从小,我的母亲就这样教我,宇宙太庞大了,我们知道的太少了。"卓雅仍旧不承认这个女人是她的母亲。

女人微微笑了笑,"你和以前一样,面对'未知',永远不会背过身去。我现在就要告诉你,这一切是怎么回事?"

"我洗耳恭听。"卓雅把枪口对准了女人的眉心。

"我的确不是你的母亲,不过,我知道你母亲的一切。我能感受她每一分一秒的悲伤,每一点一滴的快乐。我知道,她爱你,永远。"

"你既然知道那么多,你到底是谁?"

"在我告诉你我是谁之前,你想不想知道我在哪里?"

"在哪儿?"

"我现在就在你的大脑里。"

"什么?!"

"不要慌张。我原来寄居在你母亲的大脑中,跟了她一辈子,所以有你母亲的记忆。现在,我就在你的大脑里。如果你想知道我存在的确切位置,那么我告诉你,我在你大脑的顶叶里。用你们的语言来描述的话,我是一个寄居者。我来自太阳。"

"太阳?!你是说,你原来生活在太阳上?!"

"不要奇怪。宇宙中有很多奇特的生物。而我们,就住在距离你们最近的这颗恒星上。按照你们的计时标准,我们的生长周期是以亿年来计算的。也就是说,我们每个生命,都可以活上上亿年之久。这样的寿命,让我们在太阳里创造了极高的科技。"

"可是,根据我们的观测,太阳里除了无数的核聚变和爆炸,除了燃烧的气体,什么都没有啊。那么高的温度,怎么可能有生物?"

"有谁说过在高温下,在气体中就不能有生命? 在地球上,在火山内部,不是也有细菌存活吗? 我们,不但能在太阳上生存,而且还创建了太阳文明。当我们的文明能让我们借用阳光的通道探索宇宙的时候,我们就派出了一批又一批的探索者。我们和你们一样,也对太阳之外的宇宙空间充满了好奇。我们其中的一批,来到地球,寄居到了你们体内。"

"如果这是真的,你们是从什么时候开始寄居的呢?"

"如果要说到最早,应该是从地球上出现直立行走的人就开始了。"

"你们为什么选择了我们?"

"因为我们发现你们的身体十分有趣,尤其是大脑,和我们的构造非常不同。你们还在不断进化。为了研究和观察你们,我们留了下来。几百万年来,我们一直生活在你们的心灵深处,观察你们的大脑运作。有时候,我们也会稍微控制一下。你有没有过这样的感觉,有些事情,你做了,可是说不清为什么去做?"

"你的意思是说,从有人类的这几百万年来,你们就主宰着我们的思维,控制着我们的行动? 如果是这样,我现在为什么会自己思考,会通过自主思维和你对话呢?"卓雅想,自己是不是真疯了。

"你没有疯。你的大脑是健全的。"女人好像读到了卓雅的心思,直接回应,"在我们放开控制的时候,你们便可以自主思维。"

"如果真是这样……"卓雅说着,忽然看见女人身后的天幕撕裂了一个开口,开口之后是一小片拉尔广场,广场上,士兵们还在拖拽尸体。那两个陌生男子,正对着她,其中矮的那个开口说话。他的声音,就是那闷声闷气冲开天幕的声音,"卓雅,不要相信她。"

卓雅收回目光,"如果真是这样,那么索梅尔城的死亡是怎么一回事?"

女人也注意到了天幕上的变化,加快了语速,"卓雅,我们的时间不多了。其实,在很早以前,我们这些寄居者就分成了两派。一派认为应该安静地生活在你们的大脑中,不影响你们的进化;另一派已经厌倦了你们人类缓慢的进化和科技发展,决定以心灵暗示的方式,干扰你们的自主思维,快速提高你们科技力量。两派之间,发生了剧烈的争斗。"

"杀死索梅尔城的人,是哪一派?"卓雅问。

"主张暗示干扰的那一派。他们以谋杀的方式,不,应该说是大屠杀的方式,要我们让步。他们是在杀死我们,可是,当他们杀死了我们的时候,你们这些宿主也会一起死去。"

"但是,为什么只是索梅尔城的人呢?为什么后来又选择了十五连的人呢?"

"我们一旦选择了宿主后,如果不满意不适应,我们还可以自由调换。比如我,我原来生活在你母亲脑内,她去世后,我先在其他宿主脑内寄居了一段时间,然后进入了你的大脑。一开始,斗争的两派没有在地域上分出阵营。但在对抗激化后,我们决定从地理位置上分出阵营。"

"反对干扰人类的一方,就选择了索梅尔城的居民做宿主?"卓雅说。

"是这样的。很可惜,反对一方人很少,只占据了地球上十多个城市的人口。而主张协助人类科技跳跃的一方,占了大多数。"

"纽约呢?"

"纽约属于主张干扰人类进化的一方。"

"我住在纽约,而你又属于反对的一方,你怎么会住在我脑内?这难道不与你们的地理分化相悖吗?"

"我是反对派。可是,我舍不得你,所以一直留在你的体内,和主张的一方在一起。这个地理界限,也不是黑白分明的。还有很多寄居者,和我一样,因为爱上了自己的宿主,没有选择离开。"

"那十五连的人呢?他们原来并没有住在索梅尔城啊?"

"在他们启程前,我们这一派就临时寄住进了他们的大脑,跟随他们来到索梅尔城。我们的'人'在这里死了,我们必须来看一看。"

"但是,在他们的大脑中,会不会已经有其他寄居者?"

"有的。在我们的'人'进驻十五连士兵的大脑之前,他们的大脑里就已经有了其他的寄居者,有的人大脑里是反对派,有的人的大脑里是支持派。我们的身体并不像你们的一样,有实际的形体和质量。你们不能用人类的质量标准来衡量我们。所以,在同一个大脑里,可以同时存在好几个,甚至上百个寄居者。他们在宿主脑内会形成一个小社会。"

卓雅倒吸一口凉气。她记得自己在上小学的时候,得知身体里存在着数以万计的细菌时,就感到不可思议。现在,她感到可怕。数百个能够控制你思想的寄居者一直生活在你的大脑中,能不害怕吗?那是一个什么样的世界和天地?

"那么,在我的脑袋里,有几个寄居者?"

"现在只有我一个。"

"你一个'人'占据那么大的空间,难道你很特殊?"

女人笑了笑,"你没说错,我很特殊。十五连的人进入索梅尔城之后,主张的一方就用同样的手段杀死了我们这一派的寄居者。为了杀死我们,他们不惜错杀他们的人。"女人说。

"你为什么要反对帮助人类发展科技呢?这不是件好事吗?"卓雅问。

"我们见过宇宙中很多神奇的东西。你们人类的大脑是这些东西里最为神奇的物体之一。除了你们的大脑,还有你们的肢体也让我们十分痴迷。虽然你们很神秘,但我认为,人类应该按照自己的规律发展,慢也好,快也好,你们有你们的规律,我们不应该干涉,更不应该改变。对于这一点,我们进行了激烈的辩驳。而且,一旦过度实施暗示,就会产生一个更为可怕的后果。"

"什么样的后果?"

"如果暗示的程度超过了限度,人类将再也无法自主思维。"

"也就是说,我们将在思想上成为你们的奴隶。"

"那时候,你们就真是行尸走肉了。"

"我在解剖的时候,发现尸体大脑的顶叶位置已经变成了晶体,那里正是你们寄居的地方。我想知道,对方是如何让大脑瞬间结晶的?"

"我们的寿命极为长久,只要能够接收到阳光,就能活下去。阳光对我们来说,既是一个万能的用具,也是生命的支撑物。在论辩中,对方有人发明了一种声波,这种波可以阻断光,当我们缺乏需要特定的光时,我们就会死亡。当这种波传来时,你们的大脑就会听到'嘀哒'声。我们死亡时,会发出巨大的能量,瞬间把寄宿的那一部分大脑结成晶体,我们同时还会发出一种电磁波,像微波炉烹饪食物一样,让宿主身体里液体中的分子急速转动,直至爆炸。"

"你们之间的分歧,是不是从很早就开始了?"卓雅问。

"如果用人类的时间计算,的确是很早。而且,在这一次冲突之前,已经有过几次冲突。其中一次发生在1842年。当时,为了防止被对方屠杀,我和我的人发明了一件防御装置。当时,我寄居在一个叫瘦叟的中国人的大脑中,暗示他画出了这个装置的机械图。可惜,那时候,人类的科技尚不发达,没有足够的能源动力,也不能够理解那幅图的作用,还把瘦叟当成了疯子。"

"布莱恩教授在马的心脏中放入电池时,那匹马发出了奇怪的声音。当时什么也没发生,不过,奇怪的是,旁边一盆枯萎的花居然转而生机勃勃。这是怎么回事?"

"那个声音就是我发明的波。动力不够,只能对植物进行干扰。这种波可以同时和你们的大脑作用,保护我们这些寄居者,也可以和植物的细胞相互作用,改变它们再生。"

女人说着,身后天幕上的缝隙被外面的声音撕扯得更大,那个高个儿开始高喊:"卓雅,不要相信她。我们,才是你的神。"

卓雅身边的景物飞速转动,女人的身影逐渐模糊。忽然间,拉尔广场如同油渗透棉纸一般从夜色中透滤出来,与湖水的景象相互重叠。

卓雅在湖边看到了拉尔广场的尸体和士兵,看见自己面前仍旧站着那两个陌生男子。她的身体位于广场,而大脑里的寄居者却将她带到了湖边。

"你们还是改变立场吧。"广场上的高个儿说。

"不可能!"卓雅听见自己的声音在回应高个儿,可令她迷惑的是,这不是她想说的;而与此同时,她又听到自己还在和那个女人对话,"如果我相信你,那么我想知道,我的女儿珍妮弗是怎么死的?她的大脑里也有结晶体,可她的血管却没有爆炸。"

才说完,卓雅忽然反应过来,那个女人在通过她的嘴和高个儿男子说话,而她的思维,却在和女人对话。与高个儿对话的是那个女人的思维;而与那个女人对话的,才是自己的思维。

两个思维同步进行。

卓雅看见湖水荡漾,湖面掀起波浪。她听见女人说:"我们这些寄居者分成两派之后,他们就开始暗杀我们这一派的领导者。这听起来,和你们人类的一贯做法十分相似。"

"你是领导者?"

"是的。"

话音才落,卓雅就听见高个儿男人大叫一声:"卓尼,我们终于找到你了。"

"你叫卓尼?"卓雅一边在脑子里问女人,一边对着高个儿说:"你们找到我也没用,已经太晚了"。

接着,卓雅听见女人说:"我给自己取了一个地球人的名字,卓尼。自从他们开始暗杀之后,我就躲了起来。我一直躲在珍妮弗的大脑里。后来,他们派'人'侵入了珍妮弗的大脑。珍妮弗死前之所以疯狂,是因为他们在对她进行逼问。"

卓尼沉默一下,接着说:"对不起。我当时太天真了。我希望,他们会在几次谋杀之后后悔放弃。我想用和平对抗暴力,终止暴力。但是我没有想到,他们如此凶残。"

"可是,珍妮弗的血管并没爆炸。这又是为什么?"卓雅实在不想再问下去。她的心刀割一般疼痛。珍妮弗才五岁啊!可是,卓雅又想知道和珍妮弗死亡有关的一切。

"当时,我逃脱了。寄居到了你的大脑里。我在逃脱的时候,对方正在追杀我,发出的能量结晶了珍妮弗的大脑,但是,我没有死,也就没有发出使血液沸腾的电磁波,所以,珍妮弗的血管没有爆炸。"

高个儿此时已经不耐烦了,大喊了一声:"卓尼,你再不出来,我们就要动手了!"

"卓尼,他们是怎么找到你藏在我体内的呢?"

"他们利用了皮特。当你用皮特的手机回拨电话的时候,他们就锁定了你。在我躲进你的大脑之后,他们从未放弃过对我的搜寻。在6X区的布莱恩教授复制了那匹马之后,他们就意识到我们这一方又在研制防御武器了。为了弄到这个武器,他们进入布莱恩教授的大脑搜寻,但我们的人已经帮助布莱恩教授作了脑部信息屏蔽,他们无奈就杀死了他。为了尽快弄到防御武器,他们进入了皮特的大脑,计划了对索梅尔城的谋杀。这是一举两得的事情,既可以杀死我们这一派的寄居者,又可以诱惑我出来。只要找到了我,就等于找到了那件武器。他们操控基恩杀死皮特。他们也控制了李峰和玛莎的大脑,让他们两人用古怪的方式自杀。玛莎是你母亲研究的对象。她耳朵里的芯片,是你的母亲放进去的,上面记录了所有的研究数据。在李峰发现芯片的秘密后,他们就侵入他的大脑,指挥他杀死了自己。"

"不是我母亲在研究玛莎,是你在控制着她来研究玛莎。"卓雅说。

卓尼叹了一口气,"是这样的。我必须借助你母亲的身体和双手,完成这件防御武器。"

"既然你知道索梅尔城是他们的诡计,你为什么还要来呢?"

"这件事情应该有个结果了。我们不能因为自己的争斗而导致你们人类死亡。我派人分别进入了你的上司汤姆和特工路虎的大脑,暗示汤姆派你进入调查组,同时也暗示路虎来找你。"

天幕上又传来男子的吼叫:"卓尼,你出来!"

卓雅同时听见了自己发出的两个声音。一个声音在对高个儿说:"你们没有权利干涉人类。你们会受到惩罚的。"而同时,另一个声音在问卓尼:"他们还要杀人吗?"

湖边忽然掀起狂风巨浪。卓雅听见卓尼说:"镇静!卓雅,镇静!"

"这是怎么回事?"卓雅看着狂风,又后退了一步。

"这些风来自你的思维。你害怕了,你紧张了,是你的恐惧刮起的风。"卓尼说。

突然,卓雅看见叠加在湖面上的拉尔广场,士兵们忽然露出痛苦的神情。他们有的捂住了脑袋,有的捂住了心脏,紧接着,一圈又一圈的士兵倒下去了。他们的脸先是像石灰一样苍白,然后血管凸起,爆炸!血浆将面罩内部染得一塌糊涂。

谋杀开始了。

"卓尼,快阻止他们!"卓雅大叫。

卓尼摆了一下头,"卓雅,只有你能够阻止他们。"

未等卓雅弄明白卓尼的话,她就看见那两个男人已经离开了拉尔广场,冲进了湖面。他们像两个幽灵,在水面上飞奔,向着卓尼奔来。

"卓尼,快跑。他们会杀了你的!"卓雅大叫。她害怕极了!水面上掀起狂风巨浪。浪花击打着那两个男人,可是,浪花只是从他们身体里穿过,却无法阻止他们。

他们继续向卓尼跑来。

卓尼没有动。她用极快的语速说:"卓雅,你可以清除他们。"

"我该怎么做?"卓雅问。男子距离卓尼只有十米距离了。

卓尼说:"当我在你母亲大脑里的时候,不但暗示你的母亲研制出了可以保护我们这派的雾气,还研制出了可以抵御所有太阳寄居者的武器。"

忽然间,卓雅听见一声"嘀哒",接着又是一声"嘀哒"。她感到心脏无比疼痛。她站在拉尔广场上,和更多正在死去的士兵一起,捂住胸口,弯下了腰。

卓尼说:"你的大脑再也无法承受这样的思维了,而且他们已经对你动手了。这些'嘀哒'声,就是他们谋杀的开始。我必须离开。"

"不要走,告诉我,怎么做?"

"我必须走,否则,为了杀死我,他们也会杀了你。你的母亲已经把那件武器交给你了。你快去钟楼,必须赶在太阳升起时……"正说着,那两个男子从水面上一跃而起,向卓尼扑来。

一个巨大的浪头猛扑过来,卓雅一下子跌倒在拉尔广场上。她呆坐在那里,湖岸和卓尼都不见了,眼前只有陆续死亡的士兵。她感到脑袋既疼痛欲裂又轻松很多。忽然,卓雅看见在她附近的地面上,躺着那两个持枪的男子,一动不动。她站起来,跟跟跄跄、小心翼翼的走过去一看,发现他们已经死了。

士兵们还在死去,卓雅的手机响了,居然是上司汤姆,声音万分焦急,"卓雅,你找到死亡的原因了吗?很多城市都出现了同样的大规模死亡,包括东京、巴黎、布拉格,现在,一共有五个城市的人正在死去。这究竟是怎么回事?"

时间果然不多了。卓雅关掉手机,向着钟楼跑去。

八

卓雅跑上钟楼三楼,打开了灯。老人的尸体已经不见了,显然,士兵们来过了。

她攥着母亲给她的那块结晶体,在钟楼里四处搜索。晶体是母亲留下的暗示。母亲当年在索梅尔城工作的时候,一定把武器藏在了这里。

画!

母亲不会无故在结晶体里画画!

而这幅画,却和钟楼表面的画一模一样!

瘦叟的马!马的身体里充满了齿轮和杠杆。当布莱恩教授在马的心脏位置按上电池的时候,马就发出了一种声音。那么,根据同样的分析,钟的心脏在哪里?

卓雅拿起结晶,仔细观察那幅画。她想起来,自己在搜寻这座钟楼历史的时候,曾经读到人们都说钟面上一共有十三个太阳,可是通常只能找到十二个。

卓尼说的"必须赶在太阳升起时"是什么意思?难道,升起的太阳就是那第十三个?

卓雅来到窗前,眼前正出现一抹鱼肚白。快!太阳,你升得再快些!

当第一抹阳光照到钟面上时,因为钟的背面是打开的,一缕光线从钟面的斜下角透了进来,照射在地面上。那里,有一个浅浅的亮点。卓雅跑过去,抹干净地面的灰尘,露出下面的一小片黄铜镜面。光线在镜面折射,折射到天花板上,从那里分成两股后再折射到两边的墙壁上,再在墙壁上折射成四股。也就在这一秒之内,光线折射分开,一共分成了上千股细小的光丝,它们在房间的中间汇聚,用光的线条,汇成了一个立体的太阳。

这就是第十三个太阳!

卓雅站在这用光线绘制的立体画前,伸出手,把那块结晶体犹犹豫豫地放到了太阳的中心。玫瑰色的结晶体就悬在了那里。

卓雅等待着。此时此刻,一切和所有的早晨一样,安静极了。

接着,卓雅听到结晶体传出极低的嗡嗡声,声音穿过钟楼,借用晨曦的光芒,向四方传递。在太空的卫星上,观测到了一个奇怪的数据:

一片巨大的声波,以索梅尔城为中心,像涟漪一样,向四方传播,向外扩散,包裹了整个地球。

渐渐地,在立体太阳的光芒里,出现了一团柔和的细长光亮。光亮闪动着,像一个女人的形体,却看不到五官,看不真切。

"卓雅,我是卓尼。"光亮发出声音,闪动着。

"你,没有死?"

"卓雅,我们就要离开了。"

"这是怎么一回事?"

"你母亲交给你的那块结晶体,是根据特殊的角度雕刻的。晶体的内部一共有三万六千个斜剖面,它们将光源在内部不停地折射,形成了一个波。这个波,不会杀死我们,但会让你们的大脑产生一种共鸣。我们所有的寄居者,无论是主张派还是反对派,都无法在这个共鸣里生存。"

"那是不是只要波不存在了,脑子里的共鸣就会消失?"

"是的。所以,你要收好这块结晶体。我们离开后,你们人类大脑的顶叶就不会再被挤压了。顶叶的位置,是人类用来处理数学思维、三维形象和空间关系的关键部位。我们离开后,这一部分就再也没有压力拘束,你们人类将看到三维以外的世界,就此进入一个新的时代。"

"你们的放弃,实际上却提升了我们的思维?"

"对。看来,我应该坚持自己的想法。和平的力量比暴力更强大。我们不应该利用你们的大脑。我们,不是你们的神。卓雅,记住,你才是你自己的神。"

"但是,阳光每天都会照耀到地球上,你们还会再来吗?"

"我会向我们的文明世界做全面的汇报。我希望我们不会再来。即使再来,也是作为短暂拜访的朋友,而不是寄居者。现在,我们都要走了,我有一样礼物要送给你。"

"什么?"

在洁白的光亮中,渐渐显出一个小小的身影。身影走出光团,变得清晰。那是珍妮弗。

"妈妈。"珍妮弗向卓雅伸出了手。卓雅一把抱住了她。

"珍妮弗。"卓雅说。

"妈妈,不要难过,我还活着。"珍妮弗说。

卓尼说:"卓雅,在珍妮弗死前,我把她的意识转到了我们其中的一个寄居者身上。现在,这名寄居者就在你的大脑里。在她离开之前,她会让你看珍妮弗生前所有的快乐。"

"妈妈,我会永远和你在一起。"珍妮弗把脸埋在了卓雅怀中,生前的画面汇成一股暖流,缓缓注进了卓雅的心田。卓雅感到了久违的幸福。

卓尼说:"卓雅,待会儿,这个寄居者会带着珍妮弗的意识和我们一起返回太阳。你的珍妮弗,将会活在太阳上。"

"你保证,给她幸福。"卓雅说。

"我保证。"

十分钟后,光芒消失了,结晶体掉到了地板上。卓雅的手机又响了,上司惊讶地问:"卓雅,死亡停止了,你是怎么做到的?看来,我当初选择你参加调查组,没有错。"

听到上司这么说,卓雅笑了。

两个小时后,卓雅见到了赶来的特工路虎。卓雅把太阳寄居者的事情,把自己母亲和女儿的事情,一字不落地告诉了他。他告诉卓雅,6X区很早就发现人类的大脑中有异常,但是一直都没有找到原因,也没有把这个现象和太阳连接起来。

"有件事情,一开始我就觉得很奇怪,现在我明白了。"路虎说。

"什么事?"

"我从来不认识你,但是,索梅尔城出事后,我在办公桌上看见了一张纸条,上面写了你的名字,却是我的笔迹。我的大脑里,一直有个声音在说,去找卓雅,让她监视皮特。原来,这都是寄居者的暗示。"

卓雅点了点头,忽然明白,那天晚上的梦游也是寄居者的暗示。玛莎在拥抱她的时候,把那块结晶体悄悄地放进了她的手心。也许,为了躲避对方的监视,玛莎才这样做。当对方发现玛莎的大脑里存在着卓尼一方的寄居者时,就进入她的大脑,暗示她扭断了自己的脖子。那块结晶体,当珍妮弗在医院被审问的时候,就被卓尼藏起来了。直到现在,才通过玛莎交给了自己。

"你认为,他们还会来吗?"路虎问。路虎看见卓雅在走神,以为她也在想这个问题。

"我不知道。"卓雅说。

她抬起头,眯眼看向蓝色天空中的太阳。

那里,有她的珍妮弗。

后记

半年后,全球联合了所有的高端科学家,根据那块结晶体的光线折射原理,研制出了一种小型的纳米晶片。这块晶片在植入人体后,会产生同样的波,抵御太阳寄居者的再次入侵。但是,为了避免全球恐慌,避免有人利用这种科技对人的思维进行控制,所有的政府都一起保守了这个秘密,只有卓雅和少数人知道。他们把芯片放到预防流感的疫苗中,打入每个人的手臂。

不过,科技永远在向前进步。卓雅一直都在担心,如果某一批太阳寄居者发明了更先进的技术,可以打破这种波的话,他们还会再来吗?如果真有那一天,也许她的女儿珍妮弗,能在太阳上阻止他们……

2013 年 9 月初稿

死者的选择

案件发生的时间是距今日之后又五十九年。冬季某日凌晨。地点还是我们这颗星球。五十九年后,你我也许都还活着。到时候,别忘了打开电视,一起看此案的终审判决。

一

接近破晓,刑侦科探员罗丹一夜未睡。他很无聊。无聊这个字眼对于探员来说相当于自杀。

近年来,由于科技的高度发展,技术鉴定水平跳跃性提高,破案变成了做实验。加之政府加强了对恐怖分子的防范,每一条街角,每一层楼道,都安装了卫星监控摄像头。就连林木交错的公园里,每隔几米的树上,都挂着伪装成树叶或者花蕾的微型摄像头。除此之外,地面巡逻警员也被长着金属翅膀的机器人替代,体型如苍蝇大小,飞上飞下,全面监控,让破案追踪变得易如反掌。

不过,让罗丹暗自好笑的是,政府不得不经常替换维修这些摄像头和机器人巡逻员,因为有时候人们会错把它们当成真的花蕾摘了去,或者以为是只苍蝇,一巴掌打扁。出现这种状况的时候,办公室里监控人员的耳机里会同时出现一阵震耳欲聋的轰鸣。

只是,罗丹的笑是短暂的。每发生一个案子,技术科忙得团团转,而曾经人气颇旺的侦破警员们,却时时处在失业的边缘。不少警探,不得以纷纷改行,脱下警服去卖猪肉的,开出租车的,都有。还有的,如若舍不得离开警局,就干脆进修,学习技术鉴定,转调技术科去了。探员们的办公室结满了蜘蛛网,门可罗雀。

说起来,罗丹有三年没有直接破案了。现在,一出现案情,探员们的职责就是跑跑腿,了解了解情况,和电视节目调查员的工作相似。主要的工作,都是技术科在干。最让罗丹愤怒的是技术科最近研制出了一套电脑软件,只要输入案情的相关信息,电脑就会在三十秒之内做出判断。那些判断的准确性极高,使不少年轻探员都渐渐抛弃了原来的侦破推理常识,逐渐依赖起了电脑。人类的思维被电脑左右,这让罗丹气愤。

起初,罗丹不相信电脑能够做出如此精确的判断。案情往往是出于逻辑之中却又出其不意的。

无聊之余,罗丹抽出以前破获的案宗,把信息一一输入电脑。才按下输入键,电脑屏幕就提示出和案情相关的疑点。罗丹顺着电脑的提示,继续输入调查后得知的信息,最后,电脑居然指出了谁是凶手。

看到这样的结局,罗丹心里一惊,又试着继续输入了几起自己亲自参与侦破的案件,屡试屡验,心里不由得暗暗佩服起高科技来。

他问过技术科的人,这个软件是怎么设计出来的?技术科的人撇撇嘴说:"和国际象棋的软件一样。软件里已经输入上亿个古今中外的各种案件,输入了案情每一种线索发展的可能性,电脑会依据这些条件作出判断。"

"所有案件?"

"对。电脑的记忆力是超人的。那些小说电影杂志里的案件,也作为基本元素输入了电脑,以供参考。而且电脑是全球联网,和监控系统连在一起,监控内容也是电脑的判断元素之一。除此之外,这套软件还囊括了人文地理、政治历史、医药军事、体育天气、巫术魔术等各个方面的知识,可谓无所不包,无所不有。这些因素都在辅助电脑做出判断。这一点,人是做不到的。"

"那就是说电脑能够做到无所不知,无所不能,也就无案不破了?"

"被你说中了。罗警官,放弃你的人性探案吧,加入我们高科技的行列。"

罗丹从鼻孔里哼了一声。他也是鸭子死了嘴硬,脸上不服气,心里倒是软下来不少。他想,看来,我们这些出生入死的警探们很快就要变成被电脑软件驱使的奴隶了。

所以,罗丹不但无聊,而且还很沮丧。

侦破技术被电子化的同时,犯罪手段也在同步高科技化。比如以前杀人要设计谋,或用毒药,或者设计自杀假象,或者绞尽脑汁制造不在场证明,现在,在高科技的辅助下,这一切统统不需要了。

人们的生活离不开电脑,网络生存是主导。你可以通过电脑上网,修改受害人家中热水器的设定,将其在洗澡时电死,或者修改受害人电脑自动烹饪的程序,受害人本来就是糖尿病患者,吃了高糖食物后,自然犯病,然后你再通过电脑修改救护车的出行线路,延缓救护时间,导致受害人死亡。总之,没有电脑办不到的事。这让不少犯罪分子都成了电脑高手,也让罗丹很久没有对手。

罗丹举着一杯咖啡,看着高楼万幢的都市,等待着晨曦的来临。今天也是他担任探员的最后一天。过了今天,他就提前退休了。退休后,罗丹打算去海边的木屋居住,拾柴做饭,竹竿钓鱼,与日月星辰海洋为伍,远离到处充斥着冷冰冰电子科技的城市。

这时候,挂在墙上的电话响了。罗丹弹了一个响指。响指的声音自动接通了电话。一个焦急的声音从环绕音响里传出来:"罗丹探员?"

"是我。"

"出现了一个命案。"

"噢?又要我们充当电脑软件的通讯员?你们技术科的人呢?"听到有案件,罗丹心里有点兴奋。可一想到一成不变的信息收集和枯燥无聊的电脑输入,他心里就来气。"我说,你们还不如制造几个侦探机器人代替我们得了。"

"我们已经在制造了。不过,这条消息尚未被公布,你又是如何得知的?"对方用惊异地声音问道。

这个消息对于罗丹来说如同晴天霹雳。他只是随便说说,没想到居然被他说中了。想到今天是退休前的最后一天,那就忍一忍吧,罗丹抑制住心里的愤怒说:"什么案情?"

"罗丹探员,你在系统中输入过这样的要求,只要出现死者右手变得乌黑的案件,就和您联系。对吧?"

"对。"罗丹叹了一口气,那是他在二十年前破获的案件了。凶手喜欢将受害人的右手染黑。他早已将凶手捉拿归案。当时为了追捕嫌疑犯,他在全球联网的系统里输入了受害人右手变黑的案件征集要求。没想到,破案后他忘了删除这条要求,都过去二十年了,电脑还惦记着。罗丹说:"那个案子已经破了。凶手正在南极服刑,畜养濒临灭绝的企鹅。"

"是吗?我们这里又出现了一起受害人右手发黑的案件。你愿意接管吗?"

"好吧。反正也是我最后一天上班了,替电脑再跑跑腿也没什么不可以。"

"谢谢你的合作,罗丹警官。案发地点在市中心世贸大楼顶楼。我们已经派出黄瓜来接你了。"

"好。我就原地等待。"罗丹这么说的时候,他已经听到了远处传来隆隆的马达声。黄瓜是一种由电脑驾驶的飞行器。外形细长,就像根黄瓜。

"祝你顺利。机器人联络员 3A1904 号很愿意为您服务。如果您对我的工作满意,请说 A,不满意请……"

"啪",罗丹弹了一个响指,关掉了电话。搞了半天,通知他去查案的居然是个机器人,而且还安装了仿真情绪系统,在话语中显示惊讶的口气,冒充真人。这不是明摆着欺负人嘛。罗丹对此很不满。他已经有很久没有和警局里的人类说过话了。

时近深冬,严寒四伏,但由于整个城市都有供暖系统,房间内温暖如春。罗丹只穿了一件白色 T 恤和一条麻色休闲裤。他没有穿制服,因为他估计待会儿见到的也都是电脑,没那个必要。

一架翠绿色外形像黄瓜的飞行器平行悬停在罗丹的落地阳台前,一个圆筒形通道从黄瓜机体徐徐伸出,搭扣在阳台上。罗丹走出阳台,跨入飞行器。每次乘坐这样无人驾驶的飞行器,都让他提心吊胆。要是系统命令出了错误,他可就是一命呜呼啊。

"罗丹探员,请系上安全带。"飞行器里传出呆板僵硬的说话声。还好,飞行器的语言系统还没有安装语气仿真软件。机器听起来还是像机器。

"罗丹探员,近来好吗?"机器开始嘘寒问暖。

"闭嘴,起飞。"罗丹没好气地说。他最怕和机器人聊天。聊天内容是联网的。他以前不知道,越聊越有兴致,暴了不少料,没想到第二天就全局皆知,很让他没面子。从那次以后,罗丹就忌讳和机器聊天。

黄瓜沉默了,向着东南方飞去。

大概飞行了五分钟后,罗丹发现行程不对。世贸大楼在市中心,可是黄瓜已经飞离了城市。

"黄瓜,怎么回事?我们这是去哪儿?"

"维南山脉,珠霖峰。"

"什么?不是去世贸大楼吗?"

"是这样吗?让我查一查。"黄瓜说完,忽然悬停于半空。一阵"哔哔啵啵"的电子声响过后,黄瓜用平淡的机器语音说:"3A1904号联络员那个小娘们,把内容报错了。我们不是去世贸大楼,那里只是出现了一起入室抢劫案。凶杀案在珠霖峰。"

"小娘们?!这是谁教你的词?"罗丹很不解,机器人也会骂脏话。

"就是你们输入的。你们怎么设定,我怎么说。"

罗丹笑了,靠在座椅上,双手枕在脑后说:"那我们就去珠霖峰吧。"他心里掠过一丝担忧,珠霖峰海拔三千四百二十一米,积满了白雪,室外温度零度以下,可他没有带厚外套。算了,忍一忍吧,先熬着。这么想着,他的目光落到了屁股下的椅子上。

二

黄瓜到达目的地降落的时候,罗丹把椅子上的皮套子撸下来,往身上一套,权当是件皮衣挡风寒罢了。褪皮套子的时候,黄瓜居然说:"你剥我的皮,你这个挨千刀的。"

珠霖峰四下白雪皑皑,峰峦交错,没有风,一轮硕大的朝阳鸭蛋黄似的悬挂在翠绿色的黄瓜头顶。罗丹身披棕色椅套,像个新时代的兽人,一眼就看见十米处的积雪上平躺着一具轮廓线条起伏的尸体。

虽说有太阳,这里的气温低得绝对可以做瞬间冰块,寒冷真像一千把刀往罗丹的肌肤里扎刺,加上海拔较高,罗丹觉得呼吸困难,仿佛在梦魇中行走,越是努力,越是举步艰难。

终于,他来到了尸体面前。那是一个皮肤雪白的女孩,五官端正,身体完好无损,双脚赤裸,没有穿鞋。她的右手并未变黑,在右手腕上有一个深深的割痕。血迹渗入积雪,好似草莓冰镇。她的左手里握着一把小刀。在右手下方,有一行数字:0303。

罗丹从裤兜里掏出一个烟盒大小的东西。这玩意儿是个微型电脑,名字就叫"烟盒"。罗丹打开烟盒,在女尸的大脑处进行快速扫描,烟盒表面上写有英文"Tobacco(烟草)"的地方闪烁了几下,更换字幕,显示出"人类"两个字。

在罗丹的时代,仿真机器人技术已经到了炉火纯青的地步。他们的皮肤体温,举止言行,情绪微笑眼泪都做到了和真人一模一样的境界。唯一不同的是大脑。机器人终归还是依靠芯片。

女尸是人类。罗丹的心颤动了一下。如果她是自杀,为什么选择这里?女尸的面额小巧玲珑,嘴唇微微上翘,表情执拗不逊,看起来大概二十五岁左右。

罗丹在尸体的另一侧发现了另一串赤脚行走的足迹。一看就知道是赤脚走在雪地上留下的脚印。足迹一直连着女尸的脚。只有她一个人的。罗丹顺着脚印走,寻找她来时的起点。在距离尸体五十多米的地方,有一片雪地,上面的雪被强力吹成圆弧形,中间还有两个雪橇般的压痕。这是直升机留下的痕迹。女尸的足迹从直升机开始,一直走到她现在躺下的地方。足迹并不混乱,始终深浅一致,表明受害人在行走时意志坚定,神志清醒。

罗丹非常迷惑。看来无论她是谁,她是自愿走下直升机到达死亡位置后自己躺下并割腕自杀的。为什么?如果是自杀,为什么没有遗书,却写下0303?0303代表什么?她叫什么名字?又是谁把她送到了此地?还有,为什么电脑提示说是发现的女尸右手发黑?电脑已经在通报案发地点的时候出了错误,为什么在案件特征上又一次犯错?

一连串的问题在罗丹的脑子盘旋。他从烟盒里调出近期此地的天气状况,最近几天都无风雪。但是,除了女子的足迹和直升机的痕迹,雪地上再也没有其他线索。罗丹拍了照片,按程序进行了现场调查,然后把女子抬进黄瓜机舱。女尸身体僵硬,罗丹就像抬着一条木板。

一切就绪后,黄瓜背对着朝阳徐徐起飞,在距离地面两百米的时候,一声轰然巨响,一个火球在朝阳前升起。火球的姿态与众不同,并不是发散式的,而是将所有热量向内收敛,进行内爆。从远处看,火球比太阳更明亮!

三

罗丹在工作的最后一天以身殉职的消息传遍了警局内部。事发之后,局里立刻派出救援小组现场抢救。但是,由于黄瓜特殊的动力能源,它内爆的范围不大,但会集中产生极高的热量,瞬间熔化五米以内的所有物体,所以罗丹和那具女尸也就荡然无存。现场有一个五米见方的水塘,那里的雪都被爆炸的热量融化了,除此之外,再无任何痕迹。

　　警局为罗丹举行了隆重的葬礼,在他的墓碑下埋葬了一套他很少穿的制服,修成一座衣冠冢。那具女尸,因为缺少信息和线索,也成为悬案。

四

　　探员们都对罗丹的意外扼腕叹息,警局里最伤心的,要数另一名探员关青。在电脑高科技的压力下,众多警员都改行了,关青留了下来。罗丹曾经调侃她:"关青,你长得好,当电脑的跑腿员可惜了,不如去演电影吧。"这当然只是个玩笑,罗丹深晓关青对侦破的热爱。

　　很长时间,关青都没有从罗丹的去世中恢复过来。她查过那天的出勤资料,负责接送罗丹的黄瓜确实输错了地点。难道,这仅仅是输入错误?关青调查了负责电脑输入的机器人 3A1904 号的内存,发现因为出现了存档失误,3A1904 机器人已经被停止使用,正在接受检修。

　　葬礼后两天,恰逢周末。关青到罗丹的墓地去了一趟。她就是想聊聊天。罗丹既是她一同出生入死的同事,更是她的老师。

　　风在一排排冰冷的墓碑间呼啸着,梅花状的雪花在灰黑色的大地上飞扬。关青站在罗丹的墓碑前,一幕幕往事历历在目。她强忍住泪水,黑色睫毛却被眼中的热气蒙上一层白霜。她不敢哭,生怕眼泪流出来立刻会变成冰凌,又被罗丹的灵魂拿去开玩笑。如果,罗丹死后有灵魂的话。

　　其实,由于上下级的关系,关青一直悄悄隐藏着一个秘密,那就是她对罗丹的敬仰之情早已经改变了。感情刚刚萌芽之初,关青并未察觉。她只是天天盼望着能和罗丹一起破案。后来有一个夜晚,在她翻看自己厚厚的日记时,才猛然意识到,爱情的门扉已经被她不知不觉推开了。她一直悄悄守护这份单向的感情,记录下她和罗丹相处的点点滴滴,羞于表白。现在,即使她想表白,也来不及了。

雪越下越大,一枚鹅毛状的雪花落在关青的发稍上,她的手机响了。关青接通,对方用的是机器嗓,难辨男女,"关青?"

"你是谁?"关青立刻警觉起来。什么人要用机器嗓和她打电话?关青一手握紧手机,另一只手从腰间的枪套里拔枪。

"你真的相信罗丹之死是意外事件?"对方说。

"你什么意思?"关青一边回答,一边迅速走向她的汽车。汽车里有一个"烟盒",可以立即追踪来电者的地址。

"听说过'46/2'这个地方吗?"

关青已经打开了车门,她一边取出"烟盒",一边设法延长通话时间,"听说过。那和罗丹的死有什么关系?"关青从烟盒抽出一根细缆线,插入手机。

"你应该去看看。"对方说。

这时候,"烟盒"上显示出了来电者的电话号码和地址。关青一看,正是来自"46/2"这个地方。她正要追问,对方已然挂机。

五

为什么要取名"46/2"?

关青听说过此地,它是由地处荒凉郊区的一家废弃的工厂改建的。46/2只在夜间开放。这个地方的命名来自一个比喻:如果把地球四十六亿年的历史浓缩成一个小时,那么人类生存的年限还不到两秒。

停下车,走过薄薄的积雪,用木棍打走不时扑过来的野狗,关青看到无尽的黑暗中一灯如豆。她朝着那点灯光走去。四周无比寂静,除了稀稀拉拉的狗吠,只有脚步踩在积雪上脆硬的"咯吱咯吱"声。

灯光是从一个巨大的厂房铁门头上的唯一的一小扇玻璃窗里发出来的。没有门牌,里面静悄悄,毫无声息。大门上方安装着监控器,随着关青位置的变换而转动。关青按下大门上对讲机上的绿色按钮,还未等她开口自报家门,大门就徐徐拉开了。看来,里面的人早已知道她的到来。

踏入厂房,关青看到一片空空荡荡,两条蓝色光线从她两侧拉开,指示出前行的路线。她必须按照蓝光照出的线路走,否则她就会碰壁,因为,这个用肉眼看起来空荡荡的厂房里实际上充满了小隔间。房主利用光学的折射原理,让所有的隔间都在人的肉眼前隐遁了。加上绝对完美的隔音系统,隔间里的声音便被完全封闭。这里是政府的监控摄像头顾及不到的地方。人们在隔间干什么,纯属个人隐私。

46/2实行会员制。每一个会员都是经过严格的审查和挑选才被接纳的。外人不可能轻易进入。关青不知道为什么她能够如此顺利地进入此地?

在她右侧的空间里,突然出现一个看不到底的黑洞。黑洞上方亮着两个字"请进"。关青拔出手枪,向洞内张望。里面除了类似宇宙黑洞一样的黑,她什么也看不清。关青抬腿,手枪对着渺茫的前方,跨入洞中。她听到身后"吱呀"一声,再回头,入口已经不见了。她陷入了一片黑暗,顿时失去了距离感。

黑暗中,出现一个声音:"你知道和罗丹一起消失的女尸是谁?"又是机器嗓在说话。

关青回答:"没有人来报告人口失踪。女尸的身份是个谜。"

"我可以告诉你她的名字。她叫魏娜敏,是美旭气温调节公司的科技人员。"

"你如何能够判断女尸就是魏娜敏?"

"我和她约好了见面。可她一直没有出现。我猜测那山顶上死去的女人就是她。"

"如果是她,她为什么死亡?"

"因为她知道了不应该知道的秘密。"

"什么秘密?"

"这就是我请你来调查的原因了。"机器嗓说着,一个由蓝色光束构成的立体正方形出现在半空,里面有一张电子门卡和一张胸牌,上面标有美旭公司的名称和关青的名字,还有她的照片。"你可以去查一查。"

"你是谁?"

"一个关心魏娜敏的人。"声音说完,位于关青身后的门再次被打开。

关青回头,看见门口站着一个表情愤怒的男人,一手拿着枪,正瞄准了她,一手拿了一个遥控器,压低声音质问:"你是谁?为什么偷用这个房间?"

"我是被邀请来的。"关青也用枪对准了这个男人,"你又是谁?"

"我是这里的房主。"男人按下遥控器,房间立刻现形。原来,这个隔间真实很普通,内配两张沙发和一个茶几而已。因为整座城市布满了监控器,而这里,是城市中少有的没有监控装置的地方。隔间里居然还有一个打开的窗户,一个人影正在窗外跑远。关青追了出去,却看到那人钻进了一辆无牌黑色轿车,开上了主干道,立刻无影无踪。关青追上主干道,看到地面上积雪和泥浆混合在一起,车痕交错,完全无法追踪汽车的去向。

从高空看,黑色轿车飞速逃离了郊区,在从一座人行天桥下穿过时,进入的时候是黑色,行驶出来时就变成了红色。这要感谢新科技。汽车制造商发明了随意改变汽车颜色的技术,只要按一个按钮,车身就会变为任何一种你想要的颜色。很快,红色轿车融入市中心熙熙攘攘的车流中。

六

今晚的神秘会面让关青十分忧虑:罗丹的死难道和魏娜敏有关?和美旭公司有关?或者,她自己和罗丹都陷入了某个重大阴谋?

关青调出公路上的监控摄像,终于找出黑色轿车的去向。该车在变成红色之后,最终停在了一栋公寓楼门口。那栋公寓关青非常熟悉,那是罗丹的公寓。关青放大那辆车的图像,看到在左车身上有一道划痕,那也正是罗丹的车。那道划痕是有一次追捕逃犯时留下的,罗丹一直没有处理。关青用图像软件锐化汽车内部,第一眼看到驾车人的脸,不由得被吓了一跳。驾车人的脸上疤痕累累,老树盘根般纵横叠错,全是烧伤后留下的痕迹,完全看不出本来面目。然而从其上半身和头部轮廓来判断,似乎是个男性。

难道是罗丹?!他还活着?!

关青顾不上夜深,急速驱车赶往罗丹的住处。她在地下停车场里找到了罗丹的车,引擎还热着。这说明有人刚刚用过这辆车。关青戴上手套,撬开车门,钥匙仍留在车上。她从方向盘上采集了指纹,然后输入电脑"烟盒",很快,"烟盒"对比出了数据。看到结果,关青既失望又迷惑。方向盘上的所有指纹只属于一个人:施光。并非罗丹。而施光,已在半年前出车祸身亡。施光的尸体是家属认领的,早已被火化。

那么,已死之人又如何再次出现?关青把所有信息输入电脑侦破系统,电脑在一阵屏幕闪烁之后,显示出这样一行深蓝色文字:尽管这是一个高科技的时代,但是我们还未发明死而复生的技术。然后显示巨大粗体红字:案件不成立。

关青再试。电脑还是重复出现相同信息。

无奈,关青只好仔细阅读施光的个人资料,发现他是一名记者。在出事后,认领他尸体的家属签名竟是:罗丹。火化单上的签名也是罗丹。

关青对罗丹十分了解,她从未听说罗丹和施光是亲戚,而且,也从未听罗丹提起过领认施光遗体并将其火化的事情。罗丹居然还有事情瞒着她?

现在,施光、罗丹和魏娜敏的死都和美旭公司挂上了钩。这样一分析,罗丹被分配到珠霖峰调查魏娜敏的尸体就绝非偶然了。但是那份任务是警署安排的,难道局里有内鬼?如果这个推断属实的话,对于局里的任何人,她谁也不能相信。关青觉得此时,她比任何时候都要孤独。

关青走进电梯,直上罗丹的公寓。她有罗丹公寓的钥匙。他们曾经是相互信任的同事,拥有对方公寓的钥匙就是为了以便不时之需。可是,当关青站在罗丹公寓门口的时候,她看到门是半开的。

里面有人?难道是那个驾车的神秘人?

关青反应敏捷,迅速掏出手枪,潜入公寓。所有房间被砸得一片狼藉,却不见一人。有人提前来过了,并且进行了地毯式搜索。他们找什么?

关青走进厨房。厨房里更是一塌糊涂,地面上到处都是摔碎的瓷器。关青在角落里找到两个幸存的青花瓷碗。这两个碗还卡在一起,没有被分开。她转动上面一只碗,两只碗就分开了。在两只碗之间露出一个很小的储藏空间。这是罗丹保存重要资料的地方。在那里,关青发现了一个小拇指大小的磁盘。

关青不敢久留,她立刻回到家中,把磁盘放入电脑。关青有两台电脑。一台是联网的。还有一台,是她从古董店里淘来的。这台老式电脑并不联网,可以保证信息安全。

磁盘上的内容让关青大吃一惊。

美旭公司是一个世界连锁企业,业务范围是空调生产和负责城市的中央供暖系统。传闻说这家企业明里是制造室内温度调节器,实际上是在进行某项仿生技术的秘密实验。一经新闻界披露,美旭气温调节公司的市场销售份额便摇晃不定。为此,该公司举行了公开日,邀请新闻界和各界感兴趣人士进厂参观。几次三番,终于摆脱了谣言,公开日的活动也就此结束,但有人怀疑他们的实验并未结束。

这项实验是关于人类记忆模仿。披露它的人正是施光。

在五年前,三十多个国家联合举行了一场关于的人类记忆的国际示威游行,其中包括中国、英国、美国、加拿大、法国等大国。因为时差的关系,有的地方是在白天游行,有的地方是在夜晚。游行的统一主题是:保护人类遗忘的权利。

当时有这样一个趋势,有些科学家主张发明一种可以选择删除人类的记忆的技术。比如说,如果你有伤心事,又总不能忘却的话,你可以使用这个软件,将那段记忆从大脑中永久性删除。但是,不少人士呼吁,人类正在走向成为科技奴隶的深渊,遗忘是人类所剩无几的自然标志之一。尽管在人短暂的一生中,有很多东西是令人伤心的,但是如果人想忘记却又无法遗忘,那就说明那些记忆是值得珍惜的,比如第一次心痛欲绝的失恋,比如亲人的去世。遗忘,是人类精神的自然修复。但是,如果人为地对其进行删除,那么人的大脑和电脑芯片有何区别?人类和机器人又有何区别?记忆的混乱,还会导致整个社会进程和历史的混乱。

游行引发了剧烈争论,并且取得了成效。各国政府禁止了关于"遗忘技术"的研发。

但是,美旭公司故意倒行逆施,在暗中实施这项技术的研发。美旭公司的老板叫林生,六十多岁。林生虽然是个商人,但却十分热衷政治。他年轻时曾经在政坛上打拼过几年,可在他四十五岁的时候,他突然离开政坛,变成了一个空调商。

在磁盘信息的末尾,罗丹标注到:美旭公司的目的还不止研究"遗忘软件"。在"遗忘技术"的幕后，还藏有更大的目的，更大的阴谋。但这是一个什么样的阴谋，还有待调查。

　　看完资料，关青想罗丹之死，难道是因为他接近了这个阴谋的真相？！

　　翌日，带着无数的疑问，关青身着藏青色职业套装来到美旭公司。
　　由于带着工作人员的胸牌，没有人注意关青。偶尔有一两个男士会回头，也是为了再看一眼这个气质与众不同的同事。
　　46/2的神秘人只给了关青美旭公司这一条线索，却未告诉她详情。关青只好顺着走廊慢慢行走，寻找线索。出于直觉，关青向地下室走去。果然，在进入地下三层之后，两个保安把她礼貌地拦在了一个入口之外。入口墙上有一个标示：实验重地，闲人免入。
　　关青笑了笑，转身离去。
　　在接下来的十二小时里，关青是在公司餐厅储藏室里度过的。她好好睡了一觉，吃了两只水果罐头以补充体力。夜晚，当整个公司空旷下来之后，关青通过天花板上的中央通风管道离开了厨房。好一趟爬行，自从离开警校之后，关青就很少进行爬行训练了。当她进入地下室三层后，从墙上的通风口栅栏后刚好看见白天执勤的两个保安换班。她轻轻地，轻轻地，从通风口进入了实验重地。
　　关青从天花板上下来，双脚刚刚落地，就听见有人在身后说："你是谁？"关青回头，看见一个身着白大褂的男人。关青忽然露出一个妩媚的笑容，趁对方莫名其妙迟疑的一秒，关青掏出一个小型喷雾器，喷到那人的脸上。那人立刻昏了过去。关青使用的是专门为警务人员配置的瞬间擒拿喷雾剂。这时候，关青难免又想起了罗丹。罗丹经常拿这个喷雾剂开玩笑，说完全是高科技蒙汗药嘛。
　　关青把他拖进一个房间，穿上他的白大褂。就在她直起身扫视房间的时候，她看到了这个房间里还有一个内室，里面流露出微蓝色的灯光。她好奇地走了进去。

随之,她惊讶了!

内室里要比她想象的大得多,足有一个足球场那么大,整齐地摆放着近百张病床。每一张床上都躺着一个赤身裸体的人,无数的导线的一头连在那些人的大脑上,另一头统一连接进天花板上一个巨大的中央监控仪器。关青走过去,取下其中一张床床头的资料夹,打开一看,倒吸一口凉气。这些人原来的记忆早被抹去了,现在正在接受记忆的栽种实验!

栽种记忆!

"删除记忆"早已成为过去时。他们已经超越了这一步。可是,他们在为这些人栽种什么样的记忆呢?这些人又是自愿接受这项实验的吗?难道,这就罗丹所谓的阴谋后面的阴谋?!

这时候,房间里的监视器发现了关青。刺耳的警报声尖利地响了起来。当关青刚刚冲出房间的时候,一个重拳击中她的脸部,她两眼一黑,顿时晕了过去。

七

她在一个黑暗的深渊中下沉。

下沉。脸朝上,四肢张开,飞速下沉。

她想抓住周围某样东西,却只抓到了一片冰冷的虚空。然后,那虚空钻透她的肌肤骨骼,让她感到彻底寒冷。于是,她醒了。她睁开眼睛,水珠弥漫着她的眼睛。她看到,旁边站着一个彪悍的男人,正举着一个空水桶虎视眈眈地望着她。

渐渐的,关青清醒过来。她发现自己是在一间黑暗的拷问房里。她被困在椅子上。除了那个用冷水泼醒她的男人,房间里没有别人。

从墙上挂着的音箱中,传来一个男人的声音:"你为什么闯入实验室?"

关青说："为什么不让进？难道你们有不可告人的秘密？"

对方不回答。片刻沉默之后那个声音又说："你发现了什么？"

"很多。"关青回答。

"说说看。"

"你们不但已经拥有了删除人脑记忆的技术，而且还研发了种植记忆的技术。"

"记忆一直是人类大脑的未解之谜。现在，我们为全人类揭开了这个谜，让我们人类能够自由地操纵它，使用它，不是更好吗？"

"恐怕，你们的目的还不只如此吧？"

"你的意思是……"

"删除人类记忆是你的第一步。栽种记忆是第二步。控制全人类是第三步。"

"哈哈哈！你是聪明人。如果你不是警察，我可能会雇用你。是的，人类无法进步，形成全世界大统，是因为我们拥有记忆。人类的心是狭小的，只会在同宗同族间团结，不会和其他种族团结。举个例子，犹太人，历经那么多分崩离析，分散世界各地，可还要死死咬住犹太文化，顽固不化，不求进步。是什么把他们联系在了一起？是记忆。只有抹去不该有的记忆，种植新记忆，世界才会实现大同大统。"

"所以，你们设计了这项技术。一旦你能够在人脑中种入你编造的记忆，你就为人类建造了一座思想的监狱，你就可以实现独裁。我猜，你就是林生。"

"对。我就是林生。高科技是为人类服务的。我们的思想太复杂，那么多的战争，尤其是不同信仰之间，不同政见之间的战争，偏激分子对人种的偏见，夺取了太多人的生命。如果不做一次人脑大扫除，人类永远不会得到和平和安宁。中国的秦始皇为什么要焚书坑儒，清朝为何有文字狱？美国为什么要残杀印第安人？德国纳粹希特勒为什么要清除犹太人？人类历史上这样的例子很多。我退出政坛，就是因为我看透了政治和文化对人类的影响。杀戮是血腥的,是没有必要的。如果我们能够主宰记忆,一切可以重新开始。"

"如果人类的思想失去了多样性,思想记忆能够被设计,删除,输入的话,我们人类和机器人又有何分别?世界和平,这只是你的借口。你的目的是独裁。你想驾驭在人类之上,让人类按照你的要求生存。"

"随你怎么说吧。不过,你能这样想的时间不多了。很快,我会删除你的记忆,然后为你种植新的记忆。到时候,你所记得的,是你参观美旭公司的愉快经历。"

持水桶的大汉残酷地笑了笑,离开了房间。房间里十分安静。墙上的空调突然启动,里面喷出一股凉气,关青又一次晕了过去。她想强迫自己醒过来,但是她无法做到。她看见她的记忆变成了一个巨大的储藏室,里面有无数的小隔间。有的隔间里放着她的童年,有的隔间里是她关于父母亲人的温情时刻。有一个隔间特别美丽,里面是一个舒缓的山坡,盛开着大片的蓝紫色薰衣草。这个隔间里,存放着她对罗丹的爱情。还有一个隔间,阴暗潮湿,一双红色的眼睛在黑暗中一睁一闭,那是关于美旭公司的。这最后两个隔间的门,徐徐关闭了。然后,她像一片被龙卷风卷起的落叶,被远远地吹离了这两扇门。

八

关青醒来了。她舒服地伸了个懒腰,看了看床头的闹铃。离上班时间还早。她坐起来,揉了揉头部,发现头有点疼。床尾的电视机还开着,一定是自己睡前忘了关。电视里正在播放一条关于美旭公司空调的广告。该公司的空调又有优惠了。关青看看自己的旧空调,决定是该更换更换了。她记得昨天刚刚参观了这家公司,细节记不清了,但总体感觉不错。

她洗漱完毕,喝了两杯咖啡后,头疼好些了。她离开家,准备开车去上班。刚发动汽车,后座上出现一个声音:"不要回头,往前开。"

关青觉得一个冷冷的东西抵住了她的后脖颈。她从后视镜里看,看到一张布满伤痕的脸。关青觉得这张脸很熟悉,却又想不来在哪里见过。

汽车驶出城区,一直向郊外驶去。他们穿过主干道,开进一条小路,然后穿过一大片一大片布满白雪的农田,脱离了监控器的范围。

六个小时后,车子在一座山腰上停了下来。那里有一座木房。疤脸男人命令她把车开进木房车库,然后用关青车上的手铐把她双手反铐在背后,押送她走进了木屋。

木屋里站着另一个男人。关青也是觉得十分面熟,可就是想不起来到底在哪里见过。那个男人让关青戴着手铐坐下来,然后和疤脸男人一起坐到她的对面,说:"关青,你好。这是施光。我是罗丹。"

九

两周后,警方逮捕了美旭公司所有参与记忆"删除/栽种"科技的人员,解救了数百名被强迫实施实验的实验者。这些实验者是美旭公司从各地搜罗劫持的流浪汉。正因为他们都是流浪汉,所以没有人注意到他们的失踪。

于是,一个阴谋中的阴谋被揭穿于天下。在全球联网直播的公开审讯中,美旭公司老板林生对此供认不讳:他已经研制出一种令人遗忘气雾剂,通过中央空调系统传播。这种气雾剂的构成主要是纳米机器人,能够瞬间删除人的记忆,然后他再通过卫星发送覆盖全球的信号,向空白人脑内的纳米机器人输入新的记忆信号。警方在他的实验室里发现了数盒充当记忆信号的录像带。录像带上有他的演讲,他俨然以一个君王的姿态实施演讲。他要所有人记住,他是人类的君王。

在警方的办公室里,有三个人坐在电视机前一起观看这次审讯。

他们是罗丹,关青和施光。原来,当罗丹抬着魏娜敏的尸体进入黄瓜之后,当他把皮椅套套回座椅时,他看到了安置在椅子下的炸药。在黄瓜爆炸之前,他及时利用逃生装置跳出了机舱。

由于罗丹在调查美旭公司,林生一直找机会除掉他。林生让人黑进警方任务派遣的电脑系统,错误地通知他出现右手变黑的案件,吸引他破案,同时欺骗警局,在记录中显示是让罗丹去市中心,实际上是把他送到珠霖峰,混乱记录,指东打西,然后炸毁他乘坐的黄瓜,除掉他的同时销毁魏娜敏的尸体。这也是为什么机器人联络员 3A1904 号出现操作失误的原因。

还好,罗丹及时跳出机舱。他落在了一棵树上,又从树冠上摔下来,摔断了腿,被一个当地的猎户救起。罗丹也就将计就计,让所有的人都认为他已经死亡,暗中调查爆炸后的阴谋。

罗丹和施光早就相互认识。由于施光对美旭公司的调查,施光也曾经是该公司的清除对象。为了保护施光,罗丹曾帮助施光上演了一幕车祸身亡的假戏。

在黄瓜爆炸后,施光也认为罗丹已经死了,他只好联系关青,请她继续侦破美旭公司内幕。

后来,罗丹恢复后,他没有立刻返回警局,他和施光会合后,才得知施光已经暗示关青进入美旭。罗丹急忙赶到关青住所试图解释一切的时候,恰好看见关青回来。罗丹上前,却发现关青根本认不出自己了。他意识到,关青的记忆已经被美旭公司删除了。

于是,罗丹只好让施光把关青劫持到山腰猎人的木屋,向她讲述了全过程。

山顶上死去的女子正是魏娜敏。她是美旭公司的高层科技人员,是她暗中向施光提供的消息。她被林生查出来后,惨遭毒手。施光推断,美旭公司在魏娜敏的大脑里种植下自杀的记忆信号,让她自愿走出直升机,走向雪地,然后割腕自杀。

这时,电视上中法官正在质问林生魏娜敏的死因,林生的三角脸狡猾地笑着说:"我没杀她,我们只是让她做出了选择。"

"什么选择?"法官质问。

但是什么选择,林生却不说了。他说:"我说也是死罪,不说也是死罪。我倒情愿留个谜,让你们去猜。哈哈哈。"

罗丹厌恶地降低电视音量,疑惑地对施光说:"在魏娜敏的死亡上有一个细节,我尚未弄清楚。在她的右手下,有她用血写下的四个数字:0303。这是什么意思?"

一听这话,施光的眼泪迷蒙了。他哽咽地说:"在和魏娜敏接触的过程中,我们相爱了。我们决定一旦真相大白之后,就选三月三号结婚。三月三号是我们相识的日子。"

三人忽然恍悟了什么,都不说话了。他们都明白了林生所谓的"选择"。他是让魏娜敏在记忆和生命之间做出选择:她可以删除记忆,活下来;或者被送到山顶自杀,留下记忆。魏娜敏选择了后者。

审讯结束了。罗丹关掉电视,一转头,看见关青正两眼发愣,凝视着电视机。看到关青这个样子,罗丹暗自伤心,他问:"你想起什么了吗?"

关青摇了摇头。她什么都记不起来了。在小木屋的时候,她只觉得面前的这个男人,值得她去信赖。这只是一种残存的直觉罢了。后来当关青回到自己家中,偶然间找到了那本日记。她一页页地读,读了整整一夜,然后明白这个叫罗丹的人对自己有多么重要。可是,那一切关于爱情的美好记忆,都被夺走了,就像有人在她的体内扔进了一颗炸弹,把她关于他的记忆炸得荡然无存。如果,没有这个日记本,她将永远也不会得知这份情感的存在。如果,当时林生也给她选择的机会,她也会毫不犹豫地选择保留记忆而放弃生命。可惜,林生没有给她选择的机会。这比杀了她还要残酷。

"关青,他们的技术还未成熟。也许到了将来,你的记忆会一点点恢复的。"罗丹安慰说。

  关青苦笑了一下。可是,真的会有那样一个将来吗?

  罗丹拍了拍她的肩膀说:"反正我已经退休了,有时间。我可以把我们一起破案的经历慢慢讲给你听。我会和你一起找回那些记忆的。"

  关青看着他,又笑了一下。这次,微笑没有立刻淡去,而是长时间地挂在了嘴角,因为,在罗丹轻拍她的肩膀时,她感到脑海里有个模糊的图像电视雪花般快速地闪了一下。

2010.12 初稿

后记

我时不时会撞上这样的提问:你写科幻悬疑小说究竟有什么意义?答案恐怕要从我小时候源起。

十岁时,一次偶然,我听说可以用心灵遥感联络外星人。从那时起,有很长一段时间,每天晚上入睡前,我都会向遥远的夜空发射意念信号,希望在宇宙的某个角落,也有一个和我一样好奇的外星生物,接收到我的信息。

随着年龄的增长,这样的游戏渐渐变成了入睡捷径,而探索宇宙奥秘的心却一直没变。这本合集,可以说是我成年后好奇心继续延展的一道轨迹。

坦诚地说,我非常迷恋写故事,因为在手指敲打键盘的瞬间,性情就找到了休憩的港湾。一旦进入故事,就仿佛自己用另一个生命跨入了新的世界。写作能让我在欢乐时审度回望,悲伤沮丧时鼓起勇气继续前行。渐渐的,写作成了我生活颠簸之路上一根熟悉而不可缺失的拐杖。

写科幻悬疑小说,对我来说,更是想象力的深掘与扩张。人类因想象而与地球上的其他生物有了不同,而小说则让这种差异在最简单的条件下,发挥到了极致。乍一看,悬疑小说似乎是写解谜,写正邪对峙,科幻小说是写人体自身和宇宙万物的奥秘,但我觉得两者的核心都是在写人性,只是故事发生的场景不同罢了。人性,才是最变化多端、最难解的谜。科幻悬疑为小说构架了一件特殊的外置装备,引领作者和读者,走向谜的中心。在行走之时,阅读的人和写作的人,都又不只是旁观者,都又成了谜的一部分。

这本合集收录了八个短篇。最早的一篇《死者的选择》,写于 2010 年底,最近的一篇《瞳孔背后》,写于 2015 年 6 月。回顾每一个短篇,叙述的局限与不足如同沙滩脚印,步步清晰,为今后的努力指明了方向。

写作的确是一条独行的寂寞之路。然而,它却让我领略了从出生到死亡这条单行线另外的可能,让我最大限度亲近了想象,与其相融。我想,如果能在叙述的进程中,触碰到命运深不可测的另一面,如果能让从未谋面的读者阅读时,不经意地拉开一小条想象的缝隙,再孤独的行走也就有了回报。

这就足够了。

这就是我写下这些故事的意义。

最后,我要说出我的感谢。感谢所有制作这本书的人,让这些想象的火花有了一个安稳的小窝;感谢我的家人和朋友,一直担心我是否能够依靠写作养活自己,却始终如一给我支持,毫不犹豫。

最后的最后,感谢读者,是你们让这些故事有了延续。

2018 年 3 月 17 日